ハヤカワ文庫 FT
〈FT608〉

ウィッチャー短篇集 1

最後の願い

アンドレイ・サプコフスキ
川野靖子訳

早川書房
8710

目次

理性の声1　7
ウィッチャー　9
理性の声2　61
一粒の真実　71
理性の声3　121
小さな悪　129
理性の声4　196
値段の問題　203
理性の声5　269

世界の果て 280
理性の声6 353
最後の願い 365
理性の声7 462
訳者あとがき 478

ウィッチャー短篇集1

最後の願い

理性の声1

彼女は明け方近く、彼のもとへやってきた。

そっと入ってきて、物音ひとつ立てず、ふわふわと亡霊のように部屋のなかを移動した。聞こえるのは、羽織ったマントが素肌にこすれる音だけだ。それでも、そのかすかな音はウィッチャーを起こすのに充分だった。それとも彼はまどろんでいただけかもしれない――海底とおだやかな水面《みなも》のあいだに浮かび、ゆらゆらとうねる海藻に囲まれ、底知れぬ深海をただよっているかのように単調に体を揺らしながら。

彼は動かず、身じろぎもしなかった。娘は軽やかに近づいてマントを脱ぎ、大きなベッドの端にゆっくり、おずおずと片膝をついた。ウィッチャーは寝たふりをしたまま、伏せたまつげのすきまから娘を見つめた。娘はそろそろとシーツの上にのぼり、彼の上にまたがり、太ももで包みこんだ。両腕を伸ばして身を乗り出すと、カモミールのにおいのする髪が男の顔をなでた。娘は覚悟を決めると、じれったそうに体を寄せ、胸の先で男の瞼《まぶた》と頰と唇に触れた。彼はほほえみ、とてもゆっくりと、そっと娘の肩をつかんだ。娘は身を起こし、男の指から逃げた。娘は夜明けのぼんやりした明るさのなかで光り輝いていた。ウィッチャーは体の位置を変えようとしたが、娘は両手を押しつけて制し、軽やかながらも迷いのない腰の動きで応えを求めた。

　ウィッチャーは応えた。娘はもう彼の手から逃げることなく、頭をのけぞらせ、髪を揺らした。娘の肌はひんやりして、驚くほどなめらかだ。顔が近づき、ふと彼が盗み見た目は水の精の瞳のように黒くて大きかった。

　彼は揺すられ、しだいに昂《たかぶ》り泡立つカモミールの海に沈みこんだ。

ウィッチャー

I

のちに聞いたところによると、男は北のほうから、〈ローパーズ・ゲート〉を通ってやってきた。徒歩で、荷物を載せた馬の手綱を引いて。夕刻近くで、すでに縄屋も馬具屋もなめし革屋も露店を閉め、通りは閑散としていた。暑い日だったが、男は黒い外套《がいとう》を肩にかけ、いやでも目を引いた。

男は〈古《こ》ナラコート亭〉の前で足を止めてしばらくたたずみ、なかの騒々しい声を聞いていた。いつものように、宿屋はこの時間、客でいっぱいだ。

見知らぬ男は〈古ナラコート亭〉には入らず、馬を引いて通りのもっと奥にある別の宿屋に向かった。〈古ナラコート亭〉よりも小さい〈キツネ亭〉はあまり評判がよくないらしく、なかは閑散としていた。

　宿屋の主人がキュウリの漬物樽から顔をあげ、品定めするように男を見た。よそ者は外套を羽織ったままカウンターの前で身じろぎもせず、黙って突っ立っている。

「注文は？」

「ビール」見知らぬ男は耳ざわりな声で答えた。

　主人は粗布の前掛けで手をふき、欠けた陶器の蓋つきジョッキを満たした。

　見知らぬ男は年寄りではないが、髪はほとんど真っ白で、外套の下には首と肩の部分がひもで編まれた、すりきれた革の胴着《ジャーキン》を着ていた。

　男が外套を脱ぐと、まわりの視線が男の剣に集まった——剣を持っていること自体は別にめずらしくもない。ヴィジマでは誰もが武器をたずさえている——だが、剣を弓か矢筒のように背負う者はいない。

　男は数少ない先客のいるテーブルには座らず、カウンターの前に立ったまま宿の主人を突き刺すような目で見つめ、ジョッキからビールを飲んだ。

「泊まれる部屋を探している」

「うちにはない」主人は見知らぬ男の、ほこりで汚れたブーツを見てぼそりと言った。

「〈古ナラコート亭〉できいてくれ」

「ここがいいんだが」

「部屋はない」主人はようやく男のなまりに気づいた。リヴィア人だ。

「カネはある」よそ者はためらうように、静かに答えた。それが凄惨《せいさん》な事件の始まりだった。リヴィアなまりの男が宿に入ってきたときからずっと陰険な視線で見ていた、あばた顔のひょろりとした男が立ちあがってカウンターに近づいた。連れの二人も立ちあがり、あばた顔の真後ろに立った。

「部屋はないって言ってんだ、このリヴィアの流れ者」あばた顔が男の真横に立ち、しゃがれ声で言った。「ヴィジマはおまえみたいなやつに用はない。ここはまともな街だ！」

よそ者はジョッキを持ってあばた男から離れ、宿の主人を見た。主人は目をそらした。リヴィア人の肩を持つ気など毛頭なかった。そもそもリヴィア人を好きなやつがどこにいる？

「リヴィア人はみんな盗っ人だ」あばた顔が続けた。息からビールとニンニクと怒りのにおいがした。「聞こえてんのか、この野郎」

「聞こえねえんだよ。こいつの耳にはクソが詰まってる」連れの片方が言い、もう片方がげらげら笑った。

「さっさとカネを払って出ていけ！」あばた顔がどなった。

リヴィア人がようやく男を見た。

「ビールを飲んでからだ」

「手伝ってやろう」

あばた顔はすごむようにささやき、男が持っているジョッキを倒すと同時に肩をつかみ、胸に斜めにかけた革ひもに指を食いこませた。背後の一人がなぐろうとこぶしを振りあげた瞬間、男はその場で体を丸め、あばた顔はバランスを崩した。剣が鞘《さや》のなかでシュッと音を立て、薄明かりのなかで一瞬きらめいた。あたりは騒然となった。悲鳴があがり、その場にいたわずかな客の一人が転がるように出口に向かった。椅子がガタンと倒れ、陶器が床に落ちて鈍い音を立てた。唇を震わせる宿の主人の眼前で、顔を無惨に斬られたあばた男がカウンターの端にしがみつき、やがてゆっくりと視界から消えた。連れの二人は床に横たわり、一人は動かず、一人はどす黒く広がる血だまりのなかでもがき、ぴくついている。耳をつんざくような女の悲鳴が響きわたり、主人は身震いして息をのみ、そして吐いた。

見知らぬ男は緊張と警戒の空気をただよわせ、両手で持った剣の刃で空を切りながら壁に向かってあとずさった。誰も動かない。どの顔にも冷たい泥のような恐怖がこびりつき、手脚は麻痺《まひ》したように動かず、喉は詰まっていた。

三人の衛兵が足音と武器の音とともに宿屋に駆けこんできた。すぐ近くにいたにちがいない。全員が革の吊りひものついた棍棒を構えていたが、死体を見て剣を抜いた。リヴィアのよそ者は壁に背中を押しつけ、左手でブーツから短剣を引き抜いた。

「そいつを捨てろ！」衛兵の一人が震える声でどなった。「武器を捨てろ、この悪党！　おまえを連行する！」

二人目の衛兵が自分とリヴィア人をへだてるテーブルを脇に蹴りやり、扉のそばにいたもうひとりの衛兵に「応援を呼べ、トレスカ！」と叫んだ。

「その必要はない」よそ者が剣を下ろした。「自分で行く」

「おまえの行く先は首吊り縄の端だ、この畜生め！」震える衛兵が叫んだ。「剣を捨てろ、さもないと頭を叩き割るぞ！」

リヴィア人は背筋を伸ばし、剣をさっと左脇にはさむと、衛兵たちに向かって右手をあげ、宙にすばやく複雑な印《いん》を描いた。男のチュニックの手首から肘にかけて打たれた鋲《びょう》が光った。

衛兵たちが腕で顔をおおってあとずさった。客の一人が驚いてぴょんと立ちあがり、別の一人が扉に走った。女がまたしても狂気じみた、耳をつんざくような悲鳴をあげた。

「自分で行く」男はよく響く金属質の声で繰り返した。「あんたたち三人はおれの前を歩け。城主のもとに連れていってくれ。おれは道を知らない」

「わかった」衛兵はうつむいてつぶやくように言い、おずおずとあたりを見ながら出口に向かった。あとの二人が後ろ向きのまま、あわてて先頭を追った。見知らぬ男は剣と短剣を鞘に納め、あとについて歩きだした。一団がテーブルの横を通りすぎるとき、残った客はみな、物騒なよそ者から顔を隠した。

Ⅱ

ヴィジマの城主ヴェレラドはあごを掻いた。彼は迷信深くもなければ、意気地なしでもなかったが、その白髪《はくはつ》の男と二人きりになるのは気が進まなかった。やがて城主は意を決したように、「さがれ」と衛兵たちに命じた。「おまえは座れ。いや、そこじゃない。もう少し離れろ」

白髪の男は腰をおろした。いまは剣も黒い外套も身につけていない。

「わたしはヴィジマの城主ヴェレラド」ヴェレラドはテーブルに置かれた重い鎚矛《つちほこ》をいじ

りながら言った。「話を聞こう。地下牢に放りこまれる前に何か言いたいことはあるか、悪党よ。三人の殺害と魔術未遂とはやってくれるじゃないか。ヴィジマでそのような罪を犯した者には串刺しの刑が待っている。だが、わたしは公正な人間だ、だから話を聞こう――処刑される前に。話せ」

リヴィア人はジャーキンのボタンをはずし、丸めた白いヤギ皮を引っぱり出した。

「これがあちこちの十字路や宿屋に打ちつけてあった」男は静かに言った。「ここに書いてあることは本当か？」

「ああ」ヴェレラドは皮に彫りこまれたルーン文字を見て、不機嫌そうに言った。「そういうことか。もっと早く気づくべきだった。ああ、本当だ。テメリア、ポンタール、マハカムを統《す》べるフォルテスト王の署名がある――つまり本当だ。布告は布告として、ウィッチャー、法は法だ――そしてわたしはヴィジマの法と秩序の番人だ。人殺しを認めるわけにはいかん！　わかるか？」

リヴィアのウィッチャーはうなずいて同意した。ヴェレラドは憤然と鼻を鳴らした。

「ウィッチャーの記章は？」

白髪の男はもういちどジャーキンに手を入れ、銀の鎖の先についた丸いメダルを引き出した。牙を剝《む》いた狼の頭が描かれている。

「おまえの名は？　なんでもいい、会話を楽にするためだ」

「名はゲラルト」

「ではゲラルト。そのなまりからするとリヴィアだな」

「リヴィアだ」

「よし。いいか、ゲラルト。このことは」――ヴェレラドは布告文の書かれた皮を叩き――「忘れろ。やっかいな案件だ。すでに多くの者が挑み、しくじった。これは、友よ、数人のならず者を痛めつけるのとはわけが違う」

「わかっている。これがおれの仕事だ、ヴェレラド。しかも布告には報酬が三千オレンとある」

「三千か」ヴェレラドは顔をしかめた。「しかも王女を妻にできるという噂もある。慈悲深きフォルテスト王は、そのことは明言していないが」

「王女に興味はない」ゲラルトは両手を膝に載せ、身じろぎもせず淡々と言った。「三千オレンだけだ」

「なんという時代だ」城主はため息をついた。「なんといまわしき時代よ！　二十年前にいったい誰が――どんなに酔っぱらっていようと――ウィッチャーのような職業が今日《こんにち》まで存続すると思っただろう？　諸国を渡り歩くバシリスク殺し。竜《ドラゴン》と水の魔物《ヴォドニク》を殺す放浪者！　教えてくれ、ゲラルト、ウィッチャーなる職業はビールを飲んでもいいのか？」

「もちろん」

ヴェレラドは手を打ち鳴らし、声を張りあげた。

「ビールを持ってこい！　もっと近くに座れ、ゲラルト。ふん、かまうものか」

運ばれてきたビールは冷たく、泡立っていた。

「いまわしい時代だ」ヴェレラドはジョッキからごくごくと飲んでつぶやいた。「あらゆる種類の汚《けが》れしものが生まれている。マハカムの山のなかは小鬼がうようよしている。かつては森で狼が吠えるだけだったが、いまや唾を吐けばコボルドやスプリガン、人狼や害獣に当たる。妖精と水の精《ルサルカ》が村から子どもを何百人とさらってゆく。聞いたこともない病が流行る。まったく身の毛がよだつ。挙句の果てがこれだ！」城主は布告文が書かれた、丸めた皮をテーブルの上で押しやった。「驚くには当たらない、ゲラルト、おまえたちウィッチャーが引く手あまただとしても」

「王の布告だが、城主」ゲラルトは頭をあげ、「詳細を知っているか？」

ヴェレラドは椅子の背にもたれ、腹の上で手を組んだ。

「詳細？　ああ、知っている。直接聞いたのではないが、信頼できる筋から」

「それを知りたい」

「どうしてもというなら、よく聞け」ヴェレラドはビールを飲み、声を低めた。「国王の父、老メデルの治世のころ――われらが慈悲深き王がまだ王子だったころ――フォルテストは自分に何ができるかをまわりに見せつけ、現に多くのことをやってみせた。成長とともにそのような慢心から卒業することを誰もが願ったが、戴冠してほどなく王はとんでもない不始末をしでかし、みな開いた口がふさがらなかった。実の妹とのあいだに子どもができたのだ。フォルテスト王と妹のアダ王女はつねに一緒だったが、その仲をあやしむ者はいなかった――母親である前王妃を除けば……。ともかく、いきなりアダ王女のお腹が大きくなり、フォルテスト王は妹と結婚すると言いだした。状況は一気に緊迫した。というのも、ノヴィグラドのヴィジミル王が自分の娘ダルカ姫をフォルテスト王に嫁がせようと、すでに使節を送り出していたからだ。われわれは使節団の顔に泥を塗りかねないフォルテスト王を押しとどめ、さいわいにも阻止できた。あのままだったらわれわれはヴィジミル王にはらわたを引きずり出されていただろう。アダ王女の口添えもあって――王も妹の言葉には耳を傾けた――結婚を急ぐべきではないとなんとか説得した。

　そうしてアダ王女は出産した。そして、いいか、これがすべての始まりだ。アダ王女が産み落としたものを見た者はごくわずかだったが、一人の産婆は塔の窓から身投げし、別の産婆は気がふれ、いまも正気を失ったままだ。王家の私生児――娘だった――はよほど醜かったのだろう。赤ん坊はすぐに死んだ。へその緒を急いで結ぼうとする者はいなかった。アダ王女もまた、幸運なことに出産で命を落とした。

だが、ここでふたたびフォルテスト王が口を出した。王家の私生児は火葬もしくは荒野に埋葬するのが常識だ。しかし、われらが慈悲深き王は、娘を宮殿の地下墓所の石棺に納めるよう命じた」

「いまさらそんな知恵を持ち出しても遅い」ゲラルトが顔をあげた。「知恵者《ちえもの》たちを送りこむべきだったな」

「帽子に星をつけた、あのペテン師どものことか？　もちろん。のちに十人ほどがあわてて駆けつけた——石棺に何が納められているかが知れ、夜中にそこから何が這い出てくるかが知れてからだ。もっとも、すぐに現れはじめたのではない。いや、葬儀から七年間は平和だった。ところがある晩——満月だった——宮廷内で悲鳴が聞こえ、叫び声と騒ぎが起こった！　その先は言う必要もなかろう、これはおまえの専門で、おまえは布告を読んだのだから。幼い娘は棺《ひつぎ》のなかで成長し——なんたることか！——恐ろしい歯が生えていた！　つまり、怪物ストリガになったのだ。

犠牲となった死体をおまえにも見せたかった。わたしのように見ていたら、遠回りをしてでもヴィジマを避けていただろう」

ゲラルトは無言だ。

「そこで、さっきも言ったように」ヴェレラドが続けた。「フォルテスト王は魔法使いをごっそり呼び寄せた。連中はいっせいにしゃべりだし、つねに持ち歩いている例の杖でいまにもなぐり合わんばかりだった――あれは自分たちにけしかけられる犬を追い払うためのものにちがいない。そして思うに連中はしょっちゅう犬をけしかけられている。おまえが、ゲラルト、魔法使いに対して違う意見を持っているならゆるせ。ウィッチャーという職業がら、当然、意見は違うだろうが、わたしにとって彼らはいかさま師の愚か者だ。おまえたちウィッチャーのほうがよほど信頼できる。少なくとも連中より正直だ」

ウィッチャーはほほえんだだけで何も答えない。

「本題に戻ろう」城主は自分のジョッキをのぞきこみ、自分とゲラルトにビールを注ぎ足した。「魔法使いの助言のなかにはまともそうなものもあった。ある者は、ストリガを宮殿と石棺もろとも焼けと言った。ストリガの首を落とせと言う者もいた。ほかはみな、化け物が夜のお楽しみのあと疲れて棺で眠っている昼のあいだに、ポプラの木の杭を体に打ちこめと熱心に説いた。ところが運悪くひとりの男が――禿頭にとんがり帽子をかぶった、背中の曲がった隠者で道化だが――これは魔法のせいで、呪いが解ければストリガは絵のように美しいフォルテスト王の娘に戻ると言った。誰かが地下墓所で一晩過ごすだけで呪いは解けると。そう言うと道化はみずから宮殿へ行き――これほどのバカがどこにいる？――一夜を過ごした。翌朝、男の痕跡はほとんどなかった。残っていたのはおそらく帽子と杖だけだ。だが、フォルテスト王は犬のしっぽにからみつく棘のように道化の意見に固執した。ストリガを殺すいかなるこころみも禁じ、呪いを解いて怪物を王女に戻そうとヴィジマじゅうからいかさま師を呼び寄せた。それはもうよりどりみどりだ！　体のねじくれた女、手脚の不自由な者、汚れてシラミだらけの者。それはひどかった。

　彼らは宮殿に赴き、魔法をかけた――もっぱら碗とジョッキを前にして。もちろん、何人かはフォルテスト王や評議会によってたちまち偽者だと見破られた。何人かがとがり杭の上に吊るされたが、数が足りなかったようだな。わたしなら全員を吊るしていたところだ。そのあいだもストリガがときおり相手かまわず歯を剥き、いかさま師にも、彼らの魔法にもびくともしなかったことは言うまでもなかろう。フォルテスト王がもはや宮殿には住んでいないことも。あそこはいま無人だ」

　ヴェレラドは言葉を切り、ビールを飲んだ。ウィッチャーは無言で続きを待った。

「そうなってからもう七年だ、ゲラルト、娘が生まれたのが約十四年前だからな。われわれはほかにも問題を抱えている。たとえば、国境地帯をめぐるノヴィグラドのヴィジミル王との武力衝突のような――現実的かつもっともな理由によるもので、どこかの王女との婚姻とか結婚同盟といった理由によるものではない。フォルテスト王は思い出したように結婚をほのめかし、近隣の宮廷から届く肖像画をながめては便所に投げ捨てる。そしてときおりこの狂気にとらわれ、人馬を送り出して新しい魔法使いを探させるのだ。三千オレンという報酬に、あらゆる変わり者やはぐれ騎士、頭が変なことで国じゅうに知られる羊飼いまでが集まった——彼らの霊よ、安らかなれ。だが、ストリガはいまも生き延び、ときおり牙を剝いている。まあ、それにも慣れた。それに、呪いを解こうと挑む英雄たちも少しは役に立つ——その場で腹の足しになれば、ストリガが宮殿を出てうろつく心配がない。フォルテスト王は、言うまでもなく、かなりりっぱな新宮殿に住んでいる」

「七年ものあいだ」——ゲラルトは頭をあげ——「七年ものあいだ、誰も解決できなかったのか？」

「ああ、できなかった」城主はウィッチャーを鋭く見た。「解決できる問題ではないからだ。われわれは受け入れるしかない——とりわけ、辻々にこのような布告を張りつづける、われらが慈悲深き、愛すべき統治者フォルテスト王を。とはいえ名乗りをあげる者は減っている。つい最近、一人いたが、そいつは三千オレンを前金でほしいと主張した。だから袋に入れて湖に投げこんでやった」

「つまり、いまもいかさま師にはこと欠かないわけか」

「こと欠かないどころではない」城主はウィッチャーを見つめたままうなずいた。「だから、宮殿に行くときは前金を要求しないほうがいい。もし行くのなら」

「行くつもりだ」

「おまえ次第だ。だが、わたしの助言を忘れるな。報酬について言えば、近ごろもうひとつの褒美が噂になっている。さっきも話したが、王女を妻にできるというものだ。誰がでっちあげたか知らんが、ストリガが噂どおりの見た目ならば、なんとも趣味の悪い冗談だ。それでも王家の一員になりたいと宮殿に押しかける愚か者はあとを絶たない。正確には二人の靴職人見習いだ。靴職人というのは、なぜああも愚かなのか、ゲラルト？」

「さあな。では、ウィッチャーはどうだ、城主？　挑んだ者はいたか？」

「何人かいた。だが、呪いを解いて、なおかつストリガを殺してはならないと聞くと、たいていは肩をすくめて立ち去った。わたしがウィッチャーにさらなる敬意を抱くようになった理由のひとつだ、ゲラルト。やがて一人のウィッチャーがやってきた、きみよりも若く――名前は聞いたかもしれないが忘れた。そいつが挑んだ」

「それで？」

「牙のある王女は、かなり遠くまで彼の内臓をぶちまけた」

　ゲラルトはうなずいた。「それで全部か？」

「もう一人」

ヴェレラドはしばらく黙りこみ、ゲラルトはじっと待った。

「ああ」ようやく城主は口を開いた。「もう一人いた。フォルテスト王が〝ストリガを殺したり傷つけたりしたら縛り首だ〟とおどすと、ウィッチャーは声を立てて笑い、荷物をまとめはじめた。だが」――ヴェレラドはテーブルごしに身を乗り出すと、ささやくように声を落とし――「結局、彼は仕事を引き受けた。いいか、ゲラルト、ヴィジマには賢い男が何人かいる。高い地位にあり、この一連のごたごたにうんざりしている者たちだ。噂によれば、彼らはひそかにこのウィッチャーを説得した。呪いについてはあれこれいじらず、とにかくストリガをなぐり殺し、王には〝魔力が効かず、愛しいご令嬢は正当防衛で――任務中の事故で――死んだと告げよ〟と。王は当然、腹を立て、一オレンも払わないだろう。だが、それですべては終わる。機転の利くウィッチャーは〝だったらあんたたちがタダでやったらどうだ〟と答えた。そう言われたらどうしようもない。われわれはカネを集め、交渉したが……得るものは何もなかった」

ゲラルトはいぶかしげに眉を吊りあげた。

「まったく何も」ヴェレラドは繰り返した。「そのウィッチャーは最初の晩は何もやろうとしなかった。あたりを歩きまわり、横になって時間をつぶし、近くをうろつくだけだった。そして、ついにストリガが動いているのを見たそうだ——棺から這い出るところではなく、脚を伸ばしただけのところを。それを見て、その晩、やつは逃げ出した。別れの挨拶もなく」

ゲラルトの表情が少し変わった。どうやら笑ったようだ。

「その賢い男たちというのはいまもカネを持っているんだろうな。ウィッチャーは前金を受け取らないはずだ」

「たしかに持っている」とヴェレラド。

「噂では、いくら出すと言っている？」

ヴェレラドが歯を見せてほほえんだ。

「ある噂では八百——」

ゲラルトは首を振った。

「別の話では」城主はぼそりと、「千とも」

「噂というものはたいてい大げさになりがちだ。そう考えるとたいした額ではない。そもそも国王の提示額が三千だ」

「婚約の話を忘れたか？」ヴェレラドがからかった。「何が言いたい？　おまえが三千オレンを手にできるはずがない」

「なぜだ？」

ヴェレラドはテーブルをバンと叩いた。

「ゲラルト、ウィッチャーに対するわたしの印象を台無しにするな！　これはもう七年以上も続いている！　ストリガのせいで年に五十人が犠牲になってきた——いまは誰もが宮殿を避けるせいで少なくなったが。無理だ、友よ、わたしは魔法を信じる。これまで多くを見てきた。魔法使いとウィッチャーの能力もある程度まで信じている。だが、呪いを解くなどというこのバカげた話は、隠者の食事で正気を失った、薄汚《うすぎたな》い、背中の曲がった老人のでっちあげだ。フォルテスト王以外は誰も信じないたわごとだ。アダ王女がストリガを産んだのは、実の兄と寝たからだ。それは事実で、魔法ではどうにもならない。いまやストリガは——本来の性質どおり——人間をむさぼる、だから殺すしかない、それだけだ。いいか、二年前、マハカムに近い人里離れた場所の農民たちが羊を食い荒らす竜に悩まされていた。彼らは集団で出発し、牛をつなぐ棒で竜をなぐり殺し、そのことを自慢しようとも思わなかった。なのにヴィジマのわれわれは奇跡が起こるのを待ちわび、満月のたびに扉に閂《かんぬき》をかけ、あるいは宮殿の前で罪人を杭に縛りつけ、ストリガがそいつらで腹を満たし、石棺に戻るのを祈っている」

「悪くないやりかただ」ウィッチャーがほほえんだ。「罪人の数は減っているか？」

「宮殿へはどう行けばいい？　新しいほうだが」

「案内しよう。それで、賢い男たちの提案はどうする？」

「なぜそう急ぐ、城主？　いずれにせよ、おれの意図とは関係なく、現実に任務中に事故が起こる可能性はある。まんいちの場合に備え、賢い男たちはおれを王の怒りからどう救うかを考え、噂によるところの千五百オレンを用意しておくべきだ」

「噂では千だ」

「いや、ヴェレラド城主」ゲラルトは有無を言わさぬ口調で、「千を提示されたウィッチャーはストリガを見ただけで交渉もせずに逃げ出した。つまり千オレン以上の危険があるということだ。千五百より大きいかどうかは見てみなければわからない。もちろん、おれは去る前にはちゃんと別れの挨拶をするつもりだ」

「ゲラルト」ヴェレラドが髪を掻きむしった。「千二百ではどうだ？」

「だめだ。これは楽な仕事ではない。国王の提示額は三千。呪いを解くのが殺すより簡単なときもある。だが、そんなに簡単ならば、おれの前の誰かが解いていたはずだ。そうでなければストリガを殺していただろう。ウィッチャーが国王の怒りを恐れてみずから食われると思うか？」

「では、ウィッチャー」――ヴェレラドはうらめしげにうなずき――「契約成立だ。だが、ひとこと忠告しておく――任務中の事故の危険性については、王には何も言うな」

Ⅲ

フォルテスト王は細身で――美しすぎるくらい――美しい顔をしていた。まだ四十にもならないだろう。黒檀《こくたん》製の背の低い肘かけ椅子に座って暖炉に脚を伸ばし、その先で二匹の犬が暖を取っていた。王の隣に置かれた蓋つきの箱には、あごひげを生やした、見るからにたくましい年かさの男が座り、王の背後には豪華な衣装をまとった尊大な表情の男が立っていた。大貴族だ。

「リヴィアから来たウィッチャーか」王が、城主ヴェレラドによる紹介が終わったあとの沈黙を破った。

「はい、陛下」ゲラルトは頭をさげた。

「おまえの髪はなぜそんなに灰色なのか？　魔法のせいか？　さほど年でもなさそうだが。いまのは冗談だ。何も言うな。おまえはかなりの経験がある、そうだな？」

「はい、陛下」

「ぜひ聞きたい」

　ゲラルトはさらに頭を低くさげた。

「ご存じのように、陛下、われわれウィッチャーの行動規範により、任務の内容を話すことは禁じられています」

「都合のいい規範だ、ウィッチャー、じつに都合がいい。それでも聞きたい、これまでストリガンと関わったことはあるか？」

「はい」

「吸血鬼は、レーシーはどうだ？」

「どちらも」

「ストリガは？」一瞬ためらったあとで王がたずねた。

　ゲラルトは顔をあげ、王の目を見ながら答えた。「はい」

　フォルテスト王が視線をはずした。「ヴェレラド！」

「はい、陛下」

「詳細は話したか？」

「はい、陛下。王女にかけられた呪いは解けると申しております」

「それは前から知っている。どうやるのだ、ウィッチャー？　ああ、そうか、忘れていた。行動規範か。よかろう。ひとつだけ言っておく。これまでに数人のウィッチャーがやってきた。ヴェレラド、話したか？　けっこう。ゆえに、おまえたちは殺しの専門家で、呪いを解くのが専門ではないと知っている。この任務に選択の余地はない。娘の頭から髪の毛一本でも落ちたら、おまえの首は断頭台の上だ。言いたいのはそれだけだ。オストリット、セグリン卿、ここで、この男に必要な情報をすべて伝えよ。ウィッチャーというものはつねに多くを質問するものだ。食事を出し、宮殿に滞在させるがいい。酒場から酒場をうろつかせぬように」

　国王は立ちあがると、口笛で犬たちを呼び、床に敷いた藁《わら》を蹴散らして扉に向かった。そして扉の前で足を止めた。

「成功したら、ウィッチャー、報酬はおまえのものだ。出来しだいではいくらか上乗せする。言うまでもなかろうが、庶民のあいだで広まっている、王女との結婚という話はまったくのでたらめだ。わたしが大事な娘を見ず知らずの男に渡すと思うか？」

「いいえ、陛下。滅相もない」

「けっこう。なかなか賢い男だ」

　フォルテスト王が扉を閉めて立ち去った。ヴェレラドと、それまでずっと立っていた大貴族はすぐさまテーブルの椅子に座った。城主は王が半分残した杯を飲み干し、酒瓶をのぞきこんで毒づいた。国王の椅子に座ったオストリットは、彫刻された肘かけをなでながらゲラルトを見て顔をしかめた。あごひげのセグリンがゲラルトに向かってうなずいた。

「座れ、ウィッチャー、座るがいい。もうじき夕食が運ばれる。何が知りたい？　城主ヴェレラドが何もかも話したのだろう？　話をしぶるより、話しすぎる男だからな」

「いくつか質問を」

「言ってみよ」

「城主の話では、ストリガが現れるようになってから王は多くの知恵者を呼び寄せたと」

「そうだ。だが、ストリガではなく王女と言ってくれ。そのほうが王の前での言い間違いを避けられる――それに続く厄介ごとも」

「彼らのなかに名の知れた者はいたか？　有名な人物は？」

「そのときにも、あとにもいた。名前はおぼえていない。どうだ、オストリット卿？」

「名前は思い出せないが」オストリットが言った。「何人かは名声と評価を享受していた。そんな話ばかりだった」

「彼らは呪いが解けるという考えで一致していたのか？」

「一致というにはほど遠かった」――セグリンは笑みを浮かべ――「どのような話題に関

しても。だが、そのような意見は出た。やることは単純で、魔力すら必要ないと。誰かが石棺のそばで一晩——日没からオンドリが三度目に鳴くまで——過ごすだけでいいという話だった」

「じつに単純だ」ヴェレラドが鼻で笑った。

「風貌を知りたい、その……王女の」

ヴェレラドが椅子からぴょんと立ちあがって叫んだ。

「風貌はストリガそっくりだ！　これまでに聞いた、もっともストリガらしいストリガそのものだ！　王女殿下こと呪われた王家の私生児は身長二メートル、ビール樽のような体形で、耳から耳まで裂けた口には短剣のような歯がずらりと並び、目は赤く、髪はもつれた赤毛！　ヤマネコのような爪が伸びた手は床につかんばかり！　いまだ姫の肖像画を友好的な宮廷に送っていないとは驚きだ！　王女も、はや十四歳——疫病が彼女の息を止めんことを——そろそろどこかの王子との結婚を考えるころだ！」

「落ち着け、ヴェレラド」オストリットが眉をひそめて扉を見やり、セグリンが微笑を浮かべた。

「いまの描写は生々しくもかなり正確だ。それが知りたかったのだろう、ウィッチャー？　ヴェレラドは言わなかったが、王女の動きはおそろしく速く、その身長と体格から想像するよりもはるかに力が強い。そして王女は十四歳だ、それが重要ならば」

「たしかに重要だ」とウィッチャー。「人を襲うのは満月の夜だけか？」

「そうだ」セグリンが答えた。「旧宮殿の外の話ならば。宮殿のなかでは月の大きさにかかわらずつねに人が死んでいる。だが、王女が外に出るのは満月のあいだだけで、それもいつもではない」

「これまで昼間に襲われた者はいるか？」

「いや」

「とらえた相手はつねにむさぼり食うのか？」

ヴェレラドが床の藁に激しく唾を吐いた。

「勘弁してくれ、ゲラルト、夕食前だぞ。ふう！ むさぼる、かじる、残す、いろいろだ——おそらくはそのときの気分しだいで。頭を噛まれただけの者もいた。何人かははらわたを抜かれ、さらに何人かは骨になるまできれいにほじくられ、からからになるまで吸い尽くされた。あのいまわしい母親めが——！」

「気をつけろ、ヴェレラド」オストリットがうなった。「ストリガのことは好きに言えばいい。だが、わたしの前でアダ王女を侮辱するな——王の前で侮辱しないのと同じように！」

「襲われて死ななかった者はいるか？」ゲラルトはオストリットの怒りにもかまわず、平然とたずねた。

セグリンとオストリットが顔を見合わせた。

「いる」あごひげのセグリンが言った。「ごく最初のころ、七年前に地下墓所の見張りに立っていた二人の兵士が襲われた。一人は逃げて――」

「もう一人いた」ヴェレラドが口をはさんだ。「街の近くで襲われた粉屋だ。おぼえているか……？」

Ⅳ

翌日の夜遅く、ウィッチャーにあてがわれた衛兵小屋の上の小部屋に粉屋がやってきた。連れてきたのはフードつきの外套をまとった兵士だ。

会話から得られるものはあまりなかった。粉屋はおびえていた。口調はぼそぼそと、しどろもどろで、傷跡のほうがよほど多くを物語っていた。ストリガのあごはみごとなまでに大きく開き、歯は恐ろしくとがり、上あごに異様に長い牙が左右に二本ずつ、計四本あるようだ。鉤爪はヤマネコのそれより鋭いが、曲がりぐあいは小さい。粉屋がかろうじて身を振りほどいて逃げられたのは、ひとえにそのおかげだろう。

ゲラルトは検分を終え、粉屋と兵士にさがるよううなずいた。兵士が粉屋を扉の向こうに押しやり、フードをはずすと、フォルテスト王その人が現れた。

「座ったままでいい」王は言った。「これは非公式の訪問だ。聴き取りには満足したか？　けさは宮殿にいたそうだな」

「いかにも、陛下」

「仕事はいつ始める？」

「満月まであと四日。そのあとだ」

「事前にその目で娘を見たいか？」

「その必要はない。ただ、思うぞんぶん食べていれば、その――王女殿下の動きも少しは鈍るかと」

「ストリガだ、マスター・ウィッチャー、ストリガ。社交辞令はよせ。王女になるのは呪いが解けてからだ。まさにその話をするためにここに来た。非公式に、簡潔に、明快に答えよ。うまくゆくと思うか？　ウィッチャーの規範を盾にせずに答えよ」

ゲラルトは片眉をこすった。

「おそらく呪いは解ける、陛下。そのためには――おれの思い違いでなければ――宮殿で夜を明かさなければならない。オンドリが三度目に鳴いたとき、ストリガが石棺の外にいれば呪いは解ける。それが、通常ストリガに対して取る方法だ」

「そんなに簡単なのか」

「簡単ではない。まず、その夜を生き延びなければならない。そして規則には例外がある、たとえば一晩ではなく三晩続けてというような。別の可能性もある……つまり……望みがないというような」

「わかっている」王はいらだちを見せた。「そのことは何人にも聞かされた。怪物を殺せ――なぜなら治しようがないからと。マスター・ウィッチャー、連中はもう話したにちがいない。だろう？　〝ごたごた騒がず、最初から人喰い怪物を斬り殺せ、王にはほかにどうしようもなかったと言え〟と。報酬はわたしが払わずとも彼らが払う。じつに都合がいい。しかも安あがりだ。王はウィッチャーの首をはねるか、くくれと命じるだろうから、カネは連中のポケットに残る」

「王は無条件にウィッチャーの首をはねよと命じるのか？」ゲラルトは顔をゆがめた。

　フォルテスト王は長々とゲラルトの目を見つめ、ようやく答えた。

「王にはまだわからない。だが、ウィッチャーはそのような結末を心にとめておくべきだ」

　ゲラルトはしばらく黙りこんでから答えた。

「持てるかぎりの力を尽くす。だが、状況が悪くなったらおれは自分の命を守る。あなたも、陛下、そのような結末に備えておくべきだ」

　王が立ちあがった。

「わたしのことがわかっていないようだな。いざとなったら、わたしがどう思おうと、おまえは娘を殺す、それはあきらかだ。なぜなら、そうしなければおまえが殺されるからだ、確実に、必然的に。正当防衛で娘を殺した者を罰するつもりはない。だが、救おうともせずに殺すことはゆるさぬ。すでになんども旧宮殿に火が放たれた。襲撃者が矢を射かけ、穴を掘り、罠をしかけ、わたしは何人かを絞首刑に処した。だが、問題はそこではない。聞け、ウィッチャー！」

「聞いている」

「オンドリが三度目に鳴いたあと、ストリガはいないのだな。ではそこには何がいる？」

「すべてうまくゆけば、十四歳の少女だ」

「赤い目の？　ワニの歯をした？」

「ふつうの十四歳だ。ただ……」

「なんだ？」

「身体上は問題ない」

「なるほど。では精神的にはどうだ？　毎日、朝食にバケツいっぱいの血をほしがるのか？　幼い少女の太ももを？」

「いや。精神的な問題は……。わからない。おそらく三、四歳児のレベルかと。長いあいだ愛情深い世話が必要となるだろう」

「当然だな。ウィッチャー？」

「なんなりと」

「ふたたび起こると思うか？　あとになって？」

　ゲラルトは無言だ。

「わかった。起こりうるのだな。そのときはどうなる？」

「数日間の長い失神状態のあとで亡くなった場合、遺体を火葬しなければならない。しかもすぐに」

　王の表情が曇った。

「そんなことにはならないと思うが」ゲラルトが言い足した。「念のために、陛下、これからいくつか指示を出す――危険を減らすために」

「いまか？　早すぎはしないか、マスター・ウィッチャー？　それにもし——」

「いまだ」ゲラルトがさえぎった。「多くのことが起こる可能性がある。朝になって呪いが解け、王女がいて、おれの死体が転がっていないともかぎらない」

「まだそんなことを？　身を守る許可をあたえたではないか？　おまえにはさほど重要ではなかったような口ぶりだな」

「これは難しい案件だ、陛下。危険が大きい。だからよく聞いていただきたい。王女はつねに首まわりにサファイアを身に着けておくこと、できれば包有物のあるものを銀の鎖につけておくのがいい。昼も夜も」

「包有物とは？」

「石のなかに空気を含有したサファイアだ。それから、王女の部屋の暖炉でときどきネズミサシ、エニシダ、ポプラを燃やすこと」

王は考えこむ表情になった。

「助言に感謝する、ウィッチャー。もしものときは気をつけよう——これから言うことをよく聞け。もし望みがないと判断したら娘を殺せ。呪いを解いても、娘が……ふつうでなかったら。完全に成功したと、少しでも思えなければ殺してくれ。案じるな、わたしからは何も恐れることはない。人前でおまえをどなりつけ、宮殿と街から追放するが、それだけだ。もちろん報酬は払わない。だが、おそらく別の筋からなにがしか入るだろう」

　二人はしばらく黙りこんだ。

「ゲラルト」王が初めて名前で呼んだ。

「はい」

「あの子があんなふうになったのはアダがわたしの妹だったからという噂は、どこまで本当だ？」

「本当とは思えない。呪いは誰かがかけるもので、呪いが自分でかけるものではない。だが、呪いがかけられたのはあなたが妹君と交わったせいであり、これはその結果だ」

「やはりそうか。何人かの知恵者がそう言った、全員ではないが。ゲラルト？　あのようなものはどこから出てくる？　呪いか、魔術か？」

「それはわからない、陛下。そのような現象の原因を研究するのは知恵者たちの仕事だ。われわれウィッチャーには、集中した意志がそのような現象を引き起こすという知識があればいい。そして、それらと闘うための知識があれば」

「そして殺すための知識か」

「たいていは。そもそも、われわれはふつうそのために雇われる。呪いを解いてほしいと頼まれることはめったにない。概して人は危険からわが身を守りたいだけだ。だが、もしこのストリガに人間のような意識があれば、復讐心が作用することもあるだろう」

王は立ちあがって数歩、部屋を横切り、壁にかかったウィッチャーの剣の前で足を止め、「これを使うのか？」と、ゲラルトのほうを見ずにたずねた。

「いや。それは人用だ」

「そのようだな。そこでだ、ゲラルト。おまえと一緒に地下墓所に行きたい」

「論外だ」

フォルテスト王が振り向き、目を光らせた。

「知っているか、魔法使い、わたしが娘を一度も見ていないことを。生まれたときも、そのあとも。怖かった。もう二度と会えないかもしれない、だろう？　せめておまえが殺しているあいだだけでも、わたしには娘に会う権利がある」

「もういちど言うが、論外だ。まず命はない。おれも、陛下も。おれの注意力が、意志が少しでも揺らいだら——。そんな真似はできない、陛下」

フォルテスト王は背を向け、扉に向かいはじめた。一瞬ゲラルトは、王が言葉もなく、辞去の身ぶりもなく立ち去ると思ったが、王は足を止めて振り返った。

「おまえは信頼できる。どんな悪党かは知っているが。宿屋で何があったかは聞いた。おまえは噂を広め、人々の度肝を抜き、わたしを驚かすためだけにあのろくでなしどもを殺したのだろう。おまえなら殺さずにおくこともできたはずだ。おまえがわが娘を救いに来たのか、それとも殺しに来たのか、残念ながらわたしには知りようもない。だが、いずれにせよわたしは同意する。同意しなければならない。なぜかわかるか？」

ゲラルトは無言だ。

「なぜなら」王が続けた。「娘が苦しんでいると思うからだ。そうではないか」

ゲラルトは透徹した視線で王を見すえた。認めもせず、うなずきもせず、かすかな身振りもしなかったが、フォルテストにはわかった。王はウィッチャーの答えを知っていた。

V

ゲラルトは最後にもういちど宮殿の窓から外を見た。あたりはみるみる暗くなり、湖の向こうにヴィジマの遠い明かりがまたたいている。旧宮殿のまわりは荒れ果て、さびれた一帯となっていた。街は七年以上もこの物騒な場所との往来を断ち、いまはわずかな廃墟と、腐れた梁《はり》と、歯抜けになってはずす価値も動かす価値もない柵の残骸があるだけだ。国王はここからできるだけ遠い場所——街の居住地の反対側——に新しい住まいを建てた。

新宮殿の頑丈な塔が暗くなる空の青を背に、遠くに黒くそびえている。

略奪されて何もない部屋のひとつでゲラルトはほこりまみれのテーブルに戻り、淡々と、綿密に準備を続けた。時間はたっぷりある。ストリガが真夜中より前に墓所を離れることはない。

目の前のテーブルには金具のついた小さな蓋つき箱が置いてあった。蓋を開けると、なかには仕切りごとに乾燥した植物の葉がきっちり詰められ、濃い色のガラスの小さな薬瓶が並んでいた。ゲラルトはそのなかから三本を取り出した。

次に、分厚い羊の皮にくるんで革ひもで結んだ細長い包みを床から取った。包みをほどくと、剣が現れた。柄《つか》は精巧な造りで、黒光りする鞘にはルーン文字や記号が何列もびっしり書かれている。鞘から剣を抜くと、刃が鏡のようにまばゆい、汚れなき光を放った。純銀製だ。

ゲラルトは呪文《じゅもん》をつぶやき、二本の小瓶のなかみを順に飲み、ひとくちごとに左手を剣の刃に載せた。それから黒い外套をきつく体に巻きつけ、床に座った。部屋に椅子はない。それを言うなら宮殿のどの部屋にもなかった。

ゲラルトは目を閉じ、じっと座っていた。最初は一定だった呼吸が急に速く、荒く、激しくなり、やがて完全に止まった。ウィッチャーが肉体を完全に制御するために飲む混合液は、おもにシュロソウ、マンダラケ、サンザシ、トウダイグサからできている。それ以外の成分は、世界のどこの言語にも名前はない。ゲラルトのように、子どものころから慣れている者以外には猛毒だからだ。

ゲラルトがふいに振り向いた。静けさのなか、異様に研ぎ澄まされた聴覚は、棘のあるイラクサにおおわれた中庭を通ってくるかさかさという足音を難なくとらえた。まちがってもストリガではない。もっと軽い足取りだ。ゲラルトはさっと剣を背負い、壊れた暖炉の炉床《ろしょう》のなかに荷物を隠し、コウモリのように音を立てずに階段を駆けおりた。

中庭には、近づいてくる男にウィッチャーの顔が見えるほどの光がまだ残っていた。その男――オストリット――はぎくりとしてあとずさり、恐怖と嫌悪で思わず顔をしかめ、唇をゆがめた。ゲラルトはにやりと笑った――自分がどんなふうに見えるかは知っている。ベラドンナとトリカブトとコゴメグサの混合液を飲んだあとは顔が蒼白《そうはく》になり、瞳孔が虹《こう》彩《さい》全体に広がる。だが、これを飲むと、どんな暗闇でもものが見える。これこそゲラルトがほしかったものだ。

オストリットはすぐに落ち着きを取り戻した。

「すでに死体のような顔だな、ウィッチャー。そんなに怖いのか。だが、恐れるな。おまえに猶予をあたえる」

ウィッチャーは無言だ。

「わたしの言うことが聞こえないのか、リヴィアのペテン師よ？　おまえは救われた。カネもやる」オストリットは手にした大きな金袋をかかげ、ゲラルトの足もとに投げた。「千オレン。それを持って馬にまたがり、ここから出ていけ！」

ゲラルトは答えない。

「こっちを見るな！」オストリットがどなった。「なにをぐずぐずしている？　夜中までここに立っているつもりはない。わからんのか？　おまえに呪いを解いてもらいたくないのだ。いや、おまえが思っているようなことではない。ヴェレラドやセグリンと結託してはいない。王女を殺してもらいたくないだけだ。黙って去ってくれ。すべてこのままで」

ゲラルトは動かなかった。いまは自分の動きと反応がいかに速いかを相手に気づかれたくない。あたりが急に暗くなってきた。さいわい、夕暮れの薄暗がりも、開いた瞳孔にはまぶしすぎるほどだ。

「なぜ、すべてこのままでいいのか？」ゲラルトはひとことずつ、ゆっくりと発音した。

「そんなことは」――オストリットは傲然と頭をあげ――「おまえにはなんの関係もない」

「すでに理由を知っているとしたらどうだ？」

「言ってみろ」

「ストリガがこれ以上、人々を怖がらせたら、フォルテスト王を玉座から引きずりおろすのが楽になるからじゃないのか？　王室の狂気に、貴族と庶民がうんざりすればするほど王の地位はあやうくなる、違うか？　おれはレダニアとノヴィグラドを通ってここに来た。そこで聞いた話によれば、ヴィジマにはノヴィグラドのヴィジミル王を自分たちの救世主とあがめ、本物の君主とみなす者たちがいるらしい。だが、オストリット卿、おれには政治も、王位継承も、宮廷内の変革もどうでもいい。おれがここにいるのは自分の仕事を遂行するためだ。責任感と単純な誠実さについて聞いたことはないか？　職業倫理はどうだ？」

「誰に対して口をきいてると思っている、この流れ者めが！」オストリットは声を荒らげ、剣の柄に手を置いた。「もうたくさんだ。こんな議論には慣れていない！　自分を見てみろ――倫理、行動規範、道義だと!?　よくもそんな口がきけるな。着くやいなや人殺しを始めた悪党が？　王の前では平身低頭、その裏では刺客よろしくヴェレラドと手を組む男が？　そんなやつがよくもわたしをバカにできるものだな、この奴隷め。〈賢者〉気取りか？　魔術師のつもりか？　この狡猾《こうかつ》ウィッチャーが！　立ち去れ、この剣がおまえの頭を真横に薙《な》ぎ払う前に！」

ゲラルトは微動だにせず、平然と立っている。

「ここを出たほうがいい、オストリット卿。暗くなってきた」

オストリットは一歩さがり、さっと剣を抜いた。

「おまえが望んだんだ、魔法使い。殺してやる。おまえの奇術など役に立たん。こっちにはタートルストーンがある」

ゲラルトは笑みを浮かべた。タートルストーンの評判はよく知られているが、同じくらいよく誤解されている。だが、魔法に力を使うつもりはない。ましてやオストリットの剣を受けるために銀の剣を抜くつもりもなかった。ゲラルトはオストリットが振りまわす剣の下に飛びこみ、手のひらの付け根と銀鋲のついた袖口を相手のこめかみに叩きこんだ。

Ⅵ

オストリットはすぐに意識を取り戻し、真っ暗闇のなかであたりを見まわした。縛られているのには気づいても、ゲラルトがすぐ真横に立っているのは見えなかった。だが、自分がどこにいるかがわかったとたん、ぞっとするような叫びを長々とあげた。

「黙れ」ウィッチャーが言った。「時間前に王女を呼び出したいか」

「この人殺し！　どこにいる？　いますぐ縄をほどけ、このクズ！　絞首刑にしてやる、このくそ野郎！」

「黙れ」

オストリットがぜいぜいとあえいだ。

「わたしをここに残して餌食にするつもりだな！　縛りあげて？」

オストリットはさっきよりも声を落とし、悪態をついた。

「いや、自由にしてやる」ウィッチャーが言った。「だが、いまじゃない」

「この悪党め」オストリットが声を引きつらせた。「ストリガの気をそらすためか？」

「そうだ」

オストリットは何も言わず、もがくのをやめて静かに横たわった。

「ウィッチャー」

「なんだ」

「フォルテストを失脚させたかったのは本当だ。わたしだけじゃない。だが、あの男を殺したいと思ったのはわたしだけだ。やつを苦しみながら死なせ、狂わせ、生きたまま腐らせたかった。なぜかわかるか？」

ゲラルトは無言だ。

「アダを愛していた。王の妹。王の愛人。王の売婦。彼女を愛していた――ウィッチャー、そこにいるのか？」

「ああ」

「おまえが何を考えているかはわかる。だが、そうじゃない。信じてくれ、わたしは呪いなどかけていない。魔法のことなど何も知らない。ただ一度だけ、怒りのあまり、わたしは言った……。一度だけだ。ウィッチャー？　聞いているか」

「聞いている」

「フォルテストの母親だ、前の王妃。彼女に間違いない。前王妃はフォルテストとアダを見張れなかった――わたしではない。一度だけ二人を説得しようとしたが、アダは――ウィッチャー！　わたしはどうかしていた、それで言った……ウィッチャー？　わたしのせいか？　わたしの？」

「いまとなってはどうでもいい」

「ウィッチャー？　もうじき真夜中じゃないか？」

「そろそろだ」

「行かせてくれ。もう少し時間をくれ」

「だめだ」

オストリットには石棺の蓋がずれる音は聞こえなかったが、ウィッチャーの耳には聞こえた。ゲラルトは身を乗り出し、短剣でオストリットを縛っていたひもを切った。オストリットは言葉を発するまもなく飛び起き、しびれた脚で、ぶざまによろけながら走りだした。彼の目は暗闇に慣れ、中央広間から出口までの道が見えていた。

地下墓所の入口をふさぐ石板が開き、床にがたんと落ちた。ゲラルトは用心深く階段の手すりの背後に隠れ、醜い姿のストリガがオストリットの遠ざかる足音が聞こえるほうにすばやく、迷うことなく猛然と向かうのを見た。ストリガは物音ひとつ立てなかった。

震えるような、すさまじい狂気の叫びが夜を切り裂き、古い壁を揺らし、高くなり低くなり、びりびりと振動しながら続いた。どれくらい離れているのか――鋭くなった聴覚のせいで――正確にはわからなかったが、ストリガがあっというまにオストリットをつかまえたのはわかった。予想よりもずっと早く。

ゲラルトは広間の中央に踏みこみ、墓所の入口の正面に立った。外套を脱ぎ捨て、肩をぴくっと動かして剣の位置を直し、籠手《こて》を引っぱった。まだ少し時間がある。ストリガが最後の満月以降、餌にありついていたとしても、そう簡単にオストリットの死体を放しはしないだろう。ストリガにとって、心臓と肝臓は長い昏睡《こんすい》のあいだの貴重な栄養分だ。

ウィッチャーは待った。目算が正しければ、夜明けまで約三時間。オンドリの鳴き声はあまり当てにならない。そもそもこのあたりにオンドリは一羽もいないだろう。

ストリガの音が聞こえた。ゆっくりと、床に足を引きずりながら近づいてくる。ついにウィッチャーはその姿を見た。

描写は正確だった。短い首の上に載った異様に大きな頭。それを取り巻く、もつれてちぢれた赤毛。闇のなかで獣《けもの》の目のように光る目。ストリガはゲラルトを見つめ、動きを止めた。と、いきなり――ずらりと並んだ白くて鋭い歯を自慢するかのように――口を開け、収納箱の蓋が閉まるときのような音を立てて閉じたかと思うと身を躍らせ、血のついた鉤爪で切りかかった。

ゲラルトは脇に跳びのき、すばやくつま先で回転した。ストリガはゲラルトに体をこすりつけ、鉤爪を振りまわしながら回転すると、バランスを崩しもせず、こんどは半回転して飛びかかり、ゲラルトの胸からわずか数センチの距離でかちっと歯を鳴らした。ゲラルトはストリガを惑わそうと回転の向きをひらりと変え、跳びのきざまに、籠手の指関節に埋めこんだ銀鋲を怪物のこめかみに思いきり打ちこんだ。

ストリガのすさまじい咆哮がこだまとなってとどろき、宮殿を満たした。ストリガは床に倒れ、身をこわばらせ、呆然と、激しくわめきはじめた。

ゲラルトはにたりと笑った。最初の作戦はねらいどおりうまくいった。魔法によって生み出された多くの怪物と同様、銀はストリガにとって致命的だ。つまり、まだ勝算はある。このストリガがほかの怪物と同じということは、呪いが解ける見こみがある――いざとなったら銀の剣が命を守ってくれるだろう。

ストリガはすぐには次の攻撃に移らず、牙を剝き、ぞっとするようなよだれを垂らし、ゆっくり近づいてきた。ゲラルトはあとずさり、慎重に足もとを確かめながら半円を描いた。簡単には飛びかかられないよう、足の動きに緩急をつけてストリガの気を散らし、先の重い、長くて強靭な銀の鎖をほどいた。

ストリガが力をためて跳びあがった瞬間、鎖がうなりをあげて空を切り、みずからの重みでヘビのように怪物の肩と首と頭に巻きついた。ストリガは跳躍の姿勢のまま倒れ、耳をつんざくような甲高い声を発して床をのたうちまわり、すさまじい咆哮をあげた。怒りのせいか、それともいまわしい金属が引き起こした、焼けるような痛みのせいかはわからない。ゲラルトは満足した――殺そうと思えば楽に殺せる。だが、剣は抜かなかった。ストリガの動きに、呪いが解けないと考える要素はひとつもなかったからだ。ゲラルトは安全と思える距離まで離れ、床でのたうつ生き物から目を離さず、深呼吸して集中した。

鎖がびしっとちぎれ、銀の輪が雨のようにあたりに散らばり、石の床に当たって鳴りひびいた。怒りに目がくらんだストリガがうなり、よろよろと反撃に出た。ゲラルトは悠然と待って右手をかかげ、顔の前で〈アードの印《いん》〉を結んだ。

ストリガは槌《つち》でなぐられたかのようにのけぞったが、倒れはせず、鉤爪を伸ばして牙を剝いた。髪が逆立ち、強風に向かって歩いているかのようになびいた。そうやって苦しげに、一歩ずつ床をこするように、ゆっくりと近づいてきた。ゆっくりだが、確実に。

ゲラルトは不安になった。あんな単純な印がストリガの動きを封じるとは思わなかったが、こんなにあっさりと立ち直るとも思わなかった。体力を消耗するため、印は長くは保てない。ストリガがあと十歩ほどの距離に近づいたところで、ゲラルトはさっと印を下ろし、脇に跳びのいた。ストリガは不意をつかれて前につんのめり、バランスを崩して倒れ、床をすべり、階段を転げ落ち、床に大きく開いた地下墓所の入口から落下した。

すさまじい叫びが地下から響きわたった。

ゲラルトは時間をかせごうと、回廊に通じる階段に飛び乗った。半分ものぼらないうちにストリガは地下から走り出、黒い大グモのようにするするとのぼってきた。ゲラルトはストリガが階段をのぼるのを待って手すりを飛びこえた。ストリガは階段で向きを変え、驚異の十メートルジャンプで飛びかかってきた。ストリガもこんどはつま先回転にだまされず、鉤爪でウィッチャーの革のチュニックを二度、切りつけた。だが、ふたたび銀鋲のついた籠手を死に物狂いの力で打ちこまれ、横に投げ飛ばされて、ぶるっと身震いした。ゲラルトは体のなかで怒りが沸きあがるのを感じながら左右に身を揺らし、背中をそらすと、力強いひと蹴りでストリガの脚をはらった。

ストリガがあげた怒号は、それまでのどの声よりも大きく、天井から漆喰《しっくい》がぼろぼろとくずれ落ちるほどだった。

ストリガが跳ね起きた。抑えきれない怒りと殺戮に対する欲望でぶるぶる震えている。ゲラルトは待った。剣を抜いて宙に円を描き、剣と足の動きをずらしながらストリガのまわりをまわった。ストリガは飛びかからず、ゆっくりと、刃が描くまぶしい筋を目で追いながら近づいてくる。

ゲラルトはふいに足を止め、剣を構えたまま動きを止めた。ストリガも困惑して立ちどまった。ゲラルトは刃先でゆっくりと半円を描き、ストリガに一歩近づいた。さらにもう一歩。次の瞬間、ストリガの頭上で剣を振るうふりをしながら飛びかかった。

ストリガは身をかがめ、ジグザグに後退した。ゲラルトは手にした剣をきらめかせ、さらに近づいた。ウィッチャーの目は不気味に光り、食いしばった歯のすきまからしゃがれたうめきが洩れた。ストリガは迫りくる男が発する濃密な憎しみと怒りと暴力に押し戻され、あとずさった。すさまじい力が波のようにストリガの心と体をつらぬき、打ちのめしていた。未知の感情におびえ、痛めつけられ、ストリガはかぼそく震える悲鳴をあげると、その場で背を向け、迷路のように入り組んだ宮殿の暗い廊下を狂ったように駆け出した。

ゲラルトは広間のまんなかで震えながら立っていた。ひとりきりで。じつに長い時間がかかった――ゲラルトは思った――この奈落の縁《ふち》での舞踏が、狂気じみた死闘が目的の効果をあげ、敵と肉体的にひとつになり、ストリガを満たす凝り固まった心の深層に達するまで。それは悪意――ストリガを生み出したねじれた意志だ。その邪悪な意志を鏡のように怪物に向けなおすために自分で取りこんだ瞬間を思い出し、ゲラルトは身震いした。これまで、あれほど凝縮された憎しみと残忍な狂気に遭遇したことはなかった――憎しみと残忍さには恐ろしく定評のあるバシリスクからさえも。

なおさらいい――ゲラルトは地下墓所の入口と、そこから巨大な水たまりのように広がる暗闇に向かって歩きながら思った。ストリガから受け取った衝撃が強ければ強いほど、怪物が立ち直るまで時間がかかる。同じような闘いをもういちどやれるとは思えない。霊薬の効果は弱まり、夜明けまでには長い時間がある。だが、何があってもストリガを朝の最初の光が射す前に墓に戻してはならない。ここで戻したらこれまでの努力が水の泡だ。

ゲラルトは階段をおりた。墓所はさほど広くはなく、石棺が三つ並ぶだけの大きさだ。最初の石棺の石蓋が半分押し開けられていた。ゲラルトはチュニックの下から三本目の薬瓶を取り出してすばやく飲み、石棺によじのぼってなかに横たわった。思ったとおり、それは二人用の棺だった——母と娘のための。

棺の蓋を閉じると同時に、ふたたびストリガのうなりが聞こえた。ゲラルトはミイラ化したアダの死体の隣であおむけに横たわり、石蓋の内側に〈イャーデンの印〉を描いた。剣を胸に載せ、その横に燐光砂《りんこうさ》の入った小さな砂時計を立てて腕を斜め十字に組んだ。宮殿内を探しまわるストリガの声はもはや聞こえなかった。ヨツバツクバネとクサノオウが効きだすにつれ、しだいに何も聞こえなくなった。

Ⅶ

目を覚ますと、砂時計の砂が全部落ちていた。予想よりも眠りが長かったということだ。ゲラルトは聞き耳を立てたが、何も聞こえない。すでに感覚はふつうに戻っていた。剣をつかみ、ぶつぶつと呪文を唱え、石棺の蓋に片手をはわせてから、蓋をわずかに、数センチだけ動かした。

あたりは静まり返っている。

さらに蓋を押し開け、上体を起こし、いつでも抜けるよう剣をつかんで棺の上に頭をあげた。墓所は暗いが、外では夜が明けているのがわかった。火をつけ、小型ランプに火を灯してかかげると、墓の壁に奇妙な影が浮かんだ。

誰もいない。

ゲラルトは痛み、しびれ、凍える体で石棺からよろよろと這い出した。そこでようやく王女を見た。棺の横で、裸で、意識のない状態であおむけに横たわっている。

王女は醜かった。やせて汚れた体、小さくとがった胸、腰までありそうな赤茶色の髪。ランプを石蓋の上に置き、娘の横に膝をついて顔を近づけた。唇は血の気がなく、ウィッチャーになぐられた頬骨あたりに血がついている。ゲラルトは手袋をはずして剣を脇に置き、指で淡々と上唇をめくった。ふつうの歯だ。それから、もつれた髪に埋もれる娘の手に自分の手を伸ばした。手を取る寸前、娘の目が開いたのに気づいたが、遅かった。

鉤爪がゲラルトの首を真横に、深々と切り裂いた。血しぶきが王女の顔に飛び散り、王女は反対の手でウィッチャーの目をなぐり、吠えた。ゲラルトは王女にのしかかり、手首をつかんで床に押しつけた。王女はゲラルトの顔の前で――いまはもう短くなった――歯を嚙み合わせた。ゲラルトはその顔に頭突きをあびせ、さらに強く押さえつけた。王女にかつてのような力はなく、ゲラルトの下でもがき、泣き叫び、口からあふれる血――ウィッチャーの血――を吐き出すだけだ。切られた首からドクドクと出血していた。あまり時間がない。ゲラルトは毒づき、王女の首――耳の真下――に思いきり嚙みつき、歯を沈め、そして食いしばった。王女の獣じみた叫びが、やがてかぼそい、あきらめたような悲鳴になり、しゃくりあげるようなすすり泣きに――傷ついた十四歳の少女の泣き声に変わった。

　ゲラルトは少女が動かなくなるのを待って口をはずし、膝をつき、袖ポケットから粗布を引き裂いて首に押し当てた。剣を探り、意識を失った少女の喉に刃を当て、その手をのぞきこんだ。爪は汚れて割れ、血だらけだったが……ふつうの爪だ。完全に。

　ゲラルトはよろよろと立ちあがった。早朝のねっとりした灰色の空気が墓所の入口から押し寄せていた。階段に向かおうとして、よろけ、どさりと床に座りこんだ。ぐっしょり濡れた粗布を通して血があふれ、両手にこぼれ、袖を伝い落ちていた。チュニックの前を開けてシャツを切り、破り、生地を引き裂き、首に巻いた。もう時間がない。いまにも気が遠くなりそうだ……。

　なんとかまにあった。そしてゲラルトは気を失った。

　ヴィジマでは、湖の向こうで一羽のオンドリが冷たい湿気のなかで羽をばたつかせ、しゃがれ声で三度目の鳴き声をあげた。

Ⅷ

目を覚ますと、衛兵小屋の上にある小部屋の白壁と、剝き出しの天井の梁が見えた。頭を動かしたとたん、痛みに顔をゆがめ、うめいた。首には包帯が分厚く、専門者の手によって完璧に巻かれていた。

「じっとしていろ、ウィッチャー」ヴェレラドの声がした。「横になったまま、動くな」

「おれの……剣は……」

「ああ、ああ。わかっている、いちばん大事なウィッチャーの銀の剣だな。ここにある、心配するな。剣も、小さなかばんも。それから三千オレンだ。ああ、ああ、何も言うな。わたしは老いた愚か者で、おまえは賢いウィッチャーだ。この二日間、フォルテスト王はそればかり繰り返している」

「二日――」

「ああ、そうだ、二日だ。王女はおまえの首をこれでもかというくらい深く切り裂いた。首のなかのものがすべて見えたほどだ。おまえは大量の血を失った。オンドリが三度目に鳴いたあと、すぐにわれわれが宮殿に駆けつけたのはさいわいだった。あの晩、ヴィジマでは誰も眠らなかった。眠れなかった――おまえたちが立てたすさまじい音で。話をして疲れないか？」

「王……女は？」

「王女はどこにでもいる王女だ。やせて、いくらか頭が鈍い。ひっきりなしに泣いてはベッドを濡らす。だが、これもじきに変わるとフォルテスト王は言っている。いまより悪いほうに変わることはない、だろう、ゲラルト？」

ウィッチャーは目を閉じた。

「よし。そろそろ失礼しよう。よく休むがいい」ヴェレラドは立ちあがった。「ゲラルト、その前に教えてくれ。なぜ王女を嚙み殺そうとした？　え？　ゲラルト？」

ウィッチャーは眠りに落ちていた。

理性の声2

I

「ゲラルト」

ゲラルトは頭をあげ、眠りから覚めた。太陽はすでに高く、鎧戸《よろいど》を通して目もくらむような金色の光線が差しこみ、触手のような光が部屋に入りこんでいた。ゲラルトは必要もないのに——まぶしければ瞳孔を垂直に細めればいいだけなのに——どうしても消せない本能的反射で片手を目の上にかざした。

「とうに朝よ」ネンネケが鎧戸を開けた。「寝過ごしたようね。行きなさい、イオラ」

娘ははっと上体を起こし、ベッドから身を乗り出して床のマントを拾った。ゲラルトはついさっきまで娘の唇があった肩に、冷たい唾液の跡を感じた。

「待て……」ゲラルトがおずおずと呼びかけた。娘は見返し、さっと顔をそむけた。

娘はすっかり変わっていた。明け方に見せた水の精めいたところも、カモミールの香りのする、光る幻影のような雰囲気もいまはまったくなかった。瞳は黒ではなく青色で、鼻と首筋と両肩にそばかすがある。幻滅したわけではない。そばかすは娘の肌の色と赤みがかった髪に似合っている。だが、明け方、娘が彼の夢だったときにはなかった。ゲラルトは娘に——彼女が夢のままでいてくれなかったことに——怒りを感じた自分を恥じ、そう感じた自分がゆるせなかった。

「待て」ゲラルトはもういちど呼びかけた。「イオラ……おれは——」

「話しかけないで、ゲラルト」ネンネケが言った。「いずれにしてもこの娘《こ》は答えない。行きなさい、イオラ」

娘はマントを体に巻きつけ、素足でぱたぱたと音を立てながら扉に向かった——困ったように、顔を赤らめ、気まずそうに。もはやそのどこを見ても、彼に思い起こさせるところはなかった——

イェネファーのことを。

「ネンネケ」ゲラルトはシャツに手を伸ばし、「気を悪くしないでほしいんだが——あの娘に罰をあたえはしないだろうな」

「まさか」巫《み》女《こ》は鼻で笑った。「ここがどこか忘れた？　隠遁所でもなければ修道院でもない。メリテレ寺院よ。われらが女神は巫女たちに何も禁じない。たいていのことは」

「おれがあの娘に話しかけることは禁じた」

「禁じてはいない。でも、無意味よ。イオラはしゃべらない」

「なんだと？」

「あの娘はしゃべらない。そう誓いを立てたの。一種の供《く》犠《ぎ》で、それを通して……。ああ、説明しても無駄ね。どうせあなたにはわからないし、わかろうともしない。あなたの宗教観は知っている。待って、まだ服を着ないで。首を診させて」

　ネンネケはベッドの端に座り、ウィッチャーの首に厚く巻かれた麻の包帯を手際よくほどいた。ゲラルトは痛みに顔をしかめた。

　ゲラルトがエランダーに着いてすぐ、ネンネケはヴィジマで処置された、靴職人の撚《よ》り糸の痛々しいほど太い縫い目をほどいて傷口を開き、縫合しなおした。手当ての効果はあきらかで、寺院に着いたときには――少しこわばってはいたものの――ほとんど治っていた。いまはまた具合が悪く、痛みもあるが、ゲラルトはなんの文句も言わなかった。巫女ネンネケとは長い付き合いで、その医術知識がいかに膨大で、調剤術がいかに豊富で広範囲にわたるかは知っている。メリテレ寺院での治療に間違いはない。

ネンネケは傷に触れ、洗浄し、毒づきはじめた。いまではすっかりお決まりの流れだ。それは治療の初日から始まり、ヴィジマの王女の鉤爪が残した傷跡を見るたびに巫女は必ず文句を言った。

「なんてひどい！　ありふれたストリガにまともに切られるなんて。筋肉、腱――もう少しで動脈が切れていたところよ！　おお、偉大なるメリテレ！　ゲラルト、これはどういうこと？　どうしてこんなにストリガに近づいたの？　何をするつもりだったの？　のしかかろうとでもした？」

ゲラルトは答えず、微笑を浮かべた。

「バカみたいににやにやしないで」ネンネケは立ちあがり、たんすの引き出しから包帯の入った袋を取った。肉づきのいい、ずんぐりした体形に似合わず、動きはすばやく優雅だ。「おかしいことなんか何もないわ。反射機能を失ってもいいの、ゲラルト？」

「大げさだな」

「大げさなものですか」ネンネケはユーカリノキのにおいがつんとする、緑色のどろどろしたものを傷口に塗り広げた。「あなたはケガを負うべきではなかったのにケガをした、それもきわめて重い傷を。命にもかかわるような。あなたの特殊な再生能力をもってしても、首が完全に動くまでには数カ月かかる。それまでは敏捷な相手に腕だめしをしないほうが賢明よ」

「忠告に感謝する。ついでにいくつか助言をくれないか？　そのあいだおれはどうやって暮らせばいい？　女たちを集め、荷馬車を買い、評判の悪い旅一座でも結成するか」

　ネンネケは肩をすくめ、すばやい、慣れた手つきでゲラルトの首に包帯を巻いた。「どうしてわたしがあなたに助言し、どうやって暮らすかを教えなければならないの？　わたしはあなたの母親か何か？　よし、これでいい。服を着て。食堂に朝食が準備してある。急がないと自分で作ってもらうわよ。娘たちを昼まで厨房に閉じこめておく気はないわ」

「このあと、きみはどこにいる？　聖殿か？」

「いいえ」ネンネケは立ちあがり、「聖殿はだめ。あなたはここで歓迎される客だけど、ウィッチャー、聖殿内はうろつかないで。散歩でもしていれば、こちらから見つけるわ」

「わかった」

Ⅱ

ゲラルトは寺院の門から聖殿脇の住居群と中央聖殿までのポプラ並木を——四度——ぶらぶら歩いた。寺院中心部の先は切り立った崖だ。少し考えてから、ゲラルトは療養室には戻らず、庭と離れ屋のほうに向かった。灰色の作業服を着たたくさんの巫女がせっせと花壇の雑草を抜いたり、鶏小屋の鶏に餌をやったりしていた。大半は若く、なかには子どもといってもいいような少女もいた。何人かがすれちがいざまに会釈し、ほほえんで挨拶した。ゲラルトも挨拶を返したが、知っている顔はひとつもなかった。この寺院にはしばしば——一年に一度か二度——訪れるが、知った顔はせいぜい三、四人だ。娘たちはやってきては去ってゆく——別の寺院の巫女、助産師、女や子どもの病気専門の施療師、さすらいのドルイド、あるいは教師や家庭教師として。だが、娘たちはあらゆるところから、はるか遠い地域からもやってくるので、巫女が足りなくなることはない。エランダーのメリテレ寺院は有名で、評判のよさはつとに知られていた。

メリテレ教は最古の宗教のひとつで、太古の昔から広く信仰されてきた。人類以前の種族と原始遊牧民族はみな、収穫と豊饒《ほうじょう》の女神、農民と庭師の守護者、愛と婚姻の保護者をあがめたといってもいい。こうした宗教の多くがひとつになってメリテレ教となった。

ほかの宗教や信仰集団にとって年月はじつに残酷で、その多くが忘れられ、めったに人の訪れない小さな寺院や都市の建物のあいだに埋没する祈《き》禱《とう》室となりはてたが、メリテレには慈悲深かった。メリテレにはつねに崇拝者と支援者がいた。この女神が支持された理由を解き明かそうと、こうした現象を研究した学者たちは〈偉大なる母〉、〈母なる自然〉という前史信仰に立ち戻り、自然の周期や命の再生、その他、たいそうな名前のついた現象との関連を指摘した。だがゲラルトの友人で、あらゆる分野で専門家の名をほしいままにする吟遊詩人ダンディリオンはもっと簡単な説明を見出した。いわく、メリテレ教は典型的な女の宗教である。言うなれば多産と誕生の守護聖人であり、助産師の守護者だ。そして出産中の女は誰だって叫ぶ。たいていは〝死ぬまでもう二度と男に身を捧げはしない〟といったありふれたものだが、それとは別に、子を産む女はなんらかの神に助けを求めずにはいられない。それにはメリテレがうってつけだ。女はこれまでも子を産み、いまも産み、これからも産みつづける、ゆえに女神メリテレが忘れ去られる心配はない——詩人はそう結論づけた。

「ゲラルト」

「ネンネケ。きみを探していた」

「わたしを？」巫女はいたずらっぽくウィッチャーを見返した。「イオラではなく？」

「イオラもだ」ゲラルトはうなずいた。「迷惑か？」

「いまはそう。あの娘の邪魔をして、気をそらしてもらいたくないの。このトランスで何かが起こったときのためにイオラは準備をし、祈らなければならない」

「前にも言ったが」ゲラルトは冷ややかな口調で、「トランスはしない。そもそもトランスが役に立つとは思えない」

「わたしが」――ネンネケは顔をしかめ――「トランスはあなたの害にはならないと思っても？」

「おれは催眠術にかからない。免疫がある。イオラがかわいそうだ。霊媒になると大きな負担がかかる」

「イオラは霊媒でも、気のふれた予言者でもない。あの娘は女神の恩寵を楽しんでいる。お願いだから変な顔をしないで。前にも言ったように、あなたの宗教観は知っている。それはどうでもかまわない。当然、これから先も。わたしは狂信者ではない。われわれはメリテレのなかにある〈自然〉と〈力《フォース》〉に支配されている――そう信じる権利はあなたにもある。神とはこの力を体現したものにすぎず、わがメリテレも同じよ。体現することによって、どんなに愚かな人間でも、神をより理解し、その存在を受け入れることができる。その力は理性では左右できないとあなたは言うけれど、わたしに言わせれば、ゲラルト、信仰によって人はわが女神が自然から体現したものを得ることができる――秩序、法、善。そして希望を」

「わかっている」

「わかっているなら、なぜトランスをためらうの？　何が怖いの？　像の前で頭を下げ、聖歌を歌わせられること？　いい、ゲラルト、トランスといっても、しばらく一緒に――あなたとわたしとイオラの三人で――座り、イオラの能力があなたのまわりで渦巻く力を見せてくれるかを確かめるだけ。知る価値のある何かが見つかるかもしれない。何も見つからないかもしれない。あなたを取り巻く力と運命は姿を見せたがらず、隠れたまま、理解できないままかもしれない。それはわからない。でも、なぜためしてみてはいけない？」

「意味がないからだ。おれは力の渦にも運命にも取り巻かれてはいない。たとえそうだとしても、いったいなぜそれをほじくり出さなければならない？」

「ゲラルト、あなたは病んでいる」

「それをいうならケガをしている、だろう」

「自分の言いたいことはわかっているわ。あなたはどこかふつうじゃない。わたしにはわかる。あなたのことは少年のころから知っているのだから。初めて会ったとき、あなたはわたしの腰までしかなかった。そしていま、あなたが何か忌まわしい渦巻きのなかで回転し、じわじわと絞まる首吊り縄にからめとられているような気がするの。何が起こっているかを知りたい。でも、自分ではできない。イオラの才能に頼らなければ」

「よほど深く調べたいようだな。なぜそんな形而上学的な話を？　そこまで言うのならすべて話そう。この数年間に起こった、驚くべきできごとの数々を夜ごと話して聞かせよう。喉が渇かないようにビール樽を用意して、さっそく今日から始めよう。だが、そのなかには首吊り縄も渦も出てこないから退屈かもしれない。よくあるウィッチャー話だ」

「喜んで聞かせてもらうわ。でも、もういちど言わせて。トランスはなんの害にもならない」

「おれのように」――ゲラルトは笑みを浮かべ――「信仰心のない男がそのようなトランスに入っても意味がないとは思わないか？」

「いいえ、思わない。なぜだかわかる？」

「いや」

ネンネケは顔を寄せ、色の薄い唇に奇妙な笑みを浮かべてゲラルトの目をのぞきこんだ。

「なぜなら、それはわたしが耳にする〝信仰心の欠如にもなんらかの力があること〟の最初の証拠となるはずだから」

一粒の真実

I

ウィッチャーは靄《もや》がたなびくまぶしい空でたくさんの黒い点が動いているのに気づいた。鳥だ。鳥たちはゆっくり、のんびりと円を描いていたが、ふいに旋回してはばたき、ふたたび上昇した。

ウィッチャーは長いあいだ鳥たちを見つめ——あたりの地形と森の深さ、この先にあると思われる渓谷の深さと方角を頭に入れ——そこまでの距離と、たどりつくのにかかる時間を計算した。それからようやく外套を払いのけ、胸に渡した剣帯を穴ふたつぶん締めた。背中にくりつけた剣の柄と柄頭《つかがしら》が片方の肩から突き出ている。

「少し道をはずれよう、ローチ」ウィッチャーが言った。「街道を離れてまわり道だ。鳥たちがなんの理由もなく旋回するとは思えない」

雌馬はウィッチャーの声にしたがい、歩きだした。

「おそらくヘラジカの死体かなんかだろうが、そうではないかもしれん。行ってみるまではわからない」

予想どおり渓谷が現れ、ウィッチャーは谷に生い茂る木々の梢を見渡した。だが、峡谷の斜面はなだらかで、川床は乾き、リンボクも腐りかけた木の幹もなく、渡るのは楽だった。谷の向こう側にはカバノキが林立し、その奥は広い空き地になっていて、ヒースと下草が、からみ合う枝と根を触手のように伸ばしていた。

人馬におびえた鳥たちがギャーギャーと鋭く鳴きながら、さらに高く舞いあがった。

最初の死体はすぐに見つかった――白い羊革の上着とくすんだ青いドレスが、黄ばみかけたスゲの茂みのなかで目を引いた。ふたつめの死体は探すまでもなく、おとなしく座ってウィッチャーを見つめる三頭の狼でわかった。雌馬が鼻を鳴らすと、狼たちはそれが合図だったかのようにゆっくりと――ときおり三角形の頭で新来者を振り返りながら――森のなかへ消えた。ゲラルトは馬から飛びおりた。

羊革と青いドレスの女は顔と喉がなく、左太ももの大半も失われていた。ゲラルトはのぞきこみもせず、死体の横を通りすぎた。

男のほうは地面にうつぶせで横たわっていた。狼と鳥がしっかり仕事をしているのを見て、わざわざ向けなおしはしなかった。詳しく調べるまでもない。毛織りのダブレットの肩と背中が、乾いたどす黒い血の筋でべっとりとおおわれていた。男は首への一撃で絶命し、狼はそのあとで死体を見つけただけだ。

幅広の腰帯には木の鞘に入った短剣が差してあり、その横に革袋が結んであった。ゲラルトは袋をむしり取り、中身をひとつひとつ草の上に放り投げた。火口《ほくち》箱、白墨一本、封《ふう》蠟《ろう》、片手いっぱいの銀貨、持ち手が骨製の折りたたみ式ひげそりナイフ、ウサギの片耳、鍵が三つ、そして男根が描かれたお守り。画布に書かれた二通の手紙は雨と露で濡れてにじみ、判読できない。羊皮紙に書かれた三通目の手紙も湿ってはいたが、読むことはできた。ムリヴェルにあるドワーフの銀行がラル・アスパーもしくはラル・アスペンなる商人に出した貸方票だ。たいした額ではない。

ゲラルトは身をかがめ、男の右手を持ちあげた。思ったとおり、青くふくれた指に食いこんだ銅の指輪には武具師《アーマラー》組合のマークがついていた——意匠化された面頰《めんぽお》つきの兜《かぶと》と十字に組んだ剣の下に、武具師の頭文字〝A〟がルーン文字で彫りこまれている。

女の死体に戻り、ひっくり返そうとして何かが指に刺さった——ドレスに挿した一輪のバラだ。しおれていたが、色は褪《あ》せていない。花弁の色は濃い青、とても深い青だ。こんなバラはいままで見たことがない。ゲラルトは死体を完全に向けなおし、たじろいだ。

剝き出しの血まみれの首に、はっきりとした嚙み跡があった。狼のものではない。

ゲラルトはそろそろと馬に戻り、森の端をにらんだまま鞍《くら》にまたがった。空き地を二度、周回し、身を乗り出してあたりを見まわし、地面をしげしげと見た。

「どうやら、ローチ」ウィッチャーは静かに言った。「状況はかなり明白だ。武具師と女は馬で森のほうからやってきた。ムリヴェルから家に帰るところだったようだ。現金化していない貸方票をそんなに長く持ち歩く者はいないからな。なぜ街道を通らず、ここを通ったのかはわからない。だが、二人は並んでヒースを越えていた。そして――これも謎だが――二人とも馬から降りた、もしくは落ちた。武具師は即死。女は走って逃げ、倒れ、死んだ。女を襲った何ものかは――足跡がないからわからないが――喉笛をくわえたまま地面を引きずった。馬は二頭とも逃げた。事件が起こったのは二日か三日前だ」

雌馬ローチはウィッチャーの口調に反応し、不安げに鼻を鳴らした。

「二人を殺したのは」ゲラルトは森の端を見ながら続けた。「人狼でもレーシーでもない。もしそうなら腐食動物や狼に分け前をあんなにたくさん残しはしない。あたりに沼があればキキモラかヴァイパーの可能性もあるが……ここは沼地ではない」

ウィッチャーが身を乗り出し、馬の脇腹をおおう毛布を引きはがすと、鞍袋に結んでいたもう一本の剣が現れた。装飾された光る鍔《つば》と波型の黒い柄がついている。

「さて、ローチ。おれたちはまわり道をしている。なぜ武具師と女は街道を通らず、森を抜けていたのかを調べてみよう。こうした事件を無視して通りすぎていたら、おまえのオート麦代もかせげない、だろう？」

雌馬はおとなしく歩きだし、くぼみを慎重によけながらヒースを踏みしめた。

「人狼のしわざではないとしても油断は禁物だ」ゲラルトは鞍袋から乾燥したトリカブトの束を取り出し、馬銜《はみ》にぶらさげた。ローチが鼻を鳴らした。ゲラルトはチュニックのひもを少しほどき、牙を剥いた狼が彫りこまれたメダルを引き出した。銀の鎖の先にぶらさがるメダルは馬の歩みに合わせて上下に動き、太陽の光をあびて水銀のように光った。

Ⅱ

ゲラルトは丘の頂上の、かすかな踏み分け道のカーブを横切ろうとして、赤いタイルのとんがり屋根の塔に気づいた。丘の斜面はハシバミの乾いた枝と黄色い枯れ葉に厚くおおわれ、馬に乗ってくだるのは危険だ。ゲラルトは引き返し、そろそろと坂をくだって広い道に戻った。ゆっくりとした速度で、ときおり馬を止めながら、鞍から身を乗り出しては足跡を探した。

　ローチが頭を振って激しくいななき、跳ねるように足を踏み鳴らして枯れ葉を巻きあげた。ゲラルトは左腕を馬の首に巻きつけ、〈アクスィーの印《いん》〉を結んだ右手を馬の頭上でさっと動かし、呪文をささやいた。

「それほど騒ぐようなことか」ゲラルトは印を結んだままあたりを見まわし、つぶやいた。「落ち着け、ローチ、落ち着け」

　魔力はすぐに効いたが、雌馬はかかとでつつかれても、いつもの弾むような足取りではなく、しぶしぶ歩きだした。ゲラルトは軽やかに地面に降り、轡《くつわ》を引いて歩きはじめた。やがて壁が現れた。

　壁と森のあいだにすきまはなく、はっきりとした境目もない。若木と生い茂るネズミサシの葉が、壁の石細工に張りつくツタと野ブドウにからみ合っている。見あげたとたん、首がちくっとするのを感じた。目に見えない柔らかい生き物がくっつき、首の毛を持ちあげたかのような感覚だ。

　誰かに見られている。

ゲラルトはなめらかに振り向き、ローチが鼻を鳴らした。馬の首の筋肉がぴくつき、皮膚の下で動いた。

たったいま下ってきた丘の斜面に、一人の少女が片方の腕をハンノキの幹に載せて立っていた。裾の長い白いドレスと、肩まで伸ばしたつやのある黒い乱れ髪が見事なコントラストをなしている。ほほえんでいるようだが、遠すぎてはっきりとはわからない。

「やあ」ゲラルトは親しげに片手をあげ、一歩近づいた。少女はウィッチャーの動きを目で追いながら、わずかに頭を振り向けた。青白い顔。黒くて大きな目。ほほえみは――あれがそうだったとしたら――布でふきとったかのように顔から消えていた。ゲラルトがもう一歩近づき、足もとで草がかさっと音を立てたとたん、少女はシカのようにハシバミの茂みのあいだをすり抜け、坂を駆けおりた。森の奥に消えたときには一本の白い筋でしかなかった。長いドレスは少女の動きを少しもさまたげなかったようだ。

ローチが頭を振り、不安げにいなないた。ゲラルトは森を見つめたまま、反射的にもういちど印で馬をなだめて轡をつかみ、腰まであるゴボウの葉をよけながら壁にそってゆっくり進んだ。

やがて、鉄の金具とさびた蝶番《ちょうつがい》のついた、頑丈そうな門扉《もんぴ》の前にやってきた。大きな真鍮《しんちゅう》製のノッカーがついている。一瞬迷ったあとゲラルトは手を伸ばし、ノッカーの色あせた輪っかに触れ、さっと飛びすさった。触れたとたん、門がぎいっときしみ、草の茂みと石と枝を押しのけ、がちゃがちゃと開いた。門の向こうには誰もいない――放置され、イラクサが伸び放題の荒れ果てた中庭が見えるだけだ。ゲラルトは馬を引いてなかに入った。ローチはまだ印の影響で抵抗はしなかったが、ぎこちない、ためらいがちな足取りだ。

中庭は三方が壁と木の組立台《くみたてだい》の残骸に囲まれ、残る一面に館《やかた》が建っていた。正面は欠けた漆喰《しっくい》と汚れて湿ったところがぽつぽつとまだらになり、ツタがからみついている。塗料の剝げかけた鎧戸《よろいど》も扉も閉まっていた。

ゲラルトはローチの手綱を門扉脇の柱にひっかけ、ゆっくりと館に向かった。砂利道を進み、枯れ葉とごみのたまった小さな噴水の前を通りすぎた。噴水の中央にある風変わりな台座の上では白い石でできたイルカが身をそらし、欠けた尾を上に向けていた。

噴水の隣の、昔は花壇だったとおぼしき場所にバラが茂っていた。なんの変哲もない茂みだが、花の色だけは目を引いた。藍《あい》色のバラで、花弁のいくつかは先端がかすかに紫がかっている。ゲラルトは花のひとつに触れ、顔を近づけて息を吸いこんだ。少し強いが、よくあるバラのにおいだ。

ふいに館の扉とすべての鎧戸がバタンといっせいに開き、ゲラルトはさっと頭をあげた。小道の向こうから、一匹の怪物が砂利を踏みしだいてまっすぐ走って来ていた。

ウィッチャーは稲妻のようにすばやく肩の上に右手をあげ、左手で胸に締めた剣帯を引き、剣の柄をひょいと手のひらに受けた。しゅっと音を立てて鞘から飛び出た刃が、光る短い半円を描き、切っ先が走ってくる獣に向けてぴたりと止まった。

剣を見た怪物は砂利をまき散らして急停止した。ウィッチャーは身じろぎもしない。

怪物は人間の姿で、着ている服はすりきれているが、上質のしゃれたデザインで、無用な飾りまでついている。だが、人間らしいのはチュニックの汚れた襟までで、その上には毛むくじゃらの熊のような巨大な頭が載っていた。ばかでかい耳。狂気じみた両目。恐ろしげな口には曲がった牙がびっしり並び、赤い舌が炎のようにちろちろとひらめいている。

「出ていけ、人間め！」怪物はその場から動かず、両手をぱたぱたさせてどなった。「おまえを食ってやる！　ずたずたに引き裂いてやる！」ウィッチャーは動かず、剣を下ろしもしない。「聞こえないのか？　さっさとうせろ！」怪物が叫び、豚の悲鳴と雄ジカのうなり声の中間のような声をあげると、鎧戸がガタガタ音を立て、窓枠から破片と漆喰を振り落とした。ウィッチャーも怪物も動かない。

「体がひとつのうちに逃げろ！」怪物は少し自信なげにうなった。「さもないと――」

「さもないと、なんだ？」ゲラルトが口をはさんだ。

怪物はいきなり口をぽかんと開け、恐ろしい頭をかしげた。

「こいつはなんと、なかなか度胸があるじゃないか」落ち着いた口調で言うと、牙を剥き出し、血走った目でゲラルトをじろじろと見た。「その鉄を下ろしてくれ。ひょっとして、ここがおれの中庭だとわかってないのか？　それともおまえの故郷では中庭の持ち主を剣でおどすのが慣わしか？」

「たしかに慣わしだ」ゲラルトはうなずいた。「客に向かって〝ずたずたに引き裂いてやる〟とどなり、叫んで挨拶するやつと顔を合わせたときには」

「なんだと！」怪物は興奮して言った。「そのうえ侮辱する気か、この流れ者め。客だと？　庭に押し入り、人の花をだめにしておいて、領主気取りでパンと塩をもらおうという魂胆か？　ベーッ、冗談じゃない！」

怪物は唾を吐き、息を切らしてあごを閉じた。下の牙が突き出た姿はまるで猪《いのしし》だ。

「それで」しばらくしてゲラルトは剣を下ろし、「このまま立ちつづけるつもりか？」

「ほかにどうしろと？　横になるか？」怪物はあざけるように鼻を鳴らした。「その鉄をしまえと言っただろう」

ゲラルトはなめらかに剣を鞘に納めたが、腕は下ろさず、肩から突き出た剣の柄をなでた。

「言っておくが、いきなり動かないほうが身のためだ。この剣はまたいつでも抜ける、おまえが思うよりも速く」

「わかっている」怪物がしゃがれ声で言った。「そうでなければ、おまえはとっくにこの門から出ていってるはずだ、尻におれの靴の跡をつけて。何がほしい？　どうやってここに来た？」

「道に迷った」ゲラルトは嘘をついた。

「道に迷った」怪物はオウム返しに言い、口をゆがめてにやりと笑った。「ならば道を教えてやる。門を出て、左耳を太陽に向けて歩いてゆけばすぐに街道だ。どうした？　何をぐずぐずしている？」

「水はあるか？」ゲラルトは淡々とたずねた。「馬が水をほしがっている。おれもだ、迷惑でなければ」

　怪物は体重を片方の足からもう片方に交互にずらし、耳をぼりぼりと掻いた。

「おい、おまえ。本当におれが怖くないのか？」

「怖がったほうがいいか？」

　怪物はあたりを見まわし、咳払いしてぶかぶかのズボンを引っぱりあげた。

「ふん、まあ、客を招くのも悪くない。おれを見て逃げもせず、気絶もしないやつとはめったにお目にかかれない。よし、いいだろう。おまえが疲れた正直な旅人ならば入れてやる。だが、山賊や盗っ人なら警告しておく。この家はおれの命令どおりに動く。この壁のなかでは、おれが支配者だ！」

怪物が毛深い手をあげると、すべての鎧戸がふたたび壁に当たってガタガタと音を立て、石でできたイルカの食道の奥深くで何かがゴロゴロと鳴った。

「入れてやろう」怪物が繰り返した。

ゲラルトは動かず、目を細めて怪物を見た。

「ひとりで住んでいるのか」

「おまえになんの関係がある？」怪物は憤然とあごを開き、ガラガラ声で言った。「ああ、なるほど。おれのように見目麗《うるわ》しい召使が四十人いるかどうかを知りたいんだな。いや、いない。さあ、おれの寛大な招待を受けるか？　その気がなければ門はあっちだ」

ゲラルトは堅苦しく頭を下げ、「喜んで招待にあずかる」と改まった口調で言った。

「もてなしの心を踏みにじるつもりはない」

「自分の家と思ってくつろいでくれ」怪物も、少しぶっきらぼうながら折り目正しく返した。「こっちだ、客人。馬はここの井戸の横に置いておけ」

館の内部は大規模な補修こそ必要だが、まあまあ清潔で片づいていた。家具も古びてはいるが、熟練の職人によるものだ。暗い部屋にはつんとするほこりのにおいがただよっていた。

「明かり！」怪物がうなると、鉄の明かり受けの松明《たいまつ》にぼっと火が灯り、黒煙があがった。

「悪くない」

ウィッチャーの言葉に、怪物はかかっと笑った。

「だろう？　使い古された魔術には驚かないようだな。言ったとおり、この家はおれの命令にしたがう。こっちだ。気をつけろ、階段が急だ。明かり！」

階段の途中で怪物が振り向いた。

「首からさげているのはなんだ、客人よ？」

「見てみろ」

怪物は片手でメダルを取り、ゲラルトが首にかけた鎖を少し引っぱりながら目の高さにかざした。

「この獣はいけすかない顔だな。なんだこれは？」

「ギルドの記章だ」

「ああ、つまり口輪職人か。こっちだ。明かり！」

窓がひとつもない広い部屋の中央には巨大なカシのテーブルが置かれていた。固まった蠟の筋におおわれ、ゆっくりと緑色に変わりつつある大きな燭台だけが載っている。怪物の命令でロウソクに火が灯り、揺らめく炎で室内が少し明るくなった。

　壁の一面には武器がずらりとかかっていた。丸盾、十字に重ねた長柄武器《パルチザン》、投げ槍、矛《ほこ》槍《やり》、重そうなサーベルに斧。隣の壁の半分は大きな暖炉で、その上部に絵の具が剝がれかけた肖像画が並んでいた。部屋の入口正面の壁は狩りの獲物で埋め尽くされ、ヘラジカと雄ジカの枝角が、にたりと笑う剝製のイノシシ、熊、ヤマネコの頭と、羽根が逆立ち、抜けかけたワシとタカの翼に長い影を投げかけている。そしていちばん目立つ場所には岩竜《ロック・ドラゴン》の頭が飾ってあった。剝製は茶色くくすみ、傷んで、なかから詰め物がはみ出ていた。ゲラルトは顔を近づけてしげしげと見た。

「祖父がしとめた」大きな薪を炉床の奥に投げこみながら怪物が言った。「殺されたとき、このあたりで最後の一頭だったらしい。座れ、客人。腹は減ってるか？」

「かなり」

　怪物はテーブルの椅子に座って頭《こうべ》を垂れ、腹の上で毛深い手を組み、太い親指をくるくるまわしながら何やらつぶやくと、いきなり片手でテーブルを叩いて叫んだ。料理の載ったいくつもの皿が白目《しろめ》と銀のようにカチャカチャと音を立て、グラスが水晶のようにチリンと鳴った。あぶった肉とニンニクとマジョラムとナツメグのにおいがした。ゲラルトは少しも驚かなかった。

「よし」怪物が両手をこすり合わせた。「召使よりこのほうがいい、だろう？　さあ、食べろ。これは鶏、こっちは猪肉《ししにく》の塩漬け、これは……何かのテリーヌだ。何かの。ライチョウもある。おっと、いや、これはヤマウズラだ。呪文がこんがらがった。さあ、食べろ。まっとうな、本物の食べ物だ、心配するな」

「心配はしていない」ゲラルトは鶏をふたつに引き裂いた。

「おまえが腰抜けじゃないってことを忘れていた」怪物があきれたように鼻を鳴らした。

「おまえのことはなんと呼んだらいい？」

「ゲラルト。あんたの名前は、主人？」

「ニヴェレン。だが、このあたりでは〈剣お化け〉とか〈牙男〉とか呼ばれている。そんなふうに呼んで、子どもを怖がらせるのに利用しているんだ」

　怪物ニヴェレンは大きなグラスの中身を喉に流しこむと、指をテリーヌに突っこみ、器からひといきに半分ちぎった。

「子どもを怖がらせる」ゲラルトは口いっぱいに頬張りながら繰り返した。「当然なんの理由もなくか？」

「言うまでもない。健康を祈って、ゲラルト！」

「健康を祈って、ニヴェレン」

「果実酒《ワイン》の味はどうだ？　これはリンゴじゃなくブドウでできている、気づいたか？　口に合わなければ違う種類を出そう」

「ありがとう、いや、悪くない。あんたの魔力は生まれつきか？」

「いや。使えるようになったのはこんなふうになってからだ。この奇術は。どうしてこうなったのかは自分でもわからんが、屋敷はなんでもおれの言いなりだ。たいしたことじゃない。出せるのは食べ物、飲み物、服、清潔な寝具、湯、石けん。どんな女にもできることだ——しかも魔法も使わずに。窓や扉の開け閉めもできる。火をつけることも。驚くようなもんじゃない」

「たいしたものだ。それで、この、あんたの言う……奇術が使えるようになってから長いのか？」

「十二年だ」

「どんなふうに始まった？」

「おまえには関係ない。さあ、もっとワインを注《つ》げ」

「喜んで。たしかになんの関係もない。好奇心でたずねたまでだ」

「もっともな理由だ」怪物は大声で笑った。「だが断る。おまえには関係ない、そういうことだ。だが、おまえの好奇心を少しだけ満たすために、おれの昔の姿を見せてやろう。

あの肖像画を見ろ。暖炉にいちばん近いのが父親。二番目は誰かわからん。三番目がおれだ。見えるか？」

ほこりとクモの巣の下で、太って、さみしげで、吹き出物のある、なんの特徴もない顔の男がうるんだ目で見おろしていた。ゲラルトはうなずいた。肖像画家が依頼主を実際よりよく描くことは知っている。

「見えるか？」ニヴェレンが歯を剝き出し、もういちどきいた。

「ああ」

「おまえは何者だ？」

「わからん」

「わからんだと？」顔をあげたニヴェレンの目が、猫の目のように光った。「おれの肖像画はロウソクの明かりが届かない場所にかかっている。おれには見える。だが、おれは人間じゃない。少なくともいまは。ふつうの人間なら、おれの肖像画を見るときは立ちあがり、近づき、ロウソクをかざすはずだ。おまえはそうしなかった、つまり答えは簡単だ。だが、率直にたずねる――おまえは人間か？」

「そんなふうにきかれれば」ゲラルトは相手の目を見つめ、短い沈黙のあとで答えた。「完全な人間ではない」

「ああ。だったらきいても無礼にはならんだろう。おまえは何者だ？」

「ウィッチャーだ」

「ああ」一瞬のまのあとニヴェレンは言った。「おれの記憶が正しければ、ウィッチャーというのはおもしろい方法で生計を立てるそうだな――カネのために怪物を殺して」

「あんたの記憶は正しい」

ふたたび沈黙がおりた。ロウソクの炎が揺れて細い火の筋が立ちのぼり、グラスの切子面がきらめいた。蠟が燭台をたらたらと流れ落ちた。

ニヴェレンは大きな耳を軽くぴくつかせ、黙って座っていたが、やがて言った。

「仮に、おれが飛びかかる前におまえが剣を抜いたとしよう。そしておれに斬りつけたとする。おれの体重があれば、それでは止められない。おれは勢いだけでおまえを倒せる。そうなったら勝負を決めるのは歯だ。どう思う、ウィッチャー？　喉に嚙みつき合うことになったら、どっちが有利だ？」

ゲラルトは水差し《カラフェ》の白目の栓を親指で押さえてワインを注ぎ、ひとくち飲んで椅子の背にもたれ、笑みを浮かべて怪物を見つめた。とびきり醜悪な笑みだ。

「そのとおーーーり」ニヴェレンはあごの隅を爪でほじくりながら、ゆっくりと言った。「人は多くを語らずとも質問に答えられることを認めるべきだ。じゃあ、次の質問はどうだ？　どう答えるか見ものだ。おれを退治したら、誰がカネを出す？」

「誰も。ここに来たのは偶然だ」

「嘘じゃないだろうな」

「嘘をつくタイプではない」

「じゃあ、どんなタイプだ？　ウィッチャーについては聞いたことがある――幼い子どもをさらって魔法の薬草をあたえるって話だ。それに耐えられた者がウィッチャー、すなわち超人的な力を持つ魔法使いになる。殺すことを教えられ、あらゆる人間的な感情や反応を失うよう訓練され、ほかの怪物を殺すために怪物になる。そろそろ誰かがウィッチャーを狩るころだと言われているらしい。なにしろいまは怪物の数がますます減って、ウィッチャーばかりが増えているそうだ。冷めないうちに、ヤマウズラをどうだ？」

　ニヴェレンは皿からヤマウズラを取って口に放りこみ、トーストを食べるように噛みくだいた。歯のあいだで砕かれるたびに骨がバキバキ音を立てた。

「何か言ったらどうだ」ニヴェレンは呑みこみながら、もごもごと言った。「おまえたちウィッチャーに関する噂はどれくらい真実だ？」

「真実はほとんどない」

「どこが嘘だ？」

「怪物の数がますます減っていること」

「たしかに。いまもかなりの数がいる」ニヴェレンは牙を剥き出した。「いま目の前に座っている怪物は、おまえを招いたのが正しかったのかどうか不安になっている。最初からおまえのギルドの記章は気に入らなかった、客人よ」

「あんたは怪物じゃない、ニヴェレン」ゲラルトは淡々と言った。

「おっと、それは新しい見解だ。だったらおれはなんだ？　クランベリー・プディングか？　もの寂しい十一月の朝に南へ向かう野ガンの群れか？　違う？　だったら春に亡くなった、胸の大きい、粉屋の娘の貞操か？　さあ、ゲラルト、おれがなんなのか教えてくれ。好奇心のあまり震えているのがわからないか？」

「あんたは怪物じゃない。もしそうなら、この銀の皿にはさわれないはずだ。そしておれのメダルも握れない」

「ははっ！」ニヴェレンの吐いた息が強すぎて、ロウソクの炎がつかのま水平になった。「どうやら今日は重大にして恐ろしい秘密が明かされる日らしい！　こんな耳が生えてきたのは、子どものころミルク粥《がゆ》が嫌いだったせいだと言われそうだ！」

「いや、ニヴェレン」ゲラルトは冷静に言った。「それは呪いのせいだ。どう見てもあんたは呪いをかけた人物を知っている」

「だとしたらなんだ？」

「多くの場合、呪いは解ける」

「ウィッチャーのおまえは、多くの場合、呪いを解くことができるのか？」

「ああ。ためしてほしいか？」

「いや。けっこう」ニヴェレンは口を開け、五十センチ近くありそうな真っ赤な舌を突き出した。「驚いたか？」

「驚いた」ゲラルトは認めた。

怪物はくくっと笑い、肘かけ椅子にゆったりともたれた。

「驚くと思った。もっと酒を注いで、くつろいでくれ。話を全部聞かせてやろう。ウィッチャーだろうとなかろうと、おまえは正直な顔をしてる、だから話したくなった。さあ、もっと注げ」

「空《から》っぽだ」

「なんてこった！」ニヴェレンが咳払いし、ふたたび片手でテーブルを叩くと、籐《とう》カゴに入った大きな陶器の細首瓶がどこからともなく、ふたつの空いたカラフェの横に現れた。

ニヴェレンは封蠟を歯で嚙みちぎり、ワインを注ぎながら話しだした。

「見てのとおり、ここはひどく辺鄙《へんぴ》なところだ。いちばん近い人里までもかなりの距離がある。だからおれの父親も祖父も、生きていたころは、隣人にも街道を行き来する商人にも好かれてはいなかった。誰かが道に迷うと、父が塔の上から見つけ、迷った者は――よくて――身ぐるみをはがれた。みかじめ料が遅いことに父が怒り、近くの集落に火をつけたこともあった。父は嫌われ者だった。もっともおれは別だ。ある日、父が両手持ちの剣で斬られ、遺体が荷車に載せられて運びこまれたときはひどく泣いた。そのころには祖父も強盗稼業はできなくなっていた。星状鉄球《モーニングスター》で頭を打たれて以来、ひどくどもるようになり、よだれを垂らし、便所にもまにあわなくなった。跡取りとして、おれが強盗団を率いるしかなかった」

「そのころのおれはほんの若造だった」ニヴェレンは続けた。「まったくの腰抜けで、たちまち団の男たちの意のままにあやつられるようになった。首領とは名ばかりの、狼の群れに放りこまれた太った仔豚も同然だった。すぐにおれたちは、父親が生きていたら決してゆるさなかったようなことをやりはじめた。細かい話は省いて要点だけを言おう。ある日おれたちはミルトに近いゲリボルまで足を延ばし、とある寺院を襲った。そこには一人の若い巫女《みこ》もいた」

「どこの寺院だ、ニヴェレン？」

「知るか。だが、よからぬ寺院だったんだろう。たしか祭壇には頭蓋骨と骨が置いてあって、緑色の炎が燃えていた。そのにおいのひどいことといったら。まあ、それはどうでもいい。男たちは巫女を押さえつけて服を脱がせ、おれに〝男になれ〟と言った。それでおれは男になった。おれはバカなクズ野郎だった。そうやって男になっていたとき、巫女がおれの顔に唾を吐きかけ、何か叫んだ」

「なんと？」

「おれが人間の皮をかぶった怪物で、いまに怪物の皮を持った怪物になり、愛と血についてなんとか……そこはおぼえていない。小さな短剣を髪のなかに隠していたんだろう。巫女は自害し――おれたちはあわてて逃げた、ゲラルト、それはもう――もう少しで馬を乗りつぶすところだった。あれはひどい寺院だった」

「それで？」

「巫女の言ったとおりになった。数日後、目覚めると召使たちがおれを見て悲鳴をあげ、逃げ出した。おれは鏡の前に行き……。見てのとおりだ、ゲラルト、おれはパニックにおちいり、発作のようなものを起こし、そのときのことは靄《もや》を通して見ているようにしかおぼえていない。気がつくと死体が転がっていた。いくつも。おれは手当たりしだいなんでも使った――おれはいきなり、やたらと強くなっていた。屋敷もおれにせっせと手を貸した。扉はバタンと閉まり、家具は宙を飛び、火が起こった。外に出られた者はあわてふためいて逃げた。伯母、従兄弟、強盗団の男たち。どう言ったらいい？　犬たちは吠え、ちぢこまった。飼い猫のグラトンも逃げた。伯母のオウムさえおびえてバケツを蹴り倒した。おれはひとりでわめき、叫び、狂い、手当たりしだい叩きこわしていた、もっぱら鏡を」

　ニヴェレンは言葉を切り、ため息をついて鼻をすすった。

「発作が治まったときは手遅れだった」怪物は話を続けた。「ひとりぼっちだった。誰にも話せなかった——見かけが変わっただけで、こんな恐ろしい姿でも、中身は誰もいない館で召使たちの死体を見てめそめそ泣いている愚かな若者だとは。怖かった、彼らが戻ってきて、弁解するまもなく殺されるのではないかと。でも、誰も戻ってはこなかった」

　ニヴェレンは黙りこみ、袖で鼻をぬぐった。

「あの最初の数カ月には戻りたくない、ゲラルト。思い出すといまでも体が震える。要点を言おう。長いあいだ、とても長いあいだ、おれは館にひとり、ネズミのように静かに、身じろぎもせずに座っていた。誰かが来ても——そんなことはめったになかったが——出なかった。鎧戸を二、三回バタンと閉めろと屋敷に命じるか、おれが怪物像《ガーゴイル》ごしにうなってみせれば、来訪者はたいていあわてて立ち去った。ずっとそんなふうだったが、ある日、しらじらした夜明けに窓から外を見ると——何が見えたと思う？　誰かが勝手に中庭に入って伯母のバラの茂みから花を盗んでいた。どこにでもあるバラじゃない。ナザイルから持ちこんだ青いバラだ。苗を持ちこんだのは祖父だった。おれはかっとなって外に飛び出した。

　太った侵入者は声を取り戻すや——そいつはおれを見て声を失っていた——悲鳴をあげ、こう言った。娘に少し花がほしかっただけだ、勘弁してくれ、命だけは助けてくれと。正面の門からまさに男を蹴りだそうとしたとき、ふと思い出した。おれの乳母《うば》だった年寄りばあさんのレンカがよく聞かせてくれた話を。そこで思った——もし美しい娘がカエルを王子に変え、王子をカエルに変えるのなら、もしかしたら……そんな物語にも一粒の真実があるかもしれない、ひょっとしたら……おれは四メートルほど跳びあがり、野ブドウが壁から落ちるほどの雄たけびをあげ、大声で叫んだ。〝おまえの娘か、それともおまえの命か！〟。それよりいい言葉は浮かばなかった。商人は——そいつは商人だったが——泣きだし、娘はまだ八歳だと言った。笑ってるか？」

「いや」

「くそみたいな自分の運命に、おれは笑うべきか泣くべきかわからなかった。老いた商人が哀れに思えた。あんなふうに震えるのを見ていられなかった。おれは商人を屋敷に招いてもてなし、帰りぎわにはそいつの袋に金や宝石をじゃらじゃら入れてやった。地下室には父の時代の財産がまだたくさんあった。おれにはどうしていいかわからなかったから、たっぷりくれてやった。商人は顔を輝かせ、涙でびしょびしょになるほど深く感謝した。男はこの思わぬ体験をどこかで自慢したらしく、二週間もしないうちにまた別の商人が現れた。そいつは大きな袋をたずさえ、娘を一人連れていた。袋と同じくらい大柄な娘だった」

ニヴェレンはテーブルの下で脚を伸ばし、肘かけ椅子がきしむほど背にもたれて続けた。

「おれはすぐにその商人と合意した。そいつは娘を一年、置いておくと言った。おれは商人がラバに袋を積むのを手伝った。ひとりではとても積めなかっただろう」

「それで娘は？」

「しばらくはおれの姿を見るたびに泣きわめいた。本気で食われると思ったらしい。だが、一カ月もすると同じテーブルで食事をし、しゃべり、一緒に長い散歩に出かけるようになった。気立てがよく、とても賢い娘で、話しかけるたびにおれは口ごもった。いいか、ゲラルト、おれはいつだって女の前では気おくれし、いつだって笑い者だった。膝までふんにまみれた牛小屋の娘だろうと、強盗団のやつらのいいなりになる女だろうと。そんな女たちにもおれはからかわれた。こんなふうに気安く話すなんてとてもできなかった。娘を一年あずかるのにあれほど大金を払った理由すら言えなかった。その年は、強盗団につきまとう悪臭のように長く続くかに思えたが、やがて商人が現れ、娘を連れていった。

おれは館に引きこもり、あきらめ、娘を連れた客が何人現れても、何カ月も出なかった。だが、一年も誰かと暮らしたあとでは、話し相手もなく暮らすのがいかにつらいかがよくわかった」ニヴェレンはため息らしき音を立てたが、実際はしゃっくりのようだった。

「次にやってきたのはフェンネという娘だ」しばらくしてニヴェレンはふたたび話しはじめた。「小柄で明るく、よくしゃべる、チイチイと鳴く小鳥のような娘で、おれをまったく怖がらなかった。おれの最初の断髪記念日――成人の日――に、おれたちは蜂蜜酒をしこたま飲んで……ハハハ。ことが終わってすぐ、おれはベッドから飛び出し、鏡の前に走った。正直がっかりし、落胆した。呪いは前と変わらず、それどころか前より少しまぬけな表情になっていた。古くからの知恵はおとぎ話のなかに見つかるというが、ゲラルト、そんな知恵にはくそほどの値打ちもない。

フェンネはすぐにおれの悩みを忘れさせようとした。じつに陽気な娘だった。いったい何を思いついたと思う？　迷惑な客を怖がらせようとこんなことを考えた――招かれざる客が中庭に入り、あたりを見まわすと、おれがうなりながら四つんばいで突進するんだ、祖父の狩り笛を吹き鳴らす、素っ裸のフェンネを背中に乗せて！」

ニヴェレンは白い牙をちらっと見せ、身を揺すって笑い声をあげた。

「フェンネは一年ここで暮らしたあと、持参金をたっぷり抱えて家族のもとに帰った。男やもめの宿屋の主人との結婚が決まっていた」

「続けてくれ、ニヴェレン。おもしろい」

「そうか？」ニヴェレンは耳のあいだをぼりぼりと掻いた。「よし。次のプリミュラは貧しい騎士の娘だった。ここに来たとき、騎士はやせこけた馬を連れ、さびた胸当てと、とんでもない借金を抱えていた。牛のふんみたいに醜い男で、いいか、ゲラルト、実際にそんなにおいをまき散らしていた。右手を賭けてもいいが、プリミュラはあの騎士が戦《いくさ》に行ってるあいだにできた子に間違いない。親に似ず、とてもかわいかったからな。おれを怖がりもしなかったが、驚くまでもない。正直、自分の父親とくらべたら、おれのほうがよほどましだった。かなり気の荒い娘だったが、おれもそのころには少し自信がついて、気後れすることもなくなった。二週間もたつと、おれたちは親密な関係になった。プリミュラはおれの耳を引っぱり、〝嚙み殺せ、この獣《けだもの》め！〟とか〝ずたずたに引き裂け、この野獣！〟とか叫んでふざけるのが好きだった。おれはときおり鏡の前に走ったが、それがな、ゲラルト、自分を見るのがだんだん怖くなってきたんだ。いつのまにか前の自分に戻りたいとは思わなくなっていた。それというのも、ゲラルト、かつてのおれは弱虫だったが、いまはすっかりたくましくなった。昔は病気がちで、いつも咳をし、洟《はな》を垂らしていたが、いまは風邪ひとつひかない。この歯か？　信じられないだろうが、前は虫歯だらけだった！　それがどうだ？　いまでは椅子の脚でも嚙み割れる。嚙んでみせようか？」

「いや、けっこう」

「賢明だ」ニヴェレンは口を大きく開け、「嚙んでみせると娘たちがおもしろがり、おかげで屋敷にまともな椅子はほとんどなくなった」そう言ってあくびをし、長い舌を筒のように丸めた。

「そろそろ話にも疲れてきた、ゲラルト。手短に言おう。プリミュラのあとに二人、イルカとヴェニミラがいた。起こったことはどれも――退屈するほど――同じだった。最初は恐怖とよそよそしさ、それから小さくても高価な贈り物によって生まれるひと筋の同情、それから〝あたしを嚙んで食べて〟のおふざけが始まり、やがて父親が迎えにくる。思いやりに満ちたさよならと、みるみる減ってゆく金銀宝石。おれはひとりの期間を長くすることにした。もちろん、処女のキスで昔の姿に戻るなんてことはとっくに信じなくなっていた。そしてすべてを受け入れた。それどころか、いまのままで何も困らないし、変える必要もないという結論に達した」

「本当か？　変わらなくていいのか、ニヴェレン？」

「本当だ。まず、この見た目とともに馬なみの健康を手に入れた。次に、この異様な姿は女たちに媚薬のように効く。笑うな！　人間のままだったら、たとえばヴェニミラのようにとびきり美しい娘をものにするには、よほど追いかけまわさなければならなかっただろう。ヴェニミラがあの肖像画みたいな男になびくとは思えない。三番目は安全だ。父には敵が多かった。何人かはまだ生きている。おれの情けない指揮のもとで働いていた団の男に殺された者にも親類がいた。地下室には金がある。この恐ろしい姿がなかったら、誰がやってきて奪っていっても不思議はない――熊手を持った農民でも」

「どうやらあんたは」ゲラルトは空のグラスをもてあそびながら、「いまの姿なら誰にも迷惑をかけていないと言わんばかりだ。父親にも、娘にも。親類にも、娘の婚約者にも――」

「よせ、ゲラルト」ニヴェレンはむっとした。「何が言いたい？　父親たちはうれしさを隠しきれなかった。言っただろう、おれはとんでもなく気前がよかったと。娘たち？　ここに来たときはどんなふうだったと思う？　粗末な服を着て、小さな手は洗濯で荒れ、肩はバケツ運びで曲がっていた。おれと暮らしはじめて二週間たっても、プリミュラの背中と太ももには騎士の父親が振るったムチの跡が残っていた。ここではみな王女さまのように散歩をし、扇子以外のものは持たず、厨房がどこにあるかさえ知らなかった。いい服を着せ、装飾品で飾りたててやった。指をぱちっと鳴らすだけで、父が母のためにアセンガードで略奪してきた錫《すず》の浴槽には熱い湯があふれた。想像できるか？　錫の浴槽だぞ！

摂政だって、それを言うなら領主だって、家に錫の浴槽を持ってる者はまずいない。娘たちにとって、ここはおとぎ話の家だったんだ、ゲラルト。ベッドについて言えば……ふん、いまどき貞操なんて岩竜より稀少だ。おれは決して無理強いはしなかった、ゲラルト」

「でも、あんたはおれが誰かに雇われて殺しに来たと疑った。誰だと思った？」

「地下室の財宝はほしいが、もう娘のいない、どこかの悪党だ」ニヴェレンは語気を強めた。「人間の欲望にはきりがない」

「ほかには？」

「それだけだ」

二人は黙りこみ、揺らめくロウソクの炎を見つめた。

「ニヴェレン」ふいにウィッチャーが言った。「いまあんたはひとりか？」

「ウィッチャーよ」ニヴェレンは一瞬ためらったあとで言った。「本来なら、おまえをののしり、首ねっこをつかんで階段から投げ落とすところだ。なぜだかわかるか？　おれをバカあつかいするからだ。おまえが耳をそば立て、扉のほうをちらちら見ているのに気づいてないとでも思うか。おまえはおれがひとりでないことをよく知っている。だろう？」

「そのとおりだ。すまない」

「あやまらなくてもいい。あの娘《こ》を見たのか？」

「ああ。門のそばの森のなかで。ここしばらく商人と娘たちが手ぶらでここを去っているのは、あの娘のせいか？」

「そんなことも知ってるのか。ああ、あの娘のせいだ」

「たずねてもかまわなければ――」

「いや、きかないでくれ」

ふたたび沈黙。

「わかった、あんたしだいだ」ようやくゲラルトはそう言って立ちあがった。「もてなしに感謝する、ニヴェレン。そろそろ失礼しよう」

「それがいい」ニヴェレンも立ちあがった。「事情があって、この館に泊めることはできない。だが、近くの森で夜を明かすのはよせ。人けがなくなって以来、夜になるとこのあたりは物騒だ。暗くなる前に街道に戻ったほうがいい」

「おぼえておこう、ニヴェレン。本当に助けはいらないんだな」

怪物はウィッチャーを横目で見た。

「おまえにおれを助けられると思うか？　この呪いが解けるとでも？」

「そういう意味の助けだけを言ったのではない」

「質問の答えになっていない。いや……たぶんいまのが答えだ。おまえにはできない」

ゲラルトは正面からニヴェレンを見た。

「あんたは運が悪かった。ゲリボルとニムナル渓谷にある寺院のなかで、よりによってあんたはコラム・アー・テラ聖堂――〈獅子頭のクモ〉を選んだ。コラム・アー・テラの巫女にかけられた呪いを解くには、おれにはない知識と力が必要だ」

「じゃあ、誰にある？」

「やっぱり興味があるんじゃないか。いまのままでいいと言ったくせに」

「たしかにいまのままでいい。だが、いまのままではなくなるかもしれない。おれが恐れるのは――」

「なんだ？」

怪物は扉の前で足を止めて振り向いた。

「質問はもうたくさんだ、ウィッチャー。おまえはおれの質問には答えず、たずねてばかりだ。おまえには正しい質問をしなければならないようだな。よく聞け。ここしばらく恐ろしい夢を見る。〝怪物じみた〟という言葉が正確かもしれない。これを恐れるべきか？　頼む、手短に答えろ」

「その夢から覚めたあと、足に泥がついていたことはあるか？　シーツに松葉がついていたことは？」

「ない」

「では――」

「質問はもういい。手短に答えろ」

「恐れるべきだ」

「これに対して何かできることはあるか？　短く頼む」

「ない」

「やっと答えたな。さあ行こう。門まで送る」

　中庭でゲラルトが鞍袋を調整するあいだ、ニヴェレンは雌馬の鼻づらをなで、首を軽く叩いた。ローチはなでられて気持ちよさそうに頭を下げた。

「動物には好かれる」ニヴェレンが得意げに言った。「おれも動物は好きだ。猫のグラトンもいったんは逃げたが、あとで戻ってきた。長いあいだ、あの雌猫だけが不運なおれの相手をしてくれた。ヴェリーナも――」そこで顔をしかめた。

　ゲラルトがほほえんだ。

「あの子も猫が好きか」

「鳥が好きだ」ニヴェレンは歯を剝き出した。「くそっ、つい話してしまった。まあいい。あの子は商人の娘ではない、ゲラルト。古い民話に一粒の真実を見つける新たなこころみでもない。真剣だ。おれたちは愛し合っている。笑うなら一発なぐってやる」

　ゲラルトは笑わなかった。

「おまえのヴェリーナは、もしかして水の精《ルサルカ》か？」

「おれもそう思った。細身で黒髪。めったにしゃべらず、しゃべってもおれの知らない言葉だ。人間の食べ物を食べず、何日も森のなかに姿を消し、ふいに戻ってくる。ルサルカの特徴か？」

「おおよそ」ゲラルトはローチの腹帯を締めた。「自分が人間に戻ったらヴェリーナは戻ってこない、そう思っているんだな」

「戻ってくるものか。ルサルカがどんなに人間を怖がるかは知ってるだろう。ルサルカをこれほど近くから見た者はどこにもいない。でも、ヴェリーナとおれは……くそっ！　気をつけろ、ゲラルト」

「あんたもな、ニヴェレン」ゲラルトはかかとで馬の腹をつつき、門に向かわせた。ニヴェレンがのろのろとついてきた。

「ゲラルト」

「なんだ」

「おれはおまえが思ってるほどバカじゃない。おまえは、最近ここに来た商人の跡を追って来たんだろう？　何かあったのか」

「ああ」

「最後の商人が来たのは三日前だ。とびきりきれいじゃなかったが、娘を一人連れていた。おれはすべての扉と鎧戸を閉め、人の気配をさせるなと屋敷に命じた。二人は中庭をぶらぶら歩いて立ち去った。娘は伯母のバラの茂みからバラを一輪摘んで、ドレスに挿した。二人を探すならどこか別のところで探せ。だが、気をつけろ、ここは物騒だ。さっきも言ったが、夜の森はとくに危ない。醜いものたちの姿が見え、声が聞こえる」

「ありがとう、ニヴェレン。あんたのことは忘れない。そのうち誰かを見つけて――」

「そうなるかもしれないし、ならないかもしれない。これはおれの問題だ、ゲラルト、おれの人生と、おれにあたえられた罰だ。おれは耐えることを学んだ。もう慣れた。状況が悪くなってもまた慣れる。どうしようもなく悪くなったら、ほかの誰かを探さなくてもいい。おまえがここに来て終わりにしてくれ。ウィッチャーとして。元気でな、ゲラルト」

　ニヴェレンは背を向け、きびきびした足取りで館に戻っていった。それきり二度と振り返らなかった。

Ⅲ

あたりは人けがなく、荒れ果て、不気味なほど荒涼としていた。街道に戻る前に暗くなり、ゲラルトはまわり道を避けて森を抜ける近道を通った。樹木のない小高い丘の頂上で夜を明かした。膝に剣を載せ、小さな焚火を熾《おこ》し、ときおりトリカブトの束を投げ入れた。真夜中、遠くの谷のあいだに炎の明かりが見え、狂ったような咆哮と、歌声と、痛めつけられる女の悲鳴としか思えない声が聞こえた。夜明けを待って谷へ向かったが、そこには踏みつけられた空き地と、まだ温かい灰のなかで黒焦げになった骨が見つかっただけだった。カシの巨木のてっぺんに何かが座り、甲高く鳴いてシューッと威嚇した。ハーピーか、それともただのヤマネコか。ゲラルトは立ちどまって確かめもしなかった。

Ⅳ

昼ごろ、泉で水を飲んでいたローチがつんざくような声でいななき、あとずさり、黄色い歯を剥いて馬銜を噛んだ。ゲラルトは印でなだめながら、ふと、苔《こけ》のあいだから赤いキノコの笠が丸い円を描いているのに気づいた。

「おまえはいよいよヒステリー症になってきたな、ローチ。ただの妖精の輪（キノコが地面に環状に発生してできる輪）じゃないか。どうしてそんなに騒ぐ？」

雌馬はぶるっと鼻を鳴らし、頭をウィッチャーに向けた。ゲラルトは額《ひたい》をこすり、眉を寄せて考えこんだ。そして鞍に飛び乗ると、馬の向きを変え、いま来た道を戻りはじめた。

「動物には好かれる」ゲラルトはつぶやいた。「すまん、ローチ。おまえのほうがおれよりよほど利口だ！」

V

ローチは耳を頭にぺたりとつけ、蹄《ひづめ》で土を蹴りあげて鼻を鳴らし、前に進もうとはしなかった。ゲラルトは印でなだめはせず、鞍から飛びおり、手綱を馬の頭に放り投げた。背中にはトカゲ皮の鞘に入ったいつもの剣ではなく、光る、美しい武器が納まっていた。十字形で、細く、重みのある柄に白い金属製の丸い柄頭がついている。

こんどは、扉は開かなかった。ゲラルトが出ていったときのまま、すでに開いていた。

歌声が聞こえた。言葉はわからない。どこの言語かもわからないが、わかる必要はなかった。ゲラルトは、吐き気のするような強烈な悪意の波となって血管を流れる、その静かで突き刺すような歌の本質を——真髄を——感じ、理解していた。

ふいに歌声がとぎれ、ゲラルトは少女を見た。

少女は干上がった噴水のイルカの背にしがみつき、透き通って見えるほど青白い小さな手で苔の生えた石に抱きついていた。もつれた黒髪の下で、見開かれた、石炭のように黒い大きな目が光った。

ゲラルトは壁と青いバラの茂みから、柔らかい、跳ねるような足取りで半円状にゆっくりと近づいた。イルカの背に張りつく生き物はせつなげで、魅力的な表情を浮かべた小さな顔を動かしてウィッチャーを目で追った。歌はまだ聞こえるが、少女の青白い唇はきつく結ばれ、そこからはかすかな音ひとつ出ていなかった。

ゲラルトは十歩ほど離れて足を止めた。黒いエナメル細工の鞘からゆっくり引き抜かれた剣が頭上でぎらりと光った。

「銀だ」ゲラルトが言った。「この刃は銀でできている」

青白い小さな顔はぴくりとも動かず、炭のような目の表情も変わらない。

「おまえはルサルカによく似ている」ゲラルトは冷静に続けた。「だから誰もがだまされる。めずらしい鳥で、黒髪だからなおさらだ。だが、馬は決してだまされない。おまえのような生き物を本能的に、完璧に見分ける。おまえはなんだ？　ムーラか、アルプか？　ふつうの吸血鬼は太陽の下には出られない」

　青白い唇の端が震え、ほんの少し吊りあがった。

「ニヴェレンはあの姿でおまえを惹きつけた、そうだな？　おまえは彼に夢を見させた。どんな夢かは察しがつく。気の毒に」

　少女は動かない。

「おまえは鳥が好きだ」ゲラルトは続けた。「だが、男女問わず人間の首を嚙むのはやめられなかった、そうだな？　おまえとニヴェレン！　じつに美しいカップルだ。怪物と吸血鬼、森の城の統治者。おまえたちなら一瞬であたり一帯を支配できる。永遠に血に飢えたおまえと、おまえの守護者で、言われるままに人を殺す見境のない手先ニヴェレン。だが、その前にやつは本物の怪物にならねばならなかった——怪物の皮をかぶった人間ではなく」

　大きな黒い目が細くなった。

「ニヴェレンはどこだ、黒髪の怪物よ？　おまえは歌っていた、つまり血を飲んだということだ。おまえは最後の手段を取った、つまりあいつの心を意のままにできなかった、そうだな？」

黒髪を垂らした頭が、ほとんどわからないほどかすかにうなずき、口の両端がさらに吊りあがった。小さな顔に不気味な表情が浮かんだ。

「いまやおまえは自分がこの領主館の女主人だと思っている」

こんどははっきりとうなずいた。

「おまえはムーラか？」

ゆっくりと首を振った。シューッという威嚇音がゲラルトの骨のなかをびりびりと伝わった。ぞっとする笑みをたたえた青白い唇から出たはずだが、唇が動くのは見えなかった。

「アルプか？」

違う。

ゲラルトはあとずさり、剣の柄を握る手に力をこめた。

「ということは――」

唇の両端がさらに上へ上へと吊りあがり、唇がぱっと開き……

「ブルクサか！」叫ぶと同時にゲラルトは噴水に向かって身を投げ出した。

青白い唇の奥で釘のようにとがった白い牙が光り、吸血鬼は身を躍らせ、ヒョウのように背をそらして叫んだ。

音の波が破城槌《はじょうつい》のようにウィッチャーを打ちのめし、息を詰まらせ、あばらを砕き、突き刺すような痛みで耳と脳をつらぬいた。後ろ向きに吹きとばされながら、ゲラルトはかろうじて手首を十字に組んで〈ヘリオトロープの印〉を結んだ。魔力のおかげで壁にぶつかった衝撃はやわらいだが、それでも目の前が暗くなり、息の残りがうめきとなってどっと肺から漏れた。

ついさっきまで白いドレスの小柄な少女が座っていた、円い乾いた石の噴水に立つイルカの背中には、巨大な黒いコウモリが細長いあごを大きく開けて針のような白い歯をずらりと剝き出し、黒光りする体でへばりついていた。巨大コウモリは膜状の翼を広げ、音もなくはためかせると、弩《いしゆみ》から放たれた矢のようにウィッチャーに飛びかかった。

ゲラルトは口のなかに金属質の血の味を感じながら呪文を叫び、指を〈クエンの印〉の形に広げて顔の前に突きだした。コウモリはシューッと息を吐いていきなり向きを変え、クワッと鳴いて上昇すると、ウィッチャーのうなじめがけて垂直に降下した。ゲラルトは脇に跳びのきざまに斬りつけ、はずした。コウモリは優雅になめらかに翼を引きこんでウィッチャーのまわりを旋回し、歯の生えた口吻《こうふん》をかっと開いてふたたび襲いかかった。ゲラルトは切っ先をコウモリに向けたまま両手で剣を握り、待った。ぎりぎりまで待って――

――横ではなく前へ――回転斬りを繰り出しながら飛び出した。空気がひゅんとうなった。

しかし剣はコウモリをとらえそこね、ゲラルトはあまりの予期せぬ展開にリズムを崩し、よけるのが一瞬遅れた。コウモリの鉤爪が片頬を切り裂き、湿ったビロードのような翼が首を叩いた。ゲラルトはその場で身を丸め、体重を右脚に移しながら後ろ向きに鋭く斬りつけたが、コウモリは驚くほど敏捷で、剣はふたたび空を切った。

　コウモリは翼をばたつかせて高々と飛翔し、噴水に向かって滑空した。曲がった鉤爪が石の表面をこすったとき、よだれを垂らす怪物じみた口吻はすでにかすみ、変形し、消えかかっていたが、代わりに現れた青白い小さな唇には、まだ恐ろしげな牙が残っていた。

　ブルクサはつんざくような叫びを不気味な響きに変え、憎しみに満ちた目でウィッチャーをにらみ、ふたたび甲高く鳴いた。

　そのすさまじい音の波は印を突き破り、ゲラルトの目のなかで赤と黒の輪がいくつも回転し、こめかみと脳天がずきずきした。痛みの向こうから耳をえぐるような声が聞こえてきた。泣くような、嘆くような、フルートとオーボエが混じったような、突風が吹きつけるような音だ。顔の皮膚の感覚がなくなり、冷たくなった。ゲラルトは片膝をついて頭を振った。

　黒いコウモリが歯の並んだ口を開き、音もなく飛んできた。ゲラルトはさっきの声の残響に呆然としつつも本能的にジャンプした。そして怪物が飛ぶ速さに合わせて三歩前に踏み出し、よけ、半円を描き、考えるのと同じくらいすばやく両手で斬りつけた。手応えはほとんどなかったが、悲鳴が聞こえた。こんどのは銀に触れた痛みの悲鳴だ。

　ブルクサが泣き叫び、イルカの背で姿を変えていた。白いドレスの左胸の少し上に赤い染みが見えた。ほんの小指の長さほどの切り傷だ。ゲラルトは歯ぎしりした――まっぷたつにするつもりだったのに、ほんのかすり傷とは。

「わめけ、吸血鬼」ゲラルトは頬から血をぬぐいながらうなった。「はらわたが出るまで叫べ。力を使え。そうしたら、そのかわいい頭を斬り落としてやる！」

〝おまえだ。先に弱るのはおまえのほうだ、魔法使い。殺してやる〟

　ブルクサの唇は動かなかったが、ゲラルトにははっきりと言葉が聞こえた。それは水中にいるかのように心のなかで反響し、こだまとなって鳴りひびいた。

「いまにわかる」ゲラルトは歯を食いしばりながらつぶやき、身をかがめて噴水のほうへ歩きだした。

〝殺してやる。殺してやる。殺してやる〟

「いまにわかる」

「ヴェリーナ！」両手で扉枠をつかみ、深くうなだれたニヴェレンが館から転がるように出てきた。両手を頼りなく振りながら、噴水のほうによたよたと近づいてくる。チュニックの袖に血の染みがついていた。

「ヴェリーナ！」ニヴェレンがもういちど叫んだ。

ブルクサが声のするほうにさっと顔を向けた。ゲラルトはとっさに剣を振りあげ、飛びこんだが、吸血鬼の反応ははるかに速く、鋭い悲鳴と新たな音の波がウィッチャーをなぎ倒した。ゲラルトは後ろ向きに転げ、道の砂利で背中をこすった。ブルクサは牙を短剣のようにひらめかせ、飛びかかろうとそらした背に力をこめた。ニヴェレンが熊のように両手を広げてヴェリーナをつかもうとしたが、ブルクサはニヴェレンの顔の正面で叫び、壁際の木の組立台に吹きとばした。組立台はばきばきと音を立てて折れ、ニヴェレンは材木の山に埋もれた。

そのときすでにゲラルトは立ちあがり、ブルクサの注意をニヴェレンから逸らすべく、半円を描きながら中庭を走っていた。吸血鬼は白いドレスをはためかせ、チョウのように軽やかに、ほとんど地面にも触れずにまっすぐ向かってくる。叫びもせず、姿を変えようともせずに。ゲラルトにはブルクサが疲れてきたのがわかった。だが、一瞬でも気を抜けば命はない。背後では材木に埋もれたニヴェレンがガタガタと音を立て、うなっている。

白いドレスと黒髪をなびかせ、風に乗り、恐ろしい姿ですべるように近づいてくるブルクサを混乱させようと、ゲラルトは剣を小さく回転させながら左に跳んだ。だが、そう甘くはなかった。ブルクサが叫び、ゲラルトは印を結ぶまもなく後ろ向きに吹き飛ばされ、壁にばきっと叩きつけられた。背骨の痛みが指先まで走り、肩がしびれ、脚がくずおれ、がくりと両膝をついたところに、ブルクサが歌うように叫びながら飛びかかった。

「ヴェリーナ！」ニヴェレンの大声がとどろいた。

ヴェリーナが振り向いた瞬間、ニヴェレンは折れて杭のようにとがった三メートルほどの柱の先をヴェリーナの乳房のあいだに打ちこんだ。ヴェリーナは叫ばなかった。ため息をついただけだ。

ゲラルトはそのため息に身震いした。

全員がその場で動きを止めた。ニヴェレンは大きく股を広げ、両手で柱をつかみ、その端を脇の下にしっかりとはさんでいた。

ブルクサは両手で柱を握り、ピン留めされたシロチョウのようにとがった先端からぶらさがっていた。そして苦しげに息を吸い、いきなり柱を体に強く押しこんだ。

ゲラルトは、ブルクサの背中に赤い染みが広がり、折れた柱の先が白いドレスを突き破り、噴き出る血のなかから現れるのを見た。それは恐ろしく、みだらなほど生々しい光景だった。ニヴェレンは叫び、一歩また一歩とヴェリーナからあとずさりつつも柱は離さず、ブルクサを引きずっている。さらに一歩さがったところでニヴェレンの背中は館の壁につき、柱の端が壁にこすれて音を立てた。

ブルクサはゆっくりと愛撫するかのように小さな手を柱にそって動かし、両腕をいっぱいに伸ばしてぎゅっとつかむと、ふたたび引き寄せた。背中からは血まみれの柱がすでに一メートルほど突き出ていた。ブルクサは目を大きく見開き、頭をのけぞらせた。ため息がせわしなく、律動的になり、やがてごろごろというあえぎに変わった。

ゲラルトはその光景に魅入られたように立ちつくした。頭のなかで、湿った冷たい地下牢にこだまするように言葉が鈍く響いた。

〝あたしのもの。誰のものでもない。愛してる。愛してる〟

恐ろしい、血が喉に詰まったような、震えるため息がふたたび聞こえた。ブルクサが柱をたぐって前に進み、両腕を伸ばした。ニヴェレンはなすすべもなくうなり、柱を持ったままブルクサをできるだけ遠くに押しやろうとしたが、無駄だった。ブルクサはさらに体を近づけ、ついにニヴェレンの頭をつかんだ。ニヴェレンはおびえて泣き叫び、毛むくじゃらの頭を振り動かした。ブルクサはなおも柱をたぐり寄せ、ニヴェレンの喉に向かって首を傾けた。目もくらむような白い牙がひらめいた。

その瞬間ゲラルトは飛び出した。すべての動き、すべての足運びが彼に備わったものだった。苦労して手に入れた、無意識かつ確実に死をもたらす動きだ。すばやい三歩――最後の三歩目はそれまでの百歩と同じように、左脚の力強い、確かな足踏みで終わった。そして腰をひねり、鋭く、力強く斬りつけた。ゲラルトはブルクサの目を見た。いまや何ものも変えられない。声が聞こえた。何ものも。ゲラルトはブルクサが繰り返す言葉をかき消すように叫んだ。何ものも変えられない。そして斬った。

ウィッチャーは決然と振り切った、それまでの何百回と同じように、刃のまんなかで。そのまま動きのリズムに乗り、四歩目を踏み出して半回転した。回転から解き放たれた刃はウィッチャーのあとについてただよい、光り、そのあとに赤いしずくの扇を描いた。カラスの羽のような黒髪が流れるように宙に浮かんだ。浮かんで、浮かんで、浮かんで……

頭が砂利に落ちた。

怪物はますます減っている？

そしておれは？　おれは何ものだ？

誰が叫んでいる？　鳥か？

羊革の上着と青いドレスの女か？

ナザイルのバラか？

なんという静けさ！

なんと空っぽな。なんという空虚。

おれのなかの。

ニヴェレンが丸くちぢこまって、両腕で頭をかばい、ぴくぴく、ぶるぶる震えながら館の脇に生い茂るイラクサのなかに横たわっていた。

「立て」ゲラルトが言った。

壁の脇に横たわる、たくましくて見目のよい、色白の若者が頭をあげ、あたりを見まわした。うつろな目だ。それをこぶしでこすり、両手を見つめ、顔に触れた。小さくうめき、指を口に突っこんで長々と歯茎に這わせた。それからもういちど自分の顔をつかみ、片頬に残る、血のついた、腫れた四本の筋に触れてうめいた。ニヴェレンはいきなり泣きだし、それから笑いだした。

「ゲラルト！　どういうことだ？　どうしてこんな――ゲラルト！」

「立て、ニヴェレン。立ってついてこい。鞍袋に薬がある。おれにもあんたにも必要だ」

「おれはもう……怪物じゃない、だろう？　ゲラルト？　どういうことだ？」

ゲラルトは、小さな胸に突き刺さった柱をつかむ――透き通って見えるほど青白い――小さな手を見ないようにしながら、若者が立ちあがるのに手を貸した。ブルクサの胸はいまや赤く濡れたドレスの生地でふさがれていた。

ニヴェレンがまたしてもうめいた。

「ヴェリーナ――」

「見るな。行こう」

二人はささえ合うように中庭を横切り、青いバラの茂みの前を通った。

ニヴェレンは空いた手で顔を触りつづけた。

「信じられない、ゲラルト。こんなに長い年月がたったあとで？　なんでこんなことが起こるんだ？」

「どんなおとぎ話にも一粒の真実がある」ウィッチャーは静かに言った。「愛と血。どちらにも強い力がある。魔法使いや学者たちは長年これに頭を悩ませてきたが、なんの結論にも達していない。わかっているのはただひとつ――」

「なんだ、ゲラルト？」

「それが真実の愛でなければならないということだ」

理性の声3

「わたしはモーエンの伯爵ファルウィック。こちらはドーンダルの騎士タイレス」

　ゲラルトは二人の騎士を見て、そっけなく頭をさげた。どちらも鎧に身を固め、左肩に〈白薔薇〉の記章のついた深紅のマントをまとっている。ゲラルトは少し驚いていた——おれが知るかぎり、近隣にこの騎士団の〈支部〉はないはずだが。

　見た目は屈託なく、くつろいだ様子のネンネケがゲラルトの驚きに気づいた。

「高貴な生まれのお二人は」巫女は玉座のような肘かけ椅子にさらにもたれ、さりげなく言った。「このあたりをきわめて慈悲深く統治なさるヘレヴァルド公爵《デューク》に仕えています」

「大公《プリンス》だ」若いほうの騎士タイレスが強い口調で言いなおし、好戦的な薄青い目で巫女をにらんだ。「ヘレヴァルド大公」

「ささいなことや称号で時間を無駄にするのはよしましょう」ネンネケがからかうようにほほえんだ。「わたしが若いころ、プリンスと呼ばれるのは王家の血を引く者だけだったのに、最近は称号にたいした重みはないようね。紹介と、〈白薔薇の騎士〉がわがつつましい寺院を訪ねてこられた理由に戻りましょう。〈支部〉はね、ゲラルト、ヘレヴァルド公から騎士団への叙任権を求めていて、多くの〈白薔薇の騎士〉が彼に仕えるようになったの。そして、こちらのタイレスのように、地元の騎士もこぞって誓いを立て、赤いマントを羽織るようになった——よくお似合いね」

「光栄だ」ゲラルトはさっきと同じように、おざなりなお辞儀をした。

「それはどうかしら」ネンネケが冷ややかに言った。「このかたがたはあなたに敬意を表しに来たのではない。それどころか、できるだけ早く立ち去るようあなたに命じに来たの。早い話、あなたを追い出しに来た。それを光栄と思える？　わたしには思えない。むしろ侮辱に思えるけれど」

「高貴なる騎士どのが心配するまでもない」ゲラルトは肩をすくめた。「ここに落ち着くつもりはない。あらためて言われるまでもなく、自分から出てゆく、しかもすぐに」

「いますぐ」タイレスがにらんだ。「一分たりとぐずぐずするな。大公の命令で——」

「この寺院で命令を出すのはわたしよ」ネンネケが冷たい、威厳のある声でさえぎった。

「いつもは、わたしの命令がヘレヴァルド公の政策とあまり対立しないよう努めています――その政策が論理的で納得できるものであるかぎり。でも、今回の件は道理が通らない、だから必要以上にまともに応じるつもりはありません。リヴィアのウィッチャーことゲラルトはわたしの客人よ。わたしは彼の滞在を楽しんでいる。だから好きなだけわたしの寺院にいてもらってかまわない」

「大公に盾つくつもりか」タイレスは声を荒らげて肩からマントを払いのけ、真鍮で縁取った溝入りの見事な胸当てを見せつけた。「統治者の権威に異議を唱える気か？」

「静かに」巫女がぴしゃりと制し、目を細めた。「声が大きい。話す相手を考えなさい」

「誰に話しているかは先刻承知だ！」タイレスが一歩前に出た。年上のほうの騎士ファルウィックがタイレスの肘をつかみ、鎧籠手がこすれてきしむほど強く握った。タイレスは憤然とその手を振りほどいた。「おれの言葉は大公の――当地を治める領主の――意思を代弁している！　中庭には優秀な兵士たちが――」

　ネンネケが腰帯につけた袋に手を入れ、小さな陶器の壺を取り出した。

「この壺をあなたの足もとで粉々にしたらどうなるか」巫女は淡々と言った。「わたしにもわからないわ、タイレス。肺が破裂するか。全身に毛が生えるか。それともその両方か。知っているのは慈悲深き女神メリテレだけ」

「魔法でおどそうというのか、この巫女め！　われらの兵士が――」

「兵士の一人でもメリテレ寺院の巫女に触れたら、日暮れ前に街に通じる道ぞいのアカシアの木から吊るされるでしょう。兵士たちはそのことをよく知っている、あなたと同じように、タイレス。だから愚か者のような振る舞いはやめなさい。あなたを取りあげたのはこのわたしよ、若造がえらそうに。お母さまは気の毒だった、でも、運命に逆らうのはおやめなさい。そのうえ礼儀まで教えなければならないとは！」

「わかった、わかった」ゲラルトはうんざりして口をはさんだ。「どうやらおれが深刻な衝突の原因になりつつあるようだ。だが、そんなつもりは毛頭ない。ファルウィック卿、見たところあんたは、若さゆえにかっとなる連れよりも冷静のようだ。いいか、ファルウィック卿、おれは二、三日のうちに必ずここを発つ。ここで働く気はないし、いかなる依頼や命令も受けない。ここに来たのはウィッチャーとしてではない。個人的な用事だ」

　ファルウィックと目が合った瞬間、ゲラルトは間違いに気づいた。〈白薔薇の騎士〉の目には揺るぎない、純然たる憎しみが宿っていた。ここから自分を追い出したがっているのはヘレヴァルド大公ではなく、ファルウィックとその同輩たちだ。

　ファルウィックはネンネケのほうを向き、礼儀正しく頭をさげて話しはじめた。落ち着いた、丁寧な口調で、論理的に。だが、ゲラルトにはしらじらしい嘘だとわかった。

「高僧ネンネケ、どうかおゆるしを。しかし、ヘレヴァルド大公は自領にこのウィッチャーがいることに我慢ならないのです。怪物狩りに来たのであろうと、個人的な用事だと言い張ろうとどうでもいい――大公はウィッチャーが個人的な仕事を請け負わないことをご存じだ。だが、彼らは鉄粉を引き寄せる磁石のように厄介ごとを引き寄せる。魔法使いたちは反乱を起こして嘆願書を書き、ドルイドたちはおどしをかけ――」

「なぜゲラルトが地元の魔法使いやドルイドの騒動の尻ぬぐいをしなければならないの？」ネンネケがさえぎった。「いつから大公は彼らの意見に関心を持つようになったの？」

「こんな議論はたくさんだ」ファルウィックが身をこわばらせた。「わたしの説明がまだ足りないか、高僧ネンネケよ？　では、はっきり言おう――わが大公も、〈騎士団支部〉も、この〝ブラビケンの殺し屋〟ことウィッチャー・ゲラルトにあと一日たりともエランダーにいてほしくないのだ」

「ここはエランダーではない！」ネンネケがさっと椅子から立ちあがった。「メリテレ寺院よ！　そして、メリテレ寺院の高僧ネンネケは、あと一分たりともあなたたちにいてほしくはありません！」

「ファルウィック卿」ウィッチャーが静かに言った。「理性の声に耳を傾けてくれ。おれは問題を抱えたくないし、それはあんたも同じだろう。三日以内にここを離れる。いや、ネンネケ、何も言うな。そろそろ出発するころだ。三日。それ以上は望まん」

「望まなくて正解よ」ファルウィックが答える前にネンネケが言った。「聞こえた、あなたたち？　ウィッチャー・ゲラルトは三日間ここに滞在する、彼がそうしたいから。そして偉大なるメリテレの巫女であるわたしは、その三日間、彼をもてなす、わたしがそうしたいから。そのことをヘレヴァルド公に伝えて。いいえ、ヘレヴァルド公ではなく、彼の妻である高貴なるエルメリアに伝えて――わたしの薬棚からとぎれなく媚薬《びやく》を受け取りたければ夫君をなだめたほうがいいと。ヘレヴァルド公の気まぐれとむら気を抑えさせなさい、いよいよ愚かさを露呈してきたように見えるからと」

「それくらいにしておけ！」タイレスが甲高い、裏声のような声で叫んだ。「どこかのいかさま巫女が主君とその奥方を侮辱するのを黙って聞いていられるか！　そのような侮辱が見逃されると思うか！　これからここを治めるのは〈白薔薇の騎士団〉だ、あんたたちの闇と迷信の巣窟《そうくつ》の時代は終わった。そして、この〈白薔薇の騎士〉は――」

「黙れ、若造よ」ゲラルトが不気味な笑みを浮かべてさえぎった。「節操のない舌をつつしめ。おまえは敬意を払うべき女性に話している――〈白薔薇の騎士〉ならなおさらだ。どうやら最近では、〈白薔薇の騎士〉になりたければ〈支部〉の金庫に千ノヴィグラドクラウン納めればいいらしいな。だから騎士団は金貸しと仕立て屋の息子でいっぱいだと聞いた。とはいえ、いくらかの礼儀は残っているはずだ。それともおれの勘違いか？」

　タイレスは青ざめ、脇に手を伸ばした。

「ファルウィック卿」ゲラルトは笑みをたたえたまま、「タイレスが剣を抜いたら、おれが奪い、鼻たれ小僧の尻を刃のひらで叩く。そして扉に投げ飛ばし、叩きこわす」

　タイレスは震える両手で腰帯から鉄の籠手の片方を引き抜き、ゲラルトの足もとにがちゃんと放り投げた。

「〈騎士団〉に対する侮辱はおまえの血で洗い流してやる、この変異体め！」タイレスが叫んだ。「踏み固められた地面の上で！　中庭に出ろ！」

「何か落としたわ、タイレス」ネンネケが淡々と言った。「拾いなさい、ここにごみはいらない。ここは寺院よ。ファルウィック、その愚かな若者を連れ出して、さもないと悲しい結末になる。さっきの言葉を大公に伝えて。彼には手紙を書きます。あなたが信頼できる使者とは思えない。ここから出ていって。出口はおわかりね？」

　ファルウィックは激昂するタイレスをきつくつかんで押しとどめ、鎧を鳴らしてお辞儀した。そしてウィッチャーの目を見た。ゲラルトは笑わなかった。ファルウィックは深紅のマントを肩から払いのけた。

「これが最後ではない、高僧ネンネケ。また来る」

「それだけは勘弁して」ネンネケは冷ややかに応じた。「迷惑よ」

小さな悪

I

いつものように、最初に彼に気づいたのは猫と子どもだった。太陽で温まった材木の山の上で眠っていた縞模様の雄猫がぶるっと身震いし、丸い頭をあげて耳を後ろにぴんと引き、シャーッと威嚇してイラクサの茂みに逃げこんだ。あばら家の入口に座って、すでに汚れたシャツをさらに汚していた漁師トリグラの三歳の息子ドラゴミルが、通りすぎる騎乗者を涙目でじっと見つめ、叫びだした。

ウィッチャーは前をふさぐ干し草を積んだ荷車に追いつかないよう、ゆっくりと馬を進めた。その後ろから荷物を載せたロバが首を伸ばし、ウィッチャーの剣の柄頭にきつく結ばれたひもを絶えず引っぱりながら小走りでついてくる。ロバはいつもの袋のほかに鞍布に包まれた大きな荷を背に載せ、灰白色の尻の両脇が乾いた血の黒い筋におおわれていた。

干し草の荷車がようやく穀物倉と港に通じる脇道に折れた。脇道から吹いてくる海風はタールと牛の尿のにおいがした。ウィッチャーは速度をあげた。鞍布の下から突き出た、鉤爪のある骨ばった前足がロバの歩調に合わせて上下し、それを見た野菜売りの女が押し殺した悲鳴をあげた。ウィッチャーは無反応で、背後でざわめき群がる野次馬を振り返りもしない。

町議の屋敷の前にはいつものように荷馬車がずらりと並んでいた。ゲラルトは鞍から飛びおりて背中の剣の位置を直し、手綱を木製の柵にひっかけた。あとをついてきた群衆がロバを半円状に取りまいた。

外からでも町議の大声が聞こえた。

「こんなことは禁じられている！　違法行為だ！　言ってることがわからんのか、このたわけ者」

なかに入ると、怒りで顔を赤くした、小柄でぽっちゃりした町議の前で、村人がもがくガチョウの首をつかんで立っていた。

「これは――なんと！　きみか、ゲラルト？　見まちがいじゃないだろうな」そしてふたたび村人のほうを向き、「さっさと持ち帰れ、この田舎者が！　耳が聞こえんのか」

「聞いたんです」村人がガチョウを横目で見ながらぼそぼそと答えた。「ちょっとしたものを町議どのに届けたほうがいいって、さもないと――」

「誰が言った？」町議がどなった。「誰だ？　わたしが心づけを受け取るとでも？　受け取るものか！　さっさと出ていけ！　やあ、ゲラルト」

「やあ、カルデメイン」

町議はウィッチャーの手を握り、ぽんと肩を叩いた。

「二年ぶりじゃないか、ゲラルト。え？　きみは定住できないんだったな？　どこから来た？　ああ、いや、どこからだろうとかまわん。おい、誰かビールを持ってこい！　座れ、ゲラルト、座ってくれ。明日、市《いち》が立つので大騒ぎだ。調子はどうだ、聞かせてくれ！」

「それはあとだ。まず外に来てくれ」

人垣は二倍になっていたが、ロバのまわりの空間はぽっかり空いたままだ。ゲラルトが鞍布を払いのけると、群衆は息を呑んであとずさり、カルデメインは口をあんぐりと開けた。

「なんと、ゲラルト！　これはなんだ？」

「キキモラだ。報酬はあるか？」

カルデメインは体重を左右の足に移しながら、乾いた黒い皮膚のクモめいた姿と、瞳孔が垂直になった生気のない目と、血のついたあごに並ぶ針のような牙を見た。

「どこで――どこからこれを――」

「町から五キロほどしか離れていない土手だ。沼地の。あのあたりで人が消えているはずだ、カルデメイン。子どもたちが」

「ああ、たしかに。だが、誰もこんな――いったい誰が想像できる？――おい、おまえたち、帰れ、仕事に戻れ！　見世物じゃないぞ！　毛布をかぶせろ、ゲラルト。ハエが寄ってくる」

屋敷のなかに戻ると、カルデメインは無言でビールの入った大きなジョッキをつかみ、ひと息で飲み干した。そして深いため息をつき、鼻をすすり、陰鬱な声で言った。

「報酬はない。塩湿地にあんなものがひそんでいるとは誰も思わなかった。たしかに、あのあたりで人が何人かいなくなったが……。あそこの土手をうろつく者はまずいない。そもそもなぜあんなところに？　なぜ街道を通らなかった？」

「ウィッチャーが街道を通っていては商売にならない、カルデメイン」

「そうだったな」町議は頬をふくらませてげっぷを抑えた。「このあたりもかつては平和だった。小鬼すら女たちのミルクにたまに小便をするくらいだった。それがこのすぐ近くにあんな怪物がいるとは。きみには礼を言わねばならん。なぜならカネを払えんからだ。予算がない」

「残念だ。少しでもあれば冬を越せるんだが」ゲラルトはジョッキからひと口飲み、泡をぬぐった。「イスパデンに向かうところだが、道路が雪で閉ざされる前に着けるかどうか。ルトンスキ道路ぞいの小さな町で足止めを食うかもしれない」

「ブラビケンには長くいるつもりか？」

「いや。ぐずぐずしている時間はない。冬が近づいている」

「どこに泊まる？　ここはどうだ？　屋根裏に空き部屋がひとつある。盗っ人みたいな宿屋にふんだくられる理由はなかろう。話をしよう、広い大きな世界で何が起こっているか聞かせてくれ」

「喜んで。だが、リブシュがなんと言う？　おれをよく思っていないことは前回ではっきりした」

「この家で女に口出しはさせない。だが、ここだけの話、妻の前で前回の夕食時のような真似はするな」

「ネズミにフォークを投げたことか」

「いや。暗闇で命中させたことだ」

「おもしろいと思ったんだが」

「おもしろかった。だが、リブシュの前ではやるな。それに、この……なんと言ったか……キキ——」

「キキモラ」

「何かに使うのか？」

「何に使えと？　報酬がなければ、汚水溜めにでも投げこんでおけばいい」

「悪くない考えだ。おい、カレルカ、ボルグ、キャリーペブル！　誰かいないか？」

肩に矛槍《ほこやり》を載せた町の衛兵が槍の穂先を戸口にぶつけながら入ってきた。

「キャリーペブル」町議が言った。「誰かに手伝わせて、あの化け物を鞍布で包み、ロバに載せ、豚小屋の前を通って、そのキキモラとやらを汚水溜めに捨ててこい。いいか？」

「仰せのままに。ですが……町議どの——」

「なんだ？」

「その化け物を沈める前に——」

「なんだ？」

「マスター・イリオンに見せてはいかがでしょう。あの人には役に立つかもしれません」

カルデメインが手のひらでぱちんと額《ひたい》を叩いた。

「おまえもバカじゃないな、キャリーペブル。よく聞け、ゲラルト、町の魔法使いがあの死骸にいくらか払うかもしれん。漁師たちがよく妙な魚を届けている――八本脚のやつとかクラバターとかヘロングとか――そんな奇妙な魚でみんなかせいでいる。よし、塔に行こう」

「ここに魔法使いがいるのか？　定住か、それとも通りすがりか？」

「定住している。マスター・イリオン。ブラビケンに住んで一年になる。力のある魔法使いだ、ゲラルト、ひとめ見ればわかる」

「力のある魔法使いがキキモラにカネを出すとは思えん」ゲラルトは顔をしかめた。「おれが知るかぎり、どんな霊薬《エリクサ》にもキキモラは使わない。そのイリオンとやらにバカにされるだけだ。おれたちウィッチャーと魔法使いは相性が悪い」

「マスター・イリオンが人をバカにするなど聞いたことがない。カネを払うかどうかはわからんが、やってみる価値はある。沼地に似たようなキキモラがほかにもいたらどうする？　マスター・イリオンに怪物を見せれば、まんいちの場合、沼地一帯に魔法か何かをかけてくれるかもしれん」

　ゲラルトはしばし考えた。

「わかった、カルデメイン。いちかばちかマスター・イリオンに会ってみよう。行くか」

「よし、行こう。キャリーペブル、ガキどもを追い払って、ぱたぱた耳を連れて来い。わたしの帽子はどこだ？」

Ⅱ

その塔は、なめらかに切り出された御影石造りの、歯のような狭間《はざま》胸壁を冠した堂々とした建物で、周囲のタイルが欠けた家や茅葺《かやぶ》き小屋の傾いた屋根を睥睨《へいげい》するようにそびえていた。

「改築したようだな」とゲラルト。「魔法か、それとも人を使って？」

「おもに魔法だ」

「どんな男だ、このイリオンというのは？」

「礼儀正しい。人助けもする。だが、隠遁者で口数が少なく、塔を離れることはめったにない」

　扉には色の薄い木を使ったバラ形の象嵌《ぞうがん》がほどこされ、大きなノッカーがついていた。目の飛び出た、平たい魚の頭が歯で真鍮の輪をくわえている。カルデメインは扉の構造に通じているらしく、近づいて咳払いし、口上を述べた。

「町議カルデメイン、マスター・イリオンにご挨拶にまいりました。ウィッチャー・ゲラルトも同じく表敬に」

　しばらく何も起こらなかったが、やがて魚の頭が歯の生えたあごを動かし、蒸気を吐いた。

「マスター・イリオンは面会しない。立ち去れ、わがよき人々よ」

　カルデメインはその場をうろうろしながらウィッチャーを見た。ゲラルトは肩をすくめ、キャリーペブルは熱心に鼻をほじっている。

「マスター・イリオンは面会しない」ノッカーが金属質の声で繰り返した。「去れ、わがよき――」

「おれはよき人間ではない」ゲラルトが大声でさえぎった。「ウィッチャーだ。ロバが積んでいるのはキキモラで、町から遠くない場所でしとめた。近隣の安全を保つのはその地に住むすべての魔法使いの義務だ。マスター・イリオンとわざわざ話さなくてもいいし、会わなくてもいい、本人がそう言うのなら。だが、キキモラだけは調べ、彼なりの結論を出してもらいたい。キャリーペブル、キキモラをほどいて扉の脇に投げろ」

「ゲラルト」町議がささやいた。「おまえはすぐ立ち去るかもしれんが、わたしはずっとここに――」

「行こう、カルデメイン。キャリーペブル、その指を鼻から抜いて、おれの言ったとおりにしろ」

「しばし待て」ノッカーがさっきとはまったく違う口調になった。「ゲラルト、本当にきみか？」

ゲラルトは小さく毒づいた。

「いつまで続ける気だ？　ああ、本当にゲラルトだ。だったらなんだ？」

「扉に近づけ」ノッカーが答え、小さく蒸気を吐いた。「きみだけだ。なかに入れ」

「キキモラは？」

「そんなものはどうでもいい。きみと話したい、ゲラルト。きみだけだ。すまない、町議よ」

「滅相もない、マスター・イリオン」カルデメインは軽く受け流した。「じゃあな、ゲラルト。またあとで。キャリーペブル！　怪物を汚水溜めに捨ててこい！」

「仰せのままに」

ゲラルトが象嵌細工の扉に近づくと、扉は――人ひとりがかろうじてすり抜けられるだけ――小さく開き、バタンと閉まった。なかは真っ暗だ。

「おい！」ゲラルトが怒った声をあげた。

「ちょっと待て」妙に聞き覚えのある声だ。

その唐突な感覚に驚いてゲラルトはよろめき、つかまるものを探して片手を伸ばした。だが、手に触れるものは何もなかった。

果樹園が白とピンクに咲き誇り、雨のにおいがした。空にかかる色とりどりの虹の弧が遠くの木の梢と梢をつなぎ、青く連なる山脈が見える。家が一軒、果樹園のなかに小さくつつましく、タチアオイに埋もれるように建っていた。見おろすと、膝の高さまでジャコウソウが茂っていた。

「さあ、来たまえ、ゲラルト」声が呼びかけた。「わたしは屋敷の前だ」

ゲラルトは果樹園に足を踏み入れ、木々のあいだを進んだ。左側で何かが動き、見ると、一糸まとわぬ金髪の娘がリンゴでいっぱいのカゴを抱え、低木の並木にそって歩いていた。ゲラルトはこれ以上、何を見ても驚かないと固く誓った。

「やっと来たか。ごきげんよう、ウィッチャー」

「ストレゴボル！」ゲラルトは驚いた。

これまでの人生でさまざまな人間を見てきた。町議のように見える盗っ人、物乞いのような町議、王女のような娼婦、孕《はら》んだ雌牛のような王女に、盗っ人のような国王。だが、ストレゴボルはあらゆる通例と概念に照らして、いかにも魔法使いらしい魔法使いだ。細身で長身、曲がった背中、ぼさぼさの大きな灰色の眉毛に鉤鼻。しかも、袖がとんでもなく広い、引きずるように長い黒衣をまとい、水晶の握りのついた長い杖を持っている。ゲラルトが知るかぎり、ストレゴボルのような見た目の魔法使いはほかにいない。何より驚くのは、ストレゴボルが本物の魔法使いだということだ。

二人はタチアオイに囲まれたポーチの白い大理石テーブルの籐椅子に座った。リンゴのカゴを抱えた裸の金髪娘が近づいてほほえみ、背を向け、腰を振りながら果樹園に戻っていった。

「あれも幻影か」ゲラルトが揺れる腰を見ながらきいた。

「ああ。ここにあるものすべて。だが幻影とはいえ一流だ、友よ。花は香り、リンゴは食べられ、蜂は刺し、あの娘も」――魔法使いは金髪を指さし――「お望みならば――」

「まあ、あとで」

「そうだな。ここで何をしている、ゲラルト？　いまもあくせくと絶滅寸前の最後の標本を殺して賞金かせぎか？　キキモラでいくらかせいだ？　ゼロだろうな、そうでなければここに来るはずがない。これでも運命を信じない人間がいるとは驚きだ。きみがわたしのことを知らなかったとすれば。どうだ？」

「知らなかった。まさかこんなところで会おうとは夢にも思わなかった。おれの記憶が正しければ、あんたはコヴィルの似たような塔に住んでいたはずだ」

「あのときから多くのことが変わった」

「あんたの名前のように。いまはマスター・イリオンか」

「この塔を建てた男の名だ。二百年ほど前に死んだが、彼の住まいを借りるにあたって何かしら敬意を払いたいと思ってな。いまはここに住んでいる。住民の多くは海で生計を立て、知ってのとおり、わたしの専門は――幻影を別にすれば――天候だ。ときと場合によって嵐を鎮めたり、起こしたり、西風でタラの群れを海岸に近づけたり。なんとかやっていける。というか」そこで苦しげに言い添えた。「これまではやってきた」

「〝これまでは〟とはどういう意味だ？　なぜ名前を変えた？」

「運命にはいくつもの顔がある。わが運命は、表面は美しいが中身は恐ろしい。運命の女神はその血に染まった鉤爪をわたしに伸ばし――」

「変わってないな、ストレゴボル」ゲラルトは顔をゆがめた。「いかにも賢そうな、意味ありげな顔をしながらたわごとを話す。もっとふつうに話したらどうだ？」

「できなくはない」魔法使いはため息をついた。「それできみが喜ぶなら。わたしは恐るべき怪物から命をねらわれ、そいつから隠れ、逃げ、ここまでやってきた。だが、逃げても無駄だった――ついに見つかった。おそらく明日にもわたしを殺しに来るだろう、遅くとも明後日には」

「なるほど」ゲラルトはそっけなく答えた。「そういうことか」

「わたしが殺されかけても、たいして驚かんようだな」

「それが世のならいだ、ストレゴボル。旅をすればあらゆるものを見る。二人の村人が畑をめぐって殺し合い、翌日、同じ畑は殺し合う二人の伯爵とその従者たちによって踏みにじられる。首をくくられた者たちが街道脇の木からぶらさがり、山賊が商人の喉を掻っ切る。町に足を踏み入れれば溝の死体につまずく。宮廷では人々が短剣で突き合い、宴《うたげ》のテーブルの下では毎分のように毒で青ざめた者が転がっている。そんなことにももう慣れた。そんなおれが、殺しのおどしに驚くと思うか？　しかもおどされているのがあんただと知って」

「しかもおどされているのがわたしだと知って、か」ストレゴボルは皮肉まじりに言った。

「きみのことは友人だと思っていた。助けてほしい」

「あんたと最後に会ったのはコヴィルのイディ王の宮廷だった」ゲラルトが言った。「おれはあたりを恐怖におとしいれていた双頭のヘビを殺し、報酬をもらいに来ていた。あんたと同輩のザヴィストは、競うようにおれをペテン師だの、分別なき殺人機械だの、屍肉《しにく》あさりだのと呼んだ。おかげでイディ王からは一ペニーももらえず、十二時間以内にコヴィルから出ていけと命じられた。砂時計が壊れていたせいで、あやうくまにあわないところだった。そのあんたがいまになっておれの助けがほしいだと？　怪物に追われている？　何を恐れることがある、ストレゴボル？　つかまったらこう言えばいい――自分は怪物が好きで、おまえたちを守り、屍肉あさりのウィッチャーなんぞに平安を乱させはしないと。まんいちそいつがあんたのはらわたを引きずり出してむさぼり食ったなら、とんでもない恩知らずということだ」

　ストレゴボルは無言で顔をそむけた。ゲラルトは笑い声をあげた。

「そうカエルのようにふくれるな、魔術師よ。何におどされているのか言ってみろ。手の打ちようがあるかもしれない」

「〈黒《くろ》太陽の呪い〉を聞いたことはあるか？」

「もちろん。もっともそれは、その戯言《たわごと》を最初に言いだし、貴族の娘をはじめ良家出身の娘たちが何十人も殺され、もしくは塔に幽閉されることになった魔法使いにちなんで〈いかれエルティバルドの狂気〉と呼ばれた。なんでも、その娘たちは悪魔に取りつかれ、呪われ、〈黒太陽〉によって汚《けが》されているという話だった。なぜなら、世界じゅうどこでででも見られる皆既日食を、あんたたち魔法使いが大仰な言葉でそう呼んだからだ」

「エルティバルドは狂ってなどいなかった。彼はドークの立石《メンヒル》と墓地遺跡ウォズゴルの墓石の文字を解読し、伝説や小鬼の伝承を調べた。そのすべてに日食のことがはっきりと書かれていた。〈黒太陽〉は、リリット——東方ではいまもナイヤの名で信仰されている——の再来が近づき、人類の終焉《しゅうえん》が近いことを告げる現象だと。リリットが通る道は〝渓谷を血で満たす、金の冠をかぶった六十人の女によって作られる〟と」

「くだらない」とゲラルト。「しかも韻すら踏んでいない。まともな予言はどれも韻を踏むものだ。あのころ、エルティバルドと〈魔法評議会〉が何を考えていたかはみな知っている。あんたたちは狂人のたわごとを自分たちの権威を強めるのに利用した。同盟を決裂させ、婚姻による忠誠関係をぶちこわし、数々の王朝を挑発した。ようするに、王冠をかぶった操り人形の糸をさらにからまらせたわけだ。そんなあんたがいま、おれに予言について講釈を垂れている——市場《いちば》の年老いた語り部も恥ずかしがるような」

「エルティバルドの理論や予言の解釈については何を言ってもかまわない。だが、日食の直後に生まれた娘たちのなかに恐ろしい変異体がいたという事実はくつがえせない」

「ほう、そうか？　おれはまったく反対の話を聞いたが」

「わたしはそんな娘の解剖に立ち会った」ストレゴボルが言った。「頭蓋骨と骨髄のなかにあったものは、ゲラルト、とても言葉にできなかった。赤い海綿とでも言おうか。内臓は混じり合い、完全に欠けた器官もあり、すべてがうごめく繊毛と青みがかった桃色の細片におおわれていた。心臓には心房が六つあり、そのふたつはほとんど萎縮《いしゅく》していた。これをどう説明する？」

「おれは手の代わりにワシの爪のある人間や、狼の牙を持つ人間を見てきた。余分の関節、余分の器官、余分の感覚を持った者たち。そのどれもが、あんたたちが魔法でいじくりまわした結果だ」

「あらゆる変異体を見てきたと言うが」ストレゴボルは顔をあげ、「その何体をカネのために殺した？　ウィッチャーという職業にしたがって？　どうだ？　狼の牙を持った者は、せいぜい酒場の娼婦に剝き出して見せるくらいだが、狼の気質を持った者は子どもを襲う。日食のあとに生まれた娘たちもまさしくそんなふうだった。あきらかに残虐で、攻撃的で、突然の怒りの爆発と、手のつけられない癇癪の傾向が尋常ではなかった」

「それはどんな女にも言える」ゲラルトが皮肉った。「何が言いたい？　あんたはおれが変異体をどれだけ殺したかときいた。なぜ、おれが魔法から解放し、呪いを解いた数をたずねない？　おれはあんたからさげすまれるウィッチャーだ。それで、あんたたち力のある魔法使いは何をした？」

「より高度な魔法が使われた。われわれと、さまざまな寺院の僧たちの魔法が。すべてのこころみが娘たちの死に終わった」

「それで評判が悪くなるのはあんたたちで、娘たちではない。ここでようやく最初の死体にたどりついたわけだ。娘たちになされたのは検死だけだろうな？」

「そうではない。そんな目で見るな。もっと多くの死者が出たことはきみもよく知っているはずだ。当初、そのような娘たち全員を排除することが決まった。われわれはその何人かを排除し……全員に検死が行なわれた。一人は生体解剖まで」

「そんな人でなしが、よくもウィッチャーを批判できるものだ。ああ、ストレゴボルよ、いまに人々が学び、あんたたちより優位に立つ日が来るだろう」

「そんな日がすぐに訪れるとは思えん」魔法使いはとげとげしく返した。「われわれは人々を守るために行動した、そのことを忘れるな。変異した娘たちが全土を血の海に沈めていたかもしれないのだ」

「あんたたち魔法使いはいつもそう言う――不《ふ》可謬《かびゅう》というオーラをまとい、得意げに鼻をつんとあげて。話のついでにきくが、あんたたちのことだから、いわゆる変異体を探すに当たって間違いを犯したことはただの一度もないんだろうな」

「わかった」ストレゴボルは長い沈黙のあとで言った。「不本意だが、正直に言おう。間違いはあった――一度ならず。えり分けるのはきわめて困難だった。だからこそ……排除するのをやめ、隔離するようになった」

「あんたの名高き塔に」ゲラルトが鼻で笑った。

「われわれの塔だ。だが、それもまた間違いだった。われわれは娘たちを見くびっていた。その多くが逃げた。やがて、幽閉された美女を逃がすというバカげた流行が王子たちのあいだに広まった――とりわけ、たいしてすることもなく、失うものもあまりない若い王子たちに。その多くは、さいわいにも首の骨を折り――」

「おれが知るかぎり、塔に幽閉された娘たちはすぐに死んだ。あんたたち魔法使いがなにかしら関与したにちがいないともっぱらの噂だ」

「それは違う。だが、娘たちがみるみる無気力になり、食事を拒むようになったのは本当だ……。興味深いのは、娘たちが死ぬ直前に千里眼の能力を示したことだ。変異体のさらなる証拠だ」

「あんたの証拠はますます説得力を失いつつある。ほかにはないのか？」

「あるとも。ナロクの貴婦人シルヴェナはわれわれが近づくまもなく、あっというまに恐るべき力を得た。いまナロクではひどいことが起こっている。エヴァーミルの娘フィアルカは手製の綱で塔から逃げ出し、もっか北ヴェルハドを恐怖におとしいれている。タルガーのベルニカは愚かな王子の手引きで逃げた。いまその王子は失明して地下牢に放りこまれ、タルガーでは絞首台がもっともありふれた風景になった。似たような例はいくつもある」

「そうだろうな。たとえば老アブラドが統治する国ヤムルラク。腺病やみで、歯が一本もなく、おそらくこの日食の百年ほど前に生まれた彼は、目の前で誰かが拷問で死ななければ眠れなくなった。親族をみんな殺し、狂気にかられ——さっきの言葉を借りれば——突然の怒りの爆発によって臣民の半数を殺した。狂暴な気質の痕跡もある。たしか若いころのあだ名は〝女をいたぶるアブラド〟だ。ああ、ストレゴボル、残虐な支配者を変異体や呪いで説明できるならどんなにいいだろうな」

「聞け、ゲラルト——」

「断る。あんたの説明は信じられないし、エルティバルドが人殺しの狂人ではなかったと言われても納得できない、だからあんたをおどす怪物の話に戻ろう。言っておくが、導入部を聞くかぎりあまり気が乗らない。だが、話は最後まで聞こう」

「辛辣な意見でさえぎらずに？」

「それは約束できない」

「まあいい」——ストレゴボルは両手を長衣の袖にすべりこませ——「話がいくらか長くなるだけだ。ことの始まりは北方の小さな公国クレイデンだ。クレイデンの大公フレデファルクの妻アリデアは教育を受けた賢い女性だった。一族には魔術にすぐれた才能のある者が多く、アリデアは——おそらく遺産として——稀少で強力な遺物を手にした。〈ネハレニアの鏡〉のひとつだ。この鏡は未来を——難解ながら——正確に予言するため、おもに予言者や巫女によって使われる。アリデアはたびたびこの鏡に向かい——」

「よくある質問を口にした」ゲラルトが口をはさんだ。「〃いちばん美しいのは誰？〃と。知っている——すべての〈ネハレニアの鏡〉は礼儀正しいか、もしくは壊れているかのどちらかだ」

「そうではない。アリデアはそんなことよりも国の命運に関心があった。アリデアの問いに対し、〈鏡〉はこう答えた——フレデファルクの最初の結婚でできた娘によって、あるいは過失によって、アリデアとその他多くの者が恐ろしい死を遂げると。アリデアはこの予言を〈魔法評議会〉に伝え、わたしがクレイデンに送りこまれた。フレデファルクの最初の娘が日食のすぐあとに生まれたことは言うまでもなかろう。しばらくは慎重に様子を見守った。その間、娘は一羽のカナリアと二匹の仔犬を虐待し、召使の片目を櫛の持ち手でくりぬいた。わたしは呪いの魔法を使っていくつかためしてみた。その多くで、娘が変異体であることが証明された。わたしはこの結果をアリデアに伝えた、というのもフレデファルクにとって、王女はまさに世界そのものだったからだ。言ったように、アリデアは愚かではなく――」

「そうだろうとも」またしてもゲラルトが口をはさんだ。「そして、あきらかに継娘《ままむすめ》を愛してはいなかった。アリデアは自分の子どもたちに王位を継承させたかった。そのあとのことは想像がつく。なぜ誰も王女の首を絞めなかった？　あんたもだ、彼らがあれこれ騒いでいるあいだに」

　ストレゴボルはいまも虹が色鮮やかに、絵のように美しく揺らめく空をあおいだ。

「わたしは娘を隔離しようとしたが、アリデアの考えは違った。罠猟師の殺し屋を雇い、王女とともに森に送りこんだのだ。やがて男は下草のなかで見つかった……ズボンをはいていなかったから、何があったかは想像に難《かた》くない。王女は男の耳から脳みそにブローチピンを貫通させていた――おそらく男の注意がまったく違うほうに向いていたあいだに」

「おれがそいつに同情すると思うのなら間違いだ」ゲラルトがつぶやいた。

「われわれは追跡隊を編成した」ストレゴボルは続けた。「だが、王女の痕跡は何ひとつなかった。フレデファルクが疑いはじめ、わたしは急いでクレイデンを離れた。それから四年後、アリデアから知らせがあった。継娘の居場所を突き止めたと。王女はマハカムで七人のノームと暮らしていた。鉱山の粉塵で肺を汚すより、街道で商人を襲うほうがカネになるとでも吹きこんだのだろう。王女は〈モズ〉の名で知られていた。とらえた人間を生きたまま、先のとがった柱に突き刺すのを好んだからだ。アリデアはなんどか刺客を雇ったが、一人として戻ってはこなかった。やがて依頼に応じる者を見つけるのも難しくなった——すでに〈モズ〉はかなり名を知られていたからな。剣のあつかいに長《た》け、どんな男も太刀打ちできないという評判だった。わたしは召喚され、ひそかにクレイデンに着いたが、アリデアが何者かに毒を盛られたのを知っただけだった。ちまたでは、若くてお盛んな愛人を見つけたフレデファルクがやったと言われているが——おそらくあれはレンフリのしわざだ」

「レンフリ？」

「それが王女の名だ。わたしは、レンフリがアリデアに毒を盛ったのだろうと言った。それからほどなく、フレデファルクは狩りのさなかに奇妙な事故で死に、アリデアの長男がひとこともなく姿を消した。あれもあの小さな姫がやったにちがいない。〝小さな〟と言っても、いまや十七歳だ。しかもりっぱに成長している」

　魔法使いはしばらく口をつぐみ、やがて続けた。

「そうしているまにレンフリとノームたちはマハカムじゅうで恐れられるようになった。ところがある日いさかいが起こった。なんでもめたのかはわからない——略奪品の取りぶんか、それともレンフリと夜を過ごす順番か——とにかく連中は短刀で殺し合い、〈モズ〉だけが生き残った。あの子だけが。そのときわたしはたまたま近くにいて、顔を合わせた。レンフリはすぐに気づき、クレイデンでわたしが何に加担したかを知った。いいか、ゲラルト、ヤマネコが剣を構えて飛びかかってきたとき、わたしはかろうじて呪文を唱え――しかもひどく震える両手で――レンフリを縦六メートル横九メートルの水晶板に変えた。そして昏睡状態になるのを待ってノームの鉱山に投げこみ、その上に隧道《トンネル》を作った」

「お粗末だな」とゲラルト。「そんな呪いは解こうと思えば解ける。なぜ消し炭になるまで燃やさなかった？　すぐれた魔法をたくさん知っているだろうに」

「いや。わたしの専門ではない。だが、きみの言うとおり、わたしはしくじった。どこかの愚かな王子がレンフリを見つけ、大枚をはたいて呪いを解き、意気揚々と東方の僻地《へきち》にある王国に連れていった。王子の父親は老いた山賊で、もう少し分別があった。息子をひっぱたき、〈モズ〉とノームがつるんで奪った宝物と、〈モズ〉が隠した取り分のありかをたずねた。彼のあやまちは、首切り台にレンフリを裸で横たわらせたとき、長男に手伝わせたことだ。ともかく、次の日には両親兄弟がすべて死に、長男が王座につき、〈モズ〉は王のいちばんのお気に入りになった」

「つまり王女は醜くはないわけだ」

「それは好みの問題だ。お気に入りの座は長くはなかった。宮廷で最初の政変が起こったのだ。宮廷といっても実際は納屋のようなものだったが。レンフリがわたしを忘れていないことはすぐにわかった。コヴィルで三度、命をねらわれた。四度目を避けるため、わたしはポンターに身を隠して様子をうかがった。またしてもレンフリはわたしを見つけ出した。こんどはアングレンに逃げたが、そこでも見つかった。どうやって探し出すのかわからない。痕跡は完璧に消している。変異体の特性にちがいない」

「もういちど呪いをかけて水晶板にしない理由はなんだ？　良心の呵責《かしやく》か？」

「いや。わたしにそのようなものはない。あの娘には魔法が効かなくなった」

「ありえない」

「いや、ありうる。そのための遺物か霊気さえあれば。それとも、これもまた進化しつつある変異のせいかもしれない。わたしはアングレンから逃げ、ここアークシーのブラビケンに隠れた。この一年は平和だったが、またもや居場所を突き止められた」

「どうしてわかる？　町に現れたのか」

「そうだ。水晶球のなかで見た」ストレゴボルは杖を振りあげた。「一人ではない。盗賊団を率いている。何か大きなことをたくらんでいる証拠だ。ゲラルト、もう逃げる場所はない。どこに隠れればいいかもわからない。きみがいまここにやってきたのはただの偶然とは思えない。運命だ」

ゲラルトはいぶかしげに眉を吊りあげた。

「何が言いたい？」

「わかっているはずだ。レンフリを殺してほしい」

「おれは雇われ殺し屋ではない、ストレゴボル」

「殺し屋でないのはたしかだ」

「おれはカネのために怪物を殺す。人に危害を加える獣を。あんたみたいな魔法使いがかける呪いや、魔法によって生み出される恐怖を。人は殺さない」

「レンフリは人間ではない。まさしく怪物、変異体、呪われた変異体だ。きみはキキモラを運んできた。〈モズ〉はキキモラよりも質《たち》が悪い。キキモラが殺すのは空腹のためだが、〈モズ〉は快楽のために殺す。あの娘を殺したら望みどおりの額を払おう。もちろん妥当な範囲で」

「さっきも言ったが、変異体や〈リリットの呪い〉にまつわる話はでたらめだ。その娘にはあんたに恨みを晴らす正当な理由がある。それに巻きこまれるつもりはない。町議や町の衛兵に頼んだらどうだ。あんたは町の魔法使い――町の法律が守ってくれるだろう」

「法や町議が助けになるものか！」ストレゴボルが感情をあらわにした。「護衛などいらん。レンフリを殺してくれ！　誰もこの塔には入れない――ここにいれば絶対安全だ。だが、わたしはどうなる？　残りの人生をここで過ごすつもりはないし、わたしが生きているかぎり〈モズ〉はあきらめない。ここに座り、この塔のなかで死を待てというのか」

「閉じこめられた娘たちはそうだった。いいか、魔法使い。あんたは娘たちの追跡隊を別の、もっと力のある魔法使いにゆだねるべきだった。結果はわかっていたはずだ」

「頼む、ゲラルト」

「断る、ストレゴボル」

　ストレゴボルは黙りこんだ。偽物の空に浮かぶ偽物の太陽は天頂にすら移動していなかったが、ウィッチャーにはすでにブラビケンに夕暮れが訪れているのがわかった。腹が減っていた。

「ゲラルト、エルティバルドの話を聞いたとき、われわれの多くは信じなかった。だが、小さな悪を受け入れると決めたのだ。きみも同じ選択をしてくれ」

「悪は悪だ、ストレゴボル」ゲラルトは真剣な表情で立ちあがった。「小さな悪、大きな悪、その中間の悪、どれも同じだ。区分は交渉しだい、境界線はあいまいだ。おれは敬虔な隠遁者ではない。これまでの人生、善行ばかりではなかった。だが、ひとつの悪と別の悪のどちらかを選べと言われたら、どちらも選ばない道を取る。そろそろ失礼する。明日また会おう」

「そうだな」魔法使いは言った。「そのときまで命があれば」

Ⅲ

町のしゃれた宿屋〈黄金の宮廷亭〉は混み合い、騒がしかった。地元民とよそ者が入り混じり、その多くが出身国や職業にふさわしい行為にいそしんでいた。真面目な商人はドワーフたちと商品の値段や金利について議論を交わし、そこまで真面目でない商人はビールやキャベツと豆の料理を運ぶ給仕女たちのお尻をつねっている。地元のうすのろは情報通を気取り、娼婦はカネを持っている男たちには愛想を振りまき、そうでない男たちにはつれなくした。荷馬車の御者と漁師たちは明日がないかのように飲み、数人の船乗りが、海の波と船長の勇気と人魚の優美さを称える歌を——最後のはその姿が目に浮かぶほど、かなり詳細に——歌っていた。

「よく思い出せ」カルデメインは喧噪に負けじとカウンターに身を乗り出し、宿の主人に言った。「男が六人と娘が一人、全員がノヴィグラドふうの銀鋲のついた黒い革服を着ている。通行門のところで見た。ここにいるのか、それとも〈マグロ亭〉か？」

宿の主人は突き出た額にしわを寄せ、縦縞の前掛けで蓋つきジョッキを拭いてからようやく答えた。

「ここだ、町議。市《いち》に来たと言うが、全員が——娘まで——剣を帯びている。あんたが言ったように黒ずくめだ」

「そうか」町議はうなずいた。「それで、いまどこにいる？　ここには見当たらないが」

「小部屋だ。金貨で払った」

「おれがひとりで行こう」ゲラルトが言った。「衆目の前で表ざたにすることはない、少なくともいまのところは。娘を連れてくる」

「それがいい。だが、慎重に頼む、面倒は起こしたくない」

「気をつける」

船乗りたちの歌がいよいよ卑猥になってきたところをみれば、そろそろ終わりに近づいてきたようだ。ゲラルトは小部屋の入口にかかった、汚れてべたつく硬いカーテンを引き開けた。

六人の男がテーブルの椅子に座っていた。〈モズ〉の姿はない。

「なんの用だ」最初に気づいた男が大声で言った。頭は禿げかけ、顔には左眉から鼻梁《びりょう》を通って右頬まで醜い傷跡が走っている。

「〈モズ〉に会いたい」

見た目がそっくりの二人が立ちあがった。動きのない顔、肩まで伸ばしたもじゃもじゃの金髪、銀の鋲がぎらつくぴったりした黒服までそっくりだ。双子は同じ動きで、そっくり同じ剣を長椅子から取った。

「落ち着け、ヴィル。座れ、ニミル」顔に傷のある男がテーブルに両肘をついて身を乗り出した。「おまえ、誰に会いたいと言った？〈モズ〉って誰だ？」

「誰のことかはよく知っているはずだ」

「だったらこいつは誰だ？」上半身裸で、汗まみれのたくましい男が言った。剣帯を十字に締め、両肩に突起のついた当て物をしている。「知ってるか、ノホーン？」

「知らんな」傷の男が答えた。

「アルビノか」ノホーンの隣に座る細身で黒髪の男がくくっと笑った。繊細な顔立ち、大きな黒い瞳に、とがった耳。エルフの血が半分混じっているようだ。「アルビノ、変異体、変わり種《だね》。こんなやつがまともな客の集う宿にやって来るとはな」

「こいつ、前にどこかで見た気がする」髪を三つ編みに束ね、よく日に焼けた、体格のいい男が悪意に満ちた目を細め、見定めるようにゲラルトを見た。

「どこで見たかはどうでもいい、タヴィク」ノホーンが言った。「よく聞け。さっきシヴリルはおまえをひどく侮辱した。受けて立たないのか？　今夜はひどく退屈だ」

「いや《ノー》」ウィッチャーは淡々と答えた。

「じゃあ、おれがこの魚のスープをおまえの頭にぶちまけたらどうだ？」上半身裸の男が甲高い声で言った。

「落ち着け、フィフティーン」とノホーン。「こいつがノーと言ったらノーだ。とりあえずは。さて、兄弟よ、言いたいことだけ言ったら出ていけ。自分の足で出ていけるチャンスは一度きりだ。それが嫌なら宿の連中がおまえを運び出す」

「おまえに言いたいことはない。〈モズ〉に会いたいだけだ。レンフリに」

「聞いたか、おまえたち」ノホーンは仲間を見まわし、「レンフリに会いたいだとよ。理由を聞かせてもらおうか」

「断る」

ノホーンが頭をあげ、双子が丈の長いブーツの銀の留め金を鳴らして一歩前に出るのを目で追った。

「わかったぞ」ふいに三つ編み男が言った。「こいつをどこで見たか、ようやく思い出した！」

「何をぶつぶつ言ってる、タヴィック？」

「町議の屋敷の前だ。竜《ドラゴン》みたいな獣を売りつけようと運びこんでいた、クモとワニを掛け合わせたような怪物を。みんな、こいつをウィッチャーだと言っていた」

「ウィッチャーってなんだ？」フィフティーンがきいた。「え？　シヴリル？」

「雇われ魔術師だ」ハーフエルフが答えた。「ひとつかみの銀貨で雇われる魔法使い。言っただろう、変わり種だと。人類と神の掟《おきて》に対する侮辱だ。焼かれてしかるべき輩《やから》だ」

「魔法使いは嫌いだ」タヴィクは細めた目をウィッチャーから離さず、甲高い声で言った。「おい、シヴリル、しけた町だと思ったが、意外にやることはありそうだ。魔法使いはほかにもいるし、やつらが寄り集まるってことは誰だって知ってる」

「類は友を呼ぶってやつか」ハーフエルフが憎々しげにほほえんだ。「おまえみたいな輩が地上を歩いていると考えるだけでぞっとする。おまえを産んだのは誰だ、化け物よ？」

「気を悪くしないでもらいたいが」ゲラルトは冷静に応じた。「おまえの母親は、おまえがどうやって生まれたかを考えさせるほど、しょっちゅうひとりで森のなかをうろついていたようだな」

「そうかもしれん」ハーフエルフは笑みをたたえたまま答えた。「だが、少なくとも自分の母親が誰かは知っている。おまえたちウィッチャーはそれすらろくにわからない」

　ゲラルトは少し青ざめ、唇を引き結んだ。それを見たノホーンが大声で笑った。

「なあ、兄弟よ、こんな侮辱を受けて黙ってるつもりか。あんたが背中にしょってるのは見たところ剣のようだ。で？　シヴリルと外に出るか？　とにかく今夜は退屈だ」

　ウィッチャーは動かない。

「びびってやがる」タヴィクが鼻で笑った。

「こいつはシヴリルの母親のことをなんと言った？」ノホーンが組んだ両手にあごをのせ、一本調子で言った。「おれが思うに、ひどく下品なことだった。誰とでも寝る女だったとかなんとか。おい、フィフティーン、どこかの流れ者が仲間の母親を侮辱するのを黙って聞いてられるか？　母親ってのはな、このくそ野郎、神聖なもんだ！」

　フィフティーンが待ってましたとばかりに立ちあがった。剣を抜いてテーブルの上に投げ、胸を突き出し、銀鋲のついた肩の当て物の位置を直して唾を吐き、一歩前に出た。

「意味がわからないのなら教えてやろう」とノホーン。「フィフティーンはおまえにケンカを売ってんだ。宿の連中が運び出すと言っただろう。場所をあけろ」

　フィフティーンが近づき、両こぶしを構えた。ゲラルトは剣の柄に片手を載せて言った。

「気をつけろ。もう一歩近づいたら、床に落ちた自分の手を探すことになる」

　ノホーンとタヴィクが自分の剣をつかんでさっと立ちあがった。無口な双子が同じ動作で剣を抜き、フィフティーンがあとずさった。シヴリルだけが動かない。

「いったいなんの真似？　あんたたち、少しのあいだもおとなしくできないの？」

ゲラルトはゆっくり振り向き、海の色をした目を見つめた。

身長はゲラルトと同じくらい。淡黄色の髪を耳の真下でぎざぎざに切り、ぴったりしたビロードの上着を飾りのついた腰帯で締めた娘が戸口に片手をついて立っていた。スカートは左右の長さが違い、左側はふくらはぎまで、右側はヘラジカ革のブーツをはいたたくましい太ももがあらわになっている。体の左側に剣を、右側には柄頭《つかがしら》に大きなルビーがはまった短剣を帯びていた。

「どこかで声をなくした？」

「こいつはウィッチャーだ」ノホーンがぼそりと言った。

「それで？」

「あんたと話したいと」

「それで？」

「こいつは魔法使いだ！」フィフティーンがどなった。

「魔法使いは気に入らねえ」タヴィクがうめくように言った。

「まあ、落ち着いて」娘が言った。「こいつはあたしと話したい、それは悪いことでもなんでもない。あんたたちはこのまま楽しめばいい。面倒は起こさないで。明日は市の日だ。

まさか市を邪魔するような真似はしたくないだろ——この愉快な町の一大行事なんだから」

低い、陰湿な含み笑いが沈黙のなかに響いた。シヴリルが長椅子にだらしなく手脚を投げ出したまま笑っている。

「よせ、レンフリ」ハーフエルフがくくっと笑った。「町の……一大行事だと！」

「黙れ、シヴリル。いますぐに」

シヴリルは笑うのをやめた。ぴたりと。ゲラルトは驚かなかった。レンフリの声には何かひどく奇妙な響きがあった——刃に映る赤い炎、殺される人間のわめき、馬のいななきと血のにおいを連想させるような。仲間たちも同じふうに感じたにちがいない。タヴィクの日焼けした顔さえ青ざめて見えた。

「さて、白髪《はくはつ》さん」レンフリが沈黙を破った。「広間に行こう。一緒に来た町議のいるところに。どうせそいつもあたしに話があるんだろ」

二人の姿を見て、カウンターで待っていたカルデメインは宿屋の主人との会話を中断し、背筋を伸ばして胸の前で腕を組んだ。

「よく聞け、お嬢さん」町議はありきたりの挨拶もなく、そっけない口調で始めた。「ここにいるリヴィアのウィッチャーから、きみがブラビケンに来た理由を聞いた。町の魔法使いに恨みがあるそうだな」

「まあね。それが何？」レンフリは静かに、同じようにそっけなくきいた。刃物で恨みを晴らそうとする者は——ここアークシーでは——よくいる無法者も同然と見なされる。きみが黒い仲間たちを連れて明朝早くブラビケンから出ていかなければ、牢屋にぶちこむとも言っておく——よ……よ……——なんと言ったか、ゲラルト？」

「予防措置として」

「それだ。わかったか、お嬢さん」

レンフリは腰帯の袋に手を突っこみ、小さく折りたたんだ羊皮紙を取り出した。

「これを読んで、町議。字が読めるなら。それと、あたしを〝お嬢さん〟と呼ばないで」

カルデメインは羊皮紙を取ると、長い時間をかけて読み、無言でゲラルトに渡した。

「〝わが執政、領臣、自由民に告ぐ〟」ゲラルトが声に出して読んだ。「〝みなの衆に告ぐ。余はクレイデン公国の王女レンフリがいまもわれわれの奉仕の対象であり、保護下にあることを宣言する。王女に危害を加える者は誰であれ、われわれの怒りを引き起こすだろう。国王オードエン——〟。〝危害を加える〟のつづりが違うが、印章は本物のようだ」

「本物だからだ」レンフリはゲラルトから羊皮紙をもぎ取った。「あんたたちの慈悲深き君主オードエンの印章がある。だから〝あたしに手を出さないほうがいい〟と忠告するつもりはない。つづりがどうだろうと、あんたにとって悲惨な結果になるよ。あんたは、誉れ高き町議どの、あたしを牢屋にぶちこむことはできない。あたしを〝お嬢さん〟と呼ぶことも。あたしはなんの法も破っちゃいない。いまのところは」

「一ミリでも法を破ったら」――町議はいまにも唾を吐きそうに――「この紙切れと一緒に地下牢に放りこんでやる。すべての神に誓って、お嬢さん。行くぞ、ゲラルト」

「あんたは残って、ウィッチャー」レンフリがゲラルトの肩に触れた。「まだ話したいことがある」

「夕食に遅れるな」カルデメインが肩ごしに言った。「リブシェが怒る」

「わかった」

ゲラルトはカウンターに身を乗り出し、首にかけた狼の頭のメダルをいじりながら青緑色の目をのぞきこんだ。

「あんたの噂は聞いた」娘が言った。「名前はゲラルト、リヴィアから来た白髪のウィッチャー。ストレゴボルはあんたの友だち？」

「いや」

「だったら話は簡単だ」

「そうでもない。おれが黙って見ていると思うな」

「ストレゴボルは明日までの命だ」レンフリは目を細め、ふぞろいの髪を額から払いながら静かに言った。「あいつがひとりで死ねば小さな悪ですむ」

「そうなればたしかにそうだ。だが、現実にはストレゴボルが死ぬ前に何人かが死ぬ。そうとしか考えられない」

「何人かとは、ウィッチャー、ずいぶん控えめじゃないの」

「言葉でおどそうとしても無駄だ、〈モズ〉」

「〈モズ〉って呼ばないで。嫌いなんだ。あたしが言いたいのは、ほかの可能性もあるってこと。じっくり話す価値がありそうだ……でもリブシェが待ってる。きれいなの、そのリブシェって？」

「言いたいことはそれだけか」

「いや。でも、もう行って。リブシェが待ってる」

小さな屋根裏部屋に誰かいる——扉に近づく前から、ゲラルトはメダルのほんのかすかな振動を通して感じていた。屋根裏に通じる階段を照らす油ランプを吹き消し、片方のブーツから短剣を引き抜き、腰帯の裏にすべりこませてから扉の取っ手を押した。部屋は暗い。だが、ウィッチャーの目に暗くはなかった。

戸口をゆっくり、そろそろとまたぎ、扉を後ろ手でそっと閉めると同時にベッドに座る人物に飛びかかり、シーツに押しつけ、あごの下に差しこんだ上腕に力をこめて短剣に手を伸ばした。だが、抜きはしなかった。何か変だ。

「始まりとしては悪くない」ゲラルトの下で動かない誰かがくぐもった声で言った。「こんな展開も予想はしてたけど、まさかこんなに早く二人でベッドにいるとは思わなかった。喉から手をのけてくれない？」

「きみか」

「そう、あたし。さて、選択肢はふたつ。ひとつ、あたしを放して話をする。ふたつ、いまの体勢のままでいる——その場合はせめてブーツだけは脱がせて」

ゲラルトが手を放すと、レンフリはため息をつき、上体を起こして髪とスカートの乱れを直した。

「ロウソクをつけて。あんたと違って真っ暗じゃ見えないし、話す相手の顔は見えたほうがいい」

　レンフリは——長身で細身の体でしなやかに——テーブルに近づき、腰をおろして丈の高いブーツをはいた長い脚を伸ばした。見たところ武器は持っていないようだ。

「何か飲み物はある？」

「いや」

「持ってきて正解だ」レンフリは声を立てて笑い、携行用の革のワイン袋と革のカップをふたつテーブルに載せた。

「もうじき真夜中だ」ゲラルトが冷たく言った。「本題に入ろう」

「ちょっと待ってよ。ほら、飲んで。乾杯、ゲラルト」

「乾杯、〈モズ〉」

「あたしの名前はレンフリだって」レンフリは顔をあげた。「王族の称号はつけなくてもいいけど、〈モズ〉って呼ぶのはやめて！」

「静かに、家じゅうが目を覚ます。そろそろ窓から忍びこんだ理由を教えてくれ」

「わかりが悪いね、ウィッチャー。あたしはブラビケンを殺戮から救いたい。その話をあんたとするために三月の雌猫みたいに屋根を這ってきたんだ。感謝してよ」

「感謝する。だが、話してどうなる？　状況ははっきりしている。ストレゴボルは塔のなかだ。近づくには塔を包囲するしかない。そんなことをしたら、きみの〝安全保障証〟も役には立たない。おおっぴらに法を犯したらオードエン王でもきみを守れない。町議、衛兵、ブラビケンじゅうを敵にまわすことになる」

「あたしを敵にまわしたら、ブラビケンじゅうが後悔するだろうね」レンフリは捕食者のような白い歯を剝き出してほほえんだ。「あたしの仲間たちを見たでしょ？　言っとくけど、連中は自分たちのやるべき仕事を知ってる。あいつらと、自分の矛槍にもつまずくまぬけな衛兵たちのあいだでケンカが始まったらどうなると思う？」

「おれがそんなケンカを黙って見ていると思うか？　見てのとおり、おれは町議の家に泊まっている。いざとなったら彼の側につくのが道理だ」

「そうだろうね」――レンフリは真顔になり――「でも、どうせあんたはひとりになる。ほかの連中はおびえて地下室に隠れるのがおちだ。世界じゅうを探しても七人の剣士に立ち向かえる戦士はいない。だから、白髪さん、おどし合いはやめよう。さっきも言ったとおり、殺戮と流血は避けられる。それを阻止できる人間が二人いる」

「聞こう」

「一人はストレゴボル本人だ」レンフリが続けた。「自分から塔を出て、あたしがひとけのない場所に連れていく。ブラビケンはもとどおり、このうえなく幸せな無関心状態に沈み、すべてを忘れる」

「ストレゴボルはいかれた男に見えるが、そこまでいかれてはいない」

「それはどうかな、ウィッチャー、それは誰にもわからない。世のなかにはどうしても拒めない議論ってものがある――トライダムの最後通告のような。それをあの魔法使いに突きつけてやる」

「なんだ、その最後通告というのは？」

「それは大事な秘密」

「どうでもいいが、それに効力があるとは思えない。きみの話をするとき、ストレゴボルの歯は恐怖でかたかた鳴る。みずから降服し、きみの美しい手に屈するよううながす最後通告には、よほどの説得力が必要だ。それで、もう一人は誰だ？　当ててみようか」

「さて、あんたがどれだけ賢いか見せてもらおう、白髪さん」

「きみだ、レンフリ。きみがじつに気高き――言うならば王族らしい――寛大さで復讐を放棄する。当たりか」

レンフリは頭をのけぞらせ、片手で口をおおって笑い声をあげた。それからふいに黙りこみ、光る目でゲラルトを見すえた。

「ゲラルト、あたしは王女だった。想像できるものすべてがこの手のなかにあった。なんでもいいつけをきく召使、ドレス、靴。キャンブリック地の下着。宝石、装飾品、仔馬、池を泳ぐ金魚。人形、この部屋よりも大きい人形の家。そんな暮らしも、ストレゴボルとあばずれアリデアが猟師に、森であたしを殺して心臓と肝臓を持ち帰るよう命じた日で終わった。すてきだと思わない？」

「いや。きみが猟師から逃げられてよかった」

「ああ、逃げてやった。やつはあたしに情けをかけて逃がした。あのくそ野郎、あたしを犯し、すべてを盗んだあとで」

　ゲラルトはメダルをいじりながらレンフリの目を正面から見た。レンフリは視線を下げもせずに続けた。

「それが王女さまの終わり。ドレスは裂け、キャンブリックの下着は汚れた。それから先は泥と空腹と悪臭と虐待の日々だ。茶碗一杯のスープ、一夜の宿のために、どんなおいぼれの飲んだくれにも体を売った。あたしの髪がどんなだったと思う？　絹のような髪が腰のずっと下まで届いてた。それにもシラミがわいて、羊毛バサミでばっさり耳もとで切るしかなかった。それ以来、二度とまともに伸びない」

　レンフリはしばらく黙りこみ、額にかかるふぞろいの前髪をいじるともなくいじった。

「飢え死にする前に盗んだ。殺される前に殺した。尿のにおいのする牢屋に入れられた――

—朝になったら絞首刑になるのか、ムチ打たれて解放されるのかもわからないまま。そうしてるあいだも、継母とあの魔法使いは毒薬や殺し屋や魔法であたしを追いつづけた。そんなやつに寛大さを示せっていうの？　王族らしくあいつをゆるせと？　その前にあの男の頭を斬り落としてやる、王族らしく」

「アリデアとストレゴボルはきみを毒殺しようとしたのか？」

「ベラドンナをふりかけたリンゴで。一人のノームと吐薬のおかげで助かった。胃のなかがひっくり返るかと思ったけど、なんとか助かった」

「それが七人のノームの一人か」

　ワインを注ぎかけたレンフリが、カップの上でワイン袋を持ったまま動きを止めた。

「へえ。あたしのことはなんでも知ってるわけだ。ノームに何か恨みでもある？　人型の怪物には？　やつらはたいていの人間よりよっぽどましだった、あんたには関係ないけど。ストレゴボルとアリデアは獣を追うようにしつこくあたしを追いつめた。あたし自身が狩人になるまで。アリデアは自分のベッドで死んだ。あたしが手にかける前で幸運だったね——あの女には特別の復讐を用意してたのに。あの魔法使いにもとびきりの計画がある。あいつは死に値すると思う？」

「おれは判事じゃない。ウィッチャーだ」

「そのとおり。あたしはブラビケンの流血を阻止できる人間が二人いると言った。もうひとりはあんただ。あんたなら塔に入れる。あんたならストレゴボルを殺せる」

「レンフリ」ゲラルトは淡々と、「ここに来る途中、屋根から落ちて頭でも打ったか」

「あんたはウィッチャーだ、そうじゃないの？　キキモラを殺して、報酬をもらおうとロバに載せて運んできたんでしょ？　ストレゴボルはキキモラより質が悪い。キキモラは人間を殺す、感情のない獣だ。なぜなら神さまがそうお作りになったから。ストレゴボルこそ畜生で、本物の怪物だ。あいつをロバに載せて連れてきたら、あんたの言う額を一ペニーも値切らずに払ってやるよ」

「おれは刺客じゃない、〈モズ〉」

「たしかに」レンフリは笑みを浮かべてうなずき、椅子にもたれると、スカートで太ももを隠そうともせずにテーブルの上で脚を組んだ。「あんたはウィッチャー、悪から人々を守る男。そして悪は、ここに破壊をもたらす剣と火だ――もしあたしたちが闘ったら必ずそうなる。あたしは小さな悪を――よりよい解決策を――提案してる、そう思わない？　あの人でなしのストレゴボルに対してさえも。慈悲深く、ひと突きで殺してくれていい。あいつは殺されたことも知らずに死ぬ。でも、あたしの手にかかったらまったく逆のやりかたで死ぬことになる」

ゲラルトは無言だ。

レンフリは両腕をあげて伸びをした。

「迷う気持ちはわかる。でも、あたしはいま答えがほしい」

「ストレゴボルと王妃がなぜきみを殺そうとしたか知っているか？」

レンフリはふいに背筋を伸ばし、テーブルから脚を下ろした。

「そんなのわかりきってる」噛みつくような口調だ。「あたしが王位継承者だから。アリデアの子どもたちは婚外子で、正式な継承権がない――」

「そうじゃない」

レンフリはうなだれたが、それもほんの一瞬だった。レンフリの目が光った。

「わかった。あたしが呪われてるからだ。母親の子宮のなかで汚《けが》れたから。あたしはいずれ……」

「いずれ、なんだ？」

「怪物になる」

「そうなのか」

ほんの一瞬、レンフリは頼りなく、打ちのめされたように見えた。そして、とても悲しげに。

「わかんないよ、ゲラルト」レンフリはささやくように言い、ふたたび表情をこわばらせた。「どうやったらわかるの？　あたしだって指を切ったら血が出るし、毎月、血が流れる。食べ過ぎたらお腹が痛くなるし、飲み過ぎたら二日酔いになる。うれしいときは歌うし、さみしいときは毒づく。憎い相手がいたら殺すし――もうこんなのはたくさんだ！　あんたの答えは、ウィッチャー？」

「答えはノーだ」

「あたしが言ったこと、おぼえてる？」短い沈黙のあとでレンフリは言った。「世のなかには結果があまりに悲惨で、拒めない提案ってものがある。これはそのひとつだ。よく考えて」

「よく考えた。おれの提案も同じくらい真剣だ」

レンフリは口をつぐみ、形のいい首に三回巻いた真珠の首飾りをもてあそび、上着の切れ目《スリット》ごしにちらっとふくらみが見える胸のあいだにこれみよがしに落とした。

「ゲラルト、ストレゴボルはあんたにあたしを殺してくれと頼んだ？」

「ああ。ストレゴボルは、それが小さな悪だと言った」

「あんたはやつの頼みを断った、あたしの頼みを断ったように、そう思っていい？」

「ああ」

「なんで？」

「小さな悪というものを信じないからだ」

レンフリはかすかに笑みを浮かべた。黄色いロウソクの明かりのなかにゆがんだ顔が浮かんだ。

「あんたはそれを信じないと言う。ある意味あんたの言うとおりだ。あるのは〈悪〉と〈大きな悪〉だけで、その後ろには〈本物の悪〉がひそんでる。〈本物の悪〉っていうのは、ゲラルト、想像もつかないようなものだ――もう何にも驚かないと思っているあんたにとっても。そしてときに〈本物の悪〉は人の喉もとをつかみ、〈本物の悪〉とそれとは別の、少しだけ小さい〈悪〉のあいだで選択を迫る」

「何が言いたい、レンフリ」

「なんでもない。ちょっと酔って、哲学者ぶってるだけ。あたしは一般的な真実を探してる。そして、ひとつ見つけた――小さな悪は存在する、でもそれは選べない。〈本物の悪〉だけが選択を迫ることができる。好むと好まざるとにかかわらず」

「おれはまだ飲みが足りないようだ」ゲラルトは苦々しくほほえんだ。「こうしているまにも夜は更けてゆく。手短に話そう。きみはブラビケンでストレゴボルを殺せない――おれがそうさせないからだ。ここで殺戮は起こさせない。だからもういちど言う――復讐はあきらめろ。ストレゴボルに、すべての人間に、きみが人でなしでも血に飢えた怪物でもないことを証明しろ。ストレゴボルのあやまちできみがひどく傷ついたことを証明するんだ」

レンフリは、ゲラルトがひねる鎖の先でウィッチャーのメダルが回転するのをしばらく見ていた。

「それで、ウィッチャー、もしあたしがストレゴボルをゆるせず、復讐もあきらめないと言ったら、やつが正しいと認めることになるの？　あたしが神々によって呪われた怪物だって証明になるわけ？　この生活に入ってからまもなく、あたしはどこかの自由民に引き取られた。あたしを気に入ってたみたいだけど、あたしは大嫌いだった。だからそいつはあたしとやりたくなるたびに、翌日まで動けなくなるほどあたしをひどくなぐった。ある朝、あたしはまだ暗いうちに起き出し、そいつの喉を鎌で掻き切った。いまほどうまくなかったし、鎌も小さすぎたけど。やつが喉をごぼごぼと詰まらせるのを聞いて、手脚をばたつかせるのを見てると、やつの足とこぶしでつけられたあざが消えていく気がした。それは最高の気分で……あたしはそいつをそのままにして出ていった、口笛を吹きながら、さっそうと、これ以上ないほどうれしく、楽しくなって。それはいつだって同じ。そうでなくて、誰が復讐なんかに無駄な時間を使うと思う？」

「レンフリ。動機がなんであれ、きみがここをうれしく楽しく出ていくことはない。だが、町議が命じたとおり、明日の早朝、生きてここを出ていくことはできる。ブラビケンではストレゴボルを殺せない」

　レンフリの目に炎が映り、ロウソクの明かりにきらめいた。上着のスリットのあいだで真珠が光り、鎖の先でまわる狼のメダルが火花のように光った。

「かわいそうだね」レンフリはメダルを見ながらゆっくりと言った。「あんたは小さな悪なんてないと言う。あんたは血が流れる敷石にたったひとりで、さみしく立っている——選べないのに選ばなければならなかったから。そして自分が正しかったのかどうか永遠にわからず、確信もないまま……それであんたが得るものと言えば、石を投げられ、ののしられることだけだ。かわいそうに……」

「きみはどうなんだ」ゲラルトがささやくような声できいた。

「あたしも選べない」

「きみは何ものだ？」

「あたしはあたし」

「きみはどこにいる？」

「なんか……寒い……」

「レンフリ！」ゲラルトが片手でメダルをきつく握りしめた。

レンフリははっと目覚めたように頭をのけぞらせ、驚いてなんどかまばたきした。ほんの一瞬、おびえているように見えた。

「負けたよ」レンフリがきっぱりと言った。「あんたの勝ちだ、ウィッチャー。明日の朝、あたしはブラビケンを出ていく。この腐った町には二度と戻らない。二度と。さあ、ワイン袋をちょうだい」

空のカップをテーブルに戻すレンフリの顔には、いつものさげすむような笑みが戻っていた。

「ゲラルト」

「なんだ」

「この屋根はひどく急だ。暗闇でケガするより夜明けを待って出ていくほうがいい。あたしは王女さまで、繊細にできてる。藁が充分に詰まってなければ、マットレスの下の豆つぶも感じるほど。どう？」

「レンフリ」――ゲラルトは思わず頬をゆるめ――「それが本当に王女にふさわしいのか」

「あんたが王女の何を知ってる？　あたしは王女として生きてきた。王女の何がいいって、やりたいようにできることだ。あたしが何をしたいか、これ以上はっきり言わせる気？」

ゲラルトは笑みをたたえたまま答えない。

「あたしに惹かれないなんて信じられない」レンフリは顔をしかめ、「あんたも自由民みたいな悲惨な運命にあうのが怖い？　ほら、白髪さん、物騒なものは持ってないよ。自分で調べてみて」そう言ってゲラルトの膝に両脚を載せた。

「ブーツを脱がせて。長いブーツは短剣を隠すのに格好の場所だ」

レンフリは裸足になって立ちあがり、腰帯の留め金を引っぱった。

「ここにも何もない。ほら、見てのとおり、ここにも。お願いだから明かりを消して」

外の暗がりで猫がミャオと鳴いた。

「レンフリ」

「何？」

「これはキャンブリックか？」

「当たり前だ。なんたって王女さまだからね」

「父さん」マリルカが一本調子でせがんだ。「いつ市に行くの？　市に連れてって、父さん！」

「静かにしろ、マリルカ」カルデメインはうなり、パンで皿をぬぐった。「それで、なんと言った、ゲラルト？　連中が出ていくだと？」

「そうだ」

「こんなに何ごともなく終わるとは思ってもみなかった。連中はオードエン王の書状をわたしの喉もとに突きつけた。平気な顔をしていたが、正直、手も足も出なかった」

「連中が堂々と法を破っても？　なぐり合いを始めてもか？」

「たとえそうなってもだ。オードエンは非常に怒りっぽい王だ。気まぐれで人を断頭台に送る。わたしには妻と娘がいて、この地位に満足している。明日ベーコンがどこから届くのかの心配をしなくていい。連中が出ていくのはいい知らせだ。だがどうやって、なぜそんなことになった？」

「父さん、市に連れてって！」

「リブシェ！　マリルカを連れ出せ！　ゲラルト、〈黄金の宮廷亭〉の主人センチュリオンにノヴィグラドの一味についてきいてみた。えりぬきの一味だ。何人かは素性がわかっている」

「ほう？」

「顔に傷のある男はノホーン、〈自由アングレン中隊〉の指揮官アバガードの古くからの副官だった——中隊の名は聞いたことがあるだろう。フィフティーンと呼ばれる大男も、もと中隊員だ。やつのあだ名が十五《フィフティーン》の正しい行ないから来ているとは思えんがな。ハーフエルフの名前はシヴリル——盗賊でプロの殺し屋だ。どうやらトライダムの大虐殺にも関わっていたらしい」

「どこだと？」

「トライダムだ。知らないのか？　誰もがその話で持ち切りだった、三年……そう、三年前だ。トライダムの男爵が盗賊数人を地下牢に閉じこめた。盗賊の仲間たち——その一人がハーフエルフのシヴリルだ——が〈ニスの祭り〉のころ、巡礼者で混み合う川船を乗っ取り、男爵に囚人たちを解放せよと要求した。男爵が拒むと、彼らは巡礼者を一人ずつ殺しはじめた。男爵が囚人を解放したときには、十数人の巡礼者が船から投げ出されて流れにただよっていた。それに続く死によって、男爵は追放どころか、処刑までされそうになった。すぐに要求に応じなかったことを責める者もいれば、囚人たちを解放し、ぜ、ぜ、前例とやらを作ったことで大きな悪を犯したと責める者もいた。川岸から矢を射かけ、盗賊団を人質もろとも殺すべきだった……川船を襲撃するべきだった……一歩も引くべきではなかった……さまざまな非難が出た。男爵は法廷で、ほかに選択の余地はなく、川船の——女子どもを含む——二十五人以上の命を救うためには小さな悪を選ばざるをえなかったと主張した」

「トライダムの最後通告」ゲラルトがつぶやいた。「レンフリは——」

「どうした？」

「カルデメイン、市場だ」

「なんだと？」

「レンフリにだまされた。連中は出ていかない。〝トライダムの男爵〟の手を使ってストレゴボルを塔から出てこさせる気だ。もしくはおれを利用して……。やつらは市場の人々を殺そうとしている、これは本物の罠だ！」

「なんてことだ——どこへ行く？　座れ！」

　どなり声におびえたマリルカが台所の隅でうずくまり、泣き叫んでいた。

「だから言ったのよ！」リブシェがゲラルトを指さして叫んだ。「この男はもめごとを持ちこむだけだって！」

「おまえは黙ってろ！　ゲラルト！　座れ！」

「阻止しなければ。いますぐ、人々が市場へ行く前に。衛兵を集めろ。連中が宿屋を出るところをつかまえ、拘束するんだ」

「落ち着け。それはできない。悪いことをしないかぎり、連中の髪の毛一本にすら触れられない。やつらが身を守ろうとすれば血が流れる。やつらはプロだ、住民が殺される。それがオードエン王の耳に入ったらわたしの首が飛ぶ。すぐに衛兵を集めて市場へ向かわせ、連中を見張らせ――」

「そんなことをしても無駄だ、カルデメイン。いったん広場に人が集まったら、恐慌と殺戮は止められない。いますぐレンフリを止めなければ――市場にまだ人がいないうちに」

「違法だ、認めるわけにはいかん。ハーフエルフがトライダムにいたというのはただの噂だ。これが間違いだったら、わたしはオードエン王に生皮をはがれる」

「小さな悪を取るしかない！」

「ゲラルト、だめだ！　町議として、断じてゆるさん！　剣を置いていけ！　よせ！」

　マリルカが両手で口をおおい、泣き叫んでいた。

シヴリルは片手をひさしのように額にかざし、木々の背後から現れる太陽を見つめた。市場が目覚めようとしていた。荷馬車と手押し車がごろごろと行き交い、最初の物売りたちが早くも露店に商品を並べはじめた。金づちの音が響き、オンドリが鳴き、上空でカモメが甲高く鳴いた。

「すばらしい日になりそうだ」フィフティーンが考えぶかげに言った。

シヴリルは横目で見ただけで、無言だ。

「馬はどうだ、タヴィク？」ノホーンが手袋をはめながらきいた。

「鞍をつけて準備万端だ。でも、市場はまだがらんとしてる」

「いまに人が増える」

「なんか食べておこう」

「それはあとだ」

「そうだ。時間はあとでゆっくりある。食欲もな」

「見ろ」ふいにフィフティーンが言った。

ウィッチャーが左右に露店の並ぶ大通りをまっすぐ、一団のほうへ歩いて近づいていた。

「レンフリの言ったとおりだ。弩《いしゆみ》を、ノホーン」シヴリルは身をかがめ、片足で革ひもを押さえて弦《つる》を引き、ウィッチャーが近づくのを見ながら慎重に矢を溝に載せて弩をかかげた。

「それ以上近づくな、ウィッチャー！」

ゲラルトは男たちから四十歩ほど離れた位置で足を止めた。

「レンフリはどこだ？」

ハーフエルフの端整な顔がゆがんだ。

「塔だ。魔法使いが拒めない提案をしに行った。だが、レンフリはおまえが来るとわかっていた。おまえに伝言がある」

「聞かせろ」

「〝あたしはあたし。選んで。あたしか、それとも小さいほうか〟。意味はわかるはずだ」

ゲラルトはうなずき、右肩の上から剣を抜いた。頭上で刃が光る弧を描いた。そしてふたたびゆっくりと一団に近づきはじめた。

シヴリルが不快な、不吉な笑い声をあげた。

「レンフリはこうなることを予測していた、ウィッチャー、そしておまえには特別なものを、とおれたちに託した。その目のあいだに」

ゲラルトは歩きつづけ、ハーフエルフが頬に弩を構えた。あたりが静まりかえった。

弓弦《ゆづる》がひゅんとしなり、ゲラルトの剣がひらめいた。金属質のうなりをあげて上向きに飛び出した矢が宙で回転し、がつっと屋根にぶつかり、鈍い音とともに溝に落ちた。

「はじきとばした……」フィフティーンがうめいた。「飛んでくる矢を――」

「行くぞ」

シヴリルの掛け声に、それぞれの剣がしゅっと引き抜かれ、男たちは刃を突き出して肩と肩を突き合わせた。

ウィッチャーの近づくほうが速かった。流れるような歩きから走りに変わったが、剣を揺らす一団にまっすぐには向かわず、そのまわりを走りながらしだいに間隔をせばめはじめた。

周囲を走るウィッチャーにタヴィクがしびれを切らして飛び出し、双子があとに続いた。

「ばらけるな！」シヴリルが叫び、首を振った拍子にウィッチャーを見失った。ハーフエルフは毒づいて脇に飛びのき、仲間たちが市場の陳列台のまわりに散らばるのを見た。

最初に飛び出したタヴィクがウィッチャーを追った。ふいにゲラルトが反対向きに走りだし、自分のほうに向かってくるのを見て、横すべりして止まろうとしたが、剣を振りあげるまもなくウィッチャーがさっと横を通りすぎた。タヴィクは腰の真上に激しい一撃を感じてがくりと膝をつき、自分の腰を見て叫びだした。

双子が、正面から突進してくる、ぼやけた黒い人影に同時に斬りかかった。だが、タイミングをあやまってたがいにぶつかり、ヴィルは胸を、ニミルはこめかみをウィッチャーに斬り裂かれた。片方はよろけて頭から野菜の陳列台に突っこみ、もう片方はその場で回転して力なく溝にくずおれた。

　市場は逃げまどう物売りと、音を立てて地面に散らばる露店と、ほこりっぽい空気のなかにあがる悲鳴で騒然となった。タヴィクは震える脚でよろよろと歩こうとして、痛々しく地面に倒れた。

「左から行け、フィフティーン！」ノホーンが叫び、半円を走りながらウィッチャーの背後から近づいた。

　フィフティーンはくるりと向きを変えたが、気づいたときには腹を刺しつらぬかれ、斬りかかろうとして耳の真下を斬られた。そのままよたよたと四歩進んで魚を積んだ荷車に倒れこみ、荷車は男を乗せたままごろごろと転がった。やがて巨漢はぬるぬるする荷車からすべり落ち、鱗《うろこ》で銀色に光る敷石に落ちた。

　シヴリルとノホーンが左右から同時に——ハーフエルフは高い回転斬り、ノホーンはかがんだ姿勢からの低い水平斬りで——襲いかかった。ウィッチャーはその両方を受け止め、カーンというふたつの金属音がひとつに溶けた。シヴリルは脇に飛びのいてつまずき、露店にぶつかって踏みとどまった。ノホーンは一撃をかわした衝撃で後ろによろけ、膝をついた。即座に跳ね起きてウィッチャーの剣をかわしたが、まにあわず、古傷と平行に顔を切られた。

シヴリルは倒れるノホーンを飛びこえ、露店から勢いよく飛び出し、斬りそこねて飛びすさった。ウィッチャーの一突きはあまりに鋭く、正確で、斬られた感覚すらなかった。ふたたび斬りつけようとして、ようやく脚が立たないのに気づいた。剣が手からぽとりと落ちた。肘上の腱が切れていた。シヴリルは膝をつき、頭を振り、必死に立ちあがろうとして立てなかった。頭ががくりと垂れ、壊れた露店と商品、魚とキャベツが散らばるなか、ハーフエルフの体はみるみる広がる赤い血だまりのなかで動かなくなった。

レンフリが市場に現れた。

柔らかい猫のような足取りで荷車と露店を避けながら、ゆっくり近づいてくる。さっきまで通りや家の脇でスズメバチの巣のようにうなっていた人だかりが静まり返った。ゲラルトは剣を持った手をおろし、身じろぎもせずに立っている。レンフリは十歩手前まで近づき、足を止めた。上着の下に、やっと腰が隠れるくらいの短い鎖帷子《くさりかたびら》を着ている。

「あんたは選んだ」レンフリがゆっくりと言った。「本当にこれが正しい選択？」

「トライダムの二の舞はさせない」ゲラルトはやっとのことで答えた。

「そんな心配はするまでもなかった。ストレゴボルは面と向かってあたしを笑った。あいつは言った、あたしがブラビケンと近隣の村々の住民を皆殺しにしても自分は絶対に塔を離れないと。そして誰もなかに入れないと。あんたさえ。なんでそんな目で見るの？　そう、あたしはあんたをだました。必要ならば誰だってだます。なんであんただけが特別だと思う？」

「ここから出ていけ、レンフリ」

「いやだね、ゲラルト」レンフリは笑い声をあげ、すばやくなめらかに剣を抜いた。

「レンフリ」

「断る。あんたは選んだ。こんどはあたしが選ぶ番だ」

レンフリは鋭い一連の動きで腰からスカートを引き裂いて宙に投げ、上腕に巻きつけた。ゲラルトはあとずさりながら片手をあげ、印《いん》を結んだ。

レンフリがかすれ声で笑った。

「あたしには効かない。あたしに効くのは剣だけだ」

「レンフリ。行け」ゲラルトが繰り返した。「ここで剣を交えたら、おれは――おれはきみを――」

「わかってる。でもあたしは……あたしはこうするしかない。こうするしか。あたしたちはこうなるしかない、あんたとあたしは」

レンフリが揺れるような軽やかな足取りで近づいた。右手に光る剣を持ち、左手に持ったスカートを地面に引きずりながら。

レンフリが飛びあがり、スカートが宙ではためき、その軌跡の合間にレンフリの剣が短く、細切れにひらめいた。ゲラルトはとっさにかわした——スカートはかすりもせず、レンフリの刃はゲラルトが斜めに受けた剣の上をすべった。ゲラルトは反射的に踏みこみ、レンフリの武器を突き飛ばそうと組み合った剣を回転させた。それが間違いだった。レンフリはゲラルトの剣を払いのけ、顔めがけて斬りかかった。ゲラルトはつま先回転でかろうじてかわし、跳ねまわる刃を避けながらまたもや脇に飛んだ。レンフリが飛び出し、スカートがゲラルトの目に当たった。レンフリがまわりながら接近し、ためらいもなく斬りつけた。ゲラルトは回転するレンフリに体を寄せてかわし、この戦術を知るレンフリも一緒にまわった。たがいの体が密接に近づき、ゲラルトには、レンフリの剣で胸もとを横に斬られたときの相手の息づかいまでが感じられた。ゲラルトはうずくような痛みを無視して、ふたたび回転の向きを変え、こめかみに飛んできた刃をかわし、すばやいフェイントで踏みこんだ。そしてレンフリが上から斬りつけようとするかのように飛びすさったせつな、前に飛び出し、剣の切っ先ですばやくレンフリの剝き出しの太ももと股間を下から斬りつけた。

レンフリは声をあげなかった。片側にくずれながら剣を落とし、太ももをつかんだ。指のあいだから真っ赤な血がしたたり、飾りのついた腰帯とヘラジカ革のブーツを伝い、汚れた敷石の上にこぼれ落ちた。血を見たとたん、うねりながら通りにひしめく群衆のどよめきが大きくなった。

ゲラルトが剣を納めた。

「行かないで……」レンフリが体を丸めてうめいた。

ウィッチャーは答えない。

「なんか……寒い……」

ゲラルトは無言だ。またしてもレンフリはうめき、血が石と石の隙間に流れこむにつれて、ますますきつく身を丸めた。

「ゲラルト……抱いて……」

ゲラルトは黙ったままだ。

レンフリは頭の向きを変え、敷石の上に頰を載せて動かなくなった。服の裏に隠していた繊細な短剣が麻痺した指からすべり落ちた。

長い時間が過ぎ、ストレゴボルの杖が敷石に当たる音がして、ゲラルトは顔をあげた。

魔法使いは死体を避けながら足早に近づいてきた。

「なんという殺戮だ」ストレゴボルがあえぐように言った。「見たぞ、ゲラルト。水晶球のなかですべて……」

ストレゴボルが近づいて上体をかがめた。黒い長衣を引きずり、杖に寄りかかる姿は年老いて見えた。

「信じられん」魔法使いは首を振った。「〈モズ〉が死んだ」

ゲラルトは無言だ。

「さあ、ゲラルト」ストレゴボルが背筋を伸ばした。「荷車を持ってきて、解剖のために塔に運ぶのだ」

魔法使いはウィッチャーを見たが、答えがないので死体に顔を近づけた。

ゲラルトの知らない誰かが剣の柄を探り当て、引き抜いた。

「髪の毛一本にでも触れたら」ゲラルトの知らない誰かが言った。「頭に触れたら、あんたの頭が敷石に飛ぶと思え」

「気でも狂ったか？　きみはケガをしてショック状態にある！　解剖こそ、われわれの主張を裏づける唯一の――」

「レンフリにさわるな！」

かかげられた剣を見てストレゴボルは脇に飛びのき、杖を振りまわして叫んだ。

「わかった！　好きにしろ！　だが、これで誰にもわからない！　二度と確かめられない！　永遠に。聞こえたか、ウィッチャー？」

「うせろ」

「言われなくてもそうする」ストレゴボルは杖で敷石を叩きながら背を向けた。「わたしはコヴィルに戻る。こんな薄汚い町にはもう一日たりともいたくない。ここで腐るより、きみも一緒に来い。ここの住民は何も知らない、きみが人を殺すところを見ただけだ。しかも情け容赦なく殺すところを、ゲラルト。どうだ、来るか？」

　ゲラルトは答えなかった。魔法使いを見てもいなかった。ゲラルトが剣をおろすと、ストレゴボルは肩をすくめ、杖を敷石に同じリズムで打ちつけながら歩き去った。

　群衆のなかから石が飛んできて、がつっと敷石に落ちた。ふたつめの石がゲラルトの肩のすぐ上をひゅんとかすめた。ゲラルトは直立したまま両手をかかげ、人だかりに向かってすばやく印を結んだ。群衆がうねり、石が次々に飛んできたが、目に見えない楕円の盾が石をはじき返し、ウィッチャーを守った。

「もういい！」カルデメインがどなった。「やめろ、もうたくさんだ！」

　群衆はうねる波のようにどよめいたが、投石はやんだ。ウィッチャーは身じろぎもせずに立っている。

　町議が近づいた。

「これが」カルデメインは広場に散らばる動かない死体を大きな手ぶりで示し、「おまえのいう〝小さな悪〟か？　どうしてもやらねばならないことだったのか？」

「そうだ」ゲラルトはゆっくりと、苦しげに答えた。

「傷はひどいのか？」

「いや」

「ならば、ここから出ていけ」

「わかった」ゲラルトは町議の視線を避け、しばらくその場に立っていたが、やがてゆっくりと、これ以上ないほどゆっくりと背を向けた。

「ゲラルト」

　ウィッチャーはあたりを見まわした。

「戻ってくるな」カルデメインが言った。「もう二度と」

理性の声4

「話をしよう、イオラ。

どうしても話をしたい。沈黙は金と人は言う。そうかもしれないが、おれにはそれほど価値があるとは思えない。もちろんそれなりの値段はある。代償は払わなければならない。

きみにとっては簡単なことだ。そうとも。否定しなくてもいい。きみはみずから沈黙を選んだ。女神に対する犠牲として。おれはメリテレも、ほかの神の存在も信じないが、きみの選択と犠牲は尊重する。きみの信仰心を。なぜならきみの信仰心と犠牲は――きみが沈黙と引き換えに払った代償は――きみをよりよい、よりすぐれた存在にするものだから。少なくともその可能性がある。だが、信仰心のないおれは何もできない。無力だ。

だったら何を信じるのか――きみはそうききたいんだろう。

おれは剣を信じる。

見てのとおり、おれは二本の剣を持っている。ウィッチャーはみなそうだ。口の悪い者は言う——銀の剣は怪物を殺すため、鉄の剣は人間を殺すためだと。だが、そうじゃない。銀の刃でしか倒せない怪物もいれば、鉄で死ぬ怪物もいる。それにイオラ、これはただの鉄ではなく、隕石からできた鉄でなければならない。隕石とは何か？　地上に落ちる星だ。見たことがあるだろう——夜中に光る短い条《すじ》を。それに願いをかけたこともあるだろう。それが、きみが神を信じるもうひとつの理由だったのかもしれない。だが、おれにとってはただの金属のかけらだ——太陽によって作られ、落下し、剣の材料になるだけの。

ああ、もちろん持ってみてかまわない。軽いだろう——だめだ！　刃先には触れるな、ケガをする。剃刀《かみそり》より鋭い。そうでなければならない。

少しでも時間があれば訓練している。腕を鈍らせたくはないからな。ここに——寺院の庭園のいちばんはずれに——来たのは体をほぐすため、この身に襲いかかる、あの恐ろしくていとわしいしびれを、全身を走る悪寒を取り除くためだ。そして、きみはここでおれを見つけた。変だな、この数日間おれはきみを探していたのに。おれは——

話したい、イオラ。しばらく座ろう。

おれのことは何も知らない、だろう？

おれの名はゲラルト。ただのゲラルトではなく――いや。ただのゲラルトだ。どこの誰でもないゲラルト。ウィッチャーだ。

故郷はケィア・モルヘン、ウィッチャーの根城だ。そこは――かつては要塞だった。いまは痕跡もあまり残っていない。

ケィア・モルヘン……おれたちのような者が生み出される場所だ。だが、そんなことはもう行なわれていない。いまケィア・モルヘンには誰も住んでいない。ヴェセミル以外は。ヴェセミルが誰か？　おれの父親だ。どうしてそんなに驚く？　何がそんなに不思議だ？誰にだって父親はいる。おれの父親はヴェセミルだ。たとえ本当の父親でないとしても、それがどうした？　おれは本当の父親も母親も知らない。二人が生きているかどうかも。そんなことはどうでもいい。

そう、ケィア・モルヘン。おれはそこで典型的な〈草の試練〉による変異を受けた。それからホルモン、薬草、ウイルス感染による変異。それをもういちど最初から繰り返す。なんども、なんども、徹底的に。どうやらおれの変異はとりわけうまくいったらしい。具合が悪い期間はごく短かった。飛びぬけて耐性のある子どもと見なされ……その結果、より複雑な試練の対象に選ばれた。それは過酷だった。前の試練にくらべるとはるかに。だが、見てのとおり耐え抜いた。さらなる試練に選ばれた者たちのなかで、生き延びたのはおれだけだった。そのとき以来、髪は白いままだ。完全に色素を失った。副反応ってやつだ。たいしたことじゃない。

　それからさまざまなことを教わり、ケィア・モルヘンを発って旅に出る日がやってきた。おれは〈狼流派の記章〉であるメダルをもらい、銀と鉄の二本の剣をたずさえ、信条と熱意と動機と……信念を抱いていた。怪物と獣がうごめく世界で罪なき者を守るために必要とされる信念を。ケィア・モルヘンを出るとき、最初の怪物に出会うのを夢見た。そいつと目を合わせるのが待ちきれなかった。そしてそのときがやってきた。

　初めて出会った怪物は、イオラ、頭が禿げ、とびきり腐った歯を持っていた。出会ったのは街道で、ほかにも怪物や逃亡者を引き連れていた。そいつは農民の荷車を止め、十三歳くらいの少女を引きずり出した。仲間たちが父親を押さえ、禿頭が〝そろそろ本物の男を知るころだ〟と叫びながら娘の服を引き破った。おれは馬で近づき、〝おまえがな〟と言ってやった――われながら気が利いたセリフだと思った。禿頭は少女を放し、斧を持って向かってきた。動作は鈍かったが、しぶとかった。おれは二度、斬った――すっぱりとはいかなかったが、それはかなりの見物《みもの》だった。ようやく男は倒れた。仲間たちはウィッチャーの剣が人に何ができるかを見て逃げ出した……。

　退屈か、イオラ？

話したいんだ。どうしても。

どこまで話した？　最初の、わが気高き行為の話だ。ケィア・モルヘンで繰り返しなんども聞かされた。そんな事件にはかかわるな、遍歴の騎士を気取るな、法を守ろうとするな。格好をつけず、カネのためだけに働けと。なのにおれはバカみたいに、山から百キロも離れないうちにこんなもめごとにかかわった。なぜかわかるか？　その娘に感謝の涙を流し、救世主の手に口づけてもらいたかったからだ。父親にひざまずいて礼を言われたかったからだ。現実には、父親は襲撃者たちとともに逃げ出し、禿男の血にまみれた娘は吐き、おれが近づくとヒステリーを起こし、恐怖のあまり失神した。それ以来、極力そのようなもめごとにはかかわらないようにしている。

　おれは自分の仕事をやった。やりかたはすぐにおぼえた。馬で村の囲いや町の柵に近づき、待つ。そこで唾を吐きかけられ、罵声《ばせい》を浴びせられ、石を投げられたら立ち去る。誰かが来て依頼をすれば仕事をする。

　いろんな町や要塞を訪れ、十字路の柱に布告状が打ちつけられてないかを探した。〝至急ウィッチャー求む〟の文字を探した。聖所、地下牢、共同墓地や廃墟、森林渓谷、骨と悪臭のする死骸でいっぱいの、山奥に隠れた洞穴を探した。殺すために生きる怪物もいれば、空腹のため、快楽のため、あるいは邪心によって殺戮を呼び覚まされたものたちもいた。マンティコア、ワイバーン、フォグラー、エシュナ、イリョコリス、キマイラ、レーシー、吸血鬼、グール、グレイヴェル、人狼、大サソリ、ストリガ、魔女《ブラック・アニス》、キキモラ、ヴァイパー……数えきれないほどたくさん殺した。暗闇で身を躍らせ、剣を振るい、終わったあとは雇い主の目に恐怖と嫌悪が浮かんだ。

失敗？　もちろんある。だが、おれは自分の原則にしたがう。いや、掟ではない。掟を隠れみのにするときもあるが。人間はそんなものだ。掟にしたがう者はたいてい尊敬され、評価される。だが、ウィッチャーの掟を作った者はこれまで一人もいない。おれは自分で作った。こんなふうに。そしてそれを守っている。つねに――

いや、つねにではない。

まったく疑いの余地がないと思える場合もあった。〝それがどうした？　おれには関係ない。おれはウィッチャーだ〟と自分に言いきかせるときもあれば、理性の声を聞くべきときもあった。自分の本能に耳を貸すべきときもあった。たとえそれが恐怖でも、経験が命じるものとは違っても。

あのときは理性の声を聞くべきだった……。

なのに、そうしなかった。

自分では小さな悪を選んでいると思っていた。おれは小さいほうの悪を選んだ。必要悪を！　おれはゲラルトだ！　ウィッチャー……ブラビケンの殺し屋――

触るな！　もしかしたら……きみには見えるかもしれない……おれは見られたくない。知りたくない。堰《せき》のなかで渦巻く水のように、おれのまわりで運命が渦を巻いていることは知っている。運命はおれのあとを追い、真後ろまで迫っている、でも、おれは決して振り返らない。

輪《ループ》？　そう、ネンネケが感じたのはそれだ。いったいシントラの何がおれを呼んでるというんだ？　どうしてそこまで愚かに、そんな危険を冒せる――？

いや、いや、ありえない。おれは振り返らない。シントラには二度と戻らない。疫病のように避ける。あそこには断じて戻らない。

ふっ、おれの計算が正しければ、あの子どもは五月――〈ベレテインの祭り〉のころに生まれたはずだ。もしそうなら、おもしろい偶然だ。なぜならイェネファーも〈ベレテイン〉のころに生まれ……

こんな話はもういい、そろそろ行こう。もう暗くなった。

話をしてくれて感謝する。ありがとう、イオラ。

いや、どこも悪くない。おれは元気だ。

これ以上ないほど」

値段の問題

I

ウィッチャーは喉にナイフを当てられていた。

縁まで泡でいっぱいの木の浴槽につかり、頭はすべりやすい縁に載っている。扉の取っ手なみになまくらなナイフが喉ぼとけを痛いほどこすり、じょりじょりと音を立ててあごのほうに動き、石けんの苦い味が口のなかに残った。

床屋は傑作をものしつつある芸術家のような表情で、最後にもういちど形ばかり髭を剃り、アンゼリカのチンキに浸した麻布でウィッチャーの顔をぬぐった。

ゲラルトは立ちあがり、召使にバケツ一杯の水を体にかけさせ、ぶるっと身震いして浴槽から出た。レンガ敷きの床に濡れた足跡がついた。

「タオルをどうぞ」召使がウィッチャーのメダルにちらっと好奇の視線を向けた。

「どうも」

「服だ」ハクソが言った。「シャツ、パンツ、ズボンとチュニック。ブーツ」

「すべてそろえてくれたのか。だが、ブーツは自前ではだめか？」

「だめだ。ビールは？」

「喜んで」

ゲラルトはゆっくりと服を着た。ふやけた肌に、自分のものではないごわごわした、不快な服が当たり、せっかくのくつろいだ気分も台無しだ。

「城代」

「なんだ、ゲラルト？」

「あんたは今回のことについて何も知らないのか？　なぜおれがここに呼ばれた？」

「わたしには関係ない」城代ハクソは召使たちを横目で見やり、「わたしの仕事はきみに服を着せ――」

「それを言うならめかしこませだろう」

「――服を着せて晩餐会に案内し、女王陛下の前に連れていくことだ。さあ、チュニックを。それから、メダルは服の下に隠してくれ」

「ここに短剣があったはずだが」

「ここにはない。きみの剣と荷物とともに安全な場所にある。これから行く場所では誰も武器を持たない」

ゲラルトは肩をすくめ、きゅうくつな紫色のチュニックを引っぱりながら、前身ごろについた刺繍《ししゅう》を指さした。

「これはなんだ？」

「ああ、そうだ」ハクソが言った。「忘れるところだった。晩餐会のあいだ、きみはフォーホーン国のラヴィクス閣下だ。陛下のお望みにより、賓客として陛下の右隣に座ってもらう。チュニックについているのは紋章だ。左に向かって右前足を出す黒い熊に両手をあげてまたがる、髪を垂らした青いドレスの乙女。おぼえておいてくれ——客のなかには紋章学に詳しい者がいるかもしれない。そういうことはよくある」

「もちろんおぼえておく」ゲラルトは真顔で言った。「それで、フォーホーン国はどこにある？」

「はるか遠くだ。準備はいいか？　行けるか？」

「ああ。あとひとつだけ教えてくれ、ハクソ、これはなんの晩餐会だ？」

「パヴェッタ王女が十五歳になり、慣習として求婚者が何十人とやって来た。キャランセ女王は姫をスケリッジ諸島の誰かと結婚させたがっている。あの島国人との同盟はわれわれにとって大きな意味がある」

「なぜスケリッジ？」

「同盟を結べば、ほかの国ほど頻繁には攻撃されない」

「もっともだ」

「目的はそれだけではない。シントラでは、女は君主になれない。しばらく前にログネル王が崩御し、レディ・キャランセは再婚を望んでいない。われらがレディ・キャランセは聡明で公正だが、王にはなれない。王女が誰と結婚しようと、その相手が王位につく。われわれは困難にも屈せぬ、まっとうな王を望んでいる。そうなると、あの島国を探すしかない。スケリッジは強い国だ。行こう」

　ゲラルトは小さな中庭を取りかこむ回廊の途中で足を止め、あたりを見まわして声をひそめた。

「城代よ、いまここには二人しかいない。なぜ女王がウィッチャーを呼んだのか、手短に話してくれ。あんたのことだから何か知っているはずだ」

「特別な理由はない」ハクソは不機嫌そうに答えた。「シントラもほかの国と同様、人狼やバシリスク、よくよく探せばマンティコアさえ見つかる。となればウィッチャーが役に立つこともあるだろう」

「はぐらかすのはよせ。おれが知りたいのは、なぜ女王が晩餐会の席に右前足を出す熊に乗った、髪を垂らした乙女の紋章で変装したウィッチャーを呼んだのかということだ」

ハクソもあたりを見まわし、さらに回廊の手すりから身を乗り出してつぶやいた。

「何やらよからぬことが起こっている、ゲラルト。城内で。人々が何かにおびえている」

「何に？」

「人々はふつう何におびえる？　怪物だ。噂によると、そいつは小柄で、背中が曲がり、ハリネズミのような棘があるらしい。夜になると城をこそこそ動きまわり、鎖をがちゃがちゃ鳴らす。いろんな部屋からうなりとうめき声が聞こえる」

「見たのか？」

「いや」ハクソは吐き捨てるように言った。「見たいとも思わない」

「バカげた話だ、城代」ゲラルトは顔をしかめた。「意味がわからん。おれたちは婚約の宴に向かっている。そこでおれに何をしろと？　背中の曲がった怪物が飛び出てきて、うめくのを待てと？　武器も持たず、道化のような格好で？　どういうことだ、ハクソ？」

「なんとでも思え」城代は不満げにつぶやいた。「きみには何も話すなと言われた。だが、きみはたずねた。だから話した。なのにきみはバカげた話だと言う。なんとも愉快だ」

「気にさわったのならあやまる。ただ、おれは驚いて——」

「驚くのはやめろ」ハクソはなおもふくれ面《つら》で横を向き、「きみの仕事は驚かないことだ。それからこれだけははっきり言っておく。いいか、ウィッチャー、もし陛下に〝裸になって尻を青く塗り、玄関の間でシャンデリアのように逆さ吊りになれ〟と命じられたら、驚きもためらいもなくそうしろ。拒めば、かなりつらいめにあいかねない。わかったか」

「わかった。行こう、ハクソ。何が起こるにせよ、さっきの風呂で腹ぺこだ」

II

「フォーホーン国の閣下」——この短い、儀礼的な出迎えの挨拶を除けば、女王キャランセはゲラルトとひとことも言葉を交わさなかった。晩餐会はまさに始まるところで、先触れの大声で名を呼ばれた客たちが次々に集まっていた。

テーブルは四十人以上が座れそうな巨大な長方形で、キャランセ女王は上座の高い背もたれのついた玉座に座っていた。ゲラルトの席はその右隣で、左隣にドロゴダルというリュートを持った灰色の髪の吟遊詩人が座り、さらにその左に空席がふたつ並んでいる。テーブルにそってゲラルトの右側には、城代ハクソと、名前を忘れたどこかの領主。その向こうにはアトレ公国から来た、むっつり顔の無口な騎士レインファーンと、その被後見人でパヴェッタ王女の求婚者の一人――ぽっちゃりした十二歳のウィンドハルム公子――が座り、さらにその向こうにはシントラのあちこちからやってきた騎士や地元の家臣たちが並んでいた。

「ティグのアイレムバート男爵！」先触れが告げた。

「鳴き真似《まね》男爵クードクダック！」キャランセ女王が左隣のドロゴダルをつついてつぶやいた。「これはおもしろくなりそうね」

頬ひげを生やし、豪華な服をまとった細身の騎士が深々とお辞儀したが、そのような服従のポーズは、よく動く楽しげな目と陽気な笑みにそぐわなかった。

「ようこそ、クードクダック」女王がおごそかに言った。この男爵は姓よりもあだ名のほうが有名らしい。「会えてうれしいわ」

「お招きいただき光栄です」クードクダックは答え、ため息をついた。「ああ、おゆるしあらば、陛下、わたしにもひとめ王女殿下のお姿を。ひとりで生きるのはつらいものです」

「どうぞ、クードクダック」キャランセはひと房の髪を指に巻きつけ、微笑を浮かべた。

「でも、そなたが結婚していることはみな知っている」

「おお」男爵はいかにも心外だという表情で、「わが妻がいかに病弱繊細で、しかも近隣で天然痘が流行っていることは陛下もよくご存じのはず。わが剣帯と剣を古い室内履きに賭けて、一年以内にはすでに喪が明けているでしょう」

「それは気の毒に、クードクダック。だが、そなたは幸運でもある」キャランセの笑みが大きくなった。「奥方の体がさほど強くなくて。聞きましたよ——前の収穫のころ、そなたが干し草のなかで娼婦と一緒のところを見つけた奥方が熊手を持って、そなたを一キロ半も追いかけたけれどつかまえられなかったと。もっとおいしいものを食べさせ、可愛がり、夜には背中が冷えぬよう気づかうがよい。そうすれば、一年後にはいまよりずっと健康になっているはず」

　クードクダックは悲しげな顔をしてみせた。

「ごもっともです。しかし、宴には参加してもよろしいでしょう?」

「喜んで、男爵」

「スケリッジの御一行!」先触れの声がいよいよかすれてきた。

　四人の島国人がきびきびと、わざとらしい足取りでやってきた。アザラシの毛皮で縁取った光沢のある革のダブレットに市松模様の毛織りの帯。先頭は浅黒い顔にわし鼻の筋骨たくましい戦士と肩幅の広いもじゃもじゃ赤毛の若者だ。全員が女王の前でお辞儀した。

「じつに光栄です」キャランセは言い、かすかに頬を赤らめた。「スケリッジのエイスト・トルシーチほどすぐれた騎士をふたたびわが城に迎えられるとは。そなたがあれほど結婚を毛嫌いしなければ、わが娘パヴェッタの求婚者候補として喜んで迎えたものを。さみしさに耐えられなくなることはないのか？」

「それはしょっちゅうです、美しきキャランセどの」浅黒い顔の島国人は光る目で女王を見あげた。「しかし、わが人生は結婚を考えるには危険すぎる。そうでなければ……。パヴェッタ王女はまだ若い、開く前のつぼみだが、わたしにはわかる……」

「何が？」

「この親にしてこの子あり」エイスト・トルシーチは白い歯をひらめかせてほほえんだ。「姫が戦士を喜ばせる年齢に達するころにはどれほど美しくなるか、あなたを見れば充分だ、わが女王よ。いまのところ、姫に求婚するのは若者たちだ。ここにいるブラン王の甥クラフ・アン・クライトはまさにそのためにやってきた」

　クラフが赤毛の頭をさげ、女王の前で片膝をついた。

「ほかにはどなたを、エイスト？」

もじゃもじゃのあごひげを生やした体格のいい、屈強そうな男と、背中にバグパイプをかついだたくましい男がクラフ・アン・クライトの横で膝をついた。

「こちらは気高きドルイドのマウスサック、わたしと同様、ブラン国王のよき友であり助言役です。そしてこちらはわれらが名高き吟唱詩人ドレイグ・ボン＝デュー。さらにスケリッジから三十人の海の男たちがシントラの美しきキャランセ女王をひと目見たいと中庭に控えている」

「お座りください、気高き客人たちよ。トルシーチは、どうぞこちらに」

エイスト・トルシーチは女王からドロゴダルと空席をひとつはさんだ、テーブル端の空席についた。それ以外の島国人は左側の、ヴィセゲルド元帥とストレプト家の三人の息子――ティングラント、フォドキャット、ウィールドヒル――のあいだに並んで座った。

「だいたいそろったようね」女王が元帥に身を乗り出した。「始めて、ヴィセゲルド」

元帥が手を打ち鳴らすと、大皿と酒瓶を持った召使が長い列になってテーブルに近づき、客のあいだからうれしそうなつぶやきが洩れた。

キャランセ女王はほとんど何も食べず、よそわれたムール貝を銀のフォークでしぶしぶつつき、ドロゴダルは大急ぎで料理を詰めこんでリュートを弾きつづけた。それ以外の客は――赤毛のクラフ・アン・クライトを筆頭に――テーブルに並んだ仔豚の丸焼き、鳥料理、魚や貝に猛然とかぶりついた。アトレ公国のレインファーンは若きウィンドハルム公子をきつく叱り、リンゴ酒の入った瓶に伸ばした手を叩きさえした。クードクダックは骨をつつく手をしばし休めては、泥ガメの鳴き真似をして周囲を楽しませた。時間がたつにつれて宴の雰囲気はますます陽気になり、最初の乾杯が行なわれ、早くも話は意味をなさなくなりつつあった。

キャランセは淡い灰色の巻き毛につけた細い金の輪飾りの位置を正し、巨大な赤いロブスターを割るのに忙しいゲラルトのほうを向いた。

「内緒話をするには充分、騒がしくなったようね。まずは挨拶から。会えてうれしい」

「光栄です、陛下」

「挨拶がすんだら本題に入ろう。おまえに頼みたい仕事がある」

「そうだと思っていた。おれが話し相手として宴に呼ばれることはまずない」

「一緒にいてあまり楽しい相手ではないということか。ほかに何を思った？」

「仕事の中身を教えていただけたら話します、陛下」

「ゲラルト」キャランセは、いちばん小さくてもマルハナバチほどの大きさはありそうなエメラルドの首飾りを指で軽く叩いた。「ウィッチャーのおまえがどんな仕事を期待している？　なんだ？　井戸掘りか？　屋根に開いた穴の修理か？　ブリダンク王と美しいセローが婚姻の夜にためしたあらゆる体位を描いたタペストリーを織ることか？　自分の職業が何かはわかっているはずだが」

「いかにも。では、陛下、思ったことを言わせていただく」

「ぜひ聞きたい」

「思ったのはこういうことだ。多くの人間と同様、あなたはおれの仕事をまったく違う職業と取り違えておられる」

「ほう？」キャランセはリュートをつまびくドロゴダルのほうにさりげなく顔を寄せ、ぼんやりと考えこむふりをした。「おまえは、ゲラルト、この無知な連中とわたしを同等にあつかうのか？　そのような愚か者は、おまえの仕事をどんな職業と勘違いしている？」

「陛下」ゲラルトは淡々と答えた。「馬でシントラへ向かう途中、多くの村人や商人、行商人やドワーフ、鋳掛屋や木こりに会った。彼らはおれに、あたりの森のどこかで、三本のニワトリの足に乗った小屋をねぐらにするブラック・アニスの話をした。山のなかに棲むキマイラのことを話した。水棲怪物エシュナやオオムカデのことも。よく探せばマンティコアも見つかるだろう。つまり、知らない誰かの羽根飾りや紋章でめかしこまなくても、ウィッチャーがやれる仕事は山ほどある」

「質問の答えになっていない」

「陛下、シントラ国にとってスケリッジとの婚姻同盟が必要であることに疑いはない。それを阻止しようとする策士に――陛下が関わらない手段で――見せしめをあたえることもできる。その見せしめがフォーホーンなる国の名も知れぬ貴族によってあたえられ、そいつが跡形もなく姿を消せば都合がいい。ここであなたの質問の答えだ。あなたはおれの仕事を刺客と勘違いしている。そんなふうに思いこむ者の多くが支配者だ。宮廷に呼ばれ、手っ取り早く剣で問題を解決せよと頼まれるのは初めてではない。だが、おれは――理由の善悪にかかわらず――カネのために人を殺したことはない。そしてこれからも」

　ビールが減るにつれ、テーブルの雰囲気はますます活気づいてきた。赤毛のクラフ・アン・クライトはスウィシュでの戦話《いくさばなし》を熱心に聞いてくれる相手を見つけ、ソースに浸した肉の骨でテーブルに地図を描きながら大声で戦略の説明を始めた。クードクダックは、そのあだ名がいかにふさわしいかを証明するかのように、いきなり卵を抱いたメンドリそっくりの鳴き声をあげ、客のあいだからはどっと笑いが起こり、召使たちのあいだには狼《ろう》狽《ばい》が走った。あれほど目を光らせていたのに、メンドリが中庭から広間に迷いこんだのかと思ったのだ。

「つまり、運命は賢すぎるウィッチャーでわたしを罰したわけね」キャランセはほほえんだが、細めた目には怒りが浮かんでいた。「敬意のかけらもない、最低限の礼儀すら知らぬウィッチャーが女王の陰謀と恥ずべき計画を暴くとは。わたしの美しさと魅力にも、おまえの判断の目は曇らなかったようだ。そのような真似は二度としてはならない、ゲラルト。権力者に対してそのような物言いは。おまえの言葉を忘れる者はまずいない。知ってのとおり、王というものはすべてを意のままにできる。短剣、毒薬、地下牢、赤く焼けた火かき棒。誇りを傷つけられた王が意趣返しする方法は何百、何千とある。そして、信じないだろうが、ゲラルト、支配者の誇りほど傷つきやすいものはない。〝いいえ〟、〝いたしかねます〟、〝ありえません〟といった言葉を黙って受け入れることはまれだ。だが、たいしたことではない。統治者の言葉をさえぎったり、不適切な意見を述べたりすれば、車輪の刑にかけられるだけだ」

　女王は細くて白い手を組み合わせ、そっとあごをのせた。ゲラルトは言葉をさえぎりもしなければ意見を述べもしなかった。

「王というものは人を二種類に分ける」キャランセが続けた。「命令を言いつける相手と、買収する相手だ。なぜなら人は誰でもカネで買えるという、古くからのありふれた真実に固執しているから。そう、誰でも。たんに値段の問題だ。そうは思わぬか？　まあ、たずねるまでもない。なんといってもおまえはウィッチャー――仕事をしてカネを得る男だ。おまえに関するかぎり、〝買われる〟という概念に侮蔑的な含みはない。値段の問題もまた明快で、仕事の難易度と出来しだいだ。そして評判にもよる。市場《いちば》の老人たちはリヴィアから来た白髪《はくはつ》のウィッチャーの手柄を歌う。その半分が嘘だとしても、おまえに仕事を頼むのは安くはないだろう。だから、宮廷内の謀《はかりごと》や人殺しのような単純でくだらないことでおまえを雇うのはカネの無駄だ。もっと安い代償で請け負う者にまかせればいい」

「**ブラーーーッ！**　ガアーーー、ブラーーーッ！」クードクダックがいきなり叫び、大きな拍手が起こった。なんの真似かはわからないが、なんにせよこんな生き物とは出くわしたくない――ゲラルトは横を向き、女王の毒に満ちた緑色の目をちらっと見た。ドロゴダルはうつむき、灰色の髪で顔を隠して静かにリュートをつまびいている。

「ああ、ゲラルト」キャランセは酒杯を満たそうとする召使を手ぶりで制し、「わたしばかりがしゃべり、おまえはだんまりか。ここは宴の席だ。みな楽しみたがっている。わたしを楽しませて。そろそろおまえのもっともな所見と鋭い意見が聞きたくなった。世辞のひとつかふたつ、臣下の礼や忠誠の誓いでも聞ければなおよい。順番はお好きなように」

「では、陛下」ゲラルトは言った。「おれは晩餐会の相手としておもしろい人間ではない。女王の隣という、栄誉ある席に座らされて驚いている。まったくもって、ここにはもっとはるかにふさわしい人物が座るべきだった。あなたが望むような。そのような人間ならば、命令するか、もしくはカネで買えばいい。たんに値段の問題だ」

「その調子だ、続けて」キャランセは頭を後ろにそらして目を閉じ、感じのいいほほえみらしきものを唇に浮かべた。

「だから、その美しさに勝るのはその知性のみという、シントラのキャランセ女王と並んで座るのは、わが名誉であり誇りだ。陛下がわが評判を聞きおよび、それにもとづいて、くだらない問題でおれを雇うつもりはないと判断されたこともまた大いなる名誉と言わなければならない。この前の冬、品位のかけらもない大公フロバリクがおれを雇おうとした――大公の下品な口説きにうんざりし、サンダルの片方を忘れて舞踏会から逃げた美女を探せと。雇うべきはウィッチャーではなく猟師だと説得するのに、それは苦労した」

女王は謎めいた笑みを浮かべて聞いている。

「ほかにも、あなたより大いに知性の劣る君主たちがくだらない仕事を持ちかけてきた。たいていは義理の息子、義理の父、義理の母、おじ、おばを殺せという依頼で、数えあげればきりがない。その誰もが、たんに値段の問題だと思っていた」

女王はどんな意味にもとれる笑みを浮かべた。

「繰り返すが」――ゲラルトは小さく頭をさげ――「陛下の隣に座ることには抑えきれないほどの誇りを感じている。そして、誇りはわれわれウィッチャーにとって大きな意味がある。あなたたちには信じられないほど重大な。前にどこかの領主が、ウィッチャーの名誉にも規範にもそぐわぬ仕事を依頼し、あるウィッチャーの誇りを傷つけた。しかも領主は丁寧な断りも受け入れず、彼が城を出ていくのを阻止しようとした。のちに、それがあまりいい考えではなかったと誰もが納得した」

「ゲラルト」キャランセが短い沈黙のあとで言った。「さっきの言葉は嘘ね。おまえは晩餐会の相手として実におもしろい」

　クードクダックが頬ひげと上着の前からビールの泡を振るい落として首を伸ばし、発情期の雌狼さながらの耳をつんざくような咆哮をあげると、中庭と近隣の犬たちが応えるように吠えた。

　ストレプト家の三兄弟の一人が指をビールに浸し、クラフ・アン・クライトが描いた隊形のまわりに新たに太い線を引いて叫んだ。

「なんたる失策、なんたる無能！　よくもそんな戦略を取ったものだ！　いいか、ここの翼《よく》に騎兵隊を向かわせ、側面を叩くべきだった！」

「何を言うか！」クラフ・アン・クライトが骨でテーブルを叩き、近くに座る客の顔とチュニックにソースが飛び散った。「そして中央を弱体化させろと？　要《かなめ》の場所を？　バカげている！」

「その状況で攻撃の機会を逃すのは、目の見えないやつか、頭のいかれたやつだけだ！」

「そうだ！　そのとおり！」アトレのウィンドハルム公子が叫んだ。

「誰がおまえにきいた、この若造が」

「若造はそっちだ！」

「その口を閉じろ、さもないとおまえの――」

「座って口を閉じていろ、クラフ」エイスト・トルシーチがヴィセゲルド元帥との会話を中断して制した。「こんな議論はたくさんだ。ドロゴダル！　才能を無駄にするな！　たしかに、そなたの美しくも静かな調べはもっと真剣に、厳粛に聴かれるべきだが。ドレイグ・ボン＝デュー、あざけりと大食いはそれくらいにしろ！　ここでは、そんなもので誰も喜びはしない。バグパイプを吹いて、まともな戦歌で耳を楽しませろ。あなたのおゆるしがあれば、気高きキャランセよ！」

「おやまあ」女王はゲラルトにささやき、あきれたようにしばし無言で丸天井を見あげたが、やがてにっこりとやさしくほほえんでうなずいた。

「ドレイグ・ボン＝デュー」エイストが言った。「ホックバズの戦いの歌を頼む。これならば指揮官の戦略になんの疑問もない――そこで誰が不朽の名声を得たかについても！　勇敢なるシントラのキャランセ女王の健康を祈って！」

「健康を祈って！　栄光を祈って！」客たちが声をあげ、ガラスや陶器の杯を空けた。

ドレイグ・ボン＝デューのバグパイプが不吉な低音から、いきなりぞっとするような、むせび泣くような調べに変わり、ゆったりと流れはじめた。客たちは手近にあるものでテーブルを叩いて調子を取り、歌いだした。クードクダックはバグパイプのヤギ革の袋《バグ》を熱心に見つめ、その恐ろしい音色を自分のレパートリーに取り入れようかと思案していた。

「ホックバズはわたしの最初の戦《いくさ》」キャランセがゲラルトを見て言った。「これほど誇り高きウィッチャーの怒りと蔑《さげす》みを呼び起こしたくはないが、われわれはカネのために戦った。敵はシントラに年貢を納めていた村々を焼き討ちにし、われわれは地代ほしさに戦いを挑んだ。ささいな理由による、ささいな戦闘で、ほんのささいな三千人の死体がカラスにつつかれてバラバラになった。なのに見るがいい――わが身を恥じるどころか、わたしは自分の武勲が歌われてクジャクのようにいい気になっている。あのようなひどい伴奏で歌われても」

女王はまたしても幸せと慈悲を満面にたたえた作り笑いを浮かべ、乾杯の声に合わせて自分の空の酒杯をかかげた。ゲラルトは無言だ。

「話を続けよう」キャランセはドロゴダルから差し出されたキジのもも肉を受け取り、優雅につつきながら、「言ったように、おまえはわたしの興味を掻き立てた。ウィッチャーが興味深い集団だとは聞いていたが、さほど信じてはいなかった。いまなら信じる。おまえが斬られたら、鳥のふんでこしらえたような連中とは違って純粋な鋼《はがね》のにおいがしそうだ。いずれにせよ、おまえが任務の遂行のためにここに来た事実は変わらない。そして、そこまで賢くなくても、おまえはそれをやることになる」

　ゲラルトは不敵な、さもなければ意地悪な笑みを浮かべたいところだったが、表情を変えずに沈黙を守った。

「何か言うと思っていた」女王はキジのもも肉に全神経を向けているふりをしながらつぶやいた。「あるいは笑みを浮かべるか。違うか？　まあいい。これで交渉は完了したと思ってよいか」

「あいまいな任務を明確に遂行することはできない」ゲラルトはそっけなく答えた。

「どこがあいまいだ？　事実、おまえは正確に予測した。わたしはスケリッジとの婚姻同盟を考えており、いまその計画に邪魔が入ろうとしている、だからおまえに排除してほしい。だが、おまえの慧眼《けいがん》もここまでだ。わたしがおまえの職業を刺客と取り違えているという意見には、とても興味をそそられた。わたしは、ウィッチャーが何をし、どのように雇われるべきかを正確に知る、選ばれし君主の一人だ——そのことを認めよ、ゲラルト。とはいえ、もし誰かがおまえと同じように手際よく——たとえカネのためでなくとも——殺しを遂行したら、その男は当然ながら人々からその道のプロと認められる。おまえの評判はつとに知られている、ゲラルト――ドレイグ・ボン＝デューのいまわしきバグパイプの音よりも大きく、あの音色と同様、不気味な響きで」

バグパイプ奏者は――女王の言葉が聞こえたわけではないだろうが――演奏を終えた。客はさかんに喝采を送り、戦を回想したり女にまつわる下品な冗談を言い合ったりして、ふたたび宴の料理に情熱を燃やした。クードクダックは次々にやかましい音を立てたが、それが別の動物の鳴き真似なのか、料理を詰めこみすぎた胃が吐き戻そうとする音なのかはわからなかった。

エイスト・トルシーチがテーブルの向こうから身を乗り出した。

「陛下、フォーホーンの閣下に熱心なのにはもっともな理由があるのだろうが、そろそろパヴェッタ姫にお目にかかりたい。いつまで待たねばならん？　まさかクラフ・アン・クライトが酔っぱらうのを待っているのではなかろう？　たとえそのときが近いとしても」

「いつもながらそなたの言うとおりね、エイスト」キャランセが温かい笑みを浮かべ、ゲラルトは女王のほほえみの種類の多さに驚嘆した。「いかにも、このラヴィクス閣下とは大事な話があるが、そなたにもしばらく時間を捧げよう。でも、わたしの信条は知っているはずよ――すなわち、お楽しみは任務のあとで。ハクソ！」

女王が片手をあげて城代を呼んだ。ハクソは無言で立ちあがると、お辞儀をして階段を駆けあがり、暗い回廊のなかに消えた。女王はゲラルトに向きなおった。

「聞いたか？　おまえとはずいぶん長く話していたようだ。パヴェッタが鏡の前で身づくろいを終えていたら、もうじき現れる。だからよく聞いて、二度とは繰り返さない。目的を果たしてもらいたい、ある程度おまえが予想したとおりに。ほかに手はない。おまえには選ぶ権利がある。わたしの命令でやむなくやったことにすればいい――したがわなかった場合は考えたくないが、したがった場合の報酬は弾む。もしくは最初からカネで請け負ってもいい。ただこれだけはおぼえておいて――わたしは〝おまえをカネで買える〟とは言わなかった、なぜならウィッチャーの誇りを傷つけないと決めたから。これは大きな違いではないか？」

「どこがそんなに違うのか、おれにはわかりかねる」

「ならばよく聞くがいい。その違いは、わが親愛なるウィッチャーよ、カネで買われる者は買い手の気まぐれで報酬が変わるが、みずから請け負う者は報酬額をみずから決められる。わかるか？」

「ある程度は。では、仮に任務を請け負うとして、おれは何が起こるかを知っておくべきではないか？」

「いいえ。命令が具体的で明確でありさえすればいい。有償の仕事はそこが違う。わたしは結果にしか興味がない、それ以外はどうでもいい。どんな方法を取るかはおまえにまかせる」

　ゲラルトが顔をあげると、マウスサックのすべてを見通すような黒い瞳と目が合った。スケリッジ諸島のドルイドはウィッチャーから目をそらさず、考えに没頭するかのように両手でパンを粉々にしてこぼしている。ゲラルトが視線をおろすと、カシのテーブルの上でパンくずやソバの実、ロブスターの殻の破片がアリのように動いていた。やがてそれらはルーン文字を形づくり――ほんの一瞬――ひとつの言葉になった。〝疑問〟。

　マウスサックは目をそらさず反応を待っている。ゲラルトはほんのかすかにうなずいた。ドルイドは瞼《まぶた》をさげ、無表情でテーブルからくずを払いのけた。

「誉れ高き紳士の皆々がた！」先触れが叫んだ。「シントラのパヴェッタ王女殿下のおなり！」

　客たちが静まりかえり、階段のほうを向いた。

　城代ハクソと深紅のダブレットに身を包んだ金髪の小姓に先導され、うつむいた王女がゆっくりと階段を下りてきた。髪の色は母親とまったく同じ淡い灰色だが、それを腰の下まで届く二本の太い三つ編みにしている。装飾品は繊細な宝石細工の頭飾り《ティアラ》だけで、金色の小さな輪をつないだベルトが銀青色の長いドレスの腰を取りまいていた。

王女は小姓と先触れ、城代とヴィセゲルドに付き添われ、ドロゴダルとエイスト・トルシーチのあいだの空いた席に座った。高潔なる島国人はすぐに王女の酒杯を満たし、会話で楽しませた。ゲラルトには王女の答えひとつ聞こえなかった。つねにうつむき、まわりでさかんに乾杯の声があがるあいだも、瞳は長いまつげに隠れたままだ。だが、その美しさに誰もが目を奪われたのは疑いようもなかった——クラフ・アン・クライトはわめくのをやめ、ジョッキのビールも忘れて無言でパヴェッタに見とれた。アトレのウィンドハルム公子も頬を赤らめ、食い入るように——婚姻の夜から二人を分かつものは砂時計のわずかな粒だけだとでもいうように——王女を見ている。クードクダックとストレプト家の三兄弟も、異様なほど真剣に王女の小さな顔をしげしげと見ていた。

「ああ」キャランセが小声で、いかにもうれしそうに言った。「どう思う、ゲラルト？　あの子は母親によく似ている。赤毛の田舎者クラフにやってしまうのは口惜《くちお》しいほど。あとは、あの仔犬がエイスト・トルシーチ並みの男に成長するのを望むしかない。なんと言っても同じ血が流れているのだから。聞いているか、ゲラルト？　シントラはスケリッジと同盟を結ばなければならない、それこそ国家の利益が求めるものだから。わが娘は正しい男と結婚しなければならない。それこそおまえが確実にすべき結果だ」

「おれに何を確実にせよと？　あなたの命令があればそれだけで充分ではないのか？」

「ものごとというものは、充分ではないほうに転がることもある」

「女王の命《めい》よりも強いものがあるのか？」

「運命」

「なるほど。つまり、このあわれなウィッチャーは女王の命《めい》よりも強い運命に立ち向かわねばならないということか。運命と闘うウィッチャー！　なんという皮肉だ！」

「そうだ、ゲラルト。皮肉とはどういうことだ？」

「なんでもない。あなたが求める任務は、陛下、およそ不可能に思える」

「およそ可能であれば」キャランセは語尾を伸ばし、「この手でなんとかする。有名なリヴィアのゲラルトに頼むまでもない。かしこぶるのはもうやめよ。すべてはなんとかなる――たんなる値段の問題だ。やれやれ、おまえたちウィッチャーの価格表にはおよそ不可能な任務に対する値段があるにちがいない。当ててみようか。それは安くはない。おまえが結果を保証するなら、ほしいものをなんでもあたえよう」

「いまなんと？」

「おまえの望むものはなんでもあたえる。それから、わたしは同じことを繰り返すのが嫌いだ。おまえは、ウィッチャー、いつもこんなふうに強情に雇い主をあきらめさせようとするのか？　時間は刻々と過ぎてゆく。答えよ、イエスかノーか」

「イエス」

「けっこう。大変けっこう、ゲラルト。おまえの答えはずいぶん理想に近づいた。わたしが質問するときの期待値に、より近づいてきた。では。左手をそっと伸ばし、わたしの椅子の裏に触れてみよ」

ゲラルトが黄色と青のひだつき垂れ布の下に片手をすべりこませると、すぐに革張りの椅子の背に固定された剣に触れた。なじみのある剣だ。

「陛下」ゲラルトは小声で、「人を殺すことについて同じことを繰り返すつもりはないが、剣だけでは運命に勝てないことはご存じか？」

「もちろん」キャランセは顔をそむけ、「ウィッチャーも必要だ。知ってのとおり、そこは手配した」

「陛下――」

「話はそこまでだ、ゲラルト。あまりに密談が長すぎた。みながこちらを見て、エイストは腹を立てている。城代とでも話をせよ。何か食べて、飲むがいい――ただし飲みすぎぬように。いざというときに手が震えては困る」

ゲラルトはしたがい、女王はエイスト、ヴィセゲルド、マウスサックとの会話に加わった。パヴェッタはおとなしく、どこかうわの空だ。ドロゴダルはリュートを脇に置き、失われた食事の時間を取り戻すかのように料理を詰めこんでいる。城代ハクソはあまりしゃべらず、名前を忘れたどこかの領主は、フォーホーン国の事情と問題について何か聞いたらしく、雌馬の出産はうまくいっているかと礼儀正しくたずねた。ゲラルトは〝はい、牡馬よりもはるかに〟と答えた。冗談が通じたのかどうかわからないが、領主はそれ以上、何もたずねなかった。

　マウスサックの目がしきりにウィッチャーの視線をとらえたが、テーブルの食べかすはあれきり動かなかった。

　クラフ・アン・クライトはストレプト家の息子二人とますます意気投合し、三番目の末っ子はドレイグ・ボン＝デューに誘われて早飲み競争に挑み、すっかり酔っぱらっていた。吟唱詩人のほうはけろりとしている。

　若くて地位の低い貴族たちがほろ酔い気分でテーブルの端に集まり、角《つの》のある仔ヤギとユーモアのかけらもない、恨みがましい老婆が出てくる有名な歌を――調子はずれに――歌いだした。

　巻き毛の召使と、シントラの金と青の服をまとった衛兵隊長がヴィセゲルドに駆け寄った。元帥は眉をひそめ、報告を聞いて立ちあがると、玉座の後ろから身をかがめて女王に何やらささやいた。キャランセはゲラルトを見やり、ひとこと答えた。ヴィセゲルドがさらに顔を寄せてささやくと、女王は元帥を鋭く見返し、無言のまま手のひらで玉座の肘かけを叩いた。元帥は頭を下げ、衛兵隊長に命令を伝えた。ゲラルトに内容までは聞こえなかったが、マウスサックがそわそわと身をよじり、パヴェッタをちらっと見たのに気づいた。王女はうつむいたまま、身じろぎもせずに座っている。

　テーブルがざわめくなか、金属が床に当たる音とともに重い足音が聞こえ、誰もが顔をあげて音のするほうを向いた。

　現れたのは、鉄板と蠟びき革でできた鎧をまとった男だ。前に張り出した硬そうな黒と青の胸当てが、分節した前垂れと短い腿当てにかぶさっている。腕甲《わんこう》には鋭い鋼の棘が生え、眉庇《まびさし》は目の詰まった金網が犬の鼻づらの形に突き出し、マロニエの実の殻のような棘におおわれていた。

　珍客はがちゃがちゃ、ぎしぎしと音を立ててテーブルに近づき、玉座の前で直立した。

「高貴なる女王陛下、誉れ高き紳士の皆々がたよ」謎の人物は堅苦しくお辞儀した。「格式高き宴の席にお邪魔する無礼をゆるしたまえ。わたしはアーレンワルドのアーケオン」

「ようこそ、アーレンワルドのアーケオン」キャランセがゆっくりと言った。「どうぞテーブルの空いた席へ。シントラではすべての客人を歓迎する」

「感謝します、陛下」アーレンワルドのアーケオンなる人物はふたたび頭を下げ、鋼の籠手をつけたこぶしで自分の胸に触れた。「しかし、わたしは客としてシントラに来たのではありません。きわめて重要かつ急ぎの用件でまいりました。陛下のおゆるしがあれば、時間を無駄にすることなく、いますぐ用件を申しあげたい」

「アーレンワルドのアーケオン」女王が鋭い口調で応じた。「時間の心配はありがたいが、礼儀を欠いてよいことにはならぬ。しかも鉄格子ごしに話しかけるとは。兜を取りなさい、そのくらいの時間は構わぬ」

「わたしの顔は、陛下、いましばらく隠しておかねばなりません。どうぞおゆるしを」

怒りの波ととぎれとぎれの悪態があちこちで起こり、客たちのあいだに広がった。マウスサックがうつむき、声を出さずに唇を動かした。ゲラルトは空気中に魔法がびりっと走り、ウィッチャーのメダルを揺らすのを感じた。キャランセはいぶかしげに目を細め、指で肘かけを叩きながらアーケオンを見ている。

「よかろう」女王がようやく言った。「そなたの目的が言葉どおり重大であると信じよう。それで、なぜここへ来た、顔のないアーケオンよ？」

「ありがとうございます」新来者は答えた。「しかし、礼儀を欠くとの非難には耐えられません――これは騎士の誓いによるもので、わたしは夜の十二時になる前に顔をさらしてはならないのです」

キャランセはおざなりに片手をあげ、説明を続けるよううながした。アーケオンは鋼の棘におおわれた鎧をがちゃつかせて進み出た。

「十五年前」アーケオンは大声で言った。「あなたの夫君ログネル王はアーレンワルドでの狩りの途中、道に迷われた。道なき道をさまよい歩くうちに、落馬して谷に落ち、脚をくじいた。王は谷底に横たわり、大声で助けを求めたが、返ってきたのは毒ヘビが息を吐く音と、近づいてくる人狼の咆哮だけだった。助けが来なかったら、そこで息絶えておられただろう」

「その一件は知っている」女王はうなずいた。「そなたも知っているということは、そなたが王を助けたのか？」

「いかにも。ログネル王があなたさまのもとに無事に戻られたのは、ひとえにわたしのおかげです」

「感謝する、アーレンワルドのアーケオン。この感謝の気持ちは、わが心とベッドの男であったログネルがこの世を去った事実にも少しも減ずることはない。だが見たところ、そなたが夫を助けたのは純粋な善意によるものではないようだ。そなたのもうひとつの騎士の誓いを破るものでなければ、いかにして謝意を伝えればよいか教えてもらいたい」

「わたしが純粋なる善意で助けたのでないことはよくご存じのはずです。そして、わたしが王を助けた際に約束された返礼をいただきに伺ったことも」

「ほう？」キャランセはほほえんだが、緑色の目が火花のように光った。「つまりそなたは、ケガを負い、谷底でなすすべもなく毒ヘビと怪物に運命をゆだねた男を助けたのは、返礼を約束されたからにすぎないというのか？　もし夫がそなたに何も約束しなかった、あるいはできなかったとしたら、そなたは夫を谷底に見捨て、いまのいままでわたしは夫の骨がどこにあるか知らぬままだったと？　なんと気高いことよ。そのときのそなたの行為は、このうえなく騎士道にふさわしい誓いに突き動かされたものだったにちがいない」

　広間のつぶやきがしだいに大きくなった。

「そして今日、そなたは返礼をもらいにやってきたのか、アーケオン」女王の笑みがますます不気味になった。「十五年もたったあとで？　その間にたまった利子でも数えていたか。だが、ここはドワーフの銀行ではない、アーケオン。ログネルがそなたに返礼を約束したと？　ああ、しかし彼に払わせるのは難しい。誰が何を払うかについて合意にいたるには、そなたを夫のもとに――あの世に――送りこむほうが簡単かもしれぬ。わたしは夫を心から愛していたがゆえに、アーケオン、もし夫がそなたと取り引きをしなかったら十五年前に彼を失っていたかもしれないという事実を忘れることはできない。そう考えると、そなたにはむしろ恨みが沸き起こる。顔を見せぬ新来者よ、わがシントラの城とわが力の及ぶ範囲において、そなたはあのとき谷底で死にかけたログネルと同じくらい無力だとわかっているか？　わたしがそなたをここから生きて去らせると約束したら、そなたはいくらで、どのような返礼を提示する？」

首のメダルがぴくっと動き、ゲラルトはマウスサックのいかにも不安そうな視線をとらえた。そして小さく首を横に振り、問いかけるように両眉を吊りあげた。ドルイドも首を振り、ちぢれたあごひげをほんのかすかにアーケオンに向かって動かした。ゲラルトにはなんの意味かわからなかった。

「あなたの言葉は、陛下」アーケオンが答えた。「わたしをおどし、ここにお集まりの誉れ高き紳士がたの怒りに火をつけ、美しきご令嬢パヴェッタから蔑《さげす》みを引き起こすべく計算されたものです。しかし、なんと言われようと、あなたの言葉は真実ではない。それはあなたもご存じのはず！」

「このわたしを見さげはてた嘘つき呼ばわりするのか」キャランセの唇が醜くゆがんだ。

「あなたはよくご存じのはずです、陛下」アーケオンはひるまなかった。「あのときアーレンワルドで何が起こったか。命拾いしたログネル王は、わたしが望むものはなんでもあたえるとみずから誓った。証人ならいくらでも呼べる！　災難から助け出され、お付きの者に出迎えられた王はわたしに何がほしいかとたずね、わたしは答えた。王が城を離れたときは知らず、もしくは予期しなかったものがほしいと。王は必ず約束を守ると誓い、城に戻る途中で、キャランセどの、あなたが出産中であることを知らされた。いかにも、陛下、わたしは十五年間待ちつづけ、返礼の利子は大きくなった。今日、美しいパヴェッタ王女を見て、待ったかいがあったと確信した！　紳士と騎士の皆々がたよ！　あなたたちのなかには姫に求婚するためにシントラに来られたかたもおられよう。だが、それは無駄骨だった。誕生の日から、王の誓いの力によって、美しきパヴェッタ姫はわたしのものだったのだ！」

　客たちは騒然となった。ある者は叫び、ある者はののしり、ある者はこぶしをテーブルに叩きつけて皿をひっくり返した。ストレプト家の息子ウィールドヒルは仔羊の丸焼きからナイフを引き抜いて振りまわし、クラフ・アン・クライトは身をかがめて架台式テーブルの天板を引きはがそうとした。

「そんな話は聞いたこともない！」ヴィセゲルド元帥が叫んだ。「どんな証拠がある？　証拠は？」

「女王の顔が」アーケオンが片手を突き出し、声を張りあげた。「何よりの証拠だ！」

　パヴェッタは頭もあげず、微動だにせず座っている。あたりに何やら奇妙なものが厚くたちこめはじめた。チュニックの下でウィッチャーのメダルがしきりに鎖を引っぱった。

女王が小姓を呼び、何か短く命じた。内容は聞き取れなかったが、少年の顔に驚きが浮かび、女王が命令を繰り返したのを見てゲラルトは首をかしげた。小姓は広間の出口に走っていった。

テーブルの騒ぎが続くなか、エイスト・トルシーチが女王に向きなおり、冷静に言った。

「キャランセ、彼の言ったことは本当か？」

「本当ならば」女王は歯のあいだから絞り出すようにつぶやいて唇を嚙み、肩にかけた緑色の肩帯をつまんだ。「どうだというの？」

「本当ならば」――エイストは顔をしかめ――「約束は守られなければならぬ」

「そうかしら」

「それとも」エイストが険しい表情で言った。「あなたはいかなる約束も――わが記憶に深く刻まれたものも――これほど軽々しくあつかう人間なのか？」

ゲラルトは驚いた。キャランセがこんなにも顔を赤らめ、目に涙を浮かべ、唇を震わせるところを見るとは夢にも思わなかった。

「エイスト」女王がささやくように言った。「それとこれとは話が違――」

「本当にそうか？」

「このくそ野郎！」クラフ・アン・クライトがいきなり叫んで立ちあがった。「おれに

〝無駄骨〟と言った最後の愚か者は、アレンカー湾の底でカニに食いちぎられた！　おれは手ぶらで帰るためにスケリッジからここまで海を渡って来たのではない！　どこかのあばずれの息子が求婚者だと！　誰かおれに剣を、そのバカ者に武器を渡せ！　この場ではっきりさせてやる、誰が――」

「口を閉じろ、クラフ」エイストが両のこぶしをテーブルに置き、ぴしゃりと言い放った。

「ドレイグ・ボン＝デュー！　こいつが変な真似をしないよう見張っていろ！」

「そうやってわたしも黙らせるつもりか、トルシーチ？」アトレ公国のレインファーンが叫び、立ちあがった。「わが大公に浴びせられた侮辱は血で洗い流す――このわたしを止められると思うか？　しかも大公のご子息ウィンドハルム公子はパヴェッタ王女の手と床《とこ》にふさわしい唯一の男だ！　剣を持ってこい！　このアーケオンだかなんだかにとくと見せてやる――われわれアトレ人がこのような仕打ちにどうやって報いるかを！　わたしを止められるものがいったいどこにある？」

「あるとも。礼儀を尊重せよ」エイスト・トルシーチが落ち着きはらって応じた。「この城の女主人のゆるしもなく、この場で決闘を始めたり闘いを挑んだりすることは礼儀に反する。これはなんの真似だ？　いつからシントラの玉間は、その場の感情でたがいの頭をなぐり合い、短剣で刺し合う宿屋になった？」

ふたたび叫び声とののしりと罵声《ばせい》が起こり、誰もが腕を振りまわしはじめた。そのとき、怒《いか》れる野牛《バイソン》の短くもすさまじい咆哮が響きわたり、騒ぎはふいに、ナイフで断ち切られたかのように途切れた。

「いかにも」野牛の鳴き真似をしたクードクダックが咳払いし、椅子から立ちあがった。「エイストは間違っている。ここはもはや宿屋ですらない。まるで動物園だ——野牛もくつろいだにちがいない。キャランセ陛下、ひとこと意見を述べさせていただけませぬか」

「見たところ」キャランセは長く引き伸ばすような口調で、「この件については多くの者が自分の意見を持ち、わたしの許可もなく発言している。なのに、誰もわたしの意見を聞こうとしないのはどういうこと？　わたしに言わせれば、わが娘パヴェッタをこの変わり者にやるくらいなら城が頭に落ちてきたほうがましだ。わたしはこれっぽっちも——」

「ログネル王の誓いは——」言いかけたアーケオンを、女王は黄金の酒杯をテーブルに叩きつけて黙らせた。

「ログネルの誓いなど、わたしにとって去年《こぞ》の雪ほどの意味もない！　それからおまえについては、アーケオン、クラフかレインファーンと外で決闘させるか、それともあっさり絞首刑にするかを決めかねている。おまえのせいですっかり決断が鈍ってしまった！」

　ゲラルトは震えつづけるメダルに気をとられつつ広間を見まわし、パヴェッタの目をとらえた。母親と同じエメラルドグリーンの目は、いまや長いまつげの下に隠れてはおらず——ほかは何も目に入らぬかのようにマウスサックからウィッチャーにだけ視線を動かしている。マウスサックは身をかがめ、もぞもぞしながら何やらつぶやいていた。

　クードクダックが立ったまま、意味ありげに咳払いした。

「述べてみよ」女王がうなずいた。「ただし簡潔に」

「仰せのままに、陛下。気高きキャランセ陛下と騎士の皆々がたよ！　いかにもアーレンワルドのアーケオンはログネル王に奇妙な要求をした。王から望みをきかれたさいに返礼として要求するには実に変わったものを求めた。しかし、そのような要求のことを——人類の歴史と同じほど古くからある〈驚きの法〉のことを——初めて聞いたようなふりをするのはよそうではないか。それは、誰かの命を助けた者が求めうる対価、不可能に思えるような望みのことです。〝汝《なんじ》を最初に出迎えしものを我《われ》にあたえよ〟。それは犬かもしれず、門の矛槍兵かもしれず、家に帰ってきた義理の息子をどなりつけようと待ち構える義理の母親かもしれない。もしくは〝汝が家に着きしときに思いがけず遭遇したものを我にあたえよ〟。長旅のあとの、しかも予期せぬ帰還であれば、誉れ高き紳士諸君よ、それは妻のベッドにいる間男《まおとこ》かもしれない。しかし、子どもの場合もある。運命づけられた子どもです」

「手短に、クードクダック」キャランセが眉をひそめた。

「仰せのままに。皆々がたよ！　運命づけられた子どもたちの話を聞いたことはないか？　伝説の英雄ザトレット・ヴォルタは、父親が帰還して初めて会った人間だったためにドワーフの子となったのではなかったか？　旅人に〝おまえがそうと知らずに家に残してきたものをくれ〟と求めたマッド・デイはどうだ？　この〈驚きの子〉こそ有名なサプリーで、のちにマッド・デイにかけられた呪いを解いた人物だ。ノームのラムプレステルトの助けでメティナの女王になり、返礼として最初の子をやると約束したズィヴェレナをおぼえているか？　ズィヴェレナは約束を破り、返礼をもらいに来たラムプレステルトを、魔法を使って追い返した。ほどなくズィヴェレナとその子はどちらも疫病で死んだ。運命に逆らう者は無傷ではいられない！」

「わたしをおどすのはやめて、クードクダック」キャランセが顔をしかめた。「もうじき真夜中――幽霊たちの時間だ。そなたの、さぞ困難だったであろう子ども時代の伝説はそれで終わりか？　ならば座って」

「どうか、いましばらく立ったままでいることをおゆるしあれ、陛下」――クードクダックは長い頬ひげをひねりあげ――「みなさんにもうひとつの伝説を思い出していただきたい。それは古く、忘れ去られてしまったが――おそらく誰もが困難な子ども時代に聞いたことがあるはずだ。この伝説のなかの王たちは約束を守る。そして、われわれ哀れな臣下と王を結びつけるのは王族の言葉だけだ――協定、同盟、特権、領地、すべてがそれにかかっている。それがいまやどうだ？　そのすべてを疑うべきなのか？　王の言葉の絶対性を疑えというのか？　去年の雪ほどの価値になるまで待てと？　これがものごとの道理ならば、困難な子ども時代のあとには困難な老年期が待っていると言わざるをえない！」

「きみはどっちの味方だ、クードクダック？」アトレのレインファーンがどなった。

「黙れ！　話を続けさせろ！」

「この大ぼらふきのメンドリ野郎は陛下を侮辱した！」

「ティグの男爵の言うとおりだ！」

「静かに」キャランセがふいに立ちあがった。「最後まで聞こう」

「かたじけない」クードクダックはお辞儀した。「ですが、これで終わりです」

　クードクダックの言葉が引き起こしたざわめきのあとでは、ふいの静けさが奇妙に感じられた。キャランセは立ったままだ。額をぬぐう手が震えているのに気づいたのはゲラルトだけだろう。

「みなさん」ようやく女王が口を開いた。「あなたがたに説明をしなければなりません。たしかに、この……アーケオンの言うことは……本当です。ログネルは自分が予期しなかったものを彼にあたえると誓った。われらが嘆かわしき王は女のことに関するかぎり、でくのぼうも同然で、妊娠が九カ月続くことも知らなかった。夫は死の床で真実を告白した――もっと早くに認めていたら、わたしが彼に対して何をするかがわかっていたから。ログネルは、そんなふうに無理やり子どもを奪われた母に何ができるかを知っていた」

　騎士も領主も黙りこみ、アーケオンは棘だらけの鉄の像のようにじっと立っている。

「そしてクードクダックは」キャランセが続けた。「そう、クードクダックはわたしが母親ではなく、女王であることを思い出させてくれた。わかりました。女王として、明日、評議会を召集します。シントラは専制国家ではない。いまは亡き王の誓いが王位継承者の運命を決めるべきか否か、評議会の判断にゆだねます。評議会はパヴェッタとシントラの玉座を誰とも知れぬ者の手に渡すべきか、それとも王国の利益にしたがって行動するべきかを決めるでしょう」キャランセはゲラルトを横目で見やり、しばらく黙りこんだ。「そして、王女に求婚しようと集まった気高き騎士たちについては……。みなさんがここで味わわされた冷酷なる無礼と屈辱、浴びせられた嘲笑に対し、わたしには深い遺憾の意を表明することしかできない。わたしの責任ではないがゆえに」

　客のあいだに広がるざわめきのなかから、ゲラルトはエイスト・トルシーチのささやきを聞き取った。

「海のすべての神々にかけて」島国人はため息まじりに言った。「これはあんまりだ。あからさまに流血を誘っているようなものではないか。キャランセよ、あなたは騎士たちをけしかけ――」

「お黙り、エイスト」女王が怒りに満ちた声で制した。「わたしを怒らせたいか」

マウスサックの黒い目が光り、不機嫌そうに顔をゆがめていまにも立ちあがろうとしているアトレのレインファーンをちらりと見た。ゲラルトは即座に反応し、椅子をガタンと倒して誰よりも先に立ちあがった。

「評議会の召集が必要ないことはいまにわかる」ゲラルトの声がりんりんと響いた。

誰もが口をつぐみ、驚いてウィッチャーを見た。ゲラルトはパヴェッタのエメラルド色の目が向けられるのを感じ、黒い眉庇の格子の奥からアーケオンの視線を感じ、力《フォース》が空中で洪水のようにうねり、凝結するのを感じた。フォースのせいで、松明《たいまつ》と油ランプからあがる煙が奇妙な形を取りはじめた。ゲラルトにはマウスサックもそれを見たのがわかった。彼ら以外は誰も見なかったことも。

「評議会の召集は必要ない」ゲラルトは淡々と繰り返した。「何を言いたいかはわかるはずだ、アーレンワルドのアーケオン」

棘をまとった騎士は鎧をきしませて二歩、進み出た。

「わかるとも」アーケオンの言葉が兜の下でうつろに響いた。「わからないのはよほどの愚か者だ。わたしは慈悲深く、高貴なるレディ・キャランセのいまの言葉を聞いた。陛下はわたしをなきものにする最良の方法を見つけたようだ。きみの挑戦を受けて立つ、名も知らぬ騎士よ！」

「おまえに挑戦したおぼえはない」とゲラルト。「おまえと決闘するつもりはない、アーレンワルドのアーケオン」

「ゲラルト！」キャランセが唇をゆがめ、〝ラヴィクス閣下〟と呼ぶのも忘れて叫んだ。「出過ぎた真似を！　わたしの我慢をためす気か！」

「そしてわたしの我慢も」レインファーンがすごんでみせた。クラフ・アン・クライトがうなると、エイスト・トルシーチが意味ありげに握りしめたこぶしを見せつけた。クラフのうなりがさらに大きくなった。

「いま聞いたように」ゲラルトが言った。「ティグの男爵は、アーケオンがログネル王から受け取ったのと同じ誓いの力によって、両親から引き離された名高き英雄たちの話をした。だが、そんな誓いをほしがる者がどこにいる？　答えはわかっているはずだ、アーレンワルドのアーケオン。それは、誓いを求めた者とその対象――すなわち〈驚きの子〉――とのあいだに強く、決して壊れない結びつきを生む。そんなふうに運命によってやみくもに選ばれた子どもは、とてつもないものを運命づけられる。その子は、運命で結びつけられた相手の人生において信じられないほど重要な役割を演じる。だからこそアーケオン、おまえは今日、返礼を求めに来た。おまえがほしいのはシントラの王座ではない。王女だ」

「きみの言うとおりだ、名も知らぬ騎士よ」アーケオンが大声で笑った。「それこそわたしがほしいものだ！　わが運命の人を渡せ！」

「それは証明されなければならない」とゲラルト。

「疑うのか？　わたしの言葉が真実だと女王が認めたあとで？　きみ自身がそのようなことを言ったあとで？」

「そうだ。なぜならおまえはすべてを話してはいない。ログネル王は〈驚きの法〉の力を、自分の誓いの重大さを知っていた。それでも誓いを立てたのは、法と慣習にそのような誓いを守る力があり、誓いは運命の力がそれを認めたときにしか果たされないと知っていたからだ。おまえには、アーケオン、王女を手にする権利はまだない。おまえが王女を勝ち取れるときは――」

「いつだ？」

「王女がおまえとともにここを去ると同意したときだ。これが〈驚きの法〉の中身だ。誓いを立証するのは親ではなく、子の同意であり、それこそ、その子が運命のもとに生まれた証《あかし》となる。だからおまえは十五年後に戻ってきた、アーケオン、それが、ログネル王が誓いにはっきり示された条件だったからだ」

「きみは誰だ？」

「おれはリヴィアのゲラルト」

「法と慣習の問題に神託を持ちこむリヴィアのゲラルトとは何者だ？」

「彼はほかの誰よりもこの法を知っている」マウスサックがしゃがれ声で言った。「なぜなら、かつて彼自身がそのような子どもだったからだ。ゲラルトは家から連れ去られた――帰ってきた父親の予期せぬ子どもだったからだ。彼は別のことに運命づけられていた。そして運命の力によっていまの彼になった」

「何に？」

「ウィッチャーだ」

あたりをおおう沈黙のなか、衛兵小屋の鐘が鈍い音で真夜中を告げ、誰もが身震いして頭をあげた。マウスサックが驚いてゲラルトを見た。だが、誰よりもおびえ、そわそわしているのはアーケオンだ。籠手におおわれた両手は力なく脇に垂れ、棘のついた兜がぐらぐらと揺れている。

奇妙な、これまでに感じたことのないフォースがいきなり厚く立ちこめ、灰色の霧のように広間を満たした。

「いかにも、ここにいるゲラルトはウィッチャーだ」キャランセが言った。「その仕事は敬意と尊重に値する。夜に生まれる怪物や悪夢、人々をおびやかし、傷つける力によって送りこまれたものから命がけでわれわれを守ってきた。ゲラルトは森や渓谷で待ち受ける恐怖と怪物を殺す。そして、厚かましくもわれわれの屋敷に入りこむものたちを」アーケオンは無言だ。「ならば」女王は指輪をはめた片手をあげて続けた。「〈驚きの法〉をまっとうさせ、おまえが、アーレンワルドのアーケオン、果たされるべきと主張する誓いを果たそうではないか。十二時の鐘が鳴った。おまえの誓いは果たされたはずだ。眉庇をあげよ。わが娘が意志を表明する前に、みずからの運命を決める前に、おまえの顔を見せよ。みなが見たがっている」

アーレンワルドのアーケオンは籠手をはめた片手をゆっくりとあげて、兜の留め具を引っぱり、鉄の角《つの》をつかんでがしゃんと床に放り投げた。誰かが叫び、誰かが毒づき、誰かが口笛のような音を立てて息をのんだ。女王の顔ににやりと悪意に満ちた笑みが浮かんだ。冷酷な勝利の笑みだ。

広い半円状の胸当ての上から、突き出た黒いボタンのような、ふたつの目が見ていた。

その目は、赤っぽい剛毛におおわれた、白く鋭い歯が並ぶ、丸く伸びた鼻づらの両脇についており、頭と首には灰色のぴくぴくする短い棘がびっしり生えている。

「わたしがどんな顔かは、よく知っているはずだ、キャランセどの」化け物が言った。「ログネル王があなたに誓いのことを話したとき、この風貌に触れなかったはずがない。ログネル王は――このような見かけにもかかわらず――アーレンワルドのアーケオンに誓いを立てた。あなたは、陛下、わたしがやってくると知って周到に準備した。あなたの家臣は、〝ログネル王の約束を傲慢で侮蔑に満ちた態度で拒否せよ〟と進言した。ほかの求婚者とわたしを闘わせるこころみが失敗したときのために、右隣には殺し屋ウィッチャーまで控えさせた。そして、とうとう陳腐で下劣な手段に出た。あなたは、キャランセ女王陛下、わたしに恥をかかせようとした。だが、あなたが恥をかかせたのはあなた自身だ」

「そこまで」キャランセは立ちあがり、握りこぶしを腰に当てた。「こんなことはもう終わりだ。パヴェッタ！　目の前に、おまえを自分のものだと主張する人物が、というよりものが立っている。〈驚きの法〉と不変の慣習にしたがい、決めるのはおまえだ。答えよ。ひとことで充分。イエスならば、おまえはこの怪物の所有物となり、獲得物となる。ノーならば二度と会う必要はない」

　広間に脈打つフォースが鉄の万力のようにゲラルトのこめかみを締めあげ、耳のなかでうなり、首筋の毛を逆立てた。テーブルの縁をつかむマウスサックのこぶしの関節が白くなり、一筋の汗が女王の頬を伝い落ちた。テーブルのパンくずが昆虫のように動き、ルーン文字を描き、離れたりくっついたりしながらひとつの言葉を作った。〝気をつけろ！〟

「パヴェッタ！」キャランセが繰り返した。「答えよ。おまえはこの生き物と行くことを選ぶのか？」

　パヴェッタが顔をあげて答えた。「イエス」

　広間を満たすフォースがこだまのように丸天井のアーチのなかでうつろに鳴りひびいた。誰も、誰ひとりとして、かすかな音ひとつ立てた者はいなかった。

　キャランセはゆっくりと玉座に座りこんだ。まったくの無表情だ。

「全員が聞いた」アーケオンの落ち着いた声が沈黙のなかに響いた。「あなたも、キャランセどの。そして、狡猾な刺客のきみもだ、ウィッチャー。わたしの権利は成立した。真実と運命が嘘と巧妙な策略に勝利した。あとは何が残っている、高貴なる女王よ、扮装したウィッチャーよ？　冷たい鋼か？」誰も答えない。「いますぐパヴェッタと一緒に出ていきたいところだが」アーケオンは剛毛を震わせてあごをかちっと鳴らした。「ひとつだけ、ちょっとした楽しみを味わわせてもらいたい。キャランセどの、あなたに娘をここへ連れてきて、彼女の白い手をこの手に渡していただきたい」

キャランセがゆっくりとゲラルトのほうへ顔を向けた。女王の目は命令を告げていた。ゲラルトは動かなかった。空気中で凝縮するフォースが自分に集中するのを感じていた。自分だけに。そしてようやく理解した。女王が目を細め、唇を震わせ……。

「なんだと⁉　これはいったいどういうことだ？」クラフ・アン・クライトがぴょんと立ちあがって叫んだ。「王女の白い手を？　こいつの手に？　姫が、この棘だらけのいまわしきやつと？　この……豚鼻の男と？」

「そしてわたしは、こんな男と騎士らしく闘おうとしていたのか！」レインファーンが口をはさんだ。「このおぞましきものと、この獣《けだもの》と！　犬をけしかけろ！　犬だ！」

「衛兵！」キャランセが叫んだ。

すべてのことが同時に起こった。クラフ・アン・クライトがテーブルからナイフをつかんで椅子をガタンと倒した。エイストの命令に忠実なるドレイグ・ボン＝デューが考えるまもなくバグパイプで力まかせにクラフの後頭部をなぐり、クラフは灰色のソースがかかったチョウザメと豚の丸焼きに残った弓なりのあばら骨のあいだに突っ伏した。アトレのレインファーンが袖から抜いた短剣をきらめかせてアーケオンに飛びかかった。クードクダックがぴょんと立ちあがって丸椅子を蹴り飛ばし、レインファーンはそれを軽やかに飛びこえた。だが、その一瞬の遅れがあれば充分だった。アーケオンはすばやいフェイントでレインファーンをかわし、籠手をはめたこぶしの力強い一撃で膝をつかせた。クードクダックが飛びかかってレインファーンから短剣をもぎとろうとしたが、追跡犬ブラッドハウンドのように太ももにしがみつくウィンドハルム公子に阻止された。

　矛槍と槍で武装した衛兵数人が入口から駆けこんできた。キャランセは威圧的に背筋を伸ばし、尊大で唐突な身振りでアーケオンを指さした。パヴェッタが叫びだし、エイスト・トルシーチが毒づいた。誰もが何をすればいいのかわからぬまま椅子から立ちあがった。

「あの男を殺して！」女王が叫んだ。

　アーケオンは憤然と息を吐いて牙を剝き、襲いかかる衛兵たちに向きなおった。武器はなくても棘のついた鎧がある。矛槍の先はカンと音を立てて跳ね返されたが、その衝撃でアーケオンは後ろ向きに吹き飛んでそのまま真っすぐ、ちょうど起きあがったレインファーンに倒れこんだ。レインファーンはアーケオンの両脚をつかんで動きを封じた。アーケオンはうなり、頭に次々に振りおろされる刃を鉄の肘甲《ちゅうこう》でかわした。レインファーンが短剣を突き立てたが、刃は胸当てをすべり落ちた。衛兵たちが槍の柄を十字に交差させ、ついにアーケオンを彫り物のある煙突に押さえつけた。アーケオンの腰帯にぶらさがっていたレインファーンが鎧の隙間に短剣を突き刺し、アーケオンが身を丸めた。

「ダニーーーーー！」パヴェッタが金切り声をあげ、椅子の上にぴょんと乗った。

ゲラルトは剣を手にテーブルに飛び乗ると、皿や料理や酒杯を蹴り飛ばし、もみ合う男たちに向かって走った。もう時間がない。パヴェッタの悲鳴がますます異様な響きを帯びてきた。レインファーンがふたたび短剣を振りあげた。

その瞬間、ゲラルトがテーブルから身を躍らせ、かがみながら斬りつけた。レインファーンは痛みに泣き叫び、よろよろと壁に倒れかかった。ゲラルトはその場で回転すると、鋭い槍の穂先でアーケオンの前垂れと胸当てのあいだをねらっていた衛兵を剣のまんなかで斬りつけた。衛兵は兜を失い、床にくずおれた。さらに多くの衛兵が入口からなだれこんだ。

「なんたる無礼！」エイスト・トルシーチが椅子をつかんで叫ぶや、すさまじい力で床に叩きつけ、椅子の残骸をつかみ、アーケオンに襲いかかる衛兵たちに飛びかかった。

アーケオンは同時に二本の矛槍の返しを突きつけられ、がちゃりと音を立てて倒れ、床を引きずられながらわめき、怒り狂った。三人目の衛兵が槍を構えたそのとき、ゲラルトの剣の切っ先が衛兵のこめかみを切り裂いた。アーケオンを引きずっていた兵たちは矛槍を投げてさっと飛びのき、入口から駆けこんだ衛兵たちは、魔法の剣バルマーを手にした伝説のザトレット・ヴォルタよろしく椅子の残骸を振りまわすエイストからあとずさった。

パヴェッタの悲鳴が頂点に達し、ふいに途切れた。ゲラルトはこれから起こることを察知し、緑色の閃光を警戒しながら床に伏せた。耳に耐えがたい痛みを感じ、すさまじい破壊音と、いくつもの喉から発せられる恐怖の悲鳴が聞こえた。そしてパヴェッタ王女の単調で、震えるような泣き声が。

テーブルが皿と料理をそこらじゅうにまき散らして回転しながら宙に浮かび、重い椅子がいくつも広間を飛びまわって壁に激突した。タペストリーと掛け物がはためき、もうもうとほこりを巻きあげた。入口のほうから、叫び声と、矛槍の柄が小枝のように折れる乾いた音が聞こえた。

キャランセの座っていた椅子が浮きあがって矢のように広間を横切り、ばきっと壁にぶつかってばらばらに壊れ、女王はぼろ人形のように床にすべり落ちた。からくも立ちあがったエイスト・トルシーチが突進して女王を腕に抱えあげ、壁と床から飛び散る雹《ひょう》のような破片から身を挺して守った。

ゲラルトはメダルを片手で握り、出せるかぎりの速さでマウスサックのほうへすべり寄っていこうとした。マウスサックは奇跡的になおも膝をつき、先端にネズミの頭蓋骨がついたサンザシの短い杖をかかげている。その背後の壁では、包囲されて燃える〈オルタゴーの要塞〉を描いたタペストリーが本物の炎で燃えていた。

パヴェッタが泣き叫び、向きを変えるたびに、その声がムチのようにあらゆるものと人を打ちすえた。立とうとする者は床に転び、あるいは壁に叩きつけられた。たくさんの櫂と上方に突き出た船首がついた、舟形の銀のソース入れがひゅんと音を立ててゲラルトの目の前を飛んでいき、それを避けようとした名前を忘れたどこかの領主を突き倒した。テーブルが天井の下でぐるぐる回転し、漆喰が静かに降りそそぎ、テーブルの上に張りつくクラフ・アン・クライトがひどい悪態を叫んだ。

　ゲラルトはマウスサックのすぐ横に這い寄り、ストレプト卿の息子フォドキャットとビール樽、ドロゴダルと椅子一脚、そしてドロゴダルのリュートからなる山の背後に隠れた。

「純粋なる原初のフォースだ！」ドルイドが騒乱と騒音に負けないような声で叫んだ。

「本人も制御できない！」

「わかっている！」ゲラルトがどなり返した。縞模様の羽根がいまも臀部《でんぶ》に突き刺さったキジの丸焼きがどこからともなく落下し、ゲラルトの背中に当たった。

「王女を抑えなければ！　壁が壊れはじめた！」

「見ればわかる！」

「準備はいいか？」

「ああ！」

「いち！　に！　いまだ！」

二人は同時にパヴェッタに体当たりした。ゲラルトは〈アードの印《いん》〉をかかげ、マウスサックは床をも解かす、すさまじい三段階の強力な呪文を唱えながら。王女が座面に立っていた椅子は木端微塵《こっぱみじん》になったが、パヴェッタは――透きとおった緑色の球のなかに浮かび――気づいてもいない。叫ぶのをやめもせず、二人のほうに頭を向けた。小さな顔がゆがみ、不気味なしかめ面《つら》になった。

「これはなんという――！」マウスサックが叫んだ。

「あぶない！」ゲラルトが身を丸めて叫んだ。「遮断しろ、マウスサック！　さもないとおれたちは終わりだ！」

テーブルがどすっと床に落下し、脚と、その下にあるものすべてが粉々になった。テーブルの上にへばりついていたクラフ・アン・クライトは空中に投げ出され、皿と料理の豪雨が降りそそぎ、クリスタルガラスの酒瓶が床に落ちて砕けた。天井蛇腹《コーニス》が稲妻のような音で壁から剝がれ落ち、城の床を揺らした。

「すべてが崩壊する！」マウスサックが叫び、杖をパヴェッタに向けた。「フォース全体が落ちてくる！」

ドルイドに向かってまっすぐに飛んできた大きな二叉のフォークを剣でかわしながら、ゲラルトが叫んだ。

「遮断しろ、マウスサック！」

　エメラルドの目が二人に向けて二本の緑色の閃光を放った。閃光はよりあわされ、その中心部から目もくらむような渦巻く漏斗《ろうと》になり、フォースが——頭蓋骨を破裂させ、目を飛び出させ、息をも止める破城槌のように——落ちてきた。と同時にガラス、陶器や皿、燭台、骨、かじりかけのパン、厚板、薄板、暖炉のくすぶる薪が降りそそいだ。城代ハクソがオオライチョウのような鋭い声で叫びながら頭上を飛んだ。茹でた鯉の巨大な頭がゲラルトの胸にぶつかり、フォーホーン国の右前足を踏み出す黒い熊と乙女に飛び散った。

　そのときゲラルトは、マウスサックの壁をも砕くような呪文の向こうから、自分の叫び声とケガをした者たちのわめき声と喧噪と衝突音と騒音の向こうから、そしてパヴェッタの泣き叫ぶ声の向こうから、すべてをしのぐようなすさまじい音を聞いた。

　見ると、膝をついたクードクダックが両手でドレイグ・ボン＝デューのバグパイプを抱きしめ、頭をのけぞらし、袋《バグ》の爆音もかなわぬ声であらゆる動物の鳴き声を——ひとが知っていようが知るまいが、飼われていようが野生だろうが架空だろうがかまわず、めちゃくちゃにわめいていた。

　パヴェッタはおびえて黙りこみ、口をぽかんと開けて男爵を見た。ふいにフォースが弱まった。

「いまだ！」マウスサックが叫び、杖を振りまわした。「行くぞ、ウィッチャー！」

二人が王女に突進した。王女を包んでいた緑色の球はその衝撃で石けんの泡のようにはじけ、広間じゅうに荒れ狂うフォースにたちまち吸いこまれた。パヴェッタはどさりと床に座りこんで泣きはじめた。

大混乱のあとの、つかのまの静寂が耳に響き、やがて残骸と破壊、こわれた家具と動かない体の向こうから苦しげな声が洩れはじめた。

「いかれケツ野郎のグールもどきのくそったれ《クァフ・オブ・アルス・グール・イ・バドレイ・マル・アン・クァフ》」クラフ・アン・クライトが切れた唇から流れる血を飛び散らせ、吐き捨てるように言った。

「わきまえよ、クラフ」マウスサックが体の前からソバの実を払いながら、苦しげに言った。「ご婦人がたの前だ」

「キャランセ。愛する人よ。わがキャランセよ！」エイスト・トルシーチがキスの合間に呼びかけた。

女王は目を開けたが、エイストの腕から身を振りほどこうとはしなかった。

「エイスト。みなが見ている」

「見せればいい」

「いまのがなんだったのか、説明できる者はいるか？」ヴィセゲルド元帥が落ちたタペストリーの下から這い出してたずねた。

「いない」ゲラルトが言った。

「医者を！」アトレのウィンドハルム公子がレインファーンをのぞきこみ、金切り声をあげた。

「水を！」ストレプト家の三兄弟の一人ウィールドヒルがくすぶるタペストリーを上着で消しながら叫んだ。「水だ、急げ！」

「ビールもだ！」クードクダックががらがら声で言った。

かろうじて立っていた数人の騎士がパヴェッタを抱えようとしたが、王女は彼らの手を押しやって自分で立ちあがり、おぼつかない足取りで暖炉に近づいた。アーケオンが壁を背に座り、血に染まった鎧をぎこちない手つきで脱ごうとしていた。

「近ごろの若い者は」マウスサックが二人のほうを見やり、あきれたように鼻を鳴らした。「始めるのが早い！　頭のなかにはそのことしかないのか」

「なんのことだ？」

「きみは、ウィッチャー、誰にも触れられていない生娘《きむすめ》はフォースを使えないことを知らないのか？」

「生娘かどうかなどどうでもいい」ゲラルトはつぶやいた。「そんなことより、パヴェッタはどこからあのような能力を得た？　キャランセでもなく、ログネルでもなく――」

「隔世遺伝だ、間違いない」ドルイドは言った。「王女の祖母アダリアは眉を動かすだけで跳ね橋をあげることができた。おい、ゲラルト、あれを見ろ！　女王はまだやりたりないのか！」

エイスト・トルシーチの腕にささえられたキャランセが衛兵たちを見やり、ケガをしたアーケオンを指さした。ゲラルトとマウスサックがあわてて近づいたが、そうするまでもなかった。衛兵たちは壁にもたれる男から身を引き、ぶつぶつ言いながらあとずさった。

アーケオンの怪物じみた鼻が丸くなり、ぼやけ、輪郭が消えはじめていた。剛毛と棘は波打ち、黒く光ってうねる髪の毛とあごひげになり、色白で、角ばった、大きな鼻を持つ精悍な顔を縁取った。

「なんと……」エイスト・トルシーチが言いよどんだ。「誰だ？　アーケオンか？」

「ダニーよ」パヴェッタが小さく答えた。

キャランセは唇を引き結んで顔をそむけた。

「呪いがかかっていたのか？」エイストがつぶやいた。「でも、どうやって――」

「十二時になった」ゲラルトが言った。「たったいま。さっきの鐘は早すぎた。鐘つき係の間違いだ。そうだろう、キャランセ女王？」

「いかにも」ダニーと呼ばれた男が、答える気のない女王の代わりにうなるように言った。「だが、話をする前に誰か鎧を脱ぐのを手伝い、医者を呼んでくれ。あのいかれたレインファーンにあばらの下を刺された」

「医者を呼ぶ必要がどこにある？」そう言ってマウスサックが杖をかかげた。

「そこまで」キャランセが背筋を伸ばし、誇らしげに頭をあげた。「もう充分だ。これがすべて終わったら、わたしの部屋へ来てもらいたい。ここにいるそなたたち、エイスト、パヴェッタ、マウスサック、ゲラルト、そして……ダニー。マウスサック？」

「はい、陛下」

「そなたのその杖……。背骨を傷めたようだ。おそらくそのあたりを」

「仰せのままに、陛下」

Ⅲ

「……呪いは」ダニーはこめかみをさすりながら続けた。「生まれたときからです。理由も、誰がかけたかもわからない。真夜中から夜明けまではふつうの男で、夜明けが来ると……見てのとおりです。わが父アケルスパークはこの事実を隠そうとした。メクトの人々は迷信深く、王家にかけられた魔法や呪いは王朝がほろびる要因になりかねないと。そこで父に仕える騎士の一人がわたしを宮廷から連れ出し、育てた。わたしたちは遍歴の騎士と従者として世界じゅうをめぐり、騎士が死んだあとはひとりで旅をした。〈驚きの子〉が呪いを解くと教えてくれたのが誰だったかはおぼえていない。それからしばらくしてログネル王に会った。その先は知ってのとおり」

「知っていること、もしくは想像できることね」キャランセがうなずいた。「でも、まさかおまえがログネルと交わした約束の十五年を待たずに娘を振り向かせていたとは。パヴェッタ！　いったいいつから？」

　王女はうなだれ、指を一本立てた。

「なんてこと。この小さな女魔法使い。わたしの鼻先で！　いったい誰が夜中にアーケオンを城に入れたのやら！　一緒にサクラソウを摘みに出かけた女官ね。サクラソウが聞いてあきれる！　さあ、おまえをどうしてやればいい？」

「キャランセ――」エイストが言葉をはさんだ。

「待って、トルシーチ。まだ話は終わっていない。ダニーよ、事態は非常にこみいっている。おまえとパヴェッタが恋仲になって一年、それでどうなった？　なんの変化もない。

つまりおまえは間違った父親と誓いを交わしたということだ。運命はおまえをもてあそんだ。なんたる皮肉――ここにいるリヴィアのゲラルトならそう言うだろう」

「運命も誓いも皮肉もどうでもいい」ダニーは顔をゆがめた。「わたしはパヴェッタを愛し、パヴェッタもわたしを愛している――大事なのはそれだけです。誰にもわたしたちの幸せの邪魔はさせない」

「わたしにはできる、ダニー、どうやるか見せてやってもいい」キャランセは得意の揺るがぬ笑みを浮かべた。「わたしにその気がないことを幸運と思いなさい。おまえには借りがある、ダニー。心は決まった……おまえにゆるしを乞うべきところだが、それはしたくない。だからおまえにパヴェッタをあたえる、これであいこだ。パヴェッタ？　おまえの気持ちは変わらないのか？」

　王女が激しく首を横に振った。

「ありがとうございます、陛下。感謝します」ダニーがほほえんだ。「あなたは賢く、寛大な女王であられる」

「言われるまでもない。そして美しい」

「そしてお美しい」

「二人とも望むならばシントラにいてかまわぬ。ここの人々はメクトの臣民ほど迷信深くはない。なんにでもすぐに慣れる。それに、おまえはアーケオンであったときも実に好ましかった。だが、すぐに王座につけると思ってはならない。もうしばらく、わたしはシントラの新しい王の隣でこの国を治める。スケリッジの気高きエイスト・トルシーチがじつに興味深い申し出をしてくれた」

「キャランセ――」

「ええ、エイスト、申し出を受け入れます。玉座の破片に囲まれ、床に横たわった状態で告白されるとは夢にも思わなかったけれど……。おまえはさっきなんと言った、ダニー？〝大事なのはそれだけだ。誰にもわたしたちの幸せの邪魔はさせない〟。そなた、何をそんなにじろじろ見ている？　わたしはそなたが思うほど年ではない」

「近ごろの若い者は」マウスサックがつぶやいた。「この親にしてこの娘――」

「何をぶつぶつ言っている、魔法使いよ？」

「なんでもございません、陛下」

「よろしい。話のついでに、マウスサック、そなたに提案がある。パヴェッタには指南役が必要だ。あの娘《こ》は自分の能力を制御するすべを学ばなければならない。わたしはこの城を愛している。このまま建っていてほしい。わが有能なる娘が次にヒステリーの発作を起こしたらばらばらになりかねない。どうだ、ドルイド？」

「光栄です」

「どうやら」――女王が窓のほうを向き――「夜が明けたようだ。そろそろ――」

ふいに女王は、手を取り合い、額をくっつけ合わんばかりにささやき合うパヴェッタとダニーを振り返った。

「ダニー！」

「はい、女王陛下」

「聞こえたか？　夜が明けた！　すでに朝の光が。でも、おまえは……」

ゲラルトがマウスサックをちらっと見やり、二人は声をそろえて笑いだした。

「二人とも何がそんなにうれしい、魔法使いたちよ？　おまえたちには見えないの――？」

「見えるとも」ウィッチャーが答えた。

「陛下が自分の目でごらんになるまで待っておりました」マウスサックが小さく笑った。

「いつお気づきになるかと」

「何に？」

「呪いを解いたことに。あなたが呪いを解いたのだ」ゲラルトが言った。「あなたが〝おまえにパヴェッタをあたえる〟と言った瞬間、運命はまっとうされた」

「いかにも」ドルイドがうなずいた。

「おお、神よ」ダニーがゆっくりと言った。「ああ、ついに。なんてことだ、ここで喇叭《らっぱ》か何かが鳴ればもっといいんだが……。なんという慣習の力よ。陛下！　感謝します。パヴェッタ、聞いたか？」

「ええ」王女は目を伏せたまま答えた。

「さて」キャランセはため息をつき、疲れた目でゲラルトを見た。「終わりよければすべてよし。そうではないか、ウィッチャー？　呪いは解かれ、ふたつの婚礼が進行中で、広間の改修にはほぼひと月かかり、四人が死に、数えきれないほどの負傷者が出て、アトレのレインファーンは半死状態。祝おうではないか。知っているか、ウィッチャー？　ある時点でわたしはおまえを――」

「知っている」

「しかし、いまはおまえを公正にあつかわねばならぬときだ。わたしは結果を求め、それを手にした。シントラはスケリッジと同盟を結び、娘は結婚にふさわしい男を見つけた。結局のところ、おまえを宴に呼んで隣に座らせずとも、すべては運命のままになされたと思った瞬間もあった。だがそうではなかった。レインファーンの短剣が運命を変えていたかもしれない。レインファーンは、一人のウィッチャーがかかげた剣によって阻止された。

おまえは誠実な仕事をした、ゲラルト。そこで値段の問題だ。ほしいものを言うがいい」

「待ってください」ダニーが包帯を巻いた脇腹をいじりながら言った。「陛下はいま、値段の問題と言われた。借りがあるのはわたしです、わたしが――」

「口をはさむでない」キャランセが目を細めた。「おまえの義母は口をはさまれるのが嫌いだ。おぼえておくがいい。それから、言っておくが、おまえはなんの借りもない。たまたまわたしとゲラルトの合意の対象になっただけだ。あいこだと言ったであろう。これから永遠におまえにあやまりつづけるつもりはない。だが、合意にはいまも効力がある。さあ、ゲラルト。おまえの値段を」

「わかった」ゲラルトは言った。「あなたの緑色の肩帯をいただきたい。それを見るたびに、これまで出会ったなかでもっとも美しい女王の瞳の色を思い出すだろう」

　キャランセは声を立てて笑い、エメラルドの首飾りをはずした。

「この首飾りには肩帯とよく合う色の石がついている。これを思い出とともにおまえに」

「話をしてもよろしいですか？」ダニーがおずおずとたずねた。

「もちろんだ、義理の息子よ、遠慮なく」

「それでもわたしには借りがある、ウィッチャー。わたしはレインファーンの短剣であやうく命を落とすところだった。きみがいなければ衛兵に刺し殺されていたかもしれない。

値段の話であれば、わたしこそ払うべきだ。必ず応えてみせる。何がほしい、ゲラルト？」

「ダニー」ゲラルトはゆっくりとした口調で、「そのような質問をされるウィッチャーは、もういちど繰り返してもらわねばならない」

「ならば繰り返す。きみには別の理由でも借りがあるからだ。広間できみの素性を知ったとき、わたしはきみを憎み、悪人だと思った。見境のない、血に飢えた手先で、なんの疑いもなく冷酷に人を殺し、剣の刃から血をぬぐい、カネを数える男だと思った。だが、ウィッチャーの仕事は尊敬に値するとわかった。きみは闇にひそむ悪からだけでなく、われわれ自身のなかにある悪意からも守ってくれた。きみたちの数が少ないのが残念だ」

　キャランセがほほえんだ。

　その晩、初めてゲラルトはそれが本物の笑みだと信じそうになった。

「義理の息子はよく言った。その言葉にもうふたつだけ加えさせて。きっかり、ふたつだけ。〝ゆるせよ、ゲラルト〟」

「だからもういちどきく」ダニーが言った。「何がほしい？」

「ダニー」ゲラルトは真剣な口調で答えた。「キャランセ女王、パヴェッタ王女、そして未来のシントラ国王になる正義の騎士トルシーチよ。ウィッチャーになるには運命の陰のなかに生まれなければならず、そのように生まれる者はほとんどいない。だからウィッチャーは数が少ない。われわれは、自分たちの知識や能力を誰に伝えることもなく老い、死んでゆく。後継者がいないのだ。そしてこの世は〈悪〉に満ち、ウィッチャーが一人もいなくなる日を待っている」

「ゲラルト」キャランセがつぶやいた。

「いかにも、あなたが考えておられるとおりだ、陛下。ダニーよ！　おまえがすでに持っていながら、そうと知らないものをいただく。六年後、運命がおれにやさしかったかどうかを確かめるため、おれはシントラに戻ってくる」

「パヴェッタ」ダニーが大きく目を見開いた。「まさか、きみは――」

「パヴェッタ！」キャランセが大声をあげた。「おまえ……本当に――？」

王女は目を伏せて顔を赤らめ、そして答えた。

理性の声5

「ゲラルト！　ねえ！　そこにいるの？」

ゲラルトは前日から読んでいた――議論の余地はあるが興味深い――ロデリック・ド・ノヴェンブレ著『世界の歴史』の硬くて黄ばんだページから顔をあげた。

「ああ、ここだ。どうした、ネンネケ。何か用か？」

「来客よ」

「またか？　今度は誰だ？　ヘレヴァルド大公か？」

「いいえ。こんどはダンディリオンよ、お友だちの。あの、のらくら者の、居候の、ろくでなしの、芸術の使徒にしてバラッドと愛の詩の輝ける星。いつものように名声で輝き、豚の膀胱《ぼうこう》みたいに胸を張って、ビールのにおいをぷんぷんさせている。会いたい？」

「もちろん。なんといってもわが友人だ」

ネンネケは怒った顔で肩をすくめた。

「その友情だけは理解できないわ。あなたとはまるで正反対」

「反対だから惹かれる」

「そのようね。ほら、来た」ネンネケがあごをしゃくった。「名高き詩人が」

「ダンディリオンは実際に名高き詩人だ、ネンネケ。やつのバラッドをいちども聞いたことがないとは言わせない」

「聞いたわ」巫女は顔をしかめ、「ええ、たしかに。あまりよくはわからないけれど、胸を打つ抒情《リリシズム》から、いとも簡単にわいせつに飛躍する能力は天賦《てんぷ》の才かもしれない。気にしないで。悪いけど、わたしは付き合えない。彼の詩も下品な冗談も聞く気分じゃないの」

けたたましい笑い声とリュートの音が廊下に響き、袖口がレースのライラック色のジャーキンに、帽子を斜めにかぶったダンディリオンが図書室の戸口に現れた。吟遊詩人はネンネケの姿を見て、サギの羽根のついた帽子が床に触れんばかりに大仰なお辞儀をした。

「わが心からの敬意を、高徳なる母よ」わざとらしい鼻にかかった声だ。「称えよ、偉大なるメリテレを、その巫女たちを、美徳と知恵の泉を——」

「くだらないおしゃべりはやめて」ネンネケが鼻を鳴らした。「それからわたしを〝母〟

と呼ばないで。あなたが息子と考えただけでぞっとするわ」

ネンネケはそう言って踵《きびす》を返し、長衣《ちょうい》を床にこすらせながら立ち去った。ダンディリオンは巫女を真似てお辞儀した。

「ネンネケは少しも変わらないな」ダンディリオンは陽気に言った。「あいかわらず冗談が通じない。ここに着いたとき、門番とちょっと話をした。金髪のきれいな娘で、まつげが長く、乙女の三つ編みを、つまなければ罪になりそうな小さなかわいいお尻まで垂らしていた。だからそうしたら、ちょうどそこにネンネケが現れて……。ああ、なんたる災難よ。やあ、ゲラルト」

「よく来たな、ダンディリオン。なぜここにいるとわかった？」

ダンディリオンは背筋を伸ばし、ズボンを引っぱりあげた。

「ぼくはヴィジマにいた。ストリガと、きみのケガの話を聞いた。傷の治療に向かう場所くらい想像がつく。ずいぶんよくなったようだな」

「ああ、そのとおり。ネンネケにもそう納得させてやってくれ。まあ座れ、話をしよう」

ダンディリオンは腰をおろし、書見台に載った本をのぞきこんで笑みを浮かべた。

「歴史書か？　ロデリック・ド・ノヴェンブレ？　ぼくも読んだことがある、たしかに。オクセンフルトのアカデミーで学んでいたとき、歴史は二番目に好きな科目だった」

「一番目はなんだ？」

「地理だ」詩人は真顔で言った。「地図帳は歴史書よりも大きく、ウォッカの瓶を隠すのにちょうどよかった」

ゲラルトは乾いた声で笑って立ちあがると、書棚からルニンとティルスが著した『魔法と錬金術の不思議な謎』を抜き取り、大部の著作の後ろから藁でくるんだ胴の丸い瓶を日光のなかに取り出した。

「ほう」ダンディリオンがぱっと顔を輝かせた。「いまも図書室には知恵とひらめきが隠されているらしい。おお！　こいつはいい！　スモモ酒じゃないか。まさに、これこそ本物の錬金術。これぞ研究に値する賢者の石だ。きみの健康を祝して、兄弟よ。おおお、なんて強い酒だ！」

「どうしてここに？」ゲラルトはダンディリオンから細首瓶を取り、ひとくち飲んで咳きこみ、包帯を巻いた首を触った。「これからどこへ行く？」

「当てはない。きみが行くならどこへでも付き合おう。ここには長くいるのか？」

「いや。地元の大公に嫌われたようだ」

「ヘレヴァルドか」ダンディリオンはヤルーガ川からドラゴン山脈にいたる、すべての王と王子、貴族と領主を知っている。「気にするな。あの男には、ネンネケもメリテレも相手にする度胸などない。そんなことをしたらやつの城に火がつけられる」

「面倒は起こしたくない。いずれにせよここには長くいすぎた。おれは南へ行く、ダンディリオン。はるか南へ。ここで仕事は見つからない。文明都市だ。こんなところで誰がウィッチャーを必要とする？　雇ってほしいと頼もうものなら、異常者を見るような目で見られるだけだ」

「なんの話だ？　文明だと？　一週間前にブィナ川を渡ったが、馬で行く途中でありとあらゆる話を聞いた。どうみてもあそこには水の精に多足類、キマイラに空飛ぶドレイク、考えられるかぎりの悪《あ》しきものたちがいる。あそこに行けば耳まで仕事に埋まるはずだ」

「そんな話はおれも聞いた。半分は作り話か、ほら話だ。いや、ダンディリオン。世界は変わりつつある。何かが終わろうとしている」

　ダンディリオンは酒瓶から長々と飲んで目を細め、ふうっとため息をついた。

「またしてもきみはウィッチャーの悲運を嘆いているのか？　しかも哲学者ぶって？　ぼくに言わせれば、それは不適切な文学の破滅的影響だな。なぜなら、世界が変わりつつあるという事実は、あのおいぼれロデリック・ド・ノヴェンブレさえ思いついたことだから。世界の可変性は、偶然にも、この論文のなかで唯一賛同できる理論だ。だが、それはきみがぼくに質問を浴びせ、偉大なる思索者の顔をするほど革新的なものではない――何よりきみにはまったく似合わない」

　答えるかわりにゲラルトは酒をひとくち飲んだ。

「ああ、いかにも」ダンディリオンはまたしてもため息をつき、「世界は変わりつつあり、太陽は沈み、ウォッカは終わりに近づいている。きみの意見では、ほかに何が終わろうとしている？　さっき、終わりについて何か言っただろう、哲学者よ」

「いくつか例をあげよう」短い沈黙のあとでゲラルトは始めた。「すべてこの二ヵ月のあいだにブィナ川のこちら側で起こったことだ。ある日、馬に乗っていたら何を見たと思う？　橋だ。その橋の下に一匹のトロールが座り、渡る人すべてに通行料を求めている。拒んだ者は片脚、ときには両脚にケガを負う。そこでおれは町議のもとに出向く。〝あのトロールを殺せばいくらになる？〟。町議は驚き、こう言う。〝何を言っている？　トロールがいなくなったら誰が橋の修理をする？　トロールは定期的に橋を修理している――額に汗して、りっぱに、一流の仕事を。しかもトロールに通行料を払うほうが修理代より安い〟。さらに進むと、何を見たと思う？　フォークテイルだ。さほど大きくはない。鼻先からしっぽの先まで四メートルほどの。そいつが鉤爪で羊をつかんで飛んでいる。おれは村へ行き、〝フォークテイルを殺したらいくらになる？〟とたずねる。すると村人はみなひざまずいて叫ぶ。〝やめてくれ！　あれはここの男爵の末娘がかわいがっている竜《ドラゴン》だ。背中の鱗一枚でも落ちたら村を焼かれ、おれたちは皮をはがれる〟。馬で進むにつれておれはますます腹が減り、仕事を求めてたずねまわる。もちろんあるにはある、だが、どんな仕事だ？　ある男のために水の精をつかまえてくれ、別の誰かのためにニンフを、別の誰かのために木の精を……。連中は完全に頭がどうかしていた。村には娘が山ほどいるのに、人の姿をした妖精を求めるとは。また別の男は、メコプテランを殺して、その手の骨を持ってこいと言う。砕いてスープに入れると勃起不全が治ると——」

「でたらめだ」ダンディリオンがさえぎった。「ためしてみたが、効き目はない。スープが古い靴下の味になるだけだ。だが、みながそれを信じ、カネを払いたがるのなら——」

「メコプテランを殺す気はない。ほかの無害な生き物と同様に」

「だったらきみは腹が減るばかりだ。仕事の筋を変えないかぎり」

「何に変えろと？」

「なんでもいい。聖職者はどうだ。きみのその良心と倫理観、あらゆる人々、あらゆる事象に関する知識があれば見込みはある。神というものをいっさい信じないという事実も問題にはならない——神を信じない聖職者はけっこういるものだ。聖職者にでもなって、自分を憐れむのはやめろ」

「憐れんではいない。事実を述べているだけだ」

ダンディリオンは脚を組み、すり切れた靴底をしげしげと見た。

「それで思い出すのは、ゲラルト、人生も終わりに近づいた老漁夫が、魚が臭くて、海風にあたると骨が痛むことに気づくという話だ。筋道を立てて考えろ。どんなに話し、悔やんでもしかたない。もし、詩に対する欲求が終わりに近づいていると気づいたら、ぼくはリュートを壁にかけて庭師になろう。そしてバラを育てる」

「バカな。おまえが詩を手放せるものか」

「まあ、無理だろうな」ダンディリオンは靴底を見つめたままうなずいた。「だが、きみとぼくの仕事は少し違う。詩とリュートの響きを求める声は決して減りはしない。きみの仕事のほうが状況は厳しい。きみたちウィッチャーは結局のところ、ゆっくりと、しかし着実にみずからの仕事を奪っている。より手際よく、より熱心に働けば働くほど仕事は減ってゆく。なにせ、きみたちの最終目的は怪物のいない平和で安全な世界だ。ウィッチャーなどいらない世界。逆説的じゃないか」

「たしかに」

「昔、まだ一角獣《ユニコーン》が存在したころ、彼らをつかまえるために処女を守る娘たちがたくさんいた。おぼえているか？　あるいはネズミ捕りの笛吹き男を。誰もが彼らを奪い合った。だが、錬金術師と強力な毒薬の登場で、あるいは飼いならされたフェレットやイタチによってネズミ捕り屋の役目は終わった。小動物のほうが安く、手軽で、ビールをがぶ飲みしないからだ。このたとえはわかるか？」

「ああ」

「だから、他人の経験を利用すればいい。ユニコーン乙女たちは、仕事がなくなるとすぐに処女を捨てた。長年の犠牲を埋め合わせようと、その技と熱心さで広く名を知られるようになった者もいた。ネズミ捕り屋は……これは真似しないほうがいい。一人残らず酒に手をつけ、落ちぶれた。ここでようやくウィッチャーの番だ。きみはロデリック・ド・ノヴェンブレを読んでいる、だろ？　ぼくの記憶が確かなら、ウィッチャーに関する記述があるはずだ――約三百年前に最初に仕事を始めたウィッチャーについて。農民たちが収穫物を刈り取りに行くのに武装していたころ、村々が三重の矢来《やらい》に囲まれていたころ、隊商が正規軍の行進のようだったころ、石をこめた投石機が数少ない町の城壁に昼も夜も据えられていたころの話だ。というのも、ここでの侵入者はわれわれ人類だった。この地は竜、マンティコア、グリフィン、双頭ヘビ、吸血鬼、人狼、ストリガ、キキモラ、キマイラ、空飛ぶドレイクが支配していた。それがやがて少しずつ彼らから奪われていった――あらゆる谷が、峠が、森や牧場が。ウィッチャーの貴重な助けがなければ、とてもなしえなかった。だが、そんな時代は過ぎた、ゲラルト、もう取り戻せない。男爵はフォークテイルを殺すなと言う。なぜならそれは周囲数千キロのなかに一匹しかいない最後の飛竜種《ドラコニド》で、もはや恐怖ではなく、過ぎ去った時代に対する同情と懐かしさを呼び起こすものだからだ。橋の下のトロールは人間とうまくやっている。もはや子どもを怖がらせる怪物ではない。過去の遺物で、地元の呼び物で、役にも立つ。キマイラは、マンティコアは、双頭ヘビはどうだ？　原始の森や誰も近づけない山のなかに棲み――」

「だからおれの言ったことは正しい。何かが終わろうとしている。好むと好まざるとにかかわらず、何かが終わりに近づいている」

「きみにそんな陳腐なセリフを吐いてほしくはない。そんなことを言うときの表情も気に食わない。いったいどうした？　いつからそんな人間になった、ゲラルト？　ああ、うっとうしい。だったらいますぐ南へ行こう、あの未開の国々へ。二、三匹、怪物を斬り殺したら、きみの憂鬱も消えるだろう。それに、あそこにはかなりの数の怪物がいるはずだ。聞けば、かの地では、老婆が人生に飽きたら、ひとりで武器も持たずに森に入って柴《しば》を集めるそうだ。そうすれば怪物が確実に終わりにしてくれる。南へ行って定住すればいい」

「そうかもしれん。だが、やめておく」

「なぜだ？　ウィッチャーはあそこのほうが楽にかせげる」

「かせぐのは楽かもしれない」ゲラルトは酒瓶からひとくち飲んだ。「だが、使うのは難しい。それに、南の連中は精白大麦と雑穀を食べ、ビールは小便の味がして、娘は風呂に入らず、蚊は噛みつく」

ダンディリオンはくくっと笑い、本棚の革とじ本を枕にした。

「雑穀と蚊か！　初めてきみと二人で世界の果てに行ったときを思い出した。おぼえているか？　ぼくらはグレトの祭りで初めて出会い、ぼくはきみに説得されて——」

「おまえがおれを説得したんだ！　おまえは馬が走れるだけ速くグレトから逃げなければならなかった。おまえが楽団の演台の下ではらませた娘に屈強な兄弟が四人もいたからだ。連中は、おまえを去勢し、松脂《まつやに》とおがくずまみれにして燃やしてやるとおどしながら町じゅうを探しまわった。だから、おまえはあのときおれにすがりついた」

「そしてきみは連れができて飛びあがらんばかりに喜んだ。それまで、きみの連れは馬だけだったからな。だが、きみの言うとおり、あのときはたしかにそうだった。ぼくはしばらく身を隠さなければならず、〈花の谷〉はそれにうってつけの場所に思えた。なにしろそこは人が住む世界の果てで、文明の最後の前哨地で、ふたつの世界の境界にあるもっとも遠い場所だと思われていたから……。おぼえているか？」

「おぼえているとも」

世界の果て

I

　ダンディリオンは泡があふれる大きなジョッキをふたつ抱えて宿屋の階段をそろそろと下り、好奇心剝き出しの子どもたちのあいだを小声で毒づきながらすり抜け、牛糞を避けて庭を斜めに横切った。

　ウィッチャーが村議と話をしている中庭のテーブルのまわりには、すでに多くの村人が集まっていた。ダンディリオンはジョッキを置いて座り、自分が少し席をはずしたあいだも会話は少しも進展していないのに気づいた。

「おれはウィッチャーだ、村議」ゲラルトは唇からビールの泡をぬぐい、もう何度も口にした言葉を繰り返した。「何も売らない。徴兵もしないし、鼻疽《びそ》の治しかたも知らない。おれはウィッチャーだ」

「ひとつの職業だ」ダンディリオンが言い添えた。「ウィッチャー、わかるか？　ストリガや亡霊を殺す。あらゆる害獣を始末する。職業として、カネのために。わかるか、村議よ？」

「なんだ！」考えこんでいた村議の険しいしかめ面《つら》が和らいだ。「ウィッチャーか！　最初からそう言えばいいものを！」

「まったくだ」とゲラルト。「そこでききたい。このあたりにおれの仕事はないか？」

「ああ」村議はまたしても考えこむ表情になった。「仕事？　その……なんだ……化け物か？　このあたりに化け物がいないかってことだな？」

　ゲラルトは笑みを浮かべてうなずき、こぶしでむずがゆい瞼《まぶた》をこすった。

「いるにはいる」村議はしばらくしてようやく答えた。「あそこを見ろ、あの山脈が見えるか？　あそこにはエルフが住んでて、連中の王国がある。やつらの宮殿は、いいか、何もかも純金でできてる。そうだとも、だんな！　エルフだ。これがひどいのなんの。あそこに行って戻って来た者はおらん」

「だろうな」ゲラルトは冷ややかな声で、「だから、あそこに行く気はさらさらない」

ダンディリオンが無礼にもくくっと笑った。

ゲラルトの予想どおり、村議は長々と考えこんでから、ようやく言った。

「ああ、そりゃそうだな。だが、化け物ならここにもいる。エルフの土地からやって来たのは間違いない。ああ、だんな、そりゃあもうたくさん。数えきれないほど。だが、最悪なのはベインだ、だな、よき人々よ？」

〝よき人々〟は色めき立ち、四方からテーブルを取りかこんだ。

「ベイン！」一人が言った。「そう、そう、村議の言うとおり。青白い顔の生娘で、そいつが夜明けに家を歩くと子どもが死ぬ！」

「小鬼もいる」物見櫓《ものみやぐら》の兵士が言った。「馬小屋で馬のたてがみをからませるんだ！」

「コウモリ！　ここにはコウモリもいるぞ！」

「巨大ムカデも！　あれにさわると発疹《ほっしん》だらけになってな！」

それからの数分間は、けしからぬ行為によって、あるいは存在するだけで地元の農民たちを悩ます怪物たちのオンパレードになった。ゲラルトとダンディリオンは、酔っぱらったまじめな農民に家路を迷わせる〝迷わせ屋〟と〝マムネ〟のことを知り、雌牛から乳を飲む空飛ぶドレイクのことを知った。さらには森のなかを駆けまわる、頭にクモの脚のついた生き物や、赤い帽子をかぶったコボルト、洗濯する女たちの手から肌着をひったくり

――そのうち女たちにも噛みつく――獰猛《どうもう》なカワカマスのこと。夜はホウキにまたがって空を飛び、昼間は堕胎を行なう空飛ぶ魔女《ナン・ザ・ハグ》の話や、小麦粉にドングリ粉を混ぜる粉屋の話、王家の執事を泥棒で悪党だと信じているデューダとかいう男の話まで聞かされた。

　ゲラルトはそのすべてを冷静に、興味あるふうにうなずきながら耳を傾け、あたりの地形や道路についていくつかたずねたあと、立ちあがってダンディリオンにうなずいた。

「さて、ではこれで、よき人々よ」ゲラルトは言った。「すぐに戻る。それからどうすればいいか考えよう」

　二人は吠えたてる犬と騒ぐ子どもたちを引き連れ、村の家並みと柵にそって黙って馬を進めた。

「ゲラルト」ダンディリオンは果樹園の柵を越えて頭上に伸びる枝になった、よく熟れたリンゴをちぎろうと鐙《あぶみ》に立って言った。「これまできみはずっと、仕事を見つけるのがますます難しくなるとぼやいていた。でも、さっきの話からすると、ここなら冬まで休みなく仕事がありそうだ。きみは数ペニーをかせぎ、ぼくはバラッドのための美しい主題を見つければいい。なのに、こうやって馬に乗っている理由はなんだ？」

「ここでは一ペニーにもならん、ダンディリオン」

「なぜ？」

「村人たちの話に真実はひとつもなかった」

「なんだって？」

「彼らが話した生き物は一匹も存在しない」

「冗談だろ！」ダンディリオンはリンゴの種を吐き出し、ぶちの雑種犬に芯を投げた。「いや、ありえない。ぼくはじっと観察していた。これでも人を見る目はある。村人たちは嘘をついてはいなかった」

「たしかに」ゲラルトはうなずいた。「嘘はついていない。すべてを心から信じていた。だからといって事実は変わらない」

　詩人はしばらく黙りこんだ。

「さっきの怪物たちの一匹も……一匹もか？　信じられない。話に出たなかの何かはいるはずだ。せめてひとつくらい！　認めろ」

「わかった、認めよう。たしかにひとつは存在する」

「ほら！　なんだ？」

「コウモリだ」

　最後の柵を過ぎると、黄色いアブラナ畑と風に揺れる穀物畑にはさまれた街道に出た。向こうから荷物を積んだ荷馬車がやってきては通りすぎてゆく。ダンディリオンは片脚を鞍頭《くらがしら》ごしに引き寄せてリュートを膝に載せ、なつかしい調べをつまびいた。ときおり、たくましい肩に熊手をかつぎ、くすくす笑いながら道端をゆっくり歩く薄着の娘たちに手を振った。

「ゲラルト」ふいにダンディリオンが言った。「とはいえ怪物は存在する。前ほど数は多くはないし、森のあらゆる木陰にひそんでいるとは言えないが、いるにはいる。たしかに存在する。だったら、人々が怪物を作り出す事実をどう説明する？　しかも自分たちで作り出した怪物を信じるのはなぜだ？　え、高名なるウィッチャーよ？　不思議に思ったことはないか？」

「ある、高名なる吟遊詩人よ。理由もわかる」

「聞かせてくれ」

「人間は」――ゲラルトは振り向き――「怪物や奇怪な生き物を作りたがる。そうすれば自分たちが怪物よりましな存在だと思えるからだ。見境もなく酔っぱらうとき、人をだまし、盗み、妻をなぐり、老女を飢えさせるとき、罠にかかったキツネを斧で殺し、この世で最後のユニコーンを矢でしとめるとき、人は夜明けに家に忍びこむベインのほうがもっと恐ろしいと思いたがる。そう思うと気分がいい。そう思ったほうが生きるのが楽だ」

「おぼえておこう」しばしの沈黙のあとでダンディリオンが言った。「韻を踏む言葉を探し、それにまつわるバラッドを作ってみる」

「やってみろ。だが、拍手喝采は期待するな」

　馬はゆっくり進んだが、ついに村の最後の家が視界から消えた。すぐに二人は木々におおわれた連なる丘をのぼりはじめた。

「おお」ダンディリオンが馬を止め、あたりを見まわした。「見ろ、ゲラルト。この美しさはどうだ？　なんと牧歌的な風景よ。これぞ目の保養だ！」

　地形はゆるやかにくだり、やがて色とりどりの作物で彩られた、平坦なモザイク状の畑が広がった。中央には黒っぽいハンノキが円形に茂り、そのなかでクローバーの葉のような、丸くて等間隔に並んだ三つの深い湖がきらめいている。なだらかに延びる黒い森の上方に、山々のぼんやりした青い線が地平線を描いていた。

「行くぞ、ダンディリオン」

　道は湖に向かってハンノキの木立に隠れた濠《ほり》と池に沿っており、たくさんのマガモやシマアジ、サギやカイツブリが鳴いていた。人の手が入った場所に、これだけ多くの鳥が棲息しているとは驚きだ。手入れの行き届いた濠は粗朶《そだ》におおわれ、水門は石と横木で補強され、放出口は少しも腐っておらず、水がちょろちょろとここちよい音を立てて流れている。湖畔のアシ原のあいだから丸木舟と突堤が見え、深い水のなかから魚網と魚カゴがずらりと帯のように突き出ていた。

　ふとダンディリオンがあたりを見まわした。

「誰かついてくる」興奮した口調だ。「荷馬車で！」

「まさか」ゲラルトはあたりを見もせずに鼻で笑った。「荷馬車だと？　てっきりコウモリにまたがった村人たちかと思った」

「おい、ゲラルト」ダンディリオンはうなるような声で、「世界の果てに近づくにつれて、きみのユーモアはますます鋭くなる。この先どうなるか考えるのも恐ろしい！」

　二人の乗った馬の歩みは遅く、二頭の駁毛《ばくげ》馬《うま》が引く空《から》の荷馬車にたちまち追いつかれた。

「ウオオーーーアアーーー！」御者が二人の真後ろで馬を止めた。素肌に羊革を着て、髪を眉まで垂らしている。「神々をたたえよ、だんながた！」

「ご同様に」しきたりに通じたダンディリオンが答えた。「神々をたたえよ」

「そうしたければ」ゲラルトがぼそりと言った。

「おれはネトリー」御者が名乗った。「あんたたちが上《かみ》ポサダで村議と話すのを見てた。あんた、ウィッチャーだな」

　ゲラルトは手綱を放し、雌馬に道沿いのイラクサを嗅がせた。

「この耳で聞いた」ネトリーは続けた。「村議があんたたちにべらべらしゃべるのを。あんたたちの表情に気づいたが、おれには不思議でもなんでもなかった。あんな嘘っぱちのたわごとを聞いたのは久しぶりだ」

　ダンディリオンが声を立てて笑った。

　ゲラルトはネトリーを黙ってじっと見ている。

　ネトリーが咳払いした。

「本物の、まともな仕事を請け負う気はねえか、だんな？　あんた向きの仕事がある」

「どんな？」

　ネトリーは視線を下げずに答えた。

「道端で仕事の話をするもんじゃねえ。下《しも》ポサダにおれの家がある。そこで話そう。どうせあんたたちもそっちに向かうところだ」

「なぜわかる？」

「そりゃあ道がこの一本しかなくて、あんたたちの馬が尻のほうじゃなく、鼻をそっちに向けてるからだ」

　またしてもダンディリオンが笑った。

「どうする、ゲラルト？」

「どうもこうもあるか。道端で話をするものじゃない。どうせそっちに向かうところだ、ネトリーどの」

「馬を荷枠につないで、あんたらは荷台に乗るがいい」ネトリーがうながした。「そのほうが楽だ。わざわざ鞍で尻を痛めることはなかろう」

「まったくだ」

二人は荷台によじのぼった。ゲラルトは藁の上にゆったりと寝そべったが、ダンディリオンはしゃれた緑のジャーキンが汚れるのを気にして板の上に座った。ネトリーが馬に舌を鳴らすと、荷馬車は梁で補強された濠にそってがたごとと動きはじめた。

荷馬車はスイレンとウキクサにおおわれた水路にかかる橋を渡り、狭い牧草地を通りすぎた。見渡すかぎり耕作地が広がっている。

「ここが世界の果て、文明の果てとはとても信じられない」ダンディリオンが言った。「見ろ、ゲラルト。黄金のようなライ麦を。馬に乗った農民も隠れそうな穀物を。あのアブラナはどうだ、なんて大きい」

「農業に詳しいのか？」

「われわれ詩人はなんでも知っていなければならない」ダンディリオンは得意げに言った。「それでこそ作品の質が保てるというものだ。人は学ばねばならない、わがいとしき友よ、学べ。世界の命運は農業にかかっている、だからそれを知るのはいいことだ。農業は養い、衣服になり、寒さから守り、楽しみをあたえ、芸術をささえる」

「楽しみと芸術は少し大げさだ」

「そして酒も。酒は何からできる？」

「わかった」

「いや、きみはあまりわかっていない。学べ。あの紫色の花を見ろ。ルピナスだ」

「ありゃカラスノエンドウだ」ネトリーが口をはさんだ。「ルピナスも見たことねえのか？　だが、あんたの言ったことはひとつだけ正しい、だんな。ここではすべてがたくましく実をつけ、心が歌いたくなるほどよく育つ。だから〈花の谷〉と呼ばれてる。だからおれたちの祖先はここに住み着いた、まずこの土地からエルフを追い出して」

「〈花の谷〉――ドル・ブラサンナ」ダンディリオンが藁の上に寝そべるゲラルトを肘で突《つつ》いた。「気づいたか？　エルフはいなくなってもエルフの名前は残っている。想像力の欠如だな。それで、あんたたちはここで、どうやってエルフと折り合いをつけている、主人よ？　なんといっても彼らを道向こうの山奥に追いやったんだろう？」

「おれたちは交わらん。おたがい、それぞれだ」

「それがいちばんいい」詩人が言った。「そうだろう、ゲラルト？」

ウィッチャーは答えなかった。

Ⅱ

「ごちそうに感謝する」ゲラルトは骨のスプーンをきれいに舐め、空《から》の碗に落とした。「なんど礼を言っても足りない。それで、よければそろそろ仕事の話に入りたいんだが」

「もちろん」ネトリーが応じた。「どうだ、ダン？」

仏頂面《ぶっちょうづら》の大男――下ポサダの長老ダン――が娘たちにうなずくと、娘たちはテーブルからさっと皿を片づけて部屋を出ていった。宴が始まってからずっと娘たちに笑みを送り、下品な冗談で笑わせていたダンディリオンは見るからに残念そうだ。

「話を聞こう」ゲラルトは斧を打ちつける音と鋸《のこ》を引く音が聞こえてくる窓を見やった。庭で何やら木工作業が行われていて、樹脂のつんとするにおいが部屋までただよっていた。「おれがなんの役に立てるのか」

ネトリーがダンをちらっと見た。

村の長老はうなずき、咳払いして始めた。

「話ってのはこういうことだ。ここの畑は――」

　ゲラルトは皮肉を言いかけたダンディリオンをテーブルの下で蹴って黙らせた。

「――畑」ダンが続けた。「そうだな、ネトリー？　長いあいだ、あそこの畑は休耕地だったが、わしらが鋤《すき》を入れ、いまでは麻、ホップ、亜麻を植えておる。りっぱな畑だ、そうとも。畑は森まで広がり――」

「それで？」ダンディリオンが我慢できずに口をはさんだ。「あそこの畑に何がいる？」

「それは」ダンが頭をあげ、耳の後ろを掻いた。「ええと、あそこを耕すデベルだ」

「なんだって？」ダンディリオンが鼻を鳴らした。「何がいるって？」

「だから、デベルだ」

「デベルってなんだ？」

「なんだと言われても、デベルはデベルだ」

「悪魔《デビル》なんかいるもんか！」

「口をはさむな、ダンディリオン」ゲラルトが落ち着いた声で言った。「先を続けてくれ、ダン長老」

「だからデベルだ」

「それは聞いた」ゲラルトは、その気になれば信じられないほど辛抱強くなれる。「そいつの見た目がどんなふうで、どこから来て、どんな悪さをするのかを教えてくれ。順に、ひとつずつ」

「そうだな」――ダンは曲がった手をかかげ、指を折りながら苦労してひとつずつ数えはじめた――「順に、ひとつずつ。まったく、あんたは賢いおかただ。ええと、こんなふうだ。そいつは、だんな、いかにもデベルらしいデベルでな。どこから来たか？　そりゃあどこからともなくだ。がしゃん、ばたん、がつん、気づいたらそこにいた。そして悪さだが、正直、たいして悪さはせん。ときには手伝いすらする」

「手伝い？」ビールからハエを取ろうとしていたダンディリオンがけらけらと笑った。

「デビルが？」

「黙ってろ、ダンディリオン。続けてくれ、ダン。そいつはどんな手伝いをするんだ、そのあんたの言う――」

「デベル」長老は語気を強めて繰り返した。「ええと、手伝いといったらこんなふうだ――地面に肥やしをまき、土を掘り返し、モグラを追い出し、鳥を怖がらせて追い払い、カブやビートの世話をする。ああ、それからイモムシも食う、キャベツのなかに卵を産むやつを。だが、やつはそのキャベツも食う。やることと言ったら大食いくらいだ。デベルってのはそんなもんだ」

　ダンディリオンはまたしても甲高い声で笑い、ビール浸しになったハエを暖炉脇で寝ている猫に向かってはじき飛ばした。猫は片目を開け、なじるように詩人を一瞥した。

「そうはいっても」ゲラルトは淡々と、「あんたがたはおれにカネを払ってそいつを始末させたいんだろう？　つまり、そいつにそばにいてほしくないのか？」

「いったい誰が」――ダンはウィッチャーをむっつりと見やり――「自分の土地にデベルにいてほしいと思う？　ここは昔から国王によってあたえられたわしらの土地で、デベルとはなんの関係もない。やつの手伝いなんぞいらん。村にはちゃんと働き手がいる、だろ？　それに、だんな、やつはデベルっちゅうより、意地悪な獣で、やつの頭には、言葉は悪いが、耐えきれんほどくそがびっしり詰まっとる。これからやつの頭がどうなるかわかったもんじゃない。井戸を汚し、娘を追いまわし、犯してやると怖がらせたこともある。あいつは、だんな、わしらの持ち物や食糧を盗む。ものをつぶし、ぶっこわし、人を困らせ、濠をかきまわし、マスクラットかビーバーみたいに穴を掘り、おかげで池から水が全部流れ出て、なかの鯉が死んじまった。あのろくでなしは積み藁のなかでパイプを吹かし、藁という藁から煙がもくもくあがって――」

「わかった」ゲラルトがさえぎった。「つまり、迷惑をかけているんだな」

「いんや」ダンは首を振った。「迷惑じゃない。いたずらするだけだ、デベルってのはそういうもんだ」

　ダンディリオンが笑いをこらえながら窓のほうを向いた。

　ゲラルトは無言だ。

「これ以上話すことはない」そのときまで黙っていたネトリーが声をあげた。「あんたはウィッチャー、だろ？　だったらこのデベルをどうにかしてくれ。あんたは上ポサダで仕事を探してた。おれはこの耳で聞いた。これが仕事だ。必要なカネは払う。だけど、くれぐれもデベルは殺すな。何があっても」

「おもしろい。というか、めずらしい」

　ゲラルトが顔をあげ、にやりと笑った。

「なんだと？」ダンが顔をしかめた。

「めずらしい条件だ。なぜそんな情けをかける？」

「やつを殺しちゃならん」ダンはますます顔をしかめた。「なぜならこの谷では――」

「とにかく殺さんでくれ」ネトリーがさえぎった。「つかまえるだけだ、だんな、もしくはあの七番目の山に追いやるか。それでかせげるなら楽なもんだろう」

　ゲラルトは黙って笑みをたたえている。

「引き受けてくれるか？」とダン。

「まずそいつを見たい、あんたたちのいうデベルとやらを」

　二人の自由民は目を見かわした。

「わかった」ネトリーが立ちあがった。「そのうち見るだろう。やつは夜になるとあたり全体を耕し、昼間は麻畑のどこかにひそんでる。そうでなけりゃ沼地の古ヤナギのあいだか。そこに行けば見られる。別に急ぎはせん。休みたければ好きなだけ休め。客をもてなすのはおれたちのしきたりだ――食事から何から、何ひとつ不自由はさせん。じゃあ」

「ゲラルト」ダンディリオンが丸椅子を揺らして立ちあがり、二人の自由民が小屋から出て去ってゆくのを窓から見送った。「いったいどういうことだ？　ぼくらが想像上の怪物の話をしてから一日もたたないうちに、きみはいきなり悪魔狩りに雇われた。しかも――あの無知な自由民は別にして――デビルは架空のもので、神話上の生き物だってことは誰でも知っている。なのに、きみのこの思いがけない熱心さはどうだ？　きみのことは少しは知っているつもりだったが、まさか寝床と食事と宿のためにそこまで身を落としたわけではないだろう？」

「たしかに」ゲラルトは顔をしかめた。「おまえはおれのことを少ししか知らないようだ、歌い手よ」

「だとしたら、ぼくには理解できない」

「何を理解することがある？」

「この世にデビルなんかいない！」ダンディリオンの大声に、こんどこそ猫も眠りから覚めた。「そんなものがいるものか！　悪魔《デビル》がなんと言おうと、デビルは存在しない！」

「そのとおり」ゲラルトは笑みを浮かべた。「だがな、ダンディリオン、おれは存在しないものを見たいという誘惑に勝てたためしは一度もない」

Ⅲ

「ひとつだけ確かなのは」ゲラルトは目の前のうっそうと茂る麻の密林を見渡し、つぶやいた。「このデビルはバカではないってことだ」

「なぜそう思う？」ダンディリオンが興味を示した。「先も見えないような茂みにひそんでいるからか？　ウサギにだってそのくらいの知恵はある」

「問題は麻の特殊な性質だ。これだけの広さがあれば、魔法に対して強い霊気を出す。ここではほとんどの呪文が効かないはずだ。それに、あそこ、あの支柱に巻きついてる植物が見えるか？　あれはホップで、あの花粉にも同じ効果がある。ただの偶然とは思えない。あの悪たれ《デベル》も霊気を感じ、ここが安全だと知っているんだ」

ダンディリオンは咳をしてズボンのしわを伸ばし、「ひとつききたいんだが」そう言って帽子の下の額を掻いた。「どうやってこの仕事をやるつもりだ、ゲラルト？　きみが働くところはいちども見たことがないが、デビルをつかまえる方法のひとつやふたつは知ってるんだろうな。いくつかバラッドを思い出してみた。デビルと女を歌った歌がひとつある。下品だが、おもしろい。女は――」

「勘弁してくれ、ダンディリオン」

「まあいい。きみの力になりたかっただけだ。でも、昔の歌をバカにしてはいけない。古い歌には何世代にもわたって蓄積された知恵が詰まっている。スロウという名の作男のバラッドがあって、そいつは――」

「くだらないおしゃべりはよせ。これから食事と宿代をかせがなければならん」

「何をやるつもりだ？」

「麻のなかを少しばかり探しまわる」

「じつに独創的だ」詩人は鼻で笑った。「だが、洗練されたやりかたとは思えない」

「おまえならどうする？」

「もっと頭を使う」ダンディリオンはこばかにしたように言った。「もっと巧妙に。たとえば猟犬に追わせ、デビルを茂みから追い出し、ひらけた場所に馬で追いつめ、縄を投げる。どうだ？」

「おもしろい。おまえが手を貸すならやれるかもしれん——それだけ大がかりになったら少なくとも二人は必要だ。だが、まだ狩りはしない。このデビルとやらがどんなやつかを確かめたい。だから麻のなかを探す」

「おい！」そこで初めてダンディリオンは気づいた。「剣がないじゃないか！」

「なんのために？　おれもデビルのバラッドはいくつか知っている。女も作男のスロウも剣は使わなかった」

「ふむ……」ダンディリオンはあたりを見まわし、「これから茂みのまんなかを通るのか？」

「おまえは来なくていい。村に戻って待ってろ」

「よせよ」ダンディリオンは反論した。「こんな機会を見逃せというのか？　ぼくだってデビルを見たいし、話に聞くほどひどいのかを確かめたい。麻畑のなかに小径《こみち》があれば、そこを通るのかときいたんだ」

「そうだ」ゲラルトは片手を目の上にかざして光をさえぎった。「ちょうど小径がある。あれを通ろう」

「それがデビルの通り道だったら？」

「それならなおいい。遠くまで歩かずにすむ」

「おい、ゲラルト」ダンディリオンは麻のあいだの狭いでこぼこ道をついてきながらしゃべりつづけた。「これまでずっと悪魔《デビル》というのは人を罵倒するために作り出された比喩にすぎないと思っていた。〝デビルのもとへ行っちまえ〟、〝デビルがなんと言おうと〟、〝デビルに連れていかれろ〟。低地民は〝デビルが客を連れてくる〟と言うし、ドワーフは何かうまくいかないと〝ダベルが吠える〟と言い、血の薄い家畜を〝悪魔のくそ《ダベルシェイス》〟と呼ぶ。古語には〝ア・デブル・エプ・アス〟という言いまわしがあって、意味は——」

「意味は知っている。しゃべり過ぎだ、ダンディリオン」

ダンディリオンは口を閉じ、サギの羽根のついた帽子を脱いで風を送り、汗ばむ額をぬぐった。茂みはいまを盛りの植物と雑草のにおいで、湿気とむっとする熱気がいっそう濃く立ちこめていた。小径は少し曲がり、曲がったすぐ先の、雑草が踏みつけられてできた小さな空き地で終わっていた。

「見ろ、ダンディリオン」

空き地のまんなかに大きな平たい石があり、その上にいくつか陶器の碗が載っていた。碗のあいだには燃えつきかけた獣脂ロウソクが立ててある。目をこらすと、溶けた獣脂のかけらにこびりつく何かわからない種のなかに穀物とソラマメの種が混じっていた。

「思ったとおりだ」ゲラルトはつぶやいた。「村人たちはやつに捧げものを届けている」

「そのようだ」ダンディリオンがロウソクを指さした。「そしてデビルのために獣脂を燃やしている。でも、あたえているのは種のようだ、まるで小鳥にでも餌をやるように。それにしてもこの汚《きたな》さはどうだ。何もかも蜂蜜とカバノキの脂《やに》でべたべただ。なんと――」

ダンディリオンの言葉は、やかましい、不吉な鳴き声にかき消された。何かが麻のなかでがさがさと音を立て、足を踏み鳴らしたかと思うと、茂みのなかからゲラルトが見たこともない奇怪な生き物が現れた。

二メートル半ほどの背丈に突き出た目。ヤギのような角《つの》にヤギのようなひげ。柔らかい、よく動く裂け目のような口も、もぐもぐするヤギそっくりで、下半身は、割れた蹄まで暗赤色の長い毛にびっしりおおわれている。怪物デビルは先がブラシのような房になったしっぽを激しく動かし、蹄を踏み鳴らしてどなった。

「アク！　アク！　なんの用だ？　出ていけ！　突き倒されたいか。アク！　アク！」

「誰かに尻を蹴られたことはないか、ヤギ坊や？」ダンディリオンがつい口をすべらせた。

「アク！　アク！　ベーーーー！」角のあるヤギ男がベーと鳴いた。肯定か、否定か、それとも鳴くためだけに鳴いたのかはわからない。

「黙れ、ダンディリオン」ゲラルトがうなった。「ひとこともしゃべるな」

「ブレブレブレビーーー！」怪物は口を開けて馬のような黄色い歯を剥き出し、怒ってわめきちらした。「アク！　アク！　ブレビーーーブレウーーーブリーーー！」

「きっとおまえは」――ダンディリオンはうなずき――「家に帰ったら手まわしオルガンと鐘を持ってきて――」

「やめろ、くそっ」ゲラルトが鋭く制した。「くだらんからかいは自分だけに――」

「からかい！」ヤギ男が大声でどなり、ぴょんと跳びあがった。「からかいだと？　新しいからかい屋か？　鉄球を持ってきたのか？　鉄球ならこっちからお見舞いしてやる、この悪党ども。アク！　アク！　アク！　からかいたいんだろう？　だったらこっちもからかってやる！　おまえたちがくれた球を受けてみろ！」

怪物がジャンプし、いきなり片手を振りかぶった。ダンディリオンは悲鳴をあげ、額をかばいながら勢いよく小径にしゃがみこんだ。ヤギ男は鳴き声をあげ、ふたたびねらいをさだめた。何かがゲラルトの耳の横をひゅんとかすめた。

「球を受けてみろ！　ブリーーーー！」

直径二センチ半ほどの鉄球がウィッチャーの肩に当たり、次の一球が詩人の片膝に当たった。ダンディリオンは激しく毒づきながらあわてて逃げ出し、あとを追うゲラルトの頭上で鉄球が次々にひゅんひゅん音を立てて飛んできた。

「アク！　アク！」ヤギ男がぴょんぴょん跳ねながら叫んだ。「球をくらえ！　このくそからかい屋どもめ！」

次の球が空を切り、ダンディリオンがさらにひどい罵声をあげて後頭部を押さえた。ゲラルトは片側によけて麻畑に飛びこんだがまにあわず、肩に鉄球を受けた。ヤギ男のねらいは正確で、球は尽きそうにない。茂みのなかをよろよろと逃げるゲラルトの耳に、ヤギ男の勝ち誇った鳴き声と、空を切る球のうなりと、小径をあたふたと逃げるダンディリオンの罵声と足音が聞こえた。

やがてあたりは静まり返った。

Ⅳ

「いやはや、ゲラルト」ダンディリオンがバケツで冷やした蹄鉄《ていてつ》を額に当てながら言った。

「まさかあんなものが現れるとは思わなかった。角と雄ヤギみたいな毛深いひげがあって、きみをどこかの無礼者とでもいうように追い払った。そしてぼくは頭にこれだ。見ろ、このこぶを！」

「それを見るのは六度目だ。なんど見せられても、最初と同じようにおもしろくもなんともない」

「それはどうも。きみといれば安全だとばかり思っていた！」

「ついてきて麻のなかをうろつけと頼んだおぼえはない。その下品な口を閉じておけとは言った。おまえは聞く耳を持たず、このざまだ。頼むから黙ってろ、彼らがやってくる」

ネトリーとダンが談話室に入ってきた。後ろから、プレッツェルのように体の曲がった白髪の老女が、痛々しいほど痩せた十代の金髪娘につきそわれてよろよろとついてくる。

「ダン長老、ネトリーどのよ」ゲラルトは挨拶もなく始めた。「ここを出る前、おれは例のデビルに何かためしてみたのかとたずねた。あんたたちは何もしてないと言った。だが、どうやらそうではなさそうだ。説明してくれ」

村人は自分たちだけで何やらぼそぼそつぶやいていたが、やがてダンがこぶしを口に当ててひとつ咳をし、一歩進み出た。「あんたの言うとおりだ、だんな。ゆるしてくれ。あれは嘘だ——なんとも申しわけねえ。わしらはデベルを出し抜き、やつを追い払おうと——」

「どうやって？」

「この〈谷〉には過去にも怪物たちがおった」ダンはゆっくりと答えた。「空飛ぶ竜、巨大ツチムカデ、ブルコラク、亡霊、巨大グモ、いろんな毒ヘビ。そんな害獣にどう対処したらいいか、いつだってわしらは偉大な本のなかに答えを探す」

「偉大な本？」

「本を見せてやれ、ばあさん。本。偉大な本だ！　ああ、じれったい！　ばあさんは扉の取っ手なみに耳が遠いんでな！　リル、ばあさんに本を見せるよう言ってくれ！」

　娘が爪の伸びた老婆の指から分厚い本をもぎ取り、ウィッチャーに渡した。

「この偉大な本は」ダンが続けた。「はるか昔からわが一族にあったもんで、世界じゅうの怪物や魔法、不思議な現象にどう対処すればいいかが書いてある。これまでにあったもの、いまあるもの、これから現れるもののすべてについて」

　ゲラルトは重くて分厚く、脂じみて汚れがこびりついた本を手のなかでひっくり返した。娘は前掛けをもみしぼりながらウィッチャーの前に立っている。最初の印象よりも年上のようだ。村のたくましい娘たちとくらべるとあまりに華奢《きゃしゃ》なので幼く見えたらしい。

　ゲラルトは本をテーブルに置き、木製の重い表紙をめくった。

「これを見ろ、ダンディリオン」

「初期ルーン文字」ダンディリオンが蹄鉄を額に当てたままゲラルトの肩ごしにのぞきこんだ。「現代アルファベットの前に使われていた文字だ。エルフ族のルーン文字とドワーフ族の表意文字がもとになっている。文の構造は変だが、当時はそんなふうに話していた。銅版画と挿絵も興味深い。こんなものにはめったにお目にかかれないぞ、ゲラルト。あるとしても寺院の図書室くらいで、世界の果ての村ではまずありえない。いったいこれをどこから手に入れた、農民たちよ？　まさかこれが読めるはずはないよな？　おばあさん？　あんたは初期ルーン文字が読めるのか？　そもそもルーン文字を読めるのか？」

「なんだってぇ？」

　金髪の娘が老婆に近づき、耳もとで何かささやいた。

「読めるかって？」老婆は歯のない歯茎を剥き出してにっと笑った。「あたしが？　いいや、だんな。字なんか読めたためしがねぇ」

「説明してくれ」ゲラルトはダンとネトリーに向きなおり、冷ややかに言った。「ルーン文字が読めないのに、どうやってこの本を使うんだ？」

「本に書いてあることはいつだって最長老の女が知っておる」ダンがむっつりと答えた。「最長老の女は、土に還るときが近づくと若い者に自分の知ってることを伝える。いいか、だんながた、このばあさんが死ぬのは時間の問題だ。だからリルを引き取って教えとる。だがいまは、このばあさんがいちばん物知りだ」

「年寄り魔女と若い魔女か」ダンディリオンがつぶやいた。

「この老婆は本の内容を全部おぼえているのか？」ゲラルトは信じられないという表情を浮かべた。「そうなのか、おばあさん？」

「いんや、全部じゃねぇ、まさか」老婆はまたしてもリルを通して答えた。「絵がついてるとこだけだ」

「なるほど」ゲラルトは適当な箇所を開いた。その破れたページには、竪琴形の角を持つ、まだら模様の豚のような生き物が描かれていた。「では――ここには何が書いてある？」

老女は唇をなめると、銅版画をしげしげと見つめ、目を閉じた。

「角のあるオーロクス、別名タウルス」老婆はそらんじた。「無知な者は間違えて野牛《バイソン》と呼ぶ。タウルスは角で相手を突き――」

「けっこう。見事だ」ゲラルトはべたつくページを何枚かめくった。「では、ここは？」

「さまざまな雲の妖精と風の妖精。雨を降らすもの、風を起こすもの、雷を鳴らすもの。彼らから収穫物を守るには、新しい鉄のナイフ、ネズミのふん半オンス、灰色サギの脂肪と――」

「けっこう、すばらしい。ふむ……では、これはどうだ？　ここにはなんと書いてある？」

銅版画には巨大な目と、それより大きな歯を持ち、髪を振り乱して馬にまたがる怪物が描かれていた。右手に大きな剣、左手に金袋を持っている。

「ウィッチマン」老婆がもぐもぐと言った。「ウィッチャーとも呼ばれる。呼び寄せるのは非常に危険だが、やむをえない。なんとなれば怪物や害獣に出くわしたとき、ウィッチマンなら誰の助けもなくしとめられるから。されどくれぐれも気をつけるべきは――」

「けっこう」ゲラルトがつぶやいた。「そこまででいい、おばあさん。ありがとう」

「待て、待て」ダンディリオンが意地悪な笑みを浮かべた。「その先はなんと書いてある？　なんておもしろい本だ！　続けてくれ、おばあちゃん、さあ」

「えええと……されどくれぐれも気をつけるべきはウィッチマンに触れぬこと、なんとなれば疥癬《かいせん》がうつるかもしれぬから。また娘たちは身を隠すべし、なんとなればウィッチマンはとんでもない好色で――」

「いかにも、大正解だ」ダンディリオンが笑い声をあげた。ゲラルトの目には、リルがほんのかすかにほほえんだように見えた。

「――ウィッチマンはきわめて強欲でカネに貪欲だが」老婆は目を半開きにしてぶつぶつ続けた。「これ以上はあたえるべからず、ドラウナー一匹には銀ペニー一枚もしくは半ペニー三枚、人猫一匹には銀ペニー二枚、プラマード一匹には銀ペニー――」

「そんな時代もあった」ゲラルトがつぶやいた。「ありがとう、おばあさん。そろそろデビルのことが書かれた場所と、この本がデビルについてなんと言っているかを教えてくれ。こんどは最後までありがたく拝聴しよう。なんとなれば汝《なんじ》らがデベルにいかなる手段を使ったか非常に興味があるから」

「気をつけろ、ゲラルト」ダンディリオンがくくっと笑った。「きみも本の言葉づかいになりはじめた。あの口調はうつりやすい」

　老女が両手の震えを必死に抑えてページをめくり、ゲラルトとダンディリオンはテーブルに身を乗り出した。たしかにその銅版画には角としっぽのある、毛むくじゃらで、意地悪そうに笑う球投げ屋が描かれていた。

「デベル」老女が始めた。「またの名をウィロワーまたはシルヴァン。家畜や家禽《かきん》には厄介で、きわめて有害。デベルを村から追い出したければ——」

「いよいよ来たぞ」ダンディリオンがつぶやいた。

「——片手に一杯の木の実を持て」老女は羊皮紙を指でなぞりながら続けた。「次に、片手に二杯の鉄の球を持て。胞果《ほうか》の蜜、カバノキの脂《やに》をそれぞれ片手に二杯。灰色の石けんと柔らかいチーズをそれぞれ小桶に一杯。それを持って夜中にデベルのねぐらへ行き、木の実を食べはじめよ。やがて大食いのデベルがあわててやってきて、そんなにおいしいのかとたずねる。さすれば鉄の球を渡し——」

「なんと」ダンディリオンがつぶやいた。「なんてこった――」

「黙れ」ゲラルトが制した。「さあ、おばあさん。続けて」

「……歯の欠けたデベルは蜜を食べる汝に注目する。自分も蜜がほしいと言う。さすればカバノキの脂をあたえ、こんどは柔らかいチーズを食べよ。すぐにデベルはぶつぶつとうなり、転ぶが、心配はいらない。デベルが柔らかいチーズをほしがるなら石けんをあたえよ。なんとなればデベルは石けんに耐えられず――」

「石けんをやったのか？」ゲラルトが硬い表情でさえぎり、ダンとネトリーのほうを見た。

「まさか」ネトリーがうなるように言った。「球を渡しただけだ。だが、やつは球を噛んで、おれたちに――」

「誰が鉄球をあんなにたくさん渡せと言った？」ダンディリオンが声を荒らげた。「その本には片手一杯の鉄の球と書いてある。しかるに汝らは袋一杯の球を渡した！　汝らは二年間も砲弾を供給していた、このあほうども！」

「気をつけろ」ゲラルトが笑みを浮かべた。「おまえも偉大な本の言葉づかいになりはじめた。あれはうつりやすい」

「どうも」

ゲラルトはふいに顔をあげ、老女の横に立つ娘の目をのぞきこんだ。リルはまっすぐに見返した。野生味のある薄青色の目で。「なぜデビルの捧げものに穀粒を持ってゆく？」ゲラルトが鋭くたずねた。「やつが典型的な草食動物なのはあきらかだとしても」

　リルは答えない。

「きみにきいている。怖がらなくていい、おれと話しても疥癬にはならない」

「その娘には何もきかんでくれ、だんな」ネトリーの声はあきらかに動揺していた。「リルは……その娘は……ちょっと変わってる。何をきいても答えん。無理強いせんでくれ」

　ゲラルトはリルの目を見つづけた。リルは視線をそらさなかった。寒気がゲラルトの背筋を駆けおり、両肩にも広がった。

「なぜデビルを支柱や熊手で襲わなかった？」ゲラルトが声を大きくした。「なぜ罠をかけなかった？　その気になれば、やつのヤギ頭はいまごろ棹に突き刺されてカラスよけになっていただろう。あんたたちはおれにやつを殺すなと言った。なぜだ？　きみが禁じた、そうだな、リル？」

　ダンが梁に頭がつきそうな勢いで長椅子から立ちあがり、うなるように言った。

「行け、リル。ばあさんを連れて」

「リルは何者だ、ダン長老？」リルと老女が部屋を出て扉を閉めるのを待って、ゲラルトが迫った。「あの娘は誰だ？　なぜリルはあの本よりもあんたたちに尊敬されている？」

「あんたには関係ねえ」ダンは親しさのかけらもない目で見返した。「賢女を迫害するなら自分の町でやれ、火あぶりの刑にするなら自分の国でやれ。ここではそんなことはやってこなかったし、これからもやらん」

「あんたはわかっていない」ゲラルトが冷たく言った。

「わかる気もない」ダンがぼそりと言った。

「それは気づいていた」ゲラルトは愛想のかけらも見せず、言葉をしぼり出した。「だが、どうかこれだけはわかってくれ、ダン長老。おれたちはなんの契約もしていない。あんたたちになんの義務もない。自分たちができないことを、銀ペニー一枚だか半ペニー三枚だかで雇ったウィッチャーがやってくれると思うな。あんたたちができないこと、やりたくないこと、あるいはやるなと言われていることを。そんな期待はしないでくれ、ダン長老。あんたはまだウィッチャーを雇ってはいない。雇えるとも思えない。あんたにわかる気がないのなら」

ダンは無言のまま、陰鬱な目で推しはかるようにゲラルトを見た。

ネトリーは咳払いして長椅子の上で身をよじり、汚れた床をぼろぼろの部屋履きでこすっていたが、やがてさっと背筋を伸ばした。

「ウィッチャーのだんな。どうか怒らんでくれ。これから話す、何がどうなってるのか。

ダン？」

　村の長老はうなずき、腰をおろした。

「馬でここに来る途中」ネトリーが始めた。「ここでは何もかもよく育ち、たくさんの収穫があるのに気づいたろ？　こんなふうになんでも育つ場所はそう多くはねえ、そんな場所があるとすりゃ。おれたちにとって苗木と種は大事で、それで年貢を収め、売り、物々交換し――」

「それとデビルとなんの関係がある？」

「それまでもデベルは嫌がらせをしたり、くだらんいたずらをしかけたりしてたが、やがて穀物をごっそり盗むようになった。最初は麻畑の石に少しばかり運んでやった、腹いっぱい食えば悪いことはせんようになると思って。だが、そうじゃなかった。やつはますます盗むようになった。おれたちが仕事場や納屋に食糧を隠し、鍵をかけ、閂《かんぬき》をかけると、やつはいよいよ腹を立て、どなり、やかましく鳴きわめいた。〝アク！　アク！〟、こんなふうに、〝アク！　アク！〟――そうなったら一目散に逃げたほうがいい。やつはこう言っておどした――」

「――〝娘たちを手籠《てご》めにしてやる〟」ダンディリオンが下品な笑みを浮かべて言葉を引き取った。

「そのとおり」ネトリーはうなずき、「ああ、それから火をつけるとも言った。じっくり話をすると、盗まないから貢ぎ物をしろと言った。穀物やほかの作物を袋いっぱい持ってこいと。おれたちは頭にきて、しっぽのついた尻をなぐろうと考えた。だが――」そこで咳払いして、うつむいた。

「持ってまわった言いかたをせんでもいい」ふいにダンが言った。「わしらはウィッチャーを見くびっておった。すべて話せ、ネトリー」

「あのばあさんがデビルをなぐるなと言った」ネトリーが早口で言った。「だが、そう言ったのはリルだ、なぜならあのばあさんは……ばあさんはリルが言ったことを繰り返してるだけだ。それでおれたちは……つまり、そういうことだ。リルの言葉には逆らえん」

「そうだと思った」ゲラルトはゆがんだ笑みを浮かべた。「老婆はあごを動かし、自分には理解できない文章をつぶやいていただけだ。そしてあんたたちはあの娘を、まるで女神像か何かのように口をぽかんと開けて見つめる。娘の視線は避けるが、娘の願いは読み取ろうとする。あの娘の願いは、あんたたちにとっては命令だ。リルという娘はなんだ？」

「そこまでわかってたか、だんな。あの娘は予言者。賢者だ。でも、これは誰にも言わんでくれ。頼む。まんいち収入役の耳に入ったら、ましてや総督に知れたら――」

「心配するな」ゲラルトは真顔で言った。「言いたいことはわかる。あんたたちを裏切るような真似はしない」

村で予言者とか賢者と呼ばれる、不思議な力を持った女や少女たちは、年貢を集め、耕作から利益を得る貴族層から目の仇にされてきた。だが、農民たちは何かにつけ女予言者に相談し、その言葉を疑いも際限もなく信じた。女予言者の助言にしたがって決めたことは、しばしば領主や上級領主の政策と真っ向から対立した。ゲラルトもかつて、理解に苦しむ命令を耳にしたことがある——純血種の一群を皆殺しにせよ、種まきや収穫を中止せよ、村ごと移住せよというものまで。こんなふうに地元の領主たちはしばしば冷酷に迷信を敵視し、農民たちはすぐに賢者を隠すようになった。それでも賢者たちの助言を聞きつづけた。長い目で見れば、彼らの言うことはつねに正しいと、経験が証明していたからだ。

「リルはおれたちにデベルを殺すなと言った」ネトリーが続けた。「そして本に書いてあるようにせよと。だが見てのとおり、うまくいかんかった。収入役にはずっと悩まされてる。年貢の穀類が例年よりも少ないと、そいつはわめき、叫び、どなりつける。だからデベルの話はひとこともしてない。収入役は無慈悲で、残酷なほど冗談が通じん。そこにあんたが通りかかった。おれたちはリルにたずねた……あんたを雇ってもいいかと——」

「それで？」

「ばあさんを通して、まずはあんたを見たいと言った」

「そして見た」

「そうだ。そしてあんたを認めたとわかった。リルが認めたかどうかは見りゃわかる」

「あの娘はおれにひとこともしゃべらなかった」

「リルは誰にもしゃべらん――あのばあさん以外には。でも、あんたを認めなかったら、部屋には決して入らなかったはずで――」

「ふむ……」ゲラルトは考えこんだ。「おもしろい。予言を告げるどころか、ひとこともしゃべらない予言者か。リルはどうやって村に現れた？」

「それはわからねえ、ウィッチャーのだんな」ダンがぼそりと言った。「だが、あのばあさんのことは年寄り連中がおぼえてる。あのばあさんの前におった女が口をきかない娘を引き取った、この娘もどこから来たのかはわからん。その娘がいまの老婆だ。わしのばあさんはよくこう言った――老婆はそうやって生まれ変わる。月のように空で生まれ変わり、つねに新しいと。笑わんでくれ――」

「笑ってなどいない」ゲラルトは首を横に振った。「いろんなものを見過ぎて、そんな話では笑えなくなった。あんたたちの事情に首を突っこむつもりもない、ダン長老。おれが知りたいのはリルとデビルのつながりだ。あんたたちも何かあるとわかっているだろう。だから、予言者リルといい関係を保ちたければ、デビルに対する唯一の方法を教えてやる

――やつを好きになることだ」

「それが、だんな」ネトリーが言った。「デベルだけの問題じゃねえんだ。リルはどんなものも傷つけるなと言う。どんな生き物も」

「そうだろうな」ダンディリオンが口をはさんだ。「田舎の予言者はドルイドと根っこは同じだ。そしてドルイドは自分の血を吸うアブにも〝食事を楽しめ〟と願う」

「まさしく」ネトリーが小さく笑った。「あんたの言うとおりだ。おれたちも野菜の苗床を掘り返すイノシシにそう願う。窓の外を見ろ、絵のようにきれいな苗床だ。おれたちはリルも知らんやりかたを見つけた。目に見えないものも心は見逃さねえ。わかるか？」

「わかる」ゲラルトはつぶやいた。「わかるとも。だが、このままでは前に進めない。リルがなんといおうと、あんたたちのデベルはシルヴァンという種族だ。非常にめずらしく、賢い生き物だ。シルヴァンを殺す気はない。おれの行動規範がゆるさない」

「だったら」ネトリーが言った。「もしデベルが賢いんなら、穀物を盗むのにも理由があるはずだ。だから、ウィッチャー、やつが何をほしがってるのか突きとめてくれ。やつはあの穀物を食べん――少なくともあんなにたくさんは。だったら、なんで穀物をほしがる？　おれたちを困らせるためか？　やつの望みはなんだ？　それを聞き出して、ウィッチャーのやりかたで追い出してくれ。引き受けてくれるか？」

「やってみよう」ゲラルトは答えた。「だが……」

「だが、なんだ？」

「あんたたちの本は古すぎる。何を言いたいかわかるか？」

「いや、正直」ダンがうなるように言った。「よくわからんが」

「説明しよう。誉れ高きダンよ、ネトリーよ、おれの助けが銀ペニー一枚とか半ペニー三枚ですむと思ったら大間違いだ」

V

「おい！」

茂みのなかから葉ずれの音と、怒りの〝アク！　アク！〟と、茎の折れる音が聞こえた。

「おい！」ゲラルトは慎重に身を隠したまま、もういちど呼びかけた。「姿を見せろ、ウィロワー」

「ウィロワーはおまえだ」

「だったらなんだ？　デビルか」

「デビルはおまえだ」シルヴァンが麻の葉から頭を突き出し、歯を剥いた。「なんの用だ？」

「話をしたい」

「おれをバカにする気か？　おまえが誰か知らないとでも思うか？　おれをここから追い出すために農民たちに雇われた、だろ？」

「そうだ」ゲラルトはあっさり認めた。「まさにそのことでおまえと話がしたいと思っていた。話せば理解し合えることもある」

「懐柔《かいじゅう》しようって魂胆か」シルヴァンが甲高い声で言った。「そうやって楽に仕事を終わらせる気だな？　たいして苦労もせずに、え？　その手に乗るかってんだ！　人生とは、いいか、競争だ。最強の者が勝つ。おれに勝ちたければ、おまえが最強だと示せ。理解より競争だ。勝者が条件を出す。ここから濠の古いヤナギの木まで競争だ」

「おれは濠の場所もヤナギの木も知らない」

「知ってたら競争なんか持ちかけるもんか。競争は好きだが、負けるのは嫌いだ」

「そうだろうな。いや、競争はよそう。今日はひどく暑い」

「残念だ。だったら別の方法で闘おう」シルヴァンは黄色い歯を剥き、地面から大きな石をひとつ拾いあげた。「〝いちばん大声で叫ぶのは誰だ？〟ゲームを知ってるか？　おれが最初に叫ぶ。目を閉じろ」

「別の提案がある」

「聞こう」

「競争も、かけっこも、叫び合いもせず、おまえがここを去る。追い出されるのではなく、自分の意志で」

「そんな提案は〝くそくらえ《ア・デブル・エプ・アス》〟だ」デビルは古語を知っているところをひけらかした。

「ここを出ていく気はない。ここが気に入ってる」

「だが、おまえはここでかなりの厄介者だ。いたずらの度が過ぎる」

「おれのいたずらがなんだってんだ、ダベルシェイス」シルヴァンはドワーフ語にも通じていた。「おまえの提案もダベルシェイスなみの値打ちしかない。おまえがゲームで勝たないかぎり、おれはどこにも出ていかない。チャンスをやろうか？　身体競争が嫌なら、なぞかけはどうだ。これからなぞなぞを出す。答えられたらおまえの勝ち、おれは出ていく。答えられなかったらおれは残り、おまえが出ていく。よく考えろ、なぞなぞといってもそう簡単じゃないぞ」

　ゲラルトが反対するまもなくシルヴァンはベーと鳴いて蹄を鳴らし、しっぽで地面を叩いてなぞかけを始めた——

　それは小川から遠くない、軟かい泥に育つ、
　桃色の小さな葉っぱで、莢《さや》は小さく丸い、
　茎は長くて、花はしっとり、
　だけど猫には見せるなかれ、
　見せたらそいつを食べるから

「さあ、なんだ？　当ててみろ」

「見当もつかん。スイートピーか？」ゲラルトは当てずっぽうに言った。

「はずれ。おまえの負けだ」

「じゃあ正解はなんだ？　しっとりした莢があるといったら……ふむ……なんだ？」

「キャベツ」

「おまえ」ゲラルトがうなった。「だんだん腹が立ってきた」

「言っただろう」シルヴァンはくくっと笑った。「なぞなぞは簡単じゃない。難しいと。おれの勝ちだ、おれは残る。おまえが出ていけ。おまえに冷たいさよならを」

「待て」ゲラルトはそっと片手をポケットにすべりこませ、「では、おれのなぞなぞはど

うだ？　雪辱戦をさせてくれ」

「だめだ！」デビルが口をとがらせた。「どうせ当てられないようなやつだろ？　おれをバカだと思ってるのか？」

「いや」ゲラルトは首を振った。「意地悪で、鼻もちならんまぬけだと思っている。これからまったく新しいゲームをしよう、おまえが知らないような」

「よし！　わかった！　どんなゲームだ？」

「これはな」ゲラルトはゆっくりとした口調で、「〝自分がされたくないことを人にするな〟ゲームだ。目を閉じなくてもいい」

　そう言うやゲラルトは身をかがめ、稲妻の速さで振りかぶった。直径二センチ半の鉄球が鋭く宙を切り、シルヴァンの両角のあいだにがつっと当たり、シルヴァンは雷に打たれたかのように背中から倒れた。ゲラルトが麻畑の茂みに飛びこみ、毛深い脚の片方をつかむと、シルヴァンは鳴きわめき、蹴った。ゲラルトは片腕で頭をかばったが、たいして効果はなかった。シルヴァンは情けない格好にもめげず、怒ったラバなみの力で蹴り出し、ゲラルトは暴れる蹄をつかもうとしてつかみそこねた。シルヴァンは両手で地面を叩き、ばたつかせ、またもやウィッチャーの額を蹴りつけた。シルヴァンの片脚が指からすり抜け、ゲラルトは毒づいた。そこで両者は離れて反対方向に転がり、茎を蹴り倒し、生い茂る麻の葉にからまった。

　先に起きあがったシルヴァンが角のある頭をさげて向かってきたが、すでにゲラルトは立ちあがって難なく攻撃をかわし、角をつかんで力まかせに引っぱり、地面に投げつけ、両膝で押さえつけた。シルヴァンはベーと鳴き、過剰唾液をわずらうラクダよろしくウィッチャーの目に唾を命中させた。ゲラルトはデビルの両角をつかんだまま反射的に飛びすさった。シルヴァンは頭を振り動かそうとして両の蹄を同時に蹴り出し——どういうわけか——両方とも命中した。ゲラルトは激しくののしりながらも、つかんだ手は放さず、シルヴァンを引きあげると、きしむ麻の茎に押しつけ、ありったけの力で毛むくじゃらの膝を蹴り、身を乗り出してデビルの片耳に唾を吐いた。シルヴァンは悲鳴をあげ、先の丸い歯をがちっと閉じた。

「〝自分がされたくないことを……」ゲラルトはぜいぜいとあえぎながら、「人にするな〟。まだ続けるか？」シルヴァンは喉をごぼごぼいわせてわめき、憎々しげに唾を吐きかけたが、ゲラルトは角をがっちりつかみ、吐いた唾が自分の蹄にかかるようシルヴァンの頭を押しさげた。蹄が地面を引っかき、土ぼこりと草をもうもうと巻きあげた。

　それからの数分は激しいもみ合いと、罵声と、蹴りの応酬だった。ゲラルトに救いがあったとしたら、その姿を誰にも見られなかったことだけだ——それほど、まったくもってバカげた光景だった。

次の蹴り合いで両者は分かれ、反対向きに投げ出されて麻の茂みに倒れこんだ。シルヴァンが先に起きあがり、ひどく脚を引きずりながら逃げ出すと、ウィッチャーも息を切らし、額をぬぐって追いかけた。両者が麻の茂みを掻き分けてホップ畑に駆けこんだとき、ゲラルトの耳に全速力で駆けてくる馬の足音が聞こえた。待ちわびていた音だ。

「ここだ、ダンディリオン！」ゲラルトが叫んだ。「ホップ畑だ！」

次の瞬間、目の前に馬の胸が迫り、ゲラルトは突き倒された。そして石のように、馬にはじき飛ばされ、背中から地面に叩きつけられ、世界が暗くなった。かろうじて横に転がり、支柱にからまるホップの陰に隠れて蹄を避けたが、さっと起きあがったところに誰かが乗った別の馬が突進し、ふたたび突き倒された。そしていきなり何者かに飛びかかられ、地面に押さえつけられた。

何かがひらめき、後頭部に突き刺すような痛みを感じた。

そして目の前が暗くなった。

唇に砂を感じた。吐き出そうとして、地面に顔を押しつけて横たわっているのに気づいた。しかも縛られている。頭を少しあげると、声が聞こえた。

　ゲラルトは森のなかの、マツの木のそばに寝かされていた。十五メートルほど離れた場所に鞍のない馬が数頭立っている。羽根のようなシダに隠れてぼやけているが、なかの一頭は間違いなくダンディリオンの栗毛の馬だ。

「穀類が三袋」誰かの声が聞こえた。「いいぞ、トルク。よくやった。お手柄だ」

「それだけじゃない」ヤギのような声はシルヴァン・デビル以外にありえない。「これを見ろ、ガラル。豆のように見えるが真っ白だ。それにこの大きさといったら！　そしてこれ、これはアブラナといって、これから油が作れる」

　ゲラルトはぎゅっと目をつむり、そして開けた。いや、夢ではない。デビルとガラルなる男が古語――エルフの言葉――で話している。だが、〝穀類〟、〝豆〟、〝アブラナ〟は一般語だ。

「これは？　これはなんだ？」ガラルがたずねた。

「これは亜麻仁《あまに》。亜麻だ、知ってるか？　これからシャツが作れる。絹よりずっと安くて丈夫だ。おれが知るかぎり、行程はかなり複雑だが、そのうち全部調べておく」

「この亜麻とやらが根づけばいいが。根づかなければカブみたいに無駄になるだけだ」ガラルが同じく奇妙な言語でぼそりと言った。「新しいカブの苗をいくらか手に入れてくれ、トルク」

「心配するな」とシルヴァン。「根づかないことはない。ここでは何もかもびっくりするほどよく育つ。持ってくるから心配するな」

「それからもうひとつ」ガラルが言った。「最後に、彼らの三圃《さんぽ》式農業がどんなものかを調べてくれ」

　ゲラルトがそろそろと頭をあげ、体の向きを変えようとしたとき……。

「ゲラルト……」ささやき声が聞こえた。「気がついたか？」

「ダンディリオン……」ゲラルトもささやき返した。「ここはいったい……？　何があった？」

　ダンディリオンは小さくうめいただけだ。ゲラルトはうんざりして毒づき、体に力を入れて横を向いた。

　森の空き地のまんなかで――いま知ったばかりだが――トルクといういかした名前のシルヴァン・デビルが布袋や小袋、包みなどをせっせと馬の背に積んでいた。トルクを手伝う、長身のすらりとした男がガラルにちがいない。ガラルはゲラルトが動くのを聞きつけ、振り向いた。見まちがえようもない紺色がかった黒髪に、くっきりした顔立ち。光る大きな目に、とがった耳。

エルフだ。山に住むエルフ。純血のアエン・シーデ――典型的な〈古き人々〉。

ガラルは一人ではなく、空き地の端にもう六人が座っていた。一人はダンディリオンの荷物を開けるのに忙しく、一人はダンディリオンのリュートをつまびき、それ以外は、ひもをほどいた袋のまわりに集まってカブや生のニンジンをむさぼっている。

「ヴァナダイン、トルヴィエル」ガラルが呼びかけ、囚人を頭で示した。「押さえろ《ヴェドレィ》！　襲え《エン＝レ》！」

トルクがぴょんと立ちあがり、叫んだ。

「よせ、ガラル！　だめだ！　フィラヴァンドレルに禁じられてる！　忘れたか？」

「いや、忘れてはいない」ガラルは縛った袋をふたつ、馬の背に載せた。「だが、結び目がゆるんでいないか確かめておかなければ」

「何がほしい？」エルフの一人に膝で地面に押し倒され、縄の結び目を調べられながらダンディリオンがうめいた。「なぜぼくたちを囚人あつかいする？　目的はなんだ？　ぼくはダンディリオン、吟遊詩――」

殴打の音が聞こえ、ゲラルトは首をねじって体の向きを変えた。

黒い目の女エルフがダンディリオンを見おろすように立っていた。豊かな黒髪を肩まで垂らし、両こめかみの髪だけを細い三つ編みにしている。緑色のゆったりしたサテンのシャツに、丈の短い革のキャミソール。乗馬ブーツにぴったりした毛織りの脚絆《きゃはん》をたくしこみ、腰には太ももの途中まで届く色つきのショールを巻いていた。

「何を見てる?《ケ・グロッセ》」エルフの女は腰帯に差した細長い短剣の柄《つか》をもてあそびながらウィッチャーを見た。「おまえはただのサル《ケ・ル＝エン・パヴェン》、だろ?《エラ》」

「いや《ネラ》」ゲラルトが否定した。「サルはおまえだ《ト＝エン・パヴェン》、エルフ《アエン・シーデ》」

「聞いたか?」女エルフは、ゲラルトの結び目を調べようともせず、細長い顔に冷淡な表情を浮かべてダンディリオンのリュートをつまびく長身のエルフを振り返って呼びかけた。「聞いたか、ヴァナダイン? このサル人間は話ができる! しかも無礼だ!」

長身のエルフは上着につけた羽根をざわっと揺らして肩をすくめた。

「だったら、なおのことさるぐつわをかませろ、トルヴィエル」

トルヴィエルと呼ばれた女エルフがゲラルトに顔を近づけた。まつげが長く、唇は異様なほど色が薄く、乾いてひびわれている。金色のカバノキの玉を革ひもに通した首飾りが首のまわりを幾重にも巻いていた。

「ほら、何か言ってみろ、サル人間」すごむような口調だ。「遠吠えしていた喉に何ができるか見てやる」

「なんの真似だ？　縛られた男をなぐるのに理由がほしいのか」ゲラルトはやっとのことであおむけになり、砂を吐き出した。「黙ってなぐれ。おまえがなぐるのが好きなのは見せてもらった。憂さばらしをしたらどうだ」

　女エルフはかがめた背を伸ばした。

「とっくに憂さは晴らした、おまえを縛る前に。馬で突き飛ばし、頭をなぐってやった。そのときがきたら息の根も止めてやる」

　ゲラルトは無言だ。

「もっと近づいて、その目を見ながら刺したいのはやまやまだが」エルフが続けた。「おまえの臭いはすさまじい、人間よ、だから矢で殺す」

「好きにしろ」ゲラルトは縄の結び目がゆるすかぎり肩をすくめた。「好きにするがいい、気高きアエン・シーデ。まさか縛られて動けない標的をはずしはしないだろう」

　女エルフは脚を広げてウィッチャーを見おろすように立ち、歯をちらっと見せて顔を近づけ、またしてもすごんだ。

「はずすものか。ねらったものはすべて命中させる。でも、まちがっても一本目の矢では死なせない。二本目でも。おまえには死んでゆく感覚を味わってもらう」

「そんなに近づくな」ゲラルトは顔をしかめ、のけぞるふりをした。「おまえの臭いはすさまじい、アエン・シーデ」

とたんに女エルフは跳びのき、細い腰を揺らして力いっぱいゲラルトの太ももを蹴りつけた。ゲラルトはとっさに両脚を引きこんで体を丸めた——次にねらわれる場所は想像がつく。急所は無事だったが、女エルフのブーツは歯ががたつくほど激しくゲラルトの腰を蹴りつけた。

隣に立つ長身のエルフが女エルフの蹴りに合わせ、リュートで鋭い和音をかき鳴らした。

「そいつに手を出すな、トルヴィエル！」シルヴァンがヤギの声で叫んだ。「気はたしか？　ガラル、やめろと言ってくれ！」

「黙れ《サエッセ》！」トルヴィエルは金切り声をあげ、もういちどゲラルトを蹴った。長身のエルフが弦を荒々しくかき鳴らし、一本がうなりとともにぶつっと切れた。

「やめろ！　もういいだろう！」ダンディリオンが縄のなかでもがき、のたうちながら、腹立ちまぎれにどなった。「なぜそんなにひどいことをする、この売女《ばいた》め。ぼくたちに手を出すな！　ぼくのリュートにも、わかったか？」

トルヴィエルはひび割れた唇を怒りにゆがめ、ダンディリオンに向きなおった。「この楽師ふぜいが！　人間で、しかも楽師か！　このリュート弾きめが！」

トルヴィエルは長身のエルフの手から無言でリュートをもぎとると、力まかせにマツの木にぶつけて叩きこわし、弦のからまる残骸をダンディリオンの胸の上に放り投げた。

「リュートじゃなく雌牛の角でも弾いてろ、この野蛮人」

ダンディリオンは蒼白になって唇を震わせた。ゲラルトは体のどこからか冷たい怒りがこみあげるのを感じ、トルヴィエルの視線を自分に向けさせた。「薄汚いサル人間！　その昆虫みたいな目をくりぬいてやろうか」

「何をじろじろ見てる？」トルヴィエルが身をかがめた。

トルヴィエルの首飾りが顔の真上にぶらさがった瞬間、ゲラルトはそれに全力で飛びつき、歯にくわえ、両脚を曲げて横転しながら思いきり引っぱった。

トルヴィエルはバランスを失い、ゲラルトの上に倒れこんだ。

ゲラルトは縛られたまま魚のようにもがいて女エルフを押さえつけ、頸椎《けいつい》がぼきっと鳴るほどの力で女の顔に頭突きをあびせた。トルヴィエルが悲鳴をあげ、暴れた。

エルフの仲間たちがウィッチャーを荒々しく引き離し、服と髪をつかんで引きあげた。

ゲラルトはなかの一人になぐられ、頬骨あたりの皮膚が指輪で切れたのを感じ、目の前で森が躍り、揺れた気がした。トルヴィエルが鼻と口から血を流しながらよろよろと立ちあがった。鞘から短剣を引き抜いたものの、しゃくりあげ、背を丸め、顔をおおって膝のあいだに頭を沈めた。

上着を色とりどりの羽根で飾った長身のエルフがトルヴィエルの手から短剣を取り、ゲラルトに近づいた。赤い霞ごしに、エルフがにやりと笑いながら短剣を構えるのが見えた。トルヴィエルの歯で切れた額から血があふれ、目に流れこんでいた。

「やめろ！」トルクが叫び、エルフに駆け寄って腕にしがみついた。「殺すな！　よせ！」

「やめろ《ヴォエ＝レ》、ヴァナダイン」ふいに朗々と響く声が命じた。「何ごとだ《ケス・アエン》？　静まれ《セルム》、みん《エヴエリ》な《エン》！　ガラル！」

ゲラルトはこぶしで髪をつかまれたまま、精いっぱい頭を向けた。

空き地に現れた馬は雪のように白く、たてがみは長く、柔らかく、女の髪のように光沢があった。豪華な鞍に座る騎乗者の髪も同じ色で、それをサファイアを散らした額のバンダナで押さえている。

ベーベーとわめいていたトルクが白馬に駆け寄って鐙《あぶみ》をつかみ、白い髪のエルフに猛然としゃべりかけた。エルフは威厳のある手ぶりでトルクの言葉をさえぎり、鞍から飛びおりると、両側から仲間にささえられたトルヴィエルに近づき、顔から血まみれのハンカチをそっとはずした。トルヴィエルは胸が張り裂けるようなうめきをもらした。白い髪のエルフは首を振り、ウィッチャーに近づいた。青白い顔のなかで燃えるような黒い瞳が星のようにきらめいているが、その下には幾晩も眠っていないかのような黒い隈《くま》ができていた。

「おまえは縛られていても臭う」エルフはなまりのない一般語で静かに言った。「バシリスクのように。そこから結論を引き出そう」

「トルヴィエルが始めた」トルクが言った。「トルヴィエルが縛られたこいつを蹴ったんだ、まるで正気を失ったかのように——」

白髪《はくはつ》のエルフは手ぶりでトルクを黙らせた。彼の指示で、別のエルフがゲラルトとダンディリオンをマツの木の下まで引きずり、縄で腰帯と幹を結びつけた。それから全員が倒れ伏すトルヴィエルを守るように、その横で膝をついた。やがて女エルフの叫び声と、仲間たちの腕のなかで暴れる音が聞こえた。

「こんなことはしたくなかった」トルクがエルフたちの横に立ったまま言った。「違うんだ、人間よ。まさか彼らがちょうどあのとき現れるとは思わなかった——彼らがおまえを気絶させ、友人を縛りあげたとき、おれはホップ畑に放っておけと言った。でも——」

「目撃者をそのままにしておくことはできなかった」ゲラルトがぼそりと言った。

「まさかぼくたちを殺すつもりじゃないだろうな」ダンディリオンがうめくように言った。

「いくらなんでも……」

トルクは無言で柔らかい鼻をうごめかせた。

「嘘だろ」ダンディリオンがうなった。「殺す気か？　いったいどういうことだ、ゲラルト？　ぼくたちが何を見たっていうんだ？」

「おれたちの友人シルヴァンが〈花の谷〉で特別な任務についているという事実だ。そうだな、トルク？　エルフに頼まれてトルクは盗んでいる、種や苗、農業の知識……。ほかには、デビル？」

「盗めるものならなんでもだ」トルクが答えた。「彼らが必要なものすべて。彼らに必要ないものがあるなら見せてくれ。エルフたちは山奥で飢えている、とくに冬のあいだは。彼らは農業のことを何も知らない。鳥や動物を飼いならすのをおぼえ、わずかな土地でできる作物を育てるまもなく彼らは……。エルフには時間がないんだ、人間よ」

「エルフの時間なんか知ったことか。ぼくが彼らに何をした？」ダンディリオンがうめいた。「どんなひどいことをしたというんだ？」

「よく考えるがいい」白髪のエルフが音もなく近づいた。「そうすればおのずと答えは見つかるだろう」

「彼は人間がエルフに対して行なったあらゆる非道に報復しているだけだ」ゲラルトが苦々しい笑みを浮かべた。「彼にとって報復の相手は誰でもかまわない。彼の気高い態度と飾りたてた言葉にだまされるな、ダンディリオン。白髪のエルフも、おれたちをなぐり倒した黒い目のエルフと同じだ。無力な憎しみを誰かに向けずにはいられない」

　白髪のエルフは無残に壊れたリュートを拾いあげると、しばらく黙って見つめ、茂みのなかに投げ捨てた。

「憎しみを発散させたいのなら――報復したいのなら」エルフは柔らかい白い革の手袋をもてあそび、「夜中に谷へ乗りこみ、村を燃やし、村人を殺せばいい。赤子の手をひねるより簡単だ。谷には見張り一人いない。森のなかでも、村人たちにわれわれの姿は見えないし、聞こえない。木陰から静かにすばやく矢を射るより単純で簡単なことがどこにある？　だが、われわれはおまえを狩りはしない。われらが友人シルヴァンのトルクを狩っているのは、奇妙な目をしたおまえだ」

「イイーーー、それは大げさだ」トルクが叫んだ。「狩るってなんだ？　おれたちはちょっとふざけてただけで――」

「自分たちと違うものを憎むのはおまえたち人間だ、それがたんなる耳の形の違いであっても」エルフはシルヴァンにかまわず、淡々と続けた。「だからおまえたちはわれわれの土地を奪い、家から追い出し、過酷な山奥に追いやった。おまえたちはわれらのドル・ブラサンナ――〈花の谷〉――を奪った。わたしは〈銀の塔〉のフィラヴァンドレル・アエン・フィドヘイル、〈白い船〉のフェリオーン家の出だ。いまや世界の果てに追放され、追い立てられ、〈最果《さいは》てのフィラヴァンドレル〉となった」

「世界は広い」ゲラルトがつぶやいた。「居場所は見つかる。土地はいくらでもある」

「世界は広い」エルフが繰り返した。「たしかにそうだ、人間よ。だが、おまえたちはこの世界を変えた。まず力ずくで。おまえたちは世界が自分たちのものとでもいうようにあつかった。いまでは世界がおまえたちに合わせはじめたようだ。世界はおまえたちに道をゆずった。屈したのだ」

　ゲラルトは無言だ。

「トルクの言うとおり」フィラヴァンドレルは続けた。「いかにもわれわれは飢えている。たしかに絶滅の危機に瀕している。太陽は以前と違うように輝き、空気は変化し、水も昔とは違う。われわれが食べ、利用してきたものは死に、減り、腐りつつある。われわれはいちども土地を耕したことがない。おまえたち人間と違い、われわれは鍬《くわ》や鋤《すき》で土地を引っかきはしない。大地はおまえたちにとてつもなく貢いでいる。大地はわれわれに恵みをあたえた。おまえたちは大地の宝を力ずくで奪う。われわれに言わせれば、大地が命を産み、花を咲かせたのは、われわれが大地に愛されたからだ。まあ、どんな愛も永遠ではない。だが、それでもわれわれは生き延びたい」

「穀物を盗むのはやめて買ったらどうだ。必要なだけ。おまえたちは人間がありがたがる物をまだいくらでも持っている。交換すればいい」

フィラヴァンドレルがさげすむような笑みを浮かべた。

「おまえたちと？　ありえない」

ゲラルトは顔をしかめ、頬の乾いた血がひび割れた。

「ならば好きにしろ、おまえの高慢さもさげすみも知ったことじゃない。共存を拒むことで、おまえたちはみずからを絶滅に追い込んでいる。共存と相互理解——それがおまえたちの唯一の希望だ」

フィラヴァンドレルが燃えるような瞳を近づけた。

「おまえたちの言いなりになって共存しろと？」落ち着いてはいるが、さっきとは違う響きの声だ。「おまえたちの統治を受け入れて？　エルフの本質を失って？　何者として共存するのか？　奴隷か？　社会ののけ者か？　おまえたちが街なかに建てた壁の向こうで共存しろと？　人間の女と共存し、追いまわせと？　混血の子たちが生きなければならない運命を黙って見ていろと？　なぜ目をそらす、奇妙な人間よ。自分とどこかが違う隣人とどうやって共存するというのか？」

「おれはどうにかやっている」ゲラルトはエルフの目を正面から見た。「なんとかして、なぜならそうするしかないからだ。ほかに道はない。おれは〝違うこと〟を鼻にかけ、得意がるのをやめた。それが〝違うこと〟に対するみじめな盾だとわかったからだ。何かが変わり、太陽が違うように輝いても、自分がそのような変化の軸ではないと理解したからだ。輝きかたは違っても太陽は輝きつづける。鋤で太陽に飛びかかってもどうにもならない。事実を受け入れるしかない、エルフ。それが学ぶべきことだ」

「それがおまえの望みか？」フィラヴァンドレルが白い眉の汗を手首でぬぐった。「それが他者に押しつけたいことか？　おまえたちのときが――おまえたち人間の時代と繁栄のときが――訪れ、別の種族に対してやっていることは太陽が昇って沈むほど自然だという確信か？　誰もがそれを認め、受け入れるべきだと言いたいのか？　そのうえ、わたしを傲慢だと非難するのか？　何が言いたい？　おまえたち人間もそろそろ気づいたらどうだ、おまえたちが世界を支配するのは、羊革の外套にはびこるシラミと同じくらい自然で不愉快なものだということを。おまえの話は、われわれにシラミと共存し、シラミと同じ反応をしろと持ちかけているのと同じだ――シラミの覇権を認めれば羊革の外套を着るのを認めよう、そう言われてわたしがシラミの話を熱心に聞くとでも思うか？」

「ならば、それほどいまわしい虫けらとの会話で時間を無駄にするな、エルフ」ゲラルトは声を震わせた。「そんなシラミ同然のおれから、罪の意識と改悛《かいしゅん》の感情を引き出そうとするとは驚きだ。あわれだな、フィラヴァンドレル。おまえは苦しみ、復讐に飢え、自分の無力さをわかっている。さあ、おれに剣を刺せ。人類全体に報復しろ。どれだけ安らぎを得られるか見ものだ。まずはおれのタマか歯を蹴るがいい、トルヴィエルのように」

フィラヴァンドレルは顔をそむけた。「トルヴィエルは病気だ」

「あの病気と症状は知っている」ゲラルトは肩ごしに唾を吐いた。「おれが見舞った薬が効くはずだ」

「こんな会話は意味がない」フィラヴァンドレルが離れた。「悪いが、おまえたちを生かしてはおけない。これは報復とは関係ない、純粋に現実的な問題だ。トルクは任務を続けなければならず、誰のためにやっているのかを気づかれてはならない。おまえたちと争う余裕はないし、取り引きや物々交換でだまされるつもりもない。商人が人間の生きかたの一端にすぎないことを知らないほどうぶではない。そのあとどうなるかはわかっている。商人たちがどのような共存を持ちこむかも」

「エルフよ」そのときまで黙って聞いていたダンディリオンがぼそりと言った。「ぼくには友人がいる。ぼくらのために身代金を払ってくれる。なんなら食糧の形でも、どんな形でもいい。考えてみてくれ。どうせ、その盗んだ種では救われない――」

「彼らを救えるものは、もう何もない」ゲラルトがさえぎった。「へつらうのはよせ、ダンディリオン、この男に慈悲を乞うな。意味がないし、みじめだ」

「これほど命が短い人種にしては」——フィラヴァンドレルは作り笑いを浮かべ——「驚くほど死を軽く見るんだな、人間よ」

「母親がおまえを産むのは一度きりで、おまえが死ぬのも一度きりだ」ゲラルトが淡々と言った。「シラミにふさわしい哲学だと思わないか？　長命のエルフはどうだ？　あわれだ、フィラヴァンドレル」

　エルフが眉を吊りあげた。

「なぜだ？」

「あわれじゃないか——荷馬に積んだ、盗んだわずかな種の袋、片手いっぱいの穀類、その小さな粒でおまえたちは生き延びようとしている。そして、目の前に迫る絶滅から考えをそらそうとおまえが引き受けた任務もまたあわれだ。おまえはこれが終わりだと知っている。高原では何も芽を出さない。収穫もない。もはやおまえたちを救うものは何もない。なのにおまえたちは長く生きる。高慢な孤独のなかで、とても長い生を生きる。仲間たちはしだいに数が減り、弱り、状況は厳しくなる。それからどうなるか、おまえは知っている、フィラヴァンドレル。百歳の老人の目をした、しわだらけの絶望した若者が、トルヴィエルのように子を産めずに病んだ娘たちが、なお剣と弓を持てる者たちを率いて谷になだれこむことを。おまえたちは山から花の咲き誇る谷にやってきて死を迎える——貧血や結核や壊血病の床《とこ》でみじめに死ぬのではなく、闘いのなかで誇らしく死のうとして。そのとき、長生きのアエン・シーデよ、おまえはおれを思い出すだろう。おれがおまえをあわれんだことを。そしておれが正しかったとわかるはずだ」

「誰が正しかったかはときが教えてくれる」エルフが静かに言った。「これこそ長く生きる者の強みだ。わたしには見届けるチャンスがある——たとえそれが盗んだ片手いっぱいの穀類のおかげだとしても。おまえたちにそんなチャンスはない。あっというまに死ぬ」

「こいつだけは見逃してやってくれ」ゲラルトは頭でダンディリオンを指した。「いや、高尚な情け心から言うのではない。常識の問題だ。おれのことをたずねる者はいないが、こいつの仇を討とうとするやつらはいる」

「わたしの常識を甘く見てもらっては困る」しばらくためらったあとでエルフが言った。「おまえのおかげで生き延びたら、彼はおまえの仇を討とうとするに決まっている」

「当たり前だ！」ダンディリオンが真っ青な顔で叫んだ。「当然だ、このくそ野郎。ぼくも殺せ、さもないと全世界を敵にまわすことになるぞ。毛皮の外套のシラミに何ができるか、とくと見せてやる！　おまえたちの住むあの山を平らにしてでも息の根を止めてやる！　本当だ！」

「おまえはつくづくバカだ、ダンディリオン」ゲラルトがため息をついた。

「母親がおまえを産むのは一度きりで、おまえが死ぬのも一度きりだ」詩人は傲然と言い放ったが、歯がカスタネットのようにカタカタ鳴っていては、あまりすごみはなかった。

「これで話はついた」フィラヴァンドレルが腰帯から手袋を取り、指にはめた。「そろそろ終わりにしよう」

彼の命令で、エルフたちが弓を手にゲラルトとダンディリオンの正面に並んだ。すばやい動きだったところを見れば、ずっとこのときを待っていたようだ。なかの一人はまだカブを噛んでいる。口と鼻に布とカバノキの皮を巻いたトルヴィエルが射手たちの横に立った。弓は持っていない。

「目隠しはいるか？」フィラヴァンドレルがきいた。

「近づくな」ゲラルトは顔をそむけた。「さっさと――」

「〝ア・デブル・エプ・アス〟」ダンディリオンが歯をカチカチ鳴らして言葉を引き取った。

「やめろ！」いきなりシルヴァンが叫びながら駆け寄り、処刑宣告された二人の前に立ちはだかった。「正気か？　フィラヴァンドレル！　話が違う！　こんなはずじゃなかった！　最初の話では、二人を山に連れていって、任務が終わるまで洞穴かどこかに閉じこめて――」

「トルク」エルフが言った。「無理だ。そんな危険は冒せない。この男が縛られた状態でトルヴィエルに何をしたかを見ただろう。危険を冒すことはできない」

「できるもできないも知ったことか！　何を考えてる？　おれがみすみす二人を殺させるとでも思うか？　おれの土地で？　おれの村のすぐ隣で？　バカ言うな！　弓を持ってここから出ていけ、さもないと突き倒すぞ。アク！　アク！」

「トルク」フィラヴァンドレルが両手を腰帯に置いた。「これは必要なことだ」

「ダベルシェイス、必要なもんか！」

「どけ、トルク」

トルクは耳を震わせていっそう声を張りあげ、にらみながら肘を曲げるという、ドワーフのあいだでよく知られる侮蔑の仕草をしてみせた。

「ここでは誰も殺させない！　さっさと馬にまたがり、峠向こうの山へ帰れ！　それが嫌なら、まずおれを殺せ！」

「落ち着け」白髪のエルフがゆっくりと言った。「彼らを生かしたら、おまえがしていることを村人たちが知る。おまえはつかまり、痛めつけられる。やつらがどんなふうか知っているだろう」

「知っている」トルクはゲラルトとダンディリオンの前に立ったまま、わめいた。「気づけばあんたたちのことより知ってるくらいだ！　そして正直、自分がどっちの味方かわからなくなった。あんたと手を組んだのは間違いだった、フィラヴァンドレル！」

「おまえが望んだ」白髪のエルフは冷たく言い、射手たちに合図した。「おまえが望んだんだ、トルク。撃て《ル＝スパレレン》！　みんな《エヴェリエン》！」

　エルフたちが矢筒から矢を抜いた。

「どけ、トルク」ゲラルトが歯ぎしりした。「バカな真似はやめろ。どけ」

　トルクはその場から頑として動かず、ドワーフの仕草をしてみせた。

「音楽が……聞こえる……」ふいにダンディリオンが泣き声で言った。

「よくあることだ」ゲラルトが矢じりを見ながら言った。「気にするな。怖がるのは恥じゃない」

　フィラヴァンドレルの表情が変わり、奇妙なしかめ面になった。白髪のエルフがさっと振り向き、射手たちに叫ぶと、全員が弓を下げた。

　リルが空き地に現れた。

　もはや粗布の服を着た、やせた農家の娘ではない。空き地に茂る草を通って歩いて——いや、歩いてではなく浮かんで——くるのは金髪で、燃える目をした、魅力的な光り輝く女王だ。花輪と麦の穂と香草の束で飾った〈野辺の女王〉。左側に突っぱった脚でぱたぱた走る若い雄ジカを、右側にはがさがさ音を立てる巨大なハリネズミをしたがえている。

「ダナ・メブ」フィラヴァンドレルが敬意をこめて呼びかけ、頭をさげてひざまずいた。ほかのエルフたちも膝をついた——ゆっくりと、しぶしぶながら次々にひざまずき、うやうやしく低く頭をさげた。最後にトルヴィエルが膝をついた。

「ご挨拶《ハエル》を、ダナ・メブ」フィラヴァンドレルがもういちど呼びかけた。

リルは答えず、フィラヴァンドレルの数歩手前で立ちどまり、青い瞳でダンディリオンとゲラルトを見やった。トルクが頭をさげて縄の結び目を切りはじめた。エルフは誰ひとり動かない。

リルがフィラヴァンドレルの正面に立った。リルは無言で、かすかな音ひとつ立てなかったが、エルフの表情が変わり、ゲラルトは二人を取り巻く霊気を感じた。たしかに二人は意思を通じ合わせていた。トルクがいきなりゲラルトの袖を引き、ささやいた。

「おまえの友だちは失神すると決めたらしい。いいところで。どうする？」

「顔を数回はたけ」

「よっしゃ」

フィラヴァンドレルが立ちあがった。彼の指示でエルフたちはすばやく馬の背に鞍をつけはじめた。

「一緒に来てほしい、ダナ・メブよ」白髪のエルフが言った。「あなたが必要だ。われわれを見捨てないでくれ、〈永遠なる者〉よ。われわれからあなたの愛を奪わないでくれ。それがなければわれわれは死んでしまう」

リルはゆっくりと首を振り、山脈のある東のほうを指し示した。フィラヴァンドレルは頭をさげ、白いたてがみの馬の豪華な手綱を握りしめた。

青白い、うつろな顔のダンディリオンがトルクにささえられて近づいた。リルは詩人を見てほほえんだ。それからウィッチャーの目をのぞきこみ、長々と見つめた。リルはひとこともしゃべらなかった。言葉は必要なかった。

エルフのほとんどが鞍にまたがったところで、フィラヴァンドレルとトルヴィエルが近づいた。ゲラルトは包帯の上から見える女エルフの黒い目を見つめた。

「トルヴィエル……」それきり言葉はとだえた。

トルヴィエルはうなずき、鞍頭からリュートを取った。軽くて、胴の部分にしゃれた象《ぞう》嵌《がん》があしらわれ、細いネックに彫刻がほどこされた逸品だ。トルヴィエルは無言でダンディリオンに差し出した。ダンディリオンはリュートを受け取り、ほほえんだ。やはり言葉はなかったが、その目は多くを語っていた。

「さらばだ、奇妙な人間よ」フィラヴァンドレルがおだやかな声でゲラルトに言った。

「おまえの言うとおりだ。言葉は必要ない。言葉では何も変わらない」

ゲラルトは無言だ。

「少し考えてみたが」フィラヴァンドレルが続けた。「おまえが正しいという結論に達した。おまえがわれわれをあわれんだときに。さらばだ。ふたたび会う日まで、われわれが誇り高く死ぬべく谷にやってくる日まで。そのときはおまえを探す、トルヴィエルとともに。われわれをがっかりさせないでくれ」

長いあいだ二人は無言で見つめ合った。やがてウィッチャーは短く、そっけなく答えた。

「やってみよう」

Ⅶ

「すごいぞ、ゲラルト」ダンディリオンが演奏をやめ、リュートを抱きしめて頬ずりした。「木が勝手に歌う！　弦は生きている！　なんとすばらしい音色だ！　まったく、こんなみごとなリュートが手に入るなら、二、三回蹴られて少しばかり怖い思いをするくらい安いもんだ。こんなものがもらえるとわかっていたら、夜明けから夕暮れまで蹴られたってかまわなかった。ゲラルト？　聞いてるか？」

「おまえたち二人が立てる音を聞かずにいるのは至難の業だ」ゲラルトは本から顔をあげ、シルヴァンを見やった。トルクはさまざまな長さのアシで作った奇妙な笛をしつこくピーピー鳴らしている。「聞いている、というより、近所じゅうに聞こえてる」

「ダベルシェイス、近所もなにもあるもんか」トルクが笛を脇に置いた。「あるのは不毛の地だ。荒野だ。なんにもない場所だ。ああ、麻が恋しい！」

「トルクは麻が恋しいか」ダンディリオンは繊細な彫刻がほどこされたリュートの糸巻きを微妙に調節しながら笑い声をあげた。「だったら茂みのなかでヤマネみたいにじっと座ってりゃよかったんだ――娘たちを怖がらせたり、濠を壊したり、井戸を汚したりせずに。思うに、これからはもっと慎重になって、いたずらはあきらめろ、どうだ、トルク？」

「おれはいたずらが好きだ」トルクはそう言って歯を剥き出した。「いたずらのない人生なんか想像できない。でも、そうだな。新しい縄張りではもっと気をつける。もう少し慎むことにする」

その夜は雲が多く、風が吹いていた。突風がアシを吹き倒し、野営地を取り巻く低木の枝をざわざわと揺らした。ダンディリオンが乾いた小枝を焚火に投げ入れ、トルクは仮の寝床の上で身をよじり、しっぽで蚊を追い払った。湖面から魚がぱしゃんと跳びあがった。

「世界の果ての旅で見聞きしたことすべてをバラッドに歌おうと思う」ダンディリオンが言った。「そのなかにはきみも登場する、トルク」

「そんなにうまくいくと思うな」トルクが不満そうに言った。「おれもバラッドを書いて、おまえを登場させる。でも、これから十二年間、おまえがまともな場所では顔をさらせないような内容だ。気をつけろ！　おい、ゲラルト」

「なんだ」

「村の自由民から厚かましくせしめたあの本に何かおもしろいことが書いてあったか？」

「ああ」

「だったら読んでくれ、焚火が燃え尽きる前に」

「そうだ、それがいい」――ダンディリオンはトルヴィエルのリュートで美しい旋律をつまびき――「何か読んでくれ、ゲラルト」

ゲラルトは肘をついて寝そべり、分厚い本を焚火に引き寄せて読みはじめた。

「〝彼女を見かけるのは五月六月の初夏と十月のころだが、もっともよく見かけるのは〈大鎌の祭り〉の日、古代人がラマスと呼ぶ祭りの日なり。全身を花で飾った金髪の貴婦人の姿で現れ、生きとし生けるものすべてが、植物も動物もそのあとを歩き、つきしたがう。ゆえに彼女の名はリフィア。古代人はダナメビと呼んで大いにあがめる。野辺ならぬ、山に棲む〈あごひげ人〉さえブレメンマジェと呼んであがめる〟」

「ダナメビ」ダンディリオンがつぶやいた。「ダナ・メブ――〈野辺の貴婦人〉」

「〝リフィアが歩いた大地からは花が咲き、育ち、あらゆる生き物が豊かに繁殖する、それがリフィアの力なり。あらゆる種族が供物を捧げ、リフィアが自分たちの畑を訪れんことをと、むなしい望みを抱く。なんとなれば、いつの日かリフィアは、ほかよりすぐれた種族の村に定住するとも言われるから。しかし、これは女たちの話にすぎない。なんとなれば、いかにも賢者たちは言う――リフィアが愛する土地では、ありふれたリンゴのいちばん小さな木も、もっともあわれな虫も、みな同じように育つと。リフィアにとってはいかなる種族もいちばん細い木にすぎない。なんとなれば、それらもまたいずれは消え、新しい、別の種族が生まれるから。しかしリフィアは永遠なり、これまでも、これからも、ときの終わりが訪れるまで〟」

「ときの終わりが訪れるまで！」吟遊詩人が歌い、リュートを鳴らすと、トルクがアシ笛の甲高いトリルで加わった。「ハエル、〈野辺の貴婦人〉よ！　畑の恵みを、ドル・ブラサンナの花々を、そして矢で穴だらけにならずにすんだこの皮膚を祝して。なあ、ひとつ思ったんだが」ダンディリオンは演奏をやめ、リュートを子どものように抱きしめて顔を曇らせた。「このバラッドで、エルフと、彼らが闘わなければならない苦難について歌うのはやめておく。ただでさえ山奥へ行きたがるクズどもにはこと欠かないのに……なぜ急いで――」そこで黙りこんだ。

「最後まで言え」トルクが苦々しく言った。「こう言いたかったんだろう――〝避けられないことをなぜ急ぐ必要がある？　どうしようもないことを〟」

「その話はよそう」ゲラルトがさえぎった。「なぜ話さなきゃならない？　言葉は必要ない。リルのように」

「リルはエルフと精神感応《テレパシー》で話していた」ダンディリオンがぼそりと言った。「そう感じた。そうだろう、ゲラルト？　いずれにせよきみはあのようなやりとりを感じられるはずだ。わかったか……リルがエルフになんと伝えていたか」

「いくらかは」

「彼女は何を話していた？」

「希望。彼らをよみがえらせるもの、それをとどめないものについて」

「それだけか」

「それで充分だ」

「ふむ……。なあ、ゲラルト。リルは村で人々と暮らしている。きみはリルが――」

「――村に住みつづけるかどうか？　このドル・ブラサンナに？　おそらく。もし……」

「もし？」

「人々がリルの存在価値を認めるならば。世界の果てが世界の果てでありつづけるならば。おれたちが境界を侵さないならば。だが、この話はもうよそう、二人とも。寝る時間だ」

「そうだな。そろそろ真夜中だ。火も尽きかけた。でも、ぼくはまだしばらく起きていよう。消えかかる焚火のそばが、いちばん韻が浮かんでくるんだ。バラッドの題名も決めなきゃならない。いかしたやつを」

「『世界の果て』はどうだ？」

「陳腐だ」ダンディリオンは鼻で笑った。「たとえ本当に〝果て〟だとしても別の言いまわしがほしい。もっと比喩的な。比喩が何かは知ってるだろう、ゲラルト？　ふむ……。そうだな……。『どこか……』……。くそっ、違うな。『どこか――』

「おやすみ」デビルが言った。

理性の声6

　ゲラルトはシャツのひもをほどき、首から濡れた亜麻布を剥いだ。洞穴のなかはとても暖かい、というより暑いほどで、空気は重く湿り、苔におおわれた巨岩や玄武岩の壁の表面で湿気が水滴になっている。

いたるところに植物が茂っていた。それらは、岩盤を切り出して泥炭を詰めた苗床や巨大な容器、桶や植木鉢から生え、岩を這いのぼり、つる棚と支柱を伝って伸びていた。ゲラルトは生い茂る植物をしげしげと見つめ、めずらしい種類があるのに気づいた。ウィッチャーの薬や霊薬《エリクサ》、媚薬や魔法使いの煎じ薬の材料となるものもあれば、さらに稀少で、どんな特徴があるのか想像するしかないようなもの、なかにはゲラルトが見たことも聞いたこともない植物もあった。星形の葉を伸ばすメリロート、大きな植木鉢からぎっしりと球状になってあふれるホコリガシラ、血のように赤い実におおわれたノミノツヅリの若芽。肉厚で、太い葉脈の入ったファスティム、赤金色で卵形のハカルナグサ、黒っぽい矢のようなノコギリソウ。四角い石のそばには羽のようなチノイケゴケがはびこり、カラスノメの光る塊茎《かいけい》とネズミノオランのトラ縞の花びらも見える。

洞穴の日陰には畑の石のような、ふっくらしたセワントノキノコの灰色の笠が生え、その横にはあらゆる毒や毒素に効くリーチクラスターが育っていた。地面深く埋まった容器から顔を出す灰黄色の地味な茂みはスカリクスで、その根には万能で強力な薬効成分が含まれている。

洞穴の中央には水生植物が並んでいた。ツノゴケとカメウキクサがあふれる大桶。大型寄生牡蠣《ガキ》の餌となるゼニゴケの硬く締まった表皮におおわれた水槽。ガラスの水槽は幻覚作用のあるビティップのねじれた根茎や濃緑でほっそりしたクリプトコリン、密集する線虫で満たされ、泥と砂粒のたまった桶は無数の藻菌や藻、カビや湿地地衣類の土壌となっていた。

巫女の長衣の袖をまくりあげたネンネケがカゴからハサミと骨製の小さな熊手を取り出し、仕事に取りかかった。洞穴には天井の巨大な水晶岩ごしに光が射しこみ、ゲラルトはその条《すじ》にはさまれた長椅子に座った。

ネンネケはつぶやき、小さく鼻歌を歌いながら生い茂る葉や若芽に手際よく両手を突っこみ、ハサミで切り取ってはカゴを草の束でいっぱいにしていった。植物の支柱や枠の位置を直し、ときおり小さな熊手で土を掘り返す。たまに腹立たしげにつぶやいては、枯れたり腐ったりした茎を引き抜き、腐植土の容器に投げ入れた。これはキノコや、ゲラルトの知らない、ヘビのような鱗のあるねじれた植物の肥料になる。そもそもそれが植物なのかどうかもよくわからない。ゲラルトにはぬめぬめと光る根茎がかすかに動き、髪の毛のような分枝を巫女の手のほうに伸ばしたような気がした。

暖かい。暑いほどだ。

「ゲラルト」

「なんだ？」ゲラルトは引きずりこまれそうな眠気を振り払った。ネンネケがハサミをもてあそび、スナツメトビクサの大きな羽のような葉の向こうから見ていた。

「まだ発たないで。ここにいて。あと数日」

「いや、ネンネケ。そろそろ出発する」

「なぜそんなに急ぐの？　ヘレヴァルドのことは心配しないで。さすらいのダンディリオンのことなら、勝手に行かせて首の骨でも折るままにさせておけばいい。だからもうしばらくいて、ゲラルト」

「いや、ネンネケ」

ネンネケがハサミをぱちんと鳴らした。

「そんなに急ぐのは、ここで彼女に見つかるのが怖いから？」

「そうだ」ゲラルトはしぶしぶ認めた。「鋭いな」

「そのくらい想像がつくわ」ネンネケはつぶやいた。「でも、その心配はない。イェネファーはもう来たわ。二カ月前に。そんなにすぐに戻ってはこないでしょう——口論になったから。いいえ、あなたのせいじゃない。イェネファーはあなたのことは何もたずねなかった」

「何も？」

「気になるのはそこ？」ネンネケが声を立てて笑った。「自分勝手ね、男はみなそう。興味を持たれないほどつらいことはない、でしょう？　そっけなくされるよりも。がっかりしなくてもいいわ。彼女のことはよく知っている。イェネファーは何もきかなかったけれど、あたりを注意深く見ていた——あなたの形跡を探して。そしてあなたにひどく腹を立てていた、そう感じた」

「なぜ口論になった？」

「あなたには関係ない」

「言わなくてもわかっている」

「それはどうかしら」ネンネケは支柱を直しながら淡々と言った。「あなたはイェネファーのほんの表面しか知らない。それを言うなら、彼女もあなたの表面しか知らない。あなたたちを結びつける関係をまさに象徴している、それとも結びつけていたと言うべき？　あなたたちは二人とも原因には目を向けず、結果だけをひどく感情的に評価することしかできない」

「イェネファーは治療法を求めてやってきた」ゲラルトが冷たく言った。「口論の原因はそれだ。そうだろう？」

「わたしは否定も肯定もしない」

　ゲラルトは立ちあがり、天井の水晶岩から降りそそぐ光のなかに立った。

「ちょっと来てくれ、ネンネケ。これを見てほしい」ゲラルトは腰帯の隠しポケットを開けて小さな包み――ヤギ革製の小さな金袋――を出し、手のひらに中身を振り出した。

「ダイヤモンドがふたつ、ルビーがひとつ、きれいな軟玉が三つに、おもしろい瑪瑙《めのう》がひとつ」ネンネケはなんでも知っている。「全部でいくら？」

「二千五百テメリアオレン。ヴィジマのストリガ代だ」

「切り裂かれた首の代金」ネンネケは顔をしかめた。「まあ、それは値段の問題ね。でも、現金を宝石に変えたのは賢明だった。オレンは弱く、ヴィジマの貴石の値段は――マハカムのドワーフの鉱山が近いせいで――高くない。これをノヴィグラドで売れば少なくとも五百ノヴィグラドクラウンにはなる。そしていまクラウンは六オレン半の価値があり、なおもあがりつつある」

「これをあずかってほしい」

「金庫がわりに？」

「いや。軟玉はこの寺院に、つまりその、女神メリテレへの捧げ物として。残りは……彼女に。イェネファーのために。次に彼女がここを訪ねてきたら渡してくれ、きっと近いうちだと思う」

ネンネケはゲラルトをまっすぐ見返した。

「わたしだったらこんなことはしない。もっと怒らせるだけよ――そんなことが可能だとしたら。すべてなるがままにしておきなさい。あなたはもはや何かを修復できる立場でも、何かを改善できる立場でもない。あなたは彼女から逃げた、その振る舞いは……成熟した男にふさわしいとはとても思えない。その罪を宝石で償《つぐな》おうだなんて、成熟を通り越して、盛りをとうに過ぎた男の振る舞いよ。これほど我慢ならない男のたぐいはないわ」

「彼女は独占欲が強過ぎる」ゲラルトは顔をそむけてつぶやいた。「それに耐えられなかった。イェネファーはおれをまるで――」

「やめて、わたしに泣きつくのは」ネンネケが鋭く制した。「わたしはあなたの母親でも、秘密を打ち明ける親友でもない。イェネファーがあなたをどうあつかったかなど知りたくもない、あなたが彼女をどうあつかったかにいたってはなおさらよ。あなたたちの仲を取り持つ気はないし、くだらない宝石を渡すつもりもない。どうしても愚か者になりたいのならどうぞ、ただし、わたしを仲介者に使わないで」

「誤解だ。イェネファーの気持ちをなだめようとか、宝石でなびかせようなどとは思っていない。だが、彼女にはいくらか借りがある。彼女が受けたがっている治療はかなり高額だ。助けになりたい、それだけだ」

「あなたがこんなにバカだとは思わなかった」ネンネケは地面からカゴを持ちあげた。「高額の治療？　助け？　ゲラルト、彼女にとってこの宝石は唾を吐きかける価値もないがらくたよ。イェネファーが高位の貴婦人の望まない妊娠を中絶することでいくらかせぐか知ってる？」

「たまたま知った。不妊治療でさらにかせいでいることも。それなのに自分を治せないのが口惜《くや》しい。だからイェネファーは助けを求めつづけている――きみのような人に」

「誰も助けにはなれない。不可能よ。イェネファーは魔法使い。多くの女魔法使いと同様、彼女の卵巣は退化し、もとには戻せない。永遠に子どもは持てない」

「すべての女魔法使いがその障害を負うとはかぎらない。それについては少し知っている、そしてきみも」

　ネンネケは目を閉じて答えた。「ええ、知っているわ」

「例外があれば、それは法則にはならない。法則を立証するために、例外に関してよくある嘘をつくのはやめてくれ。本物の例外を教えてくれ」

「例外に関して言えるのはひとつだけ」ネンネケは冷ややかに言った。「たしかに例外は存在する。それはたしかよ。でも、イェネファーは……。残念ながら例外ではない。少なくともいま話している障害に関しては。それ以外の点については、彼女ほど例外だらけの人はまずいない」

「魔法使いは死者を生き返らせる」――ゲラルトはネンネケの冷たい口調にも、当てつけにも表情ひとつ変えず――「実際に生き返った例を知っている。おれには、死者を生き返らせるほうが退化した器官をもとに戻すより難しいように思えるが」

「それは間違いよ。なぜなら、退化した器官が完全に復元したとか、内分泌腺が完全に再生したという実例をわたしはひとつとして知らないから。ゲラルト、もうよしましょう。だんだん身の上相談じみてきたわ。この分野についてあなたは何も知らない。わたしは知っている。イェネファーはいくつかの能力を得る代償として、ほかの能力を失った、わたしがそう言えば、それはそうでしかありえない」

「それほどはっきりしているなら、なぜ彼女はあんなにも探しつづけて――」

「あなたは何もわかっていない」巫女がさえぎった。「情けないほど何も。イェネファーの心配よりも自分の心配をしたら？　あなたの体も取り返しのつかない変化を受けている。イェネファーの執着に驚いているけれど、そういうあなたはどうなの？　あなたもふつうの人間にはなれないとはっきりしているのに、いまもそうなろうとしている。人間らしいあやまちを犯して。ウィッチャーなら犯すべきではないあやまちを犯して」

　ゲラルトは洞穴の壁にもたれ、額の汗をぬぐった。

「あなたは答えない」ネンネケはかすかに笑みを浮かべた。「驚くことではないわ。理性の声で話すのは楽ではない。あなたは病んでいる、ゲラルト。まだ本調子ではない。霊薬に反応しない。脈は速く、瞳の拡張は遅く、反応は鈍い。簡単な印《いん》すらまともに結べない。なのに旅に出るの？　治療を受けるべきよ。療法を。そして、その前にトランスを」

「それでイオラを送りこんだのか？　療法の一環として？　トランスに楽に入れるように？」

「どこまでバカなの！」

「バカだが、そこまでバカじゃない」

ネンネケは顔をそむけ、ゲラルトが知らない蔓植物の太い茎に両手をからませた。

「好きになさい」巫女はあっさりと言った。「そう、わたしはイオラを送りこんだ。療法の一環として。言わせてもらえば、それは効果があった。翌日、あなたの反応はずっとよくなった。気分が安定した。イオラにもある種の療法が必要だった。怒らないで」

「療法やイオラに怒っているのではない」

「でも、聞こえてくる理性の声には怒りが湧く」

ゲラルトは無言だ。

「トランスを受けて」ネンネケは繰り返し、洞穴の植物園を見まわした。「イオラは準備ができている。イオラはあなたと肉体的にも精神的にも接触した。どうしても発つというのなら、やるのは今夜しかないわ」

「いや。やるつもりはない。いいか、ネンネケ、イオラはトランスのあいだに予言を始めるかもしれない。予言し、未来を読むかもしれない」

「まさにそのためよ」

「そうだ。だが、おれは未来など知りたくない。それがわかったら、おれはいまやっていることをどうやればいい？　いずれにしても未来はわかっている」

「本当に？」

　ゲラルトは無言だ。

「まあいいわ」ネンネケはため息をついた。「行きましょう。ところでゲラルト？　詮索するつもりはないけれど……。どうやって出会ったの？　あなたとイェネファー。どんなふうに始まったの？」

　ゲラルトは頬をゆるめた。

「始まりは、おれとダンディリオンが朝食に食べるものが何もなくて、魚を釣ろうとしていたときだ」

「魚のかわりにイェネファーを釣ったってこと？」

「何があったのか話そう。だが、夕食のあとだ。腹が減った」

「じゃあ行きましょう。必要なものはすべて集めたわ」

　ゲラルトは出口に行きかけ、もういちど洞穴の温室を見まわした。

「ネンネケ」

「何？」

「ここにある植物の半分は、もうこの場所でしか育たない。そうだろう？」

「ええ。半分以上は」

「なぜ？」

「女神メリテレの恩寵のおかげだと言っても、どうせあなたは納得しない、でしょう？」

「納得しないだろうな」

「そうだと思った」ネンネケは笑みを浮かべた。「いい、ゲラルト、このまぶしい太陽はいまも輝いている。でも、かつての輝きかたとはずいぶん違う。興味があれば研究書を読んでみて。でも、時間を無駄にしたくないのなら、水晶の屋根が濾材《フィルター》の働きをするという説明で満足してちょうだい。水晶が、日光のなかに増えつつある致命的な光線を取り除く。だから、世界じゅうどこを探しても自生しない植物がここでは育つ」

「なるほど」ウィッチャーはうなずいた。「では、おれたちは、ネンネケ？　おれたちはどうなる？　おれたちも太陽を浴びている。おれたちもあのような屋根の下に隠れるべきじゃないか？」

「原則としてはそう」ネンネケはため息をついた。「でも……」

「でも、なんだ？」

「もう手遅れよ」

最後の願い

I

　ナマズはひげのある頭を水面に出して釣り糸をぐいと引き、しぶきをあげて水をかき乱し、白い腹をちらっと見せた。

「用心しろ、ダンディリオン！」ウィッチャーが濡れた砂にかかとを食いこませて叫んだ。

「つかまえろ、くそっ！」

「つかまえてるさ……」吟遊詩人がうめいた。「なんと、こいつはでかい！　魚というより海獣だ！　かなり食べでがあるぞ、ありがたや！」

「ゆるめろ。ゆるめないと糸が切れる！」

ナマズは川床にへばりつき、川の湾曲部に向かう流れに逆らった。糸がひゅんとうなり、ダンディリオンとゲラルトの手袋が煙をあげた。

「引け、ゲラルト、引け！　ゆるめるな、手もとでからまる！」

「糸が切れる！」

「いや、切れない、引け！」

二人は背を丸めて引っぱった。糸がしゃっと水を切り、震え、朝日を浴びた水銀のように光るしぶきを跳ね散らかした。ナマズが水面真下の水を泡立たせて顔を出したとたん、張りつめた糸がゆるみ、二人はあわててゆるんだ糸をたぐり寄せた。

「燻製にしよう」ダンディリオンがあえぎながら言った。「村に持ちこんで燻製にしてもらう。頭はスープだ！」

「気をつけろ！」

腹の下に浅瀬を感じたナマズは、三メートル半もありそうな体の半分を水面から突き出して頭を振り、平らな尾びれを叩きつけて鋭く深みにもぐった。二人の手袋がふたたびくすぶった。

「引け、引け！　川岸のほうだ、このとんま！」

「糸がきしんでる！　ゆるめろ、ダンディリオン！」

「持ちこたえられる、心配するな！　頭は……スープに……」

ナマズはふたたび川岸に近づいて体をうねらせ、怒ったように――そんなに簡単にスープ鍋に入ってたまるかとでもいうように――抵抗した。水しぶきが空中二メートル近くまであがった。

「皮は売ろう……」ダンディリオンは顔を真っ赤にして踏ん張り、両手で釣り糸を引いた。

「そしてひげは……このひげで……」

ダンディリオンがナマズのひげで何を作るつもりだったのかは、それきり誰にもわからなかった。釣り糸がぶつっと音を立てて切れ、二人の釣り人はバランスを失い、濡れた砂に倒れこんだ。

「ちくしょう！」ダンディリオンのすさまじいどなり声がヤナギ並木を突き抜け、響きわたった。「でかい餌を持っていかれた！　死んじまえ、このくそナマズ」

「だから言ったんだ」ゲラルトは濡れたズボンを揺すり、「言っただろう、引くときは力を入れるなと。すべて台無しだ、友よ。おまえが漁師なら、ヤギの尻はらっぱだ」

「それは違う」詩人はむっとし、「そもそも怪物ナマズが餌に食いついたのはぼくのおかげだ」

「ほう、そうか？　おまえは釣り糸をしこむおれに指一本貸さなかった。リュートをかき鳴らし、そこらじゅうに聞こえる声で歌っていただけだ」

「そうじゃない」ダンディリオンは歯を剥いた。「きみが寝ていたあいだ、ぼくは釣り針から地虫をはずし、茂みのなかで見つけた死んだカラスをつけた。朝、きみがカラスを引き出したときの顔が見たかったな。それでナマズはカラスに食いついた。地虫のままだったら何もかかっていない」

「ああ、ああ、そうだろうとも」ゲラルトは木製の小さな熊手に釣り糸を巻き取り、川に唾を吐いた。「だが糸は切れた、おまえがばか力で引っぱったからだ。その口を閉じて残りの糸を巻きあげろ。太陽がすっかり顔を出した、そろそろ出発だ。荷物をまとめろ」

「ゲラルト！」

「なんだ？」

「もう一本の釣り糸にも何かかかってる……。いや、くそっ、からまってるだけか。ふん、石のようにからまって、ほどけない！　ああ、なんだ……。ハハッ、ぼくが釣りあげたものを見ろ。デズモッド王時代のはしけの残骸にちがいない！　こいつはすごいぞ！　見ろ、ゲラルト！」

　吟遊詩人の言葉はどうみても大げさだった。水中から引きあげられたのは腐った縄と網と藻の塊で、かなり大きかったが、伝説の国王時代のはしけにはほど遠い。ダンディリオンは土手にがらくたを散らかし、靴の先で塊をほじくりはじめた。藻がヒルやヨコエビや小ガニでうごめいている。

「ハハッ！　これを見ろ！」

ゲラルトが興味をひかれて近づいた。欠けた炻器《せっき》の壺で、両手のついた素焼きのアンフォラの壺のようだ。まわりに網がからまり、腐った藻と、密集するトビケラの幼虫とカタツムリで黒ずみ、悪臭のする軟泥がしたたっている。

「おい！」ダンディリオンはまたもや得意げな声で、「これが何かわかるか？」

「古い壺だ」

「残念でした」ダンディリオンは貝殻と、固まって光る泥を掻き落とし、「これは魔法の壺だ。なかには精霊《ジン》がいて三つの願いをかなえてくれる」

ゲラルトは鼻で笑った。

「笑うがいい」ダンディリオンは掻き取り作業を終え、身をかがめてアンフォラの壺をすすいだ。「だが、壺の口には封印があり、魔法使いの印《しるし》が描いてある」

「どんな印だ？　見せろ」

「ああ、そういうことか」ダンディリオンはさっと壺を背中に隠した。「ほかに何がほしい？　見つけたのはぼくだから、願いは全部ぼくのものだ」

「封印に触れるな！　そのままにしておけ！」

「放せ！　これはぼくのだ！」

「ダンディリオン、気をつけろ！」

「わかってる！」

「触るな！　ああ、やめろ！」

もみ合ううちに壺は砂地に落ち、赤く光る煙が噴き出した。

　ゲラルトは跳びのき、剣を取りに野営地に走った。ダンディリオンは胸の前で腕組みしたまま動かない。

　煙は脈動し、ダンディリオンの目の高さでいびつな球体になった。球体は大きな両目とくちばしめいたものがついた、鼻のない、一メートル八十センチのゆがんだ頭になった。

「ジンよ！」ダンディリオンが片足をどんと踏みしめた。「今日のこの日、われは汝を解き放つ、われは汝の主人なり。わが望みは――」

　頭がくちばしをぴしっと閉じた。よく見ると、くちばしではなく、垂れさがり、ゆがみ、変形しつづける唇のようだ。

「逃げろ！」ゲラルトが叫んだ。「逃げろ、ダンディリオン！」

「わが望みはこうだ」ダンディリオンは続けた。「ひとつ、シダリスの吟遊詩人ヴァルド

・マルクスができるだけ早く卒中で死にますように。ふたつ、ケルフの町に住む、誰の誘いにも応じないヴァージニアという伯爵の娘がわが口説きに応じますように。三つ――」

ダンディリオンの三つめの願いは誰にもわからなかった。

不気味な頭から怪物じみた二本の鉤爪が現れ、ダンディリオンの喉をつかんだ。詩人が悲鳴をあげた。

ゲラルトは三歩で怪物の頭に近づき、銀の剣をひらめかせて、そのまんなかをすぱっと斬った。空気がうなり、頭は煙を吐いて、みるみる直径が倍になった。それに合わせて、さっきより巨大化した、怪物じみたあごがぱっと開いてぴしゃっと閉じ、ヒューッと音を立てた。鉤爪がもがくダンディリオンを引きまわし、地面に叩きつけた。

ゲラルトは指を交差させて〈アードの印《いん》〉を結び、集められるだけのエネルギーを頭の怪物に投げつけた。エネルギーは目もくらみそうな条《すじ》になって怪物を取り巻く光を切り裂き、命中した。その音はゲラルトの耳を突き刺すほどすさまじく、破裂によって吸いこまれた空気がざわざわとヤナギを揺らした。耳を聾《ろう》さんばかりのうめきはますます大きくなったが、怪物はダンディリオンを放すと、宙に舞いあがって円を描き、鉤爪を振りまわしながら川面《かわも》を飛びこえた。

じっと横たわるダンディリオンに駆け寄り、抱き起こした瞬間、ゲラルトの指が砂に埋まった丸い物に触れた。

真鍮製の封印で、表面にこわれた十字架と九芒星《きゅうぼうせい》の印が描かれていた。

川の上空に浮かんだ煙の頭は干し草の山ほどの大きさになり、うなりをあげる開《ひら》いたあごはふつうの納屋の入口ほどにもなった。それが鉤爪を伸ばし、襲いかかってきた。

ゲラルトはどうしようもなく、封印を握りしめた手を怪物に突き出し、かつてどこかの巫女から教わった魔よけの言葉を叫んだ。その言葉を使ったのは初めてだった。ゲラルトは基本的に迷信を信じない。

だが効果は予想を超えていた。

封印がシューッと音を立て、手が焼けそうに熱くなった。巨大な頭は川の上空で凍りついたように動かず、しばらく浮かんでいたが、やがて吠え、うなり、みるまにほどけて脈打つ煙の塊になり、巨大な渦巻き雲になった。雲は甲高い声で叫び、川の表面に波を起こし、ものすごい速さで川の上流に向かったかと思うと、あっというまに遠くへ消え、川面にはだんだん遠ざかる咆哮だけが残った。

ゲラルトは砂の上でうなだれるダンディリオンに駆け寄った。

「ダンディリオン？　生きてるか？　くそっ、ダンディリオン！　どうした？」

ダンディリオンはびくっと頭を動かし、両手を振り、叫ぼうと口を開けた。ゲラルトは顔をしかめ、いぶかしげに目を細めた。ダンディリオンの声は訓練された——しかも声量のある——テノールで、おびえたときにはとんでもない音域にまで達する。だが、詩人の喉から出てきたのは、ほとんど聴き取れないようなしゃがれ声だった。

「ダンディリオン！　どうした？　答えろ！」

「ヒヒヒ……ィィィ……ケェェェ……シィィィホォォォルル……」

「痛いのか？　どうした？　ダンディリオン！」

「ヒィィィ……ホォォォォ……」

「何も言うな。大丈夫なら、うなずけ」

ダンディリオンは顔をゆがめ、やっとのことでうなずくと、すぐに横向きになって身を丸め——喉を詰まらせて咳きこみ——血を吐いた。

ゲラルトが毒づいた。

Ⅱ

「これはなんと！」番兵があとずさり、ランタンを下ろした。「何があった？」

「通してくれ」ゲラルトは鞍の上でうずくまるダンディリオンをささえたまま静かに言った。「見てのとおり、ひどく急いでいる」

「そのようだ」番兵はダンディリオンの青ざめた顔と黒い乾いた血におおわれたあごを見て息をのんだ。「ケガか？　ひどそうだな」

「急いでいる」ゲラルトは繰り返した。「夜明けから馬を走らせてきた。頼む、通してくれ」

「それはできない」別の番兵が言った。「通れるのは夜明けから日没のあいだだけだ。夜は誰も通れない。命令だ。国王か町長の通行証がないかぎり――もしくは紋章つきの貴族でないかぎり――通行はできない」

ダンディリオンがしゃがれ声でうめき、ますます身を丸め、額を馬の首にもたせかけてぶるっと震え、吐きそうな声を出した。新たな血が一筋、馬の首の乾いた筋状の模様の上を流れ落ちた。

「あんたがた」ゲラルトはできるだけ冷静な口調で、「どんなに具合が悪いかは見ればわかるだろう。手当してくれる人を見つけなければならない。通してくれ。頼む」

「どんなに頼まれても」番兵は矛槍に寄りかかり、「命令は命令だ。あんたたちを通したらおれはさらし台行きだ。仕事を追われたら、どうやって子どもたちを食わせればいい？

だめだ、通すわけにはいかない。友人を馬から降ろし、物見櫓《ものみやぐら》の部屋に寝かせろ。包帯をすれば夜明けまでもつだろう——運がよければ。夜明けはもうすぐだ」

「包帯じゃだめだ」ゲラルトは歯ぎしりした。「施療師か聖職者か腕のいい医者か——」

「誰にせよ、こんな夜中に叩き起こすわけにはいかない」もう片方の番兵が言った。「おれたちには、あんたたちが夜明けまで門の下で野宿せずにすむくらいのことしかさせてやれないが、あそこなら暖かいし、友人を寝かせる場所もある。鞍に座っているよりもましだ。さあ、こっちに、馬から降ろすのに手を貸そう」

　櫓のなかの部屋はむっとするほど暖かく、居心地がよかった。暖炉の火がぱちぱちとはぜ、その奥でコオロギが鋭く鳴いていた。

　重そうな四角いテーブルにジョッキと皿が置かれ、三人の男が座っていた。

「邪魔をして悪いが、だんながた……」ダンディリオンをささえる番兵が呼びかけた。

「相部屋を頼む……。こちらは騎士で、ええと……もう一人はケガ人だ、だから——」

「もちろんかまわん」細身で、きりっとした、表情豊かな男が振り向き、立ちあがった。

「さあ、この藁ぶとんに寝かせるといい」

　細身の男と、テーブルのもうひとりはエルフだった。人間とエルフの特徴が混ざった服装から判断すると、二人ともここに定住し、人間社会に融《と》けこんでいるらしい。いちばん年かさの三人目は人間で、その身なりと、兜に合うようにきっちり刈りこんだごま塩頭からして騎士のようだ。

「わたしはチリーダン」長身で表情豊かなエルフが名乗った。〈古き人々〉の例にたがわず、年齢を推測するのは難しい。二十歳かもしれないし、百二十歳かもしれない。「こちらは従兄弟のエルディル。こちらの貴族は騎士のヴラティミル」

「貴族か」ゲラルトはつぶやいたが、チュニックに刺繍された紋章を近くで見たとたん、望みは砕けた。盾形を十字に四分割したそれぞれに黄金のユリが描かれ、斜めに銀色の筋が一本入っている。ヴラティミルは非嫡出子であるばかりか、人間と非人間の両親のもとに生まれた男だ。つまり、紋章の使用は認められても本物の貴族ではなく、日没後も城門を通れるという特権は適用されない。

「残念ながら」——エルフはしげしげと紋章を見るゲラルトに気づき——「われわれもここで夜明けを待つ身だ。法に例外なし——少なくともわれわれのような者には。どうぞテーブルに、騎士よ」

「リヴィアのゲラルト。ウィッチャーだ、騎士ではない」

「なぜあんなことに?」チリーダンがダンディリオンを指さした。挨拶を交わしているまに、詩人は番兵たちの手で藁ぶとんに寝かされていた。「毒にやられたようだな。毒なら力になれる。よく効く薬がある」

　ゲラルトは椅子に座り、川でのできごとを手短に、慎重に語った。二人のエルフは顔を見合わせ、騎士は歯ぎしりして唾を吐き、顔をしかめた。

「なんと奇怪な」とチリーダン。「いったいなんだったのだろう？」

「瓶のなかのジン」ヴラティミルがつぶやいた。「おとぎ話のような――」

「そうとは思えん」ゲラルトは藁ぶとんの上で身を丸めるダンディリオンを指さした。

「こんな結末のおとぎ話はどこにもない」

「気の毒な友人の傷は、どう見ても魔法によるものだ」チリーダンが言った。「だとしたら薬はたいして役に立たない。だが、苦痛を和らげるくらいはできる。何か薬をあたえたか、ゲラルト？」

「痛み止めの霊薬《エリクサ》を」

「手を貸してくれ。彼の頭をささえて」

　ダンディリオンはワインで薄めた薬をごくごく飲み、最後の一滴でむせてぜいぜいとあえぎ、革の枕を唾だらけにした。

「彼のことは知っている」エルディルが言った。「ダンディリオン――吟遊詩人で、詩人だ。シダリスのエサイン王の宮廷で歌っているのを見たことがある」

「吟遊詩人か」チリーダンがゲラルトを見て繰り返した。「それはまずいな。非常にまずい。首と喉の筋肉がやられて、声帯が変化しはじめている。魔法の作用を一刻も早く止めないと……取り返しのつかないことになる」

「それはつまり……話せなくなるってことか」

「話すことはできる。おそらく。だが、歌は無理だ」

ゲラルトは無言でテーブルの椅子に座り、握った両こぶしに額を載せた。

「魔法使いしかない」ヴラティミルが言った。「魔法の薬か、魔法を使った治療が必要だ。別の町に連れていったほうがいい、ウィッチャー」

「なんだと？」ゲラルトは頭をあげた。「リンデはどうなんだ？　ここに魔法使いはいないのか？」

「レダニアじゅうを探しても魔法使いはなかなか見つからない」とヴラティミル。「そうだろう？　ヘリバート王が魔法に法外な税を課してから、魔法使いは首都や、国王の命令を厳格に実行する町を避けるようになった。しかもリンデの評議員は国王命令の遵守に熱心なことで有名だ。チリーダン、エルディル、そうだな？」

「ああ」エルディルが言った。「ただ……。チリーダン、話してもいいか？」

「話すがいい」チリーダンがウィッチャーを見た。「秘密にしても意味がない、どうせみな知っている。いまこの町に一人の女魔法使いが滞在している、ゲラルト」

「当然、お忍びか？」

「そうでもない」エルフがほほえんだ。「その女魔法使いはいわば個人主義者だ。〈魔法評議会〉がリンデに対して行なう拒否運動も、魔法使いを毛嫌いする地元の評議員たちも無視し、かなりうまくやっている。魔法使いがボイコットすればするほど魔法に対する需要はとてつもなく増えるからな。もちろん、その女魔法使いは税を払っていない」

「それを町の評議会は黙って見ているのか？」

「彼女は、ノヴィグラド出身の商人で、取引仲買人で、名誉特使でもある男の家に滞在している。誰も手を出せない。いわば聖域だ」

「聖域というより軟禁だ」エルディルが言いなおした。「あそこに閉じこめられているようなものだ。それでも依頼客にはこと欠かない。しかもみな金持ちだ。彼女は評議員たちをあざけるように舞踏会や豪華なパーティを開き——」

「評議員たちは腹を立て、だれかれかまわず彼女に敵対させ、できるだけ評判を落とそうと仕向けている」チリーダンが言葉をはさんだ。「連中が彼女に関する卑劣な噂を広め、ノヴィグラドの支配層に、その商人が女魔法使いをかくまうのを禁じさせようとしているのは間違いない」

「そんな面倒ごとにはかかわりたくないが」ゲラルトがつぶやいた。「しかたない。その商人大使の名は？」

「ボウ・ベラント」

そう答えたチリーダンの顔がゆがんだように見えた。

「ああ、たしかに、それがきみの唯一の希望だ。というか、ふとんでうめいている気の毒な友人の。だが、彼女がきみたちを助けるかどうかは……わからない」

「そこに行くなら気をつけろ」エルディルが言った。「町長の密偵が屋敷を見張っている。止められたらどうするかはわかっているな。カネはすべての扉を開く」

「町の門が開いたらすぐに行ってみよう。女魔法使いの名は？」

ゲラルトには、チリーダンの表情豊かな顔がかすかに赤らんだ気がした。いや、それとも暖炉で燃える火のせいか。

「ヴェンガーバーグのイェネファーだ」

「主人は就寝中だ」門番はゲラルトを見おろして繰り返した。背はゲラルトより頭ひとつぶん高く、肩幅は二倍近くありそうだ。「耳が聞こえないのか、この流浪者め。主人は寝ていると言ったんだ」

「ならば寝かせておけ」ゲラルトはうなずいた。「おれの用事はあんたの主人じゃない、ここに滞在しているレディだ」

「用事だと？」門番はその体格と見た目に似合わず、驚くほど機転が利いた。「だったら、おまえの欲求を満たしてくれる娼館へ行け、流れ者。このクズ」

ゲラルトは腰帯から金袋をほどいてひもをつかみ、手のひらで重みを量ってみせた。

「おれをカネで買えると思うなよ」いかめしい門番が誇らしげに言った。

「そんなことは思っていない」

これほどの巨漢は、たとえ相手がふつうの男でも、すばやい一撃をよけ、身を守るだけの反射神経を持ち合わせていない。ましてウィッチャーの攻撃の前にはまばたきするまもなかった。重い金袋が金属質の音を立ててこめかみを直撃し、門番は両手で枠をつかんで扉に倒れこんだ。ゲラルトは男の片膝に蹴りを入れて扉枠から引きはがし、肩で突きやり、もういちど金袋を見舞った。門番の目がうつろになって、滑稽なやぶにらみになり、脚がペンナイフのようにがくりと折れた。ほとんど意識はないのに大男がまだ動いているのを見て、ゲラルトは三たび、こんどは男の脳天に強烈な一撃を浴びせた。

そしてつぶやいた。「カネはすべての扉を開く」

玄関の間は暗かった。左側の扉から大きないびきが聞こえる。おそるおそるのぞきこむと、寝間着を腰までたくしあげた太った女が鼻いびきをかき、乱れたベッドで眠っていた。なんとも見苦しい光景だ。ゲラルトは門番をこの小さな部屋に引きずりこんで扉を閉めた。

右側に半開きの扉があり、その奥に石のくだり階段が続いている。その前を通ろうとしたとき、下のほうからくぐもった悪態と、がちゃがちゃという音と、器が割れる乾いた音が聞こえた。

下の部屋は調理道具がびっしり並ぶ広い厨房で、香草と木のにおいがした。陶器の水差しの破片が散らばる石の床に、男が真っ裸で膝をつき、低くうなだれていた。

「リンゴジュースが、くそっ」男はあやまって壁にぶつかった羊のように首を振り、つぶやいた。「リンゴ……ジュース。どこだ……召使はどこだ？」

「いまなんと？」ゲラルトは礼儀正しくたずねた。

男は頭をあげ、ごくりと唾をのんだ。目はうつろで、ひどく血走っている。

「彼女がリンゴのジュースがほしいと」男はいかにも大儀そうに立ちあがると、羊革の外套をかけた蓋つき箱に座り、焜炉《こんろ》にもたれた。「ジュースを……二階に持っていかないと

――」

「ひょっとして商人のボウ・ベラントであられるか？」

「声が大きい」男はつらそうに顔をゆがめた。「わめくな。いいか、その樽に……ジュースが入っている。リンゴの。それを何かに注いで……二階に持っていくのを手伝ってくれ、いいか？」

　ゲラルトは肩をすくめ、それからいたわるようにうなずいた。ふだんから飲みすぎないようにはしているが、商人のような状態をまったく知らないわけではない。ゲラルトは陶器のなかから水差しと錫製のマグカップを見つけ、樽からジュースを注いだ。ふといびきが聞こえ、振り向くと、ボウ・ベラントは深くうなだれ、ぐっすり眠りこんでいた。

　一瞬、ジュースを頭にかけて起こそうかと思ったが、考えなおし、水差しを持って厨房を出た。廊下は象嵌細工の重い扉で終わっている。ゲラルトはすべりこめるだけ扉を開け、そっとなかに入った。暗かったので瞳孔を開いた。そして鼻にしわを寄せた。

　あたりには酸っぱいワインとロウソクと熟れすぎた果物のにおいが立ちこめていた。さらに何か別の――ライラックとスグリを混ぜたようなにおい。

　ゲラルトは部屋を見まわした。中央のテーブルにはジョッキやカラフェ、酒杯、銀皿に大皿、象牙の持ち手のついたナイフやフォークが乱雑に散らばり、脇に押しやられた、しわだらけのテーブルクロスはワイン浸しで紫色の染みにおおわれ、燭台から垂れ落ちた蠟が固まっていた。プラムやモモの種、洋ナシの芯やブドウの茎のなかで、オレンジの皮が花のように光っている。酒杯がひとつ、テーブルから落ちて割れ、なかみが半分残ったもうひとつの酒杯からは七面鳥の骨が突き出し、その隣にかかとの高い黒いサンダルが片方載っていた。バシリスク皮製。靴の材料としてはもっとも高価だ。

　サンダルのもう片方は椅子の下――ぞんざいに脱ぎ捨てられた黒いドレスの上にあった。ドレスには白いひだ飾りと花柄の刺繍がほどこしてある。

　当惑と、このまま立ち去りたい気持ちにあらがいつつ、ゲラルトは心を決めかねてしばらく立っていた。だが、ここで帰ったら門番との乱闘が無駄になる。ゲラルトはなんであれ無駄なことをするのが嫌いだ。ふと、部屋の隅にらせん階段があるのに気づいた。

　階段にはしおれた白バラが四つと、ワインと真っ赤な口紅のついたナプキンが一枚落ちていた。ライラックとスグリのにおいがますます強まった。階段は寝室に通じていた。寝室の床には毛がふさふさした動物の大きな皮が敷かれ、敷物の上には白いバラが一面にあしらわれた、袖口がレースの白いブラウスが一枚と、黒いストッキングが片方。

　もう片方はドーム型のベッドの天蓋をささえる、彫刻のある四本柱のひとつからぶらさがっていた。柱の彫刻のモチーフはさまざまな体位でからみ合うニンフとファウヌスだ。

興味深いもの。こっけいなもの。それらが繰り返し彫りこまれている。

　ゲラルトは羽根ぶとんの下からのぞく豊かな黒髪を見ながら、聞こえるように咳払いした。羽根ぶとんが動き、うめいた。ゲラルトはさらに大きく咳払いした。

「ボウ？」豊かな黒髪がもごもごとたずねた。「ジュースは？」

「ああ」

　青白い三角の顔とスミレ色の目、かすかにゆがんだ薄い唇が黒髪の下に現れた。

「ううう……」唇がますますゆがんだ。「あああ……喉が渇いて死にそう……」

「どうぞ」

　女は寝具から這い出して上体を起こした。きれいな肩、形のいい首、そのまわりに、ダイヤモンドで光る星形の宝石のついた黒いビロードのチョーカーを巻いている。チョーカー以外には何も身につけていなかった。

「ありがとう」女はゲラルトの手からカップを取ってごくごく飲み、両腕をあげてこめかみに触れた。羽根ぶとんがさらにすべり落ち、ゲラルトは目をそらした――礼儀正しく、しぶしぶと。

「あなた誰？」黒髪の女は目を細め、羽根ぶとんで体を隠した。「ここで何をしているの？　そもそもベラントはどこ？」

「どの質問から答えたらいい？」

すぐにゲラルトは皮肉っぽい答えかたを後悔した。女が片手をあげたとたん、指先から金色の光線が飛び出した。ゲラルトはとっさに両手を交差させて〈ヘリオトロープの印《いん》〉を結び、顔の前で魔法をとらえたが、放出のすさまじい衝撃で壁に吹き飛ばされ、床にくずれ落ちた。

「やめろ！」女がふたたび片手をあげるのを見てゲラルトは叫んだ。「レディ・イェネファー！　平和的に話をしに来た、悪意はない！」

階段から足音が聞こえ、召使たちが寝室の戸口に群がった。

「レディ・イェネファー！」

「さがって」女魔法使いが淡々と命じた。「おまえたちに用はない。おまえたちは屋敷を見張るために雇われている。なのに、この男は忍びこんだ。となれば自分で始末するわ。そうベラントに伝えて。それから風呂の用意を」

ゲラルトがよろよろと立ちあがった。イェネファーは目を細め、無言で見ている。

「あなたはわたしの魔法をかわした」しばらくして言った。「あなたは魔法使いではない、それは間違いない。でも、反応は恐ろしく速かった。あなたが誰なのか教えて、平和的にやってきた見知らぬ人。それから答えは速いほうが身のためよ」

「リヴィアのゲラルト。ウィッチャーだ」

イェネファーは支柱に彫られたファウヌスの、つかむのにちょうどいい体の一部をつかんでベッドから身を乗り出した。そしてゲラルトから目を離さず、床から毛皮の襟のついた上着を拾いあげ、体にきつく巻いて起きあがった。もういちどマグカップにゆっくりとジュースをつぎ、一息に飲んで咳きこみ、近づいた。ゲラルトは、ついさっき壁に嫌というほど打ちつけた尻をこっそりさすった。

「リヴィアのゲラルト」イェネファーは繰り返し、黒いまつげの奥から見つめた。「どうやって入ったの？　なんの用？　ベラントは無事でしょうね」

「無事だ。レディ・イェネファー、助けてほしい」

「ウィッチャー」女魔法使いはさらに近づき、上着をいっそうきつく巻いてつぶやいた。「これほど近くで見るのは初めて。しかも、それが誰あろう名高い〈白狼《はくろう》〉とは。噂は聞いてるわ」

「想像はつく」

「何を想像しているのかしら」イェネファーはあくびをしてから、さらに近づき、「ちょっといい？」ウィッチャーの頬に触れ、目をのぞきこんだ。ゲラルトは歯を食いしばった。「あなたの瞳孔は勝手に光に適応するの？　それとも自分の意志で細めたり広げたりできるの？」

「イェネファー」ゲラルトは落ち着いた口調で言った。「おれはリンデまで一日じゅう、一度も休まず馬を走らせてきた。町の門が開くのを一晩、待った。おれを入れようとしなかった屋敷の門番の頭をなぐった。無礼にもきみの睡眠と平和をしつこく乱した。すべてはおれの友人がきみにしかできない助けを求めているからだ。彼を助けてくれ、お願いだ、それがすんだら、いくらでも変異と変異体ウィッチャーの話をしよう」

イェネファーは一歩さがり、不快そうに唇をゆがめた。

「どんな助け？」

「魔法で傷ついた器官の再生だ。喉、喉頭、声帯。深紅の霧で傷つけられた。そうとしか言えないもので」

「そうとしか言えないもの」女魔法使いは繰り返した。「つまり、あなたの友人を傷つけたのは深紅の霧ではなかった。だったら何？　話して。夜明けに眠りから起こされて、いまのわたしにはあなたの脳みそを探る力もなければ、そうする気もないの」

「ふむ……。最初から話したほうがよさそうだ」

「待って」イェネファーがさえぎった。「そんなにこみいった話なら、ちょっと待って。不快な後味、乱れた髪、べたつく目、その他もろもろの朝の不都合のせいで、わたしの理解力はひどく落ちている。地下にある浴室へ降りて。わたしもすぐに行くから、そこですべて話して」

「イェネファー、しつこいようだが時間がない。友人は――」

「ゲラルト」女魔法使いが鋭くさえぎった。「わたしはあなたのために――正午の鐘が鳴るまで寝ているつもりだったのに――ベッドから出た。朝食抜きでもかまわない。なぜかわかる？　あなたがリンゴジュースを持ってきてくれたから。あなたは急いでいる、頭のなかは苦しむ友人のことでいっぱいで、力ずくでここにやってきた、それでもなお、喉が渇いた女のことを考えた。あなたはわたしの気持ちをつかんだ、だから当然わたしは手を貸す。でも、お湯と石けんを使うまでは何をするつもりもない。行って。お願い」

「わかった」

「ゲラルト」

「なんだ」ウィッチャーは戸口で足を止めた。

「いい機会だから、あなたも入って。あなたの馬の年齢と種類はもちろん、毛の色までわかるわ、においで」

Ⅳ

イェネファーが浴室に入ってきたとき、ゲラルトは小さな丸椅子に座り、バケツの湯を浴びていた。ゲラルトは咳払いし、礼儀正しく背を向けた。

「恥ずかしがらないで」イェネファーは腕に抱えた服を掛け金にかけた。「裸の男を見ても気絶しないから。友人のトリス・メリゴールドいわく――一人を見たら全員を見たのと同じ」

ゲラルトはタオルを腰に巻いて立ちあがった。

「美しい傷」イェネファーがウィッチャーの胸を見てほほえんだ。「なんの傷？　鋸の刃の下で転んだ？」

ゲラルトは無言だ。女魔法使いはなまめかしく首をかしげ、検分を続けた。

「まぢかで見る初めてのウィッチャー、しかも真っ裸。ふふっ！」イェネファーは身を乗り出し、耳を澄ました。「心音が聞こえる。とても遅い。アドレナリンの分泌量を制御できるの？　ああ、職業的好奇心をゆるして。自分の体の特性に神経質なようね。あなたはその特性をわたしが大嫌いな言葉で――わたしがもっと嫌いな、もったいぶった皮肉で――説明しようとしている」

ゲラルトは無言だ。

「このくらいにしてあげる。お湯が冷めてしまうわ」イェネファーは上着を脱ぎ捨てようとして、ためらった。「あなたが話しているあいだに風呂に入るわ、時間を節約するために。でも、あなたを困らせるのは忍びない。そもそもわたしたちは初対面。だから、ここはたしなみというものを考えて――」

「おれが背を向ける」ゲラルトがおずおずと提案した。

「いいえ。自分が話す相手の目は見えてなきゃ。もっといい考えがあるわ」

呪文が聞こえ、ゲラルトのメダルが震え、黒い上着がするりと床に落ちた。そして水のはねる音がした。

「おれはきみの目が見えなくなった、イェネファー。残念だ」

姿が見えなくなった魔法使いは鼻で笑い、浴槽で水しぶきをあげた。「話して」

ゲラルトはタオルの下でズボンと格闘してようやく身に着け、長椅子に座り、ブーツの留め金を締めながら川岸での顚末《てんまつ》を――ナマズ騒動の大半を省いて――話した。イェネファーが釣り好きなタイプとはとても思えない。

雲の怪物が壺から抜け出たくだりになると、泡だらけの大きな海綿《スポンジ》の動きが止まり、声が聞こえた。「あらまあ、それはおもしろい。壺のなかのジンね」

「ジンではない」とゲラルト。「変種の深紅の霧みたいだった。新しい、誰も知らない型の――」

「誰も知らない新しい型は〝何か〟と呼ばれるに値する」透明のイェネファーが言った。「ジンと呼んでも悪くないでしょう。続けて」

ゲラルトは話を続けた。そのあいだも浴槽内の石けんは容赦なく泡立ち、湯があふれた。何かがゲラルトの目をとらえた。よく見ると、透明の魔法使いをおおう石けんで輪郭と形が浮かびあがっている。ゲラルトはその線に魅入られ、黙りこんだ。

「続けて！」何もないところ――ゲラルトがうっとりと見とれた輪郭の上――から急《せ》かす声がした。「それから？」

「それだけだ。そいつを追い払った、きみのいうジンとやらを――」

「どうやって？」ひしゃくが持ちあがって湯がかけられ、石けんの泡とともに輪郭も消えた。

ゲラルトはため息をついた。

「呪文だ。魔よけの」

「どんな？」ひしゃくからふたたび湯がかけられ、ゲラルトはひしゃくの動きをさらに熱心に目で追った。湯もまた――ほんの一瞬だが――体のここやあそこをちらっと見せている。ゲラルトは安全の法則にしたがい、母音の〝e〟を息つぎに置き換えて呪文を唱えた。法則を知っているところを見せて得意になっていた。だから、浴槽から笑い声が聞こえたときには驚いた。

「何がそんなにおかしい？」

「あなたの魔よけの呪文……」タオルが掛け釘から離れ、いきなり輪郭の残りをぬぐいはじめた。「トリスに話したらきっと笑い死にするわ。誰に教わったの、ウィッチャー？　その呪文？」

「ハルドラの神殿から来た巫女だ。寺院で使われる秘密の言語で――」

「一部の者には秘密でも」タオルが浴槽の縁を叩いて、しぶきが床に飛び散り、イェネファーが歩くたびに濡れた足跡がついた。「さっきのは呪文じゃないわ、ゲラルト。よその寺院では口にしないほうがいい」

「呪文でなければなんだ？」ゲラルトは二本の黒いストッキングが形のよい脚を順に浮かびあがらせるのを見つめた。

「気の利いた言いまわし」フリルのついた下着がきわだって興味深い動きで何もないところにくっついた。「かなり下品だけど」

大きな花の形のフリルがついた白いブラウスがひらりと舞いあがり、イェネファーの体の線を描いた。女性の大半が身につけるバカげた鯨の髭《コルセット》をつける気はないようだ。その必要もない。

「どんな？」

「言うほどのものでもないわ」

　丸椅子に載った四角いガラス瓶のコルクがぽんとはずれ、浴室にライラックとスグリが香りはじめた。コルクはなんどか円を描き、もとの場所に収まった。イェネファーがブラウスの袖のボタンを留め、ドレスを着て姿を現した。

「背中を留めて」鼈甲《べっこう》の櫛で髪をすきながらゲラルトに背中を向けた。櫛は長く鋭い刃になっており、いざとなったら簡単に短剣がわりになりそうだ。

　ゲラルトはわざとゆっくりと、背中のなかほどまで垂らした髪の香りを楽しみながら留め金をひとつずつ留めた。

「瓶の怪物に戻るけれど」イェネファーはダイヤモンドの耳飾りをつけ、「それを撃退したのがあなたの変な呪文でないことは確かよ。怪物があなたの友人に怒りを爆発させて去ったと考えるほうが、まだ真実に近い」

「おそらく」ゲラルトはむっつりとうなずいた。「怪物がヴァルド・マルクスを殺すためにシダリスへ飛んでいったとは思えない」

「ヴァルド・マルクス?」

「吟遊詩人だ。同じく詩人で楽師の友人のことを大衆趣味に迎合する無能なろくでなしと思っている」

イェネファーは目に奇妙な光を浮かべて振り向いた。

「あなたの友人は願いをかけることができたの?」

「ふたつ。どちらもくだらん願いだ。なぜそんなことを? そもそも魔人《ジニー》が願いをかなえるなんてくだらない、ジンだろうがランプの精だろうが――」

「たしかにくだらない」イェネファーはほほえんだ。「たしかにそうね。なんの意味もない作り話で、おとぎ話――よい精や占い師が願いをかなえる伝説と同じように。そのような話は、願いや欲望を自分でかなえようと夢見ることさえできない、哀れな愚か者たちが作りだしたもの。あなたがそんなタイプでなくてよかったわ、リヴィアのゲラルト。その点であなたはわたしに近い。ほしいものがあれば、わたしはそれを夢見ない――行動する。そしていつだってほしいものを手に入れる」

「そのようだ。準備はいいか?」

「ええ」イェネファーがサンダルのひもを結んで立ちあがった。ハイヒールをはいても背はあまり高くない。それから髪を振った。あれほど熱心にとかしたのに、巻き毛は絵に描いたように美しくも乱れたままだ。

「ひとつ教えて、ゲラルト。壺にはまっていた封印……。お友だちはいまもそれを持ってる？」

ゲラルトは考えた――封印はダンディリオンではなく、自分が持っている。だが経験上、魔法使いにはしゃべりすぎないほうがいい。

「ああ……おそらく」ゲラルトは答えを遅らせ、嘘をついた。「あいつが持っていると思う。なぜだ？　封印が重要なのか？」

「変な質問ね」イェネファーは鋭く言った。「ウィッチャーで、超自然的怪物の専門家の言葉にしては。ウィッチャーならば、そのような封印が重要で、触れるべきではないことくらい知っているはずよ。そして友人に触らせるべきではないことも」

痛いところを突かれ、ゲラルトはあごをこわばらせた。

「まあいいわ」イェネファーはやさしい口調になった。「間違わない人はいないし、間違わないウィッチャーもいない。誰にでもあやまちはある。さあ、行きましょう。友人はどこに？」

「ここリンデに。エルディルのところだ。エルフの」

イェネファーがしげしげと見返した。

「エルディル？」そう言って苦笑いを浮かべた。「場所は知っている。だったら従兄弟のチリーダンもそこに？」

「そうだ。でもなぜ――？」

「別に何も」イェネファーはゲラルトの言葉をさえぎり、両手をかかげて目を閉じた。

ゲラルトの首のメダルがぴくぴくと動き、鎖を引っぱった。

湿った浴室の壁が光る扉の形になり、その向こうに燐光《りんこう》を発して渦巻く乳白色の空間が見えた。ゲラルトは毒づいた。魔法の〈門《ポータル》〉は嫌いだ。そこを通るのも。

「どうしてもこれでなくてはだめか……」ゲラルトは咳払いした。「そう遠くはないし――」

「この町では通りを歩けない」イェネファーがそっけなくさえぎった。「ここでは歓迎されていないの。侮辱されるか、石を投げられるか――もっとひどいことをされるかもしれない。わたしの評判をみごとに落としてくれる人もいる――ばれないとでも思って。心配しないで、わたしの〈門〉は安全だから」

ゲラルトは前に安全な〈門〉を通って体が半分になった人間を見たことがある。残りの半分は見つからなかった。〈門〉に入って二度と戻らなかった人間も何人か知っている。

イェネファーはもういちど髪を整え、真珠をちりばめた袋を腰帯に留めた。片手いっぱいの銅貨と口紅くらいしか入らないような小さな袋だが、ただの袋ではなさそうだ。

「しっかり抱きついて。もっと強く。陶器でできているわけじゃないわ。さあ！」

メダルが振動し、何かがひらめき、気がつくとゲラルトは突き刺すように冷たい、黒い無のなかにいた。何も見えず、聞こえず、感触もない。感じられるのは冷たさだけだ。

ゲラルトは毒づきたかったが、そんな時間はなかった。

V

「入ってからもう一時間だ」チリーダンがテーブルの上の砂時計をひっくり返した。「心配になってきた。ダンディリオンの喉はそんなにひどいのか？　見に行ったほうがよくはないか？」

「決して入るなとイェネファーは言った」ゲラルトはマグカップのハーブティーを飲み干し、ひどく顔をゆがめた。定住エルフたちの知性、落ち着いた態度、ユーモアのセンスはすばらしく、好ましいが、食べ物と飲み物の好みは理解も共有もできない。「邪魔をするつもりはない、チリーダン。魔法には時間がかかる。ダンディリオンがよくなるのなら丸一日かかってもかまわない」

「そうだな、きみの言うとおりだ」

　隣の部屋から金づちの音が聞こえた。エルディルの住まいは、改装後に無口なエルフの妻と営むつもりで購入したという荒れ果てた宿屋だった。番兵部屋で一晩過ごしたあと、二人と親しくなったヴラティミルが修理の手伝いを買って出たのだ。ヴラティミルは、ゲラルトとイェネファーが〈門〉の閃光とともに壁を抜けたあとの混乱が収まるとすぐ、夫婦の横で羽目板の修繕に取りかかった。

「正直、こうも簡単にことが運ぶとは思わなかった」チリーダンが続けた。「イェネファーはみずから進んで人助けをするタイプではない。他人が困ってもあまり気にしないし、睡眠を犠牲にすることもない。早い話、よほど自分のためにならないかぎり、彼女が人助けをするなど聞いたことがない。きみとダンディリオンを助けることにいったい何を見出したのだろう？」

「大げさだ」ゲラルトはほほえんだ。「おれはそんな悪い印象は持たなかった。自分の能力をひけらかしたがるのはたしかだが、ほかの魔法使いたち――あの高慢ちきな集団――にくらべると魅力的で、親切そのものだ」

　チリーダンも笑みを浮かべた。「あんなにかわいいしっぽがあるんだからサソリはクモより美しいとでも言っているかのようだな。気をつけろ、ゲラルト。イェネファーがあの魅力と美しさを武器に変えることを知らず、そんなふうに思いこむのはきみが初めてじゃない。しかも巧みに、良心の呵責《かしやく》もなく使う武器だ。もちろん、だからといってイェネファーが魅力的で美しいという事実は変わらない。異論はないだろう？」

ゲラルトはチリーダンを鋭く見やり、またしてもその顔が赤くなったような気がして驚いた。さっきの言葉もそうだが、純血のエルフは、どんなに美しくても人間の女を褒めることはまずない。しかもイェネファーは――独特の魅力はあるが――絶世の美女とは言えないからだ。

人の好みはそれぞれだが、実際のところ、女魔法使いを美しいと言う者はあまりいない。たしかに、彼女たちは全員が〝娘の運命を決めるのは結婚だけ〟と考える社会的集団の出身だ。結婚し、有利な婚姻が望める娘に、いったい誰が何年も骨の折れる勉強と苦しい肉体変異をさせたいと思うだろう？　誰が一族に女魔法使いをほしいと思う？　同輩からは尊敬されても、女魔法使いの家族が娘から得る物は何もない。娘が教育を終えるころには家族との結びつきはなくなり――ほかの集団からは排除され、頼れるのは仲間とのつながりだけになる。だから、魔法使いになるのは夫を見つけられない娘だけだ。

巫女や女ドルイドは、よほどのことがないかぎり見目の悪い、あるいは身体の不自由な娘を受け入れないが、魔法使いは素質さえあれば誰でも受け入れる。その子が一年目の訓練をこなしたら、ようやくそうした問題に魔法が使われはじめる——脚をまっすぐにしたり、ねじれて接合された骨を治したり、口唇裂を縫合したり、傷跡や母斑や水疱の跡を取り除いたり。若い女魔法使いが魅力的になるのは、この職業にともなう信望に必要とされるからだ。その結果、醜い娘の怒りを秘めた、冷たい目の、まやかしの美女が生まれる。魔法使いという職業の信望のためだけに魔法の仮面で醜さを隠し、それを決して忘れられない女たち。

いや、そうじゃない——ゲラルトにチリーダンの言葉が理解できないのは、ウィッチャーの目には多くのことが見えすぎるからだ。

「ああ、チリーダン」ゲラルトは答えた。「異論はない。忠告に感謝する。だが、これはあくまでダンディリオンのためだ。あいつはおれのそばで、目の前で傷を負った。おれには守ることも助けることもできなかった。剝き出しの尻でサソリに座ってもいい、それであいつが救われるのなら」

「それこそ何よりも心にとめておくべきことだ」エルフは謎めいた笑みを浮かべた。「なぜならイェネファーはそれを知っていて、その事実を最大限に利用しようとするはずだから。彼女を信用するな、ゲラルト。危険だ」

ゲラルトは答えなかった。

上階から扉がギイと開く音がして、イェネファーが回廊の手すりにもたれて立っていた。

「ウィッチャー、来てくれる？」

「もちろん」

イェネファーは、苦しむダンディリオンを寝かせた、家具のある数少ない部屋のひとつの扉に寄りかかっていた。

ゲラルトは用心しながら黙って近づいた。イェネファーの左肩は右よりわずかに高い。鼻はいくぶん長すぎ、唇はちょっと薄すぎる。あごはわずかに引きぎみで、眉は少しばかりふぞろい。目は……。

細かいところが見えすぎる。まったく無駄に。

「ダンディリオンの具合は？」

「わたしの能力を疑うの？」

ゲラルトはイェネファーを見つづけた。見た目は二十歳くらいだが、実年齢を想像するのはやめておこう。動きは自然で、どこから見ても優雅だ。いや、かつてどんなふうだったか、どこを改善したかに思いをめぐらしても意味がない。ゲラルトは考えるのをやめた、バカらしい。

「あなたの才能ある友人は回復するわ」イェネファーが言った。「美しい声を取り戻す」

「感謝する、イェネファー」

イェネファーはほほえんだ。

「いずれ感謝の気持ちを証明してもらうわ」

「様子を見てもいいか？」

イェネファーはしばらく黙りこみ、奇妙な笑みを浮かべて扉枠に指を打ちつけていた。

「もちろん。入って」

ゲラルトの首のメダルが鋭く、リズミカルに震えはじめた。

床の中央に、白濁した光で燃える小さなスイカほどのガラス球が置かれていた。ガラス球は正確に描かれた九芒星のまんなかにあり、星の先端が小部屋の隅と壁まで達している。星のなかには赤い五芒星が描かれ、五つの先端には奇妙な形の台に載った黒いロウソクが置いてあり、ダンディリオンが横たわるベッドの頭の横にも火がついた状態で立ててあった。羊の皮をかけられたダンディリオンはおだやかに呼吸していた。あえいでもいなければ苦しそうでもなく、痛みで口を引きつらせてもおらず、呆《ほう》けたような至福の笑みを浮かべている。

「眠っている」イェネファーが言った。「夢を見ているわ」

　ゲラルトは床に描かれた模様をしげしげと見た。魔法がしかけられているのはあきらかだが、ゲラルトにはまだ作動していないのがわかった。それは、咆哮がどんなものだったかを忘れさせるほどゴロゴロと喉を鳴らして眠る獅子を思わせた。

「これはなんだ、イェネファー」

「罠よ」

「なんのための？」

「当面はあなたのための」イェネファーは錠前の鍵をまわし、手のひらでひっくり返した。鍵は消えていた。

「これでおれは罠にかかったわけだ」ゲラルトは冷ややかに言った。「それで？　おれを襲うつもりか」

「うぬぼれないで」イェネファーはベッドの端に座った。ダンディリオンはなおもまぬけ顔でほほえみ、小さくうめいた。どうみても歓びのうめきだ。

「どういうことだ、イェネファー？　これがゲームなら、おれはルールを知らない」

「言ったでしょう、わたしはつねにほしいものを手に入れると。偶然にもわたしはダンディリオンが持っているものがほしい。それを手に入れたら、それぞれ別の道を歩ける。心配しないで、ダンディリオンにはなんの害も及ばない――」

「きみが床に用意したのは」ゲラルトがさえぎった。「悪霊を呼び出すためのものだ。悪霊が呼び出されたら必ず誰かが傷つく。そんな真似はさせない」

「——彼の髪の毛一本、傷つかない」イェネファーはゲラルトの言葉が聞こえなかったかのように続けた。「彼の声はさらに美しくなり、彼は喜び、幸せになる。わたしたちみんなが幸せになる。そしてなんの怒りも恨みもなく別れる」

「おお、ヴァージニア」ダンディリオンが目を閉じたままうめいた。「きみの胸はじつに美しい、白鳥の羽根よりもやわらかく……ヴァージニア……」

「気が変になったのか？　うわごとか？」

「夢を見ている」イェネファーはほほえんだ。「願いごとが眠りのなかでかなえられている。彼の心の奥深くまで探ってみたわ。たいしたものはなかった。みだらな妄想が少しと、いくつかの夢と、たくさんの詩。でも、それはどうでもいい。ジンが入っていた壺の封印を持っているのはダンディリオンではない。あなたよ、ゲラルト。それをわたしにちょうだい」

「なんのために？」

「その質問にどう答えるべきかしら」イェネファーは色っぽくほほえみ、「これはどう？　〝おまえのくそ知ったことか、ウィッチャー〟。これで満足？」

「いや」ゲラルトも憎らしい笑みを浮かべ、「満足ではない。だが、自分を責めるな、イェネファー。おれは簡単には満足しない。これまでおれを満足させたのは、平均より上の者だけだ」

「残念ね。だったら不満足のままでいればいいわ。あなたが損をするだけ。封印をちょうだい。顔をしかめないで。そのハンサムな顔にも、顔色にも似合わない。気づいていないときのために言っておくけど、あなたはいまわたしに恩を返しはじめている。封印は、吟遊詩人の声の復元に払うべき最初の分割金よ」

「分割払いにしたわけか」ゲラルトはそっけなく言った。「いいだろう。こんなことになるかもしれないとは思っていた。だが、取り引きは公正にいこう、イェネファー。おれはきみの助けを買った。だから対価は払う」

イェネファーは唇をゆがめてほほえんだが、大きく見開いたスミレ色の目は冷ややかだ。

「それについてはなんの疑いも持つべきではないわ、ウィッチャー」

「だが払うのはおれだ」ゲラルトは繰り返した。「ダンディリオンじゃない。あいつを安全な場所に連れていく。それが済んだらおれはここに戻り、分割金のふたつめ、そして残りのすべてを払う。なぜなら最初のぶんは……」

ゲラルトは腰帯の隠しポケットに手を入れ、星と壊れた十字架の印《しるし》がついた真鍮製の封印を取り出した。

「さあ、受け取れ。分割金としてではない。ウィッチャーからの感謝のしるしだ——計算高いやりかたとはいえ、きみは多くのご同輩よりもずっと親切にしてくれた。善意の証《あかし》として受け取ってくれ。友人を安全な場所に送りとどけたら、必ず返礼をしに戻ってくる——これはその証だ。おれには花のなかのサソリが見えなかった、イェネファー。自分の不注意は自分で償う」

「美しい言葉だこと」イェネファーは腕を組んだ。「感動的で、仰々しい。残念だけど無駄よ。わたしにはダンディリオンが必要なの、だから彼はここにとどまる」

「あいつはすでに、きみが呼び出そうとしている怪物に接近した」ゲラルトは床の模様を指さした。「きみがその手でここにジンを呼び出したら、きみの約束に反してダンディリオンは間違いなく傷つく——おそらく前よりもひどく。なぜなら、きみがほしいのは壺のなかの生き物だから、だろう？　そいつを飼いならし、意のままにする気か？　答えなくていい。おれのくそ知ったことではない。なんでも好きにしろ、なんなら悪霊を十四でも呼び出せばいい。だが、ダンディリオンはだめだ。やつを危険にさらしたら、もはや誠実な取り引きではない、イェネファー、そして、きみは対価を要求する権利を失う。絶対にそんなことはさせな——」そこで言葉が途切れた。

「いつ気づくかと思ってた」女魔法使いがくすくす笑った。

ゲラルトは筋肉に力を入れ、痛いほどあごをこわばらせ、全身の意識を集中させたが、無駄だった。石像のように、地面に埋め込まれた柱のように体が麻痺していた。つま先すらも動かせない。

「あなたが正面に投げられた魔法をかわせるのはわかった」イェネファーが言った。「何かをしようとするとき、滔々《とうとう》としゃべってわたしの気をひこうとすることも。あなたが話しているあいだ、頭上に浮かぶ魔法が作用し、ゆっくりとあなたの自由を奪っていた。いまあなたは話すことしかできない。でも、もうわたしにすごいと思わせる必要はない。あなたが能弁なのはよくわかった。これ以上がんばっても無駄よ」

「チリーダンが――」ゲラルトは苦しげに、魔法によるしびれにあらがいながら言った。「チリーダンが、きみのたくらみに気づく。すぐに見抜き、こうしているまにも何かを疑う、なぜならきみを信用していないからだ、イェネファー。チリーダンは最初からきみを信用してい――」

イェネファーが片手を大きく動かした。部屋の壁がにじんで一様に鈍い灰色を帯び、扉が消え、窓が消え、汚れたカーテンと、つぶれたハエが飛び散る壁の絵までが消えた。

「チリーダンが見抜いたとしたらなんなの？」イェネファーが意地悪そうに顔をゆがめた。

「助けに駆けつける？　誰もわたしの遮蔽は突き破れない。でも、チリーダンはどこにも駆けつけない。わたしに対して何もできない。何ひとつ。わたしの魔法がかかっているから。いいえ、魔法と言っても黒魔術の話ではない。そんなものはかけていない。肉体の化学反応の問題よ。チリーダンはわたしにぞっこんなの、この石頭。知らなかった？　ボウに決闘すら申しこもうとした。嫉妬深いエルフなんてめずらしいわ。わたしは、ゲラルト、理由もなくこの家を選んだわけじゃないの」

「ボウ・ベラント、チリーダン、エルディル、ダンディリオン。たしかにきみは目的に向かって可能なかぎりまっすぐ突き進んでいる。だが、おれは違う、イェネファー、おれは利用されない」

「あら、げんに利用しているわ」イェネファーはベッドから立ちあがり、床に描かれた印と記号を慎重に避けながら近づいた。「いずれにせよ言ったはずよ、あなたは詩人を治したわたしに借りがあると。ほんのささいな、小さなお願いなの。わたしがやったこと、ここでもうすぐやろうとしていることが終わったらリンデを離れるけれど、この町にはわたしに対するつけがある。わたしはここで何人かと約束をした。わたしは必ず約束を守る。自分でそれを果たす時間がないから、あなたに代わりに果たしてもらいたいの」

　ゲラルトはありったけの力でもがいたが、動けなかった。

「暴れないで、わたしのかわいいウィッチャー」イェネファーは悪意に満ちた笑みを浮かべた。「暴れても無駄よ。あなたは強い意志の持ち主で、魔法にかなりの抵抗力がある。でも、わたしと、わたしの魔法にはあらがえない。それからわたしの前で茶番はやめて。そのたくましく、尊大な男らしさでわたしを喜ばせようとしないで。自分が尊大でたくましいと思っているのはあなただけ。あなたは友人を助けるためならわたしになんでもする――魔法を使わなくても。あなたはどんな対価も払う。わたしのブーツも舐める。わたしがふいに自分を楽しませたくなったら、おそらく別のところも」

ゲラルトは無言だ。イェネファーはウィッチャーの正面に立ってほほえみ、ビロードのひもに通した、ダイヤモンドで光る星形の黒曜石をもてあそんだ。

「あなたがどんな人かはすぐにわかった。ボウの寝室で二言三言、会話をしただけで。そしてあなたにどんな形の支払いを求めるべきかも。リンデのつけは誰にだって払える、チリーダンにだって。でも払うのはあなたよ、なぜならわたしに借りがあるから。その傲慢さ、わたしを見る冷たい視線、すべてをくまなく探る目、無表情と皮肉めいた口調、そのすべてに借りがある。ヴェンガーバーグのイェネファーに対抗できると思う態度、泡のついた乳首を見ておきながら、わたしを自尊心の強い、傲慢で、計算高い魔女と信じていることに対して。あなたに支払ってもらうわ、リヴィアのゲラルト！」

　イェネファーは両手でゲラルトの髪をつかみ、唇に荒々しくキスし、吸血鬼のように歯を沈ませた。首のメダルが震え、鎖が締まって巻きつくような気がした。何かが頭のなかで光り、ひどいうなりが耳を満たした。イェネファーのスミレ色の目が見えなくなり、暗闇に沈んだ。

　ゲラルトはひざまずいていた。イェネファーが柔らかい声で優しく話しかけた。

「おぼえた？」

「はい、マイ・レディ」ゲラルトの声が答えた。

「ならば行って、わたしの指示を実行して」

「仰せのままに、マイ・レディ」

「この手に口づけを」

「感謝します、マイ・レディ」

　ゲラルトは自分が膝をついたまま、イェネファーに近づくのを感じた。一万匹の蜜蜂が頭のなかでぶーんとうなった。イェネファーの手はライラックとスグリのにおいがした。ライラックとスグリ……。ライラックとスグリ……。閃光。暗闇。

　玄関の間、階段。チリーダンの顔。

「ゲラルト！　どうした？　ゲラルト、どこへ行く？」

「行かなければ……」自分の声が言った。「行かなければ――」

「なんてことだ！　彼の目を見ろ！」

恐怖にゆがむヴラティミルの顔。エルディルの顔。そしてチリーダンの声。

「よせ！　エルディル！　ゲラルトに触れるな！　止めるな！　よけろ――邪魔をするな！」

ライラックとスグリの香り。ライラックとスグリ……。

扉。はじける日光。暑い。蒸し蒸しする。ライラックとスグリの香り。嵐になりそうだ――ゲラルトは思った。

それきり意識はとだえた。

Ⅵ

暗闇。香り……。

香り？　いや、臭いだ。尿の臭い、腐った藁と湿ったぼろ布の臭い。でこぼこした石壁の鉄の腕木に突き刺された松明の煙の臭い。松明の光が投げかける影、汚れた床に映るのは――鉄格子の影だ。

　ゲラルトは毒づいた。

「やっと気づいたか」ゲラルトは誰かに上体を起こされ、湿った壁にもたせかけられた。

「心配したぞ、あまりに長く気を失っていたから」

「チリーダン？　ここは――くそっ、頭が割れそうだ――ここはどこだ？」

「どこだと思う？」

　ゲラルトは顔をぬぐい、あたりを見まわした。正面の壁に三人のごろつきが座っていた。松明の明かりからいちばん離れた、ほぼ暗がりに座っていて、はっきりとは見えない。薄暗い部屋と明るい廊下をへだてる鉄格子の下に、ぼろの山のようなものがうずくまっている。よく見ると、コウノトリのくちばしのような鼻を持つ、やせた老人だった。もつれたひものような長い髪と身なりからして、昨日今日ぶちこまれたのではなさそうだ。

「地下牢に入れられたわけか」ゲラルトが陰鬱な声で言った。

「論理的な結論にたどりつく能力を取り戻せて何よりだ」エルフが言った。

「くそっ……。ダンディリオンは？　おれたちはいつからここに？　あれからどれだけ時間が――？」

「わからない。きみと同じく、おれもここに入れられたときは意識がなかった」チリーダンは少しでも座りごこちをよくしようと藁をかき集めた。「それが重要か？」

「重要だとも、ちくしょう！　イェネファー——そしてダンディリオン——ダンディリオンはイェネファーとあの部屋にいて、あの女は何かたくらんで——。おい、そこのおまえ！　おれたちはどれくらいここにいる？」

四人たちはぼそぼそとつぶやくだけで、誰も答えない。

「聞こえないのか？」口のなかにまだ金属の味が残っていて、ゲラルトは唾を吐いた。「おまえに聞いてる、いま何時だ？　夜か？　食事が何時に出るか知ってるだろう」

男たちはまたしてもつぶやき、咳払いした。

「だんながた」なかの一人がようやく口を開いた。「おれたちのことはそっとして、話しかけんでくれ。おれたちはただの盗っ人で、政治犯じゃない。権威に盾ついたわけじゃない。盗んだだけだ」

「そうだ」別の一人が言った。「あんたらにはあんたらの領分、おれたちにはおれたちの領分がある。自分のことは自分でだ」

チリーダンがふんと鼻を鳴らし、ゲラルトは唾を吐いた。

「そんなもんだ」もじゃもじゃ髪の長鼻の老人がぼそりと言った。「牢獄じゃ誰だって自分の領分を確保し、守る」

「だったらあんたは、じいさん」チリーダンがあざけるような口調で、「そっちの側か、それともおれたちのほうか？　どっちの仲間だ？」

「どっちでもない」老人は誇らしげに答えた。「わしは無実だ」

　ゲラルトがまたしても唾を吐き、こめかみをさすった。

「チリーダン？　権威に盾ついたというのは……本当か？」

「ああ、本当だ。おぼえてないか？」

「おれは通りに出て……人々がおれを見て……。それから……それから店があって……」

「質屋だ」エルフは声を落とした。「きみは質屋に入った。足を踏み入れると同時に主人の歯をなぐった。激しく。これでもかと」

　ゲラルトは歯ぎしりして毒づいた。

「質屋は倒れた」チリーダンは淡々と続けた。「きみは質屋の股間を何度も蹴った。主人を助けようと駆け寄った助手を窓から通りに投げ出した」

「恐ろしいことに、それで終わりではなさそうだな」ゲラルトがつぶやいた。

「恐れるとおりだ。きみは質屋を出ると、人波を掻きわけ、ある女性の名誉についてわけのわからないことを叫びながら通りのまんなかを歩いていった。多くの群衆があとをついていき、エルディルとヴラティミルとおれもそのなかにいた。やがてきみは薬屋のローレルノーズの屋敷前で足を止めて、なかに入り、ローレルノーズの片脚を引っぱりながらすぐに通りに戻ってきた。そして群衆に向かって演説した」

「どんな？」

「簡単に言うと、こんなふうだ――自尊心のある男は売春婦をあばずれと呼ぶべきではない、それは卑劣で矛盾している。いちども交わっていない、もしくはその行為に一銭も払っていない女を説明するのに〝あばずれ〟という言葉を使うのは子どもじみていて、罰に値する。罰はその場であたえられなければならない――甘やかされた子どもにそうするのがふさわしいように。そう言って、きみは薬屋の頭を膝のあいだに押しつけ、ズボンを引きおろし、革帯で尻を叩いた」

「続けろ、チリーダン。遠慮するな」

「きみはローレルノーズの尻を打ちのめした。薬屋は悲鳴をあげ、泣きわめき、あらゆる神々と人々に助けを求め、慈悲を乞い、これからはよい人間になるとまで誓った。だが、きみは納得しなかった。そこへ、リンデでは番兵の名で通っている数人の武装したごろつきが駆けつけた」

「そのときだな」――ゲラルトはうなずき――「おれが権威に盾ついたのは？」

「とんでもない。盾ついたのはもっと前だ。質屋とローレルノーズはどちらも町の評議会議員で、二人はかねてからイェネファーを町から追い出すよう求めていた。議会で賛成したばかりか酒場で彼女の悪口を言い、みだらな噂話を広めた」

「そんなことだと思った。続けてくれ。番兵が現れたところからだ。やつらがおれをここに放りこんだのか？」

「彼らはそのつもりだった。ああ、ゲラルト、それは見ものだった。きみが彼らにしたことはとても言い表せない。連中は剣やムチ、棍棒や斧で武装していたが、きみの武器は、どこかの伊達男から奪った、柄頭のついたトネリコの杖一本きりだった。きみは番兵全員を地面に叩きのめし、歩きはじめた。われわれの大半がきみの行く先を知っていた」

「おれもぜひ知りたい」

「きみは寺院に向かった。クレップという僧侶《そうりょ》が――これも評議会のメンバーだが――つねづね説教のなかでイェネファーに多くの時間を割いていた。きみはクレップに、女性に対する敬意について教えてやると言った。彼のことを話すとき、きみは敬称をつけず、あとをついてくる子どもたちが大喜びするような表現で呼んだ」

「なるほど」ゲラルトはつぶやいた。「つまり不敬罪か。ほかには？　おれは寺院を冒瀆《ぼうとく》したのか？」

「いや。そこまではできなかった。武器庫にあった投石機以外のもので手当たりしだい武装した——おれにはそう見えた——町の番兵が丸ごと一部隊、寺院の前で待ち構えていた。きみを殺しかねない様子だったが、きみはそこまでたどり着く前に、いきなり両手で頭をかかえ、気を失った」

「それから先は言わなくていい。それで、チリーダン、おまえはどうしてここに？」

「きみが倒れたとき、番兵たちが走って襲いかかろうとした。そこで連中と口論になった。おれは槌矛で頭をなぐられ、この穴倉に入れられた。反人間の陰謀に加担したかどで訴えられるにちがいない」

「訴えられたら」——ゲラルトはまたしても歯ぎしりし——「おれたちはどうなる？」

「町長のネヴィルが首都から予定どおり戻ってくれば、もしかしたら……」チリーダンはつぶやいた。「ネヴィルは友人だ。だが、彼が戻ってこなければ、判決は評議会によって言い渡される——さっきも言ったが、ローレルノーズと質屋も評議会議員だ。となると——」

チリーダンが首をさっと横に切るしぐさをした。あたりは暗かったが、そのしぐさが意味することはあきらかだ。ゲラルトは黙りこんだ。盗っ人たちはたがいにぼそぼそつぶやき、無実の罪で放りこまれた小柄な老人は眠っているようだ。

「すばらしい」ようやくゲラルトは言い、苦々しく毒づいた。「おれは絞首刑になるだけでなく、おまえの死の責任も負いながら死ぬわけか、チリーダン。そして、間違いなくダンディリオンも。いや、言わせてくれ。これがイェネファーのいたずらだということはわかっている。それでもおれのせいだ。おれがバカだった。イェネファーはおれをだまし、ドワーフ流に言えば、おれをおちょくった」

「まあ……」エルフがぼそりと言った。「加えることもなければ、取り消すこともない。おれは彼女に気をつけろと忠告した。くそっ、忠告しておきながら、結局おれは——汚い言葉で悪いが——大バカ野郎だった。おれがここにいるのは自分のせいだときみは心配しているが、まったく逆だ。きみはおれのせいでここに放りこまれた。通りできみを止めようと思えば止められた。押さえつけ、行かせないこともできた——でもそうしなかった。イェネファーがかけた魔法が解けたら、きみが戻って……彼女を傷つけるのが怖かったからだ。ゆるしてくれ」

「ゆるすも何も、おまえは魔法がどれほど強いかを知らなかった。おれは、チリーダン、ふつうの魔法ならものの数分で破れる。そのあいだに気を失うこともない。どうやってもおまえにイェネファーの魔法を破ることはできなかったし、おれを押さえつけることもできなかった。番兵たちを見ればわかる」

「おれはきみのことを考えていなかった。いいか、おれはイェネファーのことしか考えていなかったんだ」

「チリーダン？」

「なんだ」

「きみは……きみは――」

「おれはもったいぶった言いまわしが嫌いだ」チリーダンは悲しげな笑みを浮かべ、さえぎった。「おれはものすごく、なんというか、イェネファーに魅せられている。彼女に魅せられる男がいると言ったら、きみは驚くだろうな」

ゲラルトは目を閉じ、自分がどうしようもなく魅了された場面を、もったいぶった言葉を使わずに思い出した。

「いや、チリーダン。驚かない」

通路に重い足音と金属がぶつかる音が響き、地下牢に四人の看守の影が射した。鍵がこすれる音がした。無実の老人がヤマネコのように鉄格子から跳びすさり、罪人たちのなかに隠れた。

「早いな」エルフが驚き、ささやくように言った。「絞首台を作るにはもう少し時間がかかると思ったが……」

看守の一人――頭が膝小僧のように禿げ、口まわりにイノシシのようなひげを生やした、長身でがっちりした男——がゲラルトを指さし、短く言った。

「あいつだ」

別の二人がゲラルトをつかんで立たせ、壁に押しつけた。盗っ人たちは隅に身を寄せ合い、鼻の長い老人は藁のなかにもぐりこんだ。チリーダンがさっと立ちあがろうとしたが、胸に短い剣を突きつけられ、土の床に倒れこんだ。

禿げた看守がウィッチャーの前に立ち、袖をまくって、こぶしをさすった。

「おまえがこの小さい地下牢を楽しんでいるかどうかきいてこいと、ローレルノーズ議員に頼まれた。何か必要なものがあるだろう？　寒さが身にしみるんじゃないか？　え？」

ゲラルトは答えなかった。拘束する二人の看守の重いブーツで足を踏まれ、禿頭を蹴ることもできない。

禿頭が短く腕を振りあげ、ゲラルトの腹にこぶしを打ちこんだ。とっさに筋肉に力を入れたが、やるだけ無駄だった。ゲラルトはなんとか息をつき、自分の革帯の留め金をしばらく見ていた。二人の看守がふたたびゲラルトを引きあげた。

「何かいるものはないか？」禿頭がきいた。タマネギと虫歯のにおいがした。「なんの文句もないと知ったら議員もさぞ喜ぶだろう」

同じ場所にまたも一発くらった。喉が詰まり、吐きそうになったが、出てくるものは何もなかった。

禿頭が手を替えようと、体を横に向けた。

どすっ！　ゲラルトはまたしても革帯の留め金を見た。留め金の上に穴がなく、それを通して壁が見えないのが不思議に思えた。それほど強烈なパンチだった。

「どうだ？」禿頭が、さっきより大きく腕を振ろうと少しあとずさった。「なんの願いもないのか？　何かないかとミスター・ローレルノーズが知りたがってる。どうして何も言わない？　舌がねじれたか？　だったら伸ばしてやろう！」

どすっ！

ゲラルトはこんども失神しなかった。内臓を守りたければ失神したほうがいい。失神するにはこの看守をどうにかして——

看守が唾を吐き、歯を剝き、ふたたびこぶしをさすった。

「どうだ？　なんの願いもないのか？」

「ひとつだけ……」ゲラルトは苦しげに頭をあげ、うめくように言った。「破裂しろ、このあばずれの息子」

禿頭は歯ぎしりし、一歩さがって腕を振りあげた。こんどは頭だ——ゲラルトは身がまえた。だが、こぶしは飛んでこなかった。看守はいきなり七面鳥のようにゴロゴロ喉を鳴らすと、顔を真っ赤にして両手で腹をつかみ、痛みに吠え、わめき……。

破裂した。

Ⅶ

「さあ、おまえたちをどうしてやろう？」

窓の外で、目もくらむようなまぶしい雷光が暗くなった空を切り裂き、鋭い雷鳴が長々ととどろいた。リンデの上空を嵐雲が移動していて、雨脚がますます激しくなった。

ゲラルトとチリーダンは、羊を放牧する予言者レビオダを描いた大きなタペストリーの下の長椅子でしおらしく、黙ってうなだれて座っていた。町長のネヴィルが憤然と鼻を鳴らし、息を切らしながら部屋をうろうろしている。

「このくそ魔法使いどもが！」町長は足を止め、いきなりどなりつけた。「わが町を迫害するつもりか？　ほかにも町はいくらでもあるだろうが」

エルフとウィッチャーは無言だ。

「よくもあんな真似を――」そこで町長は喉を詰まらせ、「看守を……トマトのように破裂させるとは！　どろどろの！　赤い果肉に！　冷酷きわまりない！」

「冷酷で罪深い」同席する僧侶が言った。「あまりに冷酷で、どんな愚か者でも、裏に誰がいるかは想像がつく。いかにも町長よ。チリーダンにも、ウィッチャーと名乗るこの男にも、このようなことができるほどの力《フォース》はない。すべてはイェネファーの、神々に呪われたあの魔女のしわざだ！」僧侶の言葉を裏づけるかのように、窓の外で雷鳴がとどろいた。「あの女以外に考えられない」クレップが続けた。「それには疑問の余地もない。イェネファーのほかに、ローレルノーズに仕返ししたい者がどこにいる？」

「ヒヒヒッ」ふいに町長が笑った。「そこだけは少しも腹が立たん。ローレルノーズはわたしを蹴落とそうと画策していた、町長の地位をねらって。だが、いまややつを支持する者はいない。彼の尻にされたことを思い出すと――」

「そのような理由で、ミスター・ネヴィル、罪を称賛するとは」クレップが顔をしかめた。

「いいか、わたしが魔よけの言葉を言わなかったら、ウィッチャーはわたしに手をあげ、寺院の威厳は――」

「それはあんたが説教のなかでイェネファーを悪く言ったからだ、クレップ。ベラントでさえもあんたには文句を言っていた。だが、事実は事実だ。聞こえたか、悪党ども」町長はゲラルトとチリーダンに向きなおり、「おまえたちのやったことにはなんの弁解もできない！　この町であのような行為を容認することはできん！　もう充分だ、さっさとすべてを話し、弁明したいことがあれば弁明せよ。そうでなければ、あらゆる遺物に誓って、死ぬ日まで忘れられないダンスにおまえたちを連れてゆく！　すべて話せ、いますぐ、告解場にいるように！」

　チリーダンが深くため息をつき、ゲラルトを意味ありげに、すがるように見た。

　ゲラルトもため息をついて咳払いし、これまでのことをすべて話した。というか、ほとんどすべてを。

「そういうことか」沈黙のあとで僧侶クレップが言った。「なんとも厄介なことになったものだ。拘束を解かれた魔人《ジニー》。そしてジニーがほしい女魔法使い。悪くない組み合わせだ。これはひどいことになるぞ、かなりひどいことに」

「ジニーとはなんだ？」とネヴィル。「イェネファーなる者は何をほしがっている？」

「魔法使いは自然の力から魔力を引き出す」クレップが答えた。「もっと正確には、いわゆる〈四元素〉もしくは〈四原則〉、一般的に自然力と呼ばれるものだ。〈気〉、〈水〉、〈火〉、〈土〉。それぞれの要素にそれぞれの〈次元〉があり、魔法使いの用語では〈面〉と呼ぶ。〈水の面〉、〈火の面〉といったぐあいだ。われわれの手の届かない、この〈次元〉にはジニーと呼ばれるものが存在し――」

「それは伝説での呼び名で」ゲラルトが口をはさんだ。「おれが知るかぎり——」

「口を出すな」クレップがそっけなくさえぎった。「おまえにたいして知識がないことはさっきの話ではっきりした、ウィッチャー。だから黙って、自分よりも賢い人間の話を聞け。ジニーの話に戻れば、彼らには四つの種類がある——ちょうど四つの〈面〉があるように。ジンは〈気〉の生き物、マリードは〈水〉の原則と結びつき、アフリートは〈火〉のジニーで、ダオは〈土〉の——」

「専門的すぎる、クレップ」ネヴィルがさえぎった。「ここは寺院学校じゃない。講義はよしてくれ。ようするに、イェネファーはこのジニーの何がほしいのだ？」

「このようなジニーは、町長よ、魔法エネルギーの生きた貯蔵庫だ。自分の意のままにできるジニーを持った魔法使いは、そのエネルギーを魔法の形であやつれる。自然からフォースを引き出さなくても、ジニーが代わりに引き出してくれるのだ。そのような魔法使いの持つ力は強大で、ほぼ全能に近く——」

「わたしに言わせれば、なんでもできる魔法使いなど聞いたことがない」ネヴィルが反論した。「それどころか連中の力の多くは大げさだ。いざとなると、これはできない、あれはできない——」

「かつてスタメルフォルドという魔法使いは」クレップがまたしても学術講演者のような

口調と態度でさえぎった。「自分の塔から見える景色の邪魔になるという理由で山を動かした。そのようなことができた者はあとにもさきにもいない。スタメルフォルドは土のジニーであるダオを手なずけていたと言われる。ほかの魔法使いが同じような規模で成し遂げた偉業の記録がいくつも残っている。巨大津波や災害級の雨などは間違いなくマリードのしわざだ。火柱、火事、爆発はアフリートによるもので――」

「竜巻、ハリケーン、地上を飛ぶものたち」ゲラルトがぼそりと言った。「ゲオフリー・モンク」

「まさしく。おまえも少しは知っているようだな」クレップがさっきよりやさしい目でゲラルトを見た。「老モンクはジンを飼いならす方法を知っていたと言われる。それも、噂によればひとつではなかった。モンクはそれらを瓶に詰め、必要に応じて使っていた。ジニーは三つの願いをかなえれば自由になり、自分の次元に逃げ帰れる」

「川ぞいで会ったジンはなんの願いもかなえなかった」ゲラルトはきっぱりと言った。

「あっというまにダンディリオンの喉に襲いかかった」

「ジニーというのは」――クレップはつんと鼻を上に向け――「恨み深く、人をだます生き物だ。瓶に詰められ、山を動かせと命じられるのは本意ではない。人が願いを口にできないようあらゆる手を使い、いざ願いをかなえるときも、思うようにはならず、予測できないやりかたでかなえようとする――ときには文字どおりに。だから願いの言葉には注意しなければならない。ジニーを服従させるには鉄の意志と鋼の精神、強いフォースとかなりの能力が必要だ。さっきの話からすると、おまえの能力は慎ましすぎたようだな、ウィッチャー」

「げす男を服従させることもできないほど慎ましい」ゲラルトはうなずいた。「だが、げんにおれはジンを追い払い、やつは空気がうなるほどの速さで飛んでいった。それだけじゃない。たしかにイェネファーはおれの魔よけの言葉をバカにしたが――」

「どんな言葉だ？　言ってみよ」

ゲラルトは一語もたがえずに繰り返した。

「なんだと!?」僧侶はまず蒼白になり、次に顔を赤くし、最後に青ざめた。「よくもそんな言葉を！　わたしをからかっているのか？」

「すまない」ゲラルトは口ごもり、「正直なところ、どんな意味か……わからない」

「知らない言葉を口にするな！　いったいどこでそんな汚らわしい言葉を聞いたのか！」

「そのくらいにしておけ」町長のネヴィルはまったく相手にせず、話を戻した。「時間の無駄だ。よし。これでイェネファーがなんのためにジニーをほしがるのかはわかった。だが、クレップ、あんたはひどいことになると言った。何がひどいのだ？　さっさと女魔法使いにジンをつかまえさせて、地獄にでも行かせればいい、それがどうした？　わたしが思うに――」

　ネヴィルが何を思っていたのか、たとえそれがほら話でなかったとしても、それきり知る者はいなかった。予言者レビオダを描いたタペストリーの横の壁に光る長方形が現れ、何かがぴかっと光ったかと思うと、庁舎のまんなかにダンディリオンが降り立った。

「無実だ！」詩人は床に座って、うつろな目でまわりを見やり、澄んだ、なめらかな響きのテノールで叫んだ。「無実だ！　ウィッチャーは無実だ！　信じてくれ！」

「ダンディリオン！」ゲラルトは、魔よけの言葉か呪《まじな》いの言葉を唱えようとしていたクレップを引き留めながら叫んだ。「いったいいままでどこに……なんでここに……ダンディリオン！」

「ゲラルト！」ダンディリオンがぴょんと立ちあがった。

「ダンディリオン！」

「誰だ？」ネヴィルがうなった。「くそっ、魔法をやめなければ、ただではすまんぞ。リンデでは魔法が禁じられていると言っただろう！　まず書類を提出し、税金と印紙税を払い……。ん？　あの吟遊詩人じゃないか、魔女に拘束された？」

「ダンディリオン」ゲラルトが友人の肩をつかんだまま言った。「どうやってここに？」

「わからない」ダンディリオンは間の抜けた、不安そうな顔で言った。「というか自分に何が起こったのかもよくわからない。記憶があいまいで、何が現実で何が悪夢かもわからない。でも、黒髪の、燃える目をした、とても美しい女性のことはよくおぼえて――」

「わたしに黒髪の女の話をしてどうする？」ネヴィルが腹立たしげにさえぎった。「要点を言え、しゃれ者よ、要点を。おまえはウィッチャーが無実だと叫んだ。これをどう理解せよというのか？　ローレルノーズが自分の手で自分の尻を叩いたとでも？　ウィッチャーが無実なら、そう考えるしかないだろう。大がかりな白日夢でもないかぎり」

「ぼくは尻のことも白日夢のことも知らない」ダンディリオンは誇らしげに言った。「ましてや月桂樹の鼻《ローレル・ノーズ》のことなど聞いたこともない。ぼくの最後の記憶は、黒と白を趣味よく着こなした優雅な女だ。彼女がぼくを光の穴に放りこんだ、魔法の〈門《ポータル》〉に間違いない。だが、その前に彼女はぼくに、はっきりと明確な用事を言いつけた。向こうに着いたらすぐにこう言えと。それをこれから繰り返す――〝わが願いは、これまで起こったことに関してウィッチャーにはなんの罪もないことをおまえに信じさせること。それこそがわが願い〟。一語一句このとおり。もちろんぼくは、これがどういう意味か、いったいなんのことか、なぜなのかをたずねようとした。でも、黒髪の女はひとことも口をはさませず、ぼくをひどく下品な言葉で叱りつけ、首ねっこをつかんで〈門〉に投げこんだ。そういうことだ。そこで……」ダンディリオンは立ちあがってダブレットのほこりをはたき、襟と——汚れてはいたが——しゃれたひだ飾りを正した。「みなさん、町でいちばん上等な宿屋の名と場所を教えていただきたい」

「わが町にひどい宿屋などない」ネヴィルがゆっくりと言った。「だが、それを自分の目で確かめる前に、この町にあるいちばん上等の地下牢をとくと検分してもらおう。おまえとおまえの仲間たち全員だ。言っておくが、おまえたちはまだ自由ではない、この悪党どもめ！　こいつらを見ろ。一人は信じられない話をし、一人は壁から飛び出て無実のなんのと叫ぶ。〝わが願いはおまえに信じさせること〟だと？　よくもそんな願いを——」

「そうか！」僧侶がいきなり禿頭をかかえて叫んだ。「ようやくわかった！　願いだ！最後の願いだ！」

「どうした、クレップ？」町長が眉を寄せた。「気分でも悪いのか？」

「最後の願いだ！」僧侶は繰り返した。「女魔法使いはこの詩人に最後の、三番目の願いを言わせたのだ。イェネファーは魔法の罠をかけ、ジニーをつかまえたにちがいない——ジニーが自分の次元に逃げこむ前に！　ミスター・ネヴィル、これはなんとしても——」

　外で雷が鳴った。壁を揺るがすほど激しく。

「くそっ」町長はつぶやき、窓に駆け寄った。「いまのは近かったぞ。どこかの家に落ちていなければいいが。これで火事にでもなったら——ああ、なんと！　見ろ！　あれを見ろ！　クレップ！　あれはなんだ？」

　全員が一人残らず窓に駆け寄った。

「なんてこった！」ダンディリオンが喉もとをつかんで叫んだ。「あいつだ！　ぼくの首を絞めたろくでなし野郎だ！」

「ジンだ！」クレップがどなった。「〈気〉のジニー！」

「エルディルの宿屋の上に！」チリーダンが叫んだ。「屋根の上空に！」

「あの女がつかまえたぞ！」クレップが窓から落ちそうになるほど身を乗り出した。「魔法の光が見えるか？　イェネファーがジニーをつかまえた！」

　ゲラルトは無言で見つめた。

　何年も前、洟を垂らした少年がウィッチャーのすみかであるケィア・モルヘンで学んでいたとき、彼と友人のエスケルは森で大きなマルハナバチをつかまえ、糸で壺に結びつけた。結びつけられたマルハナバチの狂態を見て二人は大笑いしたが、そこへ教師役のヴェセミルが現れてつかみかかり、二人とも革ひもでムチ打たれた。

　エルディルの宿屋の上空を旋回するジンは、まさにそのときのマルハナバチのようだった。上昇しては落ち、飛びあがっては急降下し、怒ったようになり、ぐるぐる円を描いている。なぜなら、ジンがまさにケィア・モルヘンのマルハナバチと同じように結びつけられていたからだ。さまざまな色の、目もくらむようなまばゆい光のねじれた糸が体にきつく巻きつき、それが屋根のところで終わっていた。だが、ジンにはマルハナバチにはできなかったことができた。マルハナバチには周囲の屋根を叩き落とし、藁ぶき屋根をずたずたに引き裂き、煙突をこわし、櫓や屋根裏部屋を砕くことはできなかった。だが、ジンにはできた。そして実際にやった。

「町を破壊している」ネヴィルが泣き叫んだ。「怪物がわが町をめちゃくちゃに！」

「ハハハ」クレップが笑い声をあげた。「女魔法使いは好敵手を見つけたようだ！　こいつはとびきり強力なジンだぞ！　実際のところ、どっちがどっちをつかまえたのやらわからない――魔女がジンをつかまえたのか、それともジンが魔女をつかまえたのか！　ハハッ、最後にはジンが魔女を塵《ちり》になるまでに押しつぶす。いいぞ！　正義はなされる！」

「正義なんかくそくらえだ！」窓の下に選挙民がいようとかまわず、町長が叫んだ。「あそこで起こっていることを見ろ、クレップ！　パニックだ、破壊だ！　あんたはこんなことは言わなかった、この禿バカ野郎！　賢ぶって、べらべらしゃべっておきながら、いちばん大事なことはひとことも言わなかったじゃないか！　どうして言わなかった、あの悪霊が……。ウィッチャー！　なんとかしろ！　聞いてるか、無実の魔法使いよ。あの悪霊をどうにかしてくれ！　おまえのすべての罪をゆるす、だが――」

「やれることは何もない、ミスター・ネヴィル」クレップが鼻で笑った。「わたしの言うことを聞いていなかった、それだけのことだ。きみはいつだってわたしの話を聞かない。これは、さっきも言ったように、とびきり強いジンだ。そうでなかったら、いまごろ女魔法使いが封じこめているはずだ。もうじき女の魔力は弱まり、ジンは女を押しつぶして逃げるだろう。そうすればいくらか平和が戻る」

「そのあいだに町が廃墟になってもいいというのか？」

「待たなければならない」クレップがまたしても言った。「だが、何もせずに待つのではない。命令を出すのだ、町長よ。住民に周囲の家から避難し、火消しの準備をするよう伝えよ。いまあそこで起こっていることは、ジニーが魔女の息の根を止めたときに起こる地獄にくらべればなんでもない」

　ゲラルトは顔をあげてチリーダンの視線をとらえ、目をそらした。

「ミスター・クレップ」ゲラルトはふいに決心した。「手を貸してくれ。ダンディリオンがここに現れたときに通った〈門〉のことだ。〈門〉はいまも通じているはずだ、ここ庁舎と――」

「〈門〉はもはや痕跡すらない」僧侶が壁を指さし、冷ややかに言った。「見えないか？」

「目には見えなくても〈門〉は痕跡を残す。魔法を使えばそのような痕跡を安定させることができる。それをたどる」

「気でもちがったか。たとえその通路がおまえをバラバラに引き裂かなくても、それでいったい何が得られる？　大竜巻のどまんなかに行きたいのか？」

「痕跡を安定させる魔法をかけられるのかときいたんだ」

「魔法？」クレップは誇り高く顔をあげた。「わたしは罪深い魔法使いではない！　魔法などかけるか！　わたしの力は信仰と祈りから来るものだ！」

「できるのか、できないのか」

「できる」

「だったら始めよう、もう時間がない」

「ゲラルト」ダンディリオンが言った。「きみは完全にいかれてる！　あんな恐ろしい首絞め野郎に近づくなんて！」

「頼むから静かにしろ」とクレップ。「そして厳粛に。いま祈っている」

「祈りなんぞくそくらえだ！」ネヴィルがわめいた。「いますぐ人を集めに行かなければ。なんとかしなければ、ここでべらべらしゃべっている場合ではない！　ああ、なんという日だ！　なんといまわしい日だ！」

ゲラルトはチリーダンが肩に触れるのを感じて振り向いた。エルフはウィッチャーの目を見つめ、視線をさげた。

「きみがあそこへ行くのは、そうしなければならないから、だろう？」

ゲラルトはためらった。ライラックとスグリが香った気がした。

「おそらく」ウィッチャーはようやく答えた。「そうしなければならない。すまない、チリーダン――」

「あやまるな。きみの気持ちはわかる」

「どうかな。おれ自身、自分の気持ちがわからない」

エルフはほほえんだ。少しもうれしそうではない笑みだ。

「まさにそうだな、ゲラルト。そのとおりだ」

クレップが身を起こし、深く息を吸った。

「準備はできた」僧侶が壁のほとんど見えない輪郭を誇らしげに指さした。「だが〈門〉は不安定で、長くは固定しない。壊れないという保証もない。足を踏み入れる前に、ゲラルト、自分の判断を確かめよ。おまえに祈りの言葉をあたえることはできる。だが、おまえの罪をゆるすには――」

「――時間がない」ゲラルトが言葉を継いだ。「わかっている、ミスター・クレップ。いつだってそのための時間はない。みんな部屋を出ろ。〈門〉が爆発したら鼓膜が破れる」

「わたしは残る」ダンディリオンとチリーダンが出ていき、扉を閉めるのを待って、僧侶クレップは宙で手を動かし、自分のまわりに脈打つ霊気を作った。「まんいちに備えて遮蔽を広げておく。もし〈門〉が爆発したら……おまえを引っぱり出してみる、ウィッチャー。鼓膜はいいのかだと？　また新しいのができる」

　ゲラルトはやさしい目で僧侶を見た。

「おまえは勇気がある」クレップがほほえんだ。「彼女を救いたいのだろう？　だが、おまえに勇気はあまり役に立たない。ジンというのは復讐心の強い生き物だ。女魔法使いは敗れた。そこへ行けば、おまえもそうなる。本当にいいのか」

「ああ」ゲラルトはかすかに光る〈門〉の前に立った。「ミスター・クレップ？」

「なんだ」

「あんたをひどく怒らせた、あの魔よけの言葉だが……。あれはどういう意味だ？」

「まったく、しゃれや冗談を言っている場合か――」

「教えてくれ、ミスター・クレップ」

「よかろう」僧侶は町長の重いカシのテーブルの後ろに隠れながら言った。「おまえの最後の願いとあらば教えよう。その意味は……うむ……まあ……ようするに……〝さっさとここから出ていって、とっとと消えうせろ《ゴー・ファック・ユアセルフ》！〟」

ゲラルトは無のなかに足を踏み入れた。その冷たさに、体を震わせていた笑いが消えた。

Ⅷ

〈門《ポータル》〉は暴風のようにうなり、渦巻き、肺がつぶれそうな力でゲラルトを吐き出した。

ゲラルトは床に倒れこみ、あえぎ、ようやく息をついた。

床が揺れていた。最初は、身が裂けるような魔の空間を通ったあとの震えのせいかと思ったが、すぐに違うと気づいた。建物全体が震動し、揺れ、きしんでいた。

あたりを見まわした。最後にイェネファーとダンディリオンを見た、あの狭い部屋ではない。エルディルが改装中の宿屋の、大きな広間だ。

そしてイェネファーを見た。テーブルのあいだに膝をつき、魔法の球体の上にかがみこんでいる。球体は白濁した強い光で燃え、あまりのまぶしさにイェネファーの指のあいだが赤く光るほどだ。球から出る光がちらちらと揺れながら、だがはっきりとあたりを照らし出した。ゲラルトには狭い部屋の床に描かれた星と五芒星が白熱に燃えているのが見え、五芒星からきしみながら飛び出す、さまざまな色の燃える線が屋根を越え、とらえられたジンの怒号に向かって消えてゆくのが見えた。

　ゲラルトを見てイェネファーはさっと立ちあがり、片手をあげた。

「よせ！」ゲラルトが叫んだ。「やめろ！　きみを助けたい！」

「助ける？」イェネファーが鼻で笑った。「あなたが？」

「おれが」

「わたしにあんなことをされたのに？」

「それでもだ」

「おもしろい。でも無意味よ。あなたの助けはいらない。ここから出ていって」

「いやだ」

「出ていって！」イェネファーは大声をあげ、恐ろしげに顔をゆがめた。「ここは危険よ！　すべてが制御できなくなりつつあるのがわからない？　彼を制御できない。なぜかわからないけれど、あの悪霊はまったく弱まらない！　ダンディリオンの三番目の願いをかなえた時点でつかまえ、いまごろは球体のなかに閉じこめているはずなのに。少しも弱くならない！　それどころか、ますます強くなっている！　でも、まだわたしのほうが優位よ。この手であいつを破壊し――」

「きみにジンは破壊できない、イェネファー。やつに殺される」

「わたしはそんなに簡単に殺されはしな――」

　言葉がとぎれた。宿屋の屋根全体がいきなり燃えあがり、球体が映し出す画像がまぶしさのなかで溶け、燃える巨大な四角形が天井に現れた。イェネファーが両手をあげて呪いの言葉を吐くと、指先から火花がほとばしった。

「逃げて、ゲラルト！」

「何が起こっている、イェネファー？」

「見つかった……」イェネファーはうめき、顔を赤くして力を入れた。「ジンはわたしをつかまえる気よ。自分の〈門〉を作って入りこもうとしている。拘束は解けないけれど、〈門〉を使って入ろうとしている。わたしには――わたしには止められない！」

「イェネファー――」

「邪魔しないで！　集中しなきゃ……ゲラルト、ここから出て。〈門〉を開けるわ、あなたが逃げられるように。でも、無作為な〈門〉だから気をつけて。いまはほかを作る時間も力もない……どこに出るかわからない……でも安全だから……準備して――」

　とつぜん天井に巨大な〈門〉が目もくらむような炎となって現れ、広がり、みるみるゆがんだ。何もないところから見覚えのある不定形な口が現れ、だらりと垂れた唇をぴしゃっと鳴らし、耳をつんざくような大声で吠えた。イェネファーが跳びあがり、両腕を振りまわして呪文を叫ぶと、手のひらから光の網が飛び出し、ジンにかかった。ジンはうなり、長い両手をしゅっと、コブラが襲いかかるようにイェネファーの喉もとに伸ばした。イェネファーはたじろぎもしない。

　ゲラルトはイェネファーに突進して脇に押しのけ、おおいかぶさった。魔法の光にからめ取られたジンが瓶のコルクのように〈門〉からぽんと飛び出し、あごを開いて二人に迫った。ゲラルトは歯を食いしばって印《いん》を投げた。一見なんの効果もなかったが、ジンは襲いかからず、かなりの大きさにふくらんで天井のすぐ下に浮かび、薄青色の目をぎょろつかせてゲラルトをにらみ、うなった。うなり声のなかに何か指図のような、命令のようなものが感じられたが、それが何かはわからなかった。

「こっちよ！」イェネファーが叫び、階段脇の壁に開けた〈門〉を指さした。ジニーが作った〈門〉にくらべると、弱々しく、ひどくお粗末に見えた。「ここよ、ゲラルト！　急いで入って！」

「きみと一緒なら！」

　イェネファーが両手を振り動かし、呪文を叫ぶと、色とりどりの拘束から火花が降りそそぎ、きしんだ。ジンがマルハナバチのように回転しながら拘束を強く引っぱり、そしてゆるめた。ジンはゆっくりと、だが確実にイェネファーに近づいてくる。それでもイェネファーはさがらない。

ゲラルトはイェネファーに飛びかかって巧みに脚を払い、さっと抱えあげて片手で腰をつかみ、反対の手を首筋の髪に突っこんだ。イェネファーが口汚くののしり、ウィッチャーの首に肘鉄砲を食らわせた。それでもゲラルトは放さなかった。呪文によって生まれたツンとするオゾンのにおいも、ライラックとスグリのにおいを消しはしなかった。ゲラルトはイェネファーが蹴り出す脚を押さえつけてまっすぐに抱えあげ、できの悪い〈門〉の、乳白色にひらめく無のなかに飛びこんだ。

どこに通じているかわからない〈門〉のなかに。

二人はきつく抱き合ったまま無のなかを飛び、大理石の床に着地して横すべりし、大きな燭台とテーブルを突き倒し、テーブルからクリスタルのグラスと果物の載った皿、砕き氷と海藻と牡蠣《カキ》の入った大きな鉢が音を立てて降りそそいだ。部屋じゅうから叫び声と悲鳴があがった。

二人はシャンデリアがまぶしい舞踏室のどまんなかに横たわっていた。豪華な衣装をまとった紳士と宝石できらめく淑女がダンスを中断し、ぎょっとして言葉もなく見つめている。回廊の楽師たちがふいに曲をやめ、不快な不協和音が耳に残った。

「このとんま！」イェネファーがゲラルトの目をひっかいて叫んだ。「この大バカ者！なんで止めたの！　もう少しでつかまえるところだったのに！」

「つかまえられるものか！」ゲラルトはかっとなってどなり返した。「命を救ってやったんだ、このバカ魔女！」

イェネファーが怒った猫のようにシャーッと威嚇し、両手から火花を放った。

ゲラルトは顔をそむけながらイェネファーの両手首をつかみ、牡蠣と海藻と砕き氷のなかを転げまわった。

「招待状はお持ちか？」胸に家令の金鎖をつけた小太りの男が、尊大な表情で二人を見ていた。

「くたばれ！」イェネファーはなおもゲラルトの目を引っかこうとした。

「なんたる不祥事よ」家令がきっぱりと言った。「いかにも、あなたがたは瞬間移動をやりすぎだ。〈魔法評議会〉に苦情を入れよう。断じて要求する――」

家令が何を要求したかったのか、聞いた者は誰もいなかった。イェネファーは身を振りほどいてウィッチャーの耳を平手打ちし、脛《すね》を力いっぱい蹴りつけ、消えかかる壁の〈門〉に飛びこんだ。

ゲラルトはイェネファーの髪と腰帯を慣れた動きでつかみ、あとを追って飛びこんだ。

イェネファーも慣れた動きでゲラルトに肘を打ちこんだ。

その拍子にイェネファーのドレスが脇で裂け、形のいい胸があらわになった。牡蠣がひとつ、裂けたドレスから飛び出した。

二人は〈門〉の無のなかに転がりこんだ。ゲラルトにはなおも家令の声が聞こえていた。

「音楽を！　続けてくれ！　何も起こりませんでした。どうか、いまの嘆かわしい事件のことはお忘れあれ！」

ゲラルトは確信した――〈門〉を通って移動すればするほど災難の危険は倍増する。その予測は間違ってはいなかった。ようやく目的のエルディルの宿屋に行きついたが、実体化したのは天井の下で、二人は階段の手すりを壊し、耳を聾するような音とともにテーブルに落ちた。テーブルはその衝撃に耐えられるはずもなく崩れた。

イェネファーはテーブルの下に横たわっていた。気を失ったにちがいない。だが、そうではなかった。

イェネファーはいきなりゲラルトの片目にこぶしを打ちこみ、口の悪さで知られるドワーフの葬儀屋もほれぼれするような罵詈《ばり》雑言《ぞうごん》を弾丸のように浴びせた。罵倒語を吐くたびに、怒りに満ちたこぶしがやみくもに、めちゃくちゃに飛んできた。

ゲラルトはイェネファーの両手をつかみ、頭突きを避けるべく、ライラックとスグリと牡蠣のにおいのする胸の谷間に顔を押しつけた。

「放して！」イェネファーは仔馬のように脚を蹴り出し、わめいた。「このバカ！　放して！　こうしてるまにも拘束が破られる。強化しなければジンに逃げられる！」

答えたくても答えられなかった。ゲラルトはイェネファーを床に押しつけようと、つかんだ手にますます力をこめた。イェネファーはこれでもかとののしり、もがき、ありったけの力でゲラルトの股間を膝蹴りした。ゲラルトが息をつくまもなくイェネファーは身をほどき、呪文を叫んだ。ゲラルトはものすごい力で床から引っぱられたかと思うと、広間を吹っ飛び、気絶しそうな力で彫刻のある両開きのたんすの引き出しに激突し、引き出しが完全に粉々になった。

Ⅸ

「なにごとだ!?」ダンディリオンが壁に張りつき、降りそそぐ木片ごしになかを見ようと首を伸ばした。「どうなってるんだ、くそっ！」

「ケンカしてる！」悪ガキが叫び、やけどをしたかのように宿屋の窓から飛びのいた。ぼろぼろの服を着た仲間たちも、裸足のかかとで泥を跳ねちらして逃げた。「魔法使いとウィッチャーがケンカしてる！」

「ケンカだと？」ネヴィルが驚いた。「二人はケンカで、あのくそ悪霊はわが町を破壊している！　見ろ、またひとつ煙突を突き倒した。レンガ窯《がま》がめちゃめちゃだ！　おい、あそこへ行ってくれ、急いで！　ああ、雨が降っているのはさいわいだ、そうでなければとんでもない大火事になるぞ！」

「これも長くはもたない」クレップが陰鬱な声で言った。「魔法の光が弱まっている。拘束がいつ切れてもおかしくない。ミスター・ネヴィル！　住民たちにここから離れるよう命じよ！　いまにここは大変なことになる！　この家は木片しか残らん！　ミスター・エルディル、何をそんなに笑っている？　おまえの家だぞ。なにがそんなにうれしい？」

「この家には高額の損害保険がかかってる！」

「魔法と超自然の事故も保証するのか？」

「もちろん」

「賢明だ、ミスター・エルフ。じつに賢い。おめでとう。おい、みんな、避難しろ！　命が惜しければ近づくな！」

　エルディルの宿屋からすさまじい破壊音が聞こえ、稲妻がひらめいた。町長たちはあとずさり、柱の陰に隠れた。

「なぜゲラルトはあそこへ行った？」ダンディリオンがうなった。「いったいなんのために？　どうしてあの魔女を助けようとしたんだ？　なぜだ、ちくしょう。チリーダン、わかるか？」

エルフは悲しげにほほえんだ。

「ああ、わかるよ、ダンディリオン。おれにはわかる」

X

イェネファーの指からまたしてもオレンジ色の光線が放たれ、ゲラルトは飛びのいた。女魔法使いは疲れたらしく、光は弱くゆっくりで、難なくよけられた。

「イェネファー！　落ち着け！　頼むから聞いてくれ！　きみには無理――」

言い終わるまもなくイェネファーの指から細くて赤い光の矢が飛び出し、ゲラルトの体のあちこちに達して全身を完全に包みこんだ。ウィッチャーの服がシューシューとくすぶりはじめた。

「無理？」イェネファーが立ちはだかり、歯を食いしばった。「わたしに何ができるか、すぐに見せてやる。あなたはしばらくそこに横たわっていて。わたしの邪魔さえしなければいい」

「これをはずしてくれ！」ゲラルトは燃えるクモの巣のなかでもがき、わめいた。「燃える、くそっ！」

「そこに横になって動かないで」イェネファーはぜいぜいと息を切らし、「動かなければ燃えない……。もうあなたの相手をしているひまはない、ウィッチャー。わたしたちは大暴れした、でも、もう充分。ジンを始末しなければ、いまにも逃げ出して――」

「逃げ出す？」ゲラルトが叫んだ。「逃げ出さなきゃならないのはきみのほうだ！　あのジンは……イェネファー、おれの言うことをよく聞け。本当のことを話す」

XI

　ジンは拘束を引っぱって円を描き、その直径をしだいにちぢめながらボウ・ベラントの屋敷の小塔を払い落とした。

「なんて声だ！」ダンディリオンは顔をしかめ、反射的に自分の喉をつかんだ。「なんと恐ろしい咆哮だ！　まるで死ぬほど怒っているような！」

「なぜなら実際に怒っているからだ」クレップの言葉にチリーダンがちらっと目をやった。

「なんだって？」

「ジンは怒っている」クレップが繰り返した。「怒って当然だ。わたしだって怒るだろう、ウィッチャーがたまたま口にした最初の願いを文字どおりかなえなければならなかったとしたら――」

「どういうことだ？」ダンディリオンが声を張りあげた。「ゲラルトが？　願いを？」

「ジンを閉じこめていた封印を持っているのはウィッチャーだ。ジンは彼の願いをかなえようとしている。だから魔女はジンを手なずけられない。だが、ウィッチャーはそれを魔女に言ってはならない――たとえすでにそのことに気づいているとしても。イェネファーに言ってはならない」

「そうか」チリーダンがつぶやいた。「ようやくわかった。地下牢の看守が破裂したのは……」

「あれはウィッチャーのふたつめの願いだった。あとひとつ残っている。最後の願いだ。だが――神よ、われらを助けたまえ――それをイェネファーに教えてはならない！」

XII

イェネファーはゲラルトに身を乗り出し、宿屋の上空で拘束を解こうともがくジンには目もくれず、立ちつくしていた。建物が震動し、石灰と木片が天井からこぼれ落ち、家具が床をすべり、ときおりがたがた揺れた。

「そういうこと」イェネファーが低い声ですごんだ。「やってくれるじゃない。わたしをだますなんて。ダンディリオンではなく、あなただったのね。だからジンはあんなに激しく抵抗した！　でも、まだ負けじゃない、ゲラルト。あなたはわたしを、わたしの力を見くびっている。あなたとジンは、いまもこの手のなかにある。まだ最後の願いが残ってる、でしょう？　その願いをかけて。そうすればジンは解放され、わたしが瓶詰めにする」

「きみにそれだけの力はない、イェネファー」

「わたしの力を見くびらないで。さあ、願いを、ゲラルト！」

「だめだ、イェネファー。おれにはできない……。ジンは願いをかなえるかもしれないが、きみを生かしてはおかない。自由になったとたん、きみを殺す。きみに復讐する……。きみはジンをつかまえられないし、身を守ることもできない。きみは弱っている。立っているのもやっとだ。死ぬぞ、イェネファー」

「それはわたしの問題よ！」イェネファーが怒って叫んだ。「わたしがどうなろうと、あなたになんの関係がある？　そんなことより、ジンがかなえてくれることを考えて！　まだ最後の願いが残ってる！　なんでも願いがかなうのよ！　この機を利用して！　使って、ウィッチャー！　なんでも手に入る！　なんでも！」

XIII

「二人とも死ぬのか？」ダンディリオンが泣きそうな声で言った。「どうして？　クレップ、なぜだ？　だってゲラルトは――なんで、いったいどういうわけでゲラルトは逃げない？　なぜ？　何が彼をとどめている？　なぜあの恐ろしい魔女を運命にまかせ、逃げないんだ？　まったくバカげてる！」

「まったくバカげている」チリーダンが苦々しく繰り返した。「まったくもって」

「自殺行為だ。愚の骨頂だ！」

「結局のところ、これがやつの仕事だ」町長のネヴィルが口をはさんだ。「ウィッチャーはわが町を救っている。神々よ、ごらんあれ――ゲラルトが魔女を倒し、悪霊を追い払ったならば、報奨金をたっぷりと……」

ダンディリオンはサギの羽根で飾った帽子を頭からむしり取り、そのなかに唾を吐き、泥のなかに投げ、足で踏みつけ、いくつもの言語で悪態をついた。

「でもゲラルトには……」そこで、ふとうめいた。「まだ願いがひとつ残っている！　自分も魔女も救えるはずだ！　ミスター・クレップ！」

「そう単純ではない」僧侶は考えぶかげに言った。「だが、もし……もし正しい願いを口にしたなら……もし彼がなんらかの形で自分の運命と、もうひとつの運命を結びつけたなら……。いや、ゲラルトがそんな気になるとは思えない。そしておそらく、そうならないほうが幸せだ」

XIV

「願いをかけて、ゲラルト！　急いで！　何がほしい？　不死？　富？　名声？　力？

権力？　特権？　早く、もう時間がない！」

ゲラルトは無言だ。

「人間性ね」イェネファーがふいに意地悪く笑った。「当たり、でしょう？　それがあなたのほしいもの、夢見るもの！　解放されること。自分がなるべきものではなく、なりたいものになれる自由。ジンはその願いをかなえてくれる、ゲラルト。さあ、言って」

ゲラルトは黙ったままだ。

イェネファーが見おろしていた。魔法の球体のちらつく光のなかで、魔法の輝きのなかで、ジンを拘束する光線のひらめきのなかで髪をなびかせ、瞳をスミレ色に光らせて立っていた。まっすぐに、ほっそりと、暗く、恐ろしく……

そして美しく。

ふいにイェネファーは上体をかがめ、ゲラルトの目をのぞきこんだ。ライラックとスグリのにおいがした。

「何も言わないのね」イェネファーがささやいた。「じゃあ、あなたの望みは何、ウィッチャー？　もっとも隠された夢は？　自分でもわからない？　それとも決められない？　自分のなかを探して、深く、慎重に見て、なぜなら、フォースに誓って、こんな機会は二度とないから！」

ふいにゲラルトは真実を知った。彼にはわかった。イェネファーが昔どんなふうだったか。イェネファーがおぼえていること、忘れられないこと、ずっと抱えて生きてきたものがなんなのか。魔法使いになる前がどんなふうだったか。

その冷たく、透徹した、怒りに満ちた賢い目は、背中の曲がった女の目だった。

ゲラルトはぞっとした。その真実におびえたのではない。イェネファーに自分の考えを読まれ、自分が解きあてたことを知られるのが怖かった。イェネファーがそれを決してゆるさないことが怖かった。ゲラルトはその考えを自分のなかで消し、抹殺し、永遠に、跡形もなく記憶から投げ捨て、大きな安堵を感じた。その感覚は――

天井がバキッと割れ、いまや消えかけた光線の網にからまったジンが叫びながら二人の真上に落ちてきた。その声には勝利と殺戮に対する欲望がこもっていた。イェネファーがすばやく立ちはだかり、両手から光を放った。弱々しい、かすかな光を。

ジンが口を開け、両手をイェネファーに伸ばした。

その瞬間、ゲラルトは自分のほしいものがわかった。

そして願いをかけた。

宿屋が爆発し、レンガと梁と厚板がもうもうたる煙と火花のなかで舞いあがったかと思うと、納屋ほどの大きさのジンが土ぼこりのなかから飛び出してきた。轟音をあげ、勝ち誇った笑い声で喉を詰まらせながら、いまや誰の意志にもつなぎとめられず、自由になった〈気〉のジニーは町の上空を三周し、庁舎から尖塔を突き落とし、空にのぼって消えた。

「逃げた！　ジンが逃げた！」クレップが叫んだ。「ウィッチャーがやった！　ジニーが飛んでいった！　もう誰もおびやかされることはない！」

「ああ」エルディルが心底、幸せそうな顔で、「なんと美しい破壊だ！」

「くそっ、なんてこった！」ダンディリオンが壁の後ろでちぢこまりながらわめいた。

「家が丸つぶれだ！　あれでは誰も生き残れない！　誰も！」

「ウィッチャー――リヴィアのゲラルト――は町のために犠牲となった」ネヴィル町長がおごそかに言った。「彼のことは忘れない。心から敬意を表する。銅像を建ててもいい……

……」

　ダンディリオンは肩から粘土がついた籐の敷物のかけらを振り落とし、ジャーキンから雨で湿った漆喰《しっくい》の塊を払うと、町長を見やり、選びぬかれた数少ない言葉で犠牲と畏敬、記憶と世界じゅうにある銅像に関する意見を述べた。

XVI

　ゲラルトはあたりを見まわした。天井にあいた穴から水がゆっくりしたたっていた。周囲は一面、がれきと木片の山だ。だが、不思議なことに、二人が横たわっている場所だけは何もなかった。板きれ一枚、レンガひとつ落ちていない。まるで目に見えない盾で守られたかのように。

　かすかに顔を上気させたイェネファーが両手を膝に置き、ゲラルトの横にひざまずいた。

「ウィッチャー」咳払いして呼びかけた。「死んだの？」

「いや」ゲラルトは顔からほこりをぬぐい、ひっと息を漏らした。

　イェネファーはゲラルトの手首に触れ、ゆっくりと手のひらに指を這わせた。

「わたしのせいでやけどを――」

「なんでもない。ただの水ぶくれだ――」

「ゆるして。ジンは逃げたわ。永遠に」

「後悔しているか？」

「それほどでも」

「よし。起きるのに手を貸してくれ」

「待って」イェネファーがささやいた。「あなたの願い……あなたの願いを聞いた。驚いたわ、とにかく驚いた。どんな願いでも驚かないと思っていたのに……。なぜあんなことを、ゲラルト？　どうして……どうして、わたし？」

「わからないか？」

　イェネファーが身を乗り出し、ゲラルトに触れた。ライラックとスグリのにおいのするイェネファーの髪が顔に触れたとたん、ゲラルトは知った。その香りを、その柔らかい感触を決して忘れないだろうと。ほかのどんな香りや感触ともくらべものにならないだろうと。イェネファーにキスされたとたん、これほど柔らかく、うるおい、甘い口紅の味がする唇のほかにどんな唇も求めないだろうとわかった。その瞬間から、存在するのはイェネファーだけ——その首、肩、黒いドレスから自由になった胸、これまで触れた何ものともくらべられない、柔らかくひんやりした肌だけだと知った。ゲラルトはスミレ色の目を、世界でもっとも美しい瞳を見つめた。彼にはわかっていた——自分が恐れていたのは……。

　これが自分にとってすべてになることだったと。

「あなたの願い」イェネファーがゲラルトの耳もとでささやいた。「あんな願いがかなうかどうかわからない。あんな願いをかなえるフォースが自然のなかにあるとは思えない。でも、それがあるとして、あなたはみずから決断した。あなたとわたしを運命づけた」

ゲラルトは口づけで、抱擁で、手で、愛撫で、すべてでさえぎった。自分のすべて、すべての意識、たったひとつの意識、すべてのこと、すべてのもの、あらゆるもので。沈黙のなかに二人の吐息が漏れ、床に投げ捨てられる服のこすれる音が響いた。二人はとてもやさしく、時間をかけて沈黙を破った。思いやり深く、くまなく。二人は相手を気づかい、いたわり合った。二人とも、気づかいとかいたわりのことは知らなかったが、うまくいった。なぜなら、そうしたくてたまらなかったから。何よりも急がなかった。その短いあいだ、全世界が存在しなくなった。けれども二人にとって、その時間は永遠に思えた。

やがて、ふたたび世界が存在しはじめた。それは前とはまったく違っていた。

「ゲラルト？」

「ん？」

「これからどうする？」

「わからない」

「わたしも。だって……あなたが自分とわたしを運命づける意味があったのかどうかわからない。いったいどうやって——待って、何をしてるの……？　あなたに言いたいことが——」

「イェネファー……イェン」

「イェン」イェネファーは繰り返し、完全に身をあずけた。「これまでそんなふうにわたしを呼んだ人はいない。もういちど呼んで」

「イェン」

「ゲラルト」

XVIII

いつのまにか雨がやんでいた。リンデの上空に虹が出て、色とりどりのとぎれた弧が空にかかっている。まるで宿屋のこわれた屋根から直接、伸びているかのようだ。

「おお、なんという」ダンディリオンがつぶやいた。「なんという静寂よ……。二人は死んだ、間違いない。たがいを殺し合ったか、わがジンが二人の息の根を止めたか」

「たしかめに行こう」ヴラティミルがしわくちゃの帽子で額をぬぐった。「ケガをしているかもしれない。医者を呼ぼうか？」

「葬儀屋を呼ぶほうが賢明かもしれん」クレップが言った。「あの魔女のことは知っている。あのウィッチャーの目にも悪魔が宿っていた。ほかには考えられない。墓地に穴をふたつ掘らせよう。イェネファーを埋める前には体にポプラの杭を打ちこむがいい」

「なんという静寂よ」またもやダンディリオンが言った。「ついさっきまでそこらじゅうを梁が飛び交っていたのに、いまでは墓場のような静けさだ」

一団は宿屋の残骸におそるおそる、ゆっくりと近づいた。

「大工に棺桶を準備させよ」クレップが言った。「大工にはこう伝え――」

「静かに」エルディルがさえぎった。「何か聞こえる。いまのはなんだ、チリーダン？」

チリーダンがとがった耳から髪を払いのけ、頭をかしげた。

「さあ……もっと近づいてみよう」

「イェネファーは生きてる」ダンディリオンがふいに音楽家の耳を立てた。「うめき声が聞こえる。ほら、また！」

「本当だ」エルディルがうなずいた。「たしかに聞こえる。彼女がうめいてる。ひどく苦しそうだ。チリーダン、どこへ行く？　気をつけろ！」

チリーダンは壊れた窓から注意深くなかをのぞき、あとずさった。

「ここを離れよう」そして静かに言った。「邪魔しないほうがいい」

「二人とも生きてるのか？　チリーダン？　二人は何をしている？」

「退散しよう」エルフは繰り返した。「しばらく二人きりにしてやろう。あのまま、イェネファーとゲラルトと最後の願いのままに。どこかの酒場で待っていれば、じきにやってくる。二人とも」

「二人は何をしてるんだ？」ダンディリオンがしつこくたずねた。「教えてくれ！」

　チリーダンはほほえんだ。このうえなく悲しそうに。

「もったいぶった言葉は嫌いだが」エルフは言った。「もったいぶった言葉を使わず、それに名前をつけるのは不可能だ」

理性の声7

I

ファルウィックは全身を鎧で固め、兜はかぶらず、〈騎士団〉の深紅のマントを肩にかけて林の空き地に立っていた。隣には、がっちりした体にキツネの毛皮で裏打ちした外套と鉄輪の鎖帷子を着こんだ、あごひげのドワーフが胸の前で腕を組んでいる。そして鎧はまとわず、短いキルト地のダブレットを着たタイレスが、ときおり抜き身の剣を振りまわしながらゆっくり歩きまわっていた。

ウィッチャーはあたりを見まわし、馬を止めた。胴鎧に平らな兜をかぶった兵士たちが槍を光らせ、まわりをぐるりと取りかこんでいた。

「やれやれ」ゲラルトがつぶやいた。「こうなるかもしれないとは思っていた」

ダンディリオンは馬を向けなおしたが、ずらりと並んだ槍にはばまれて引き返すこともできないのを見て小さく毒づいた。

「どういうことだ、ゲラルト？」

「なんでもない。口を閉じて、何も言うな。ここはなんとか切り抜ける」

「なんの話だ？　またもめごとか？」

「黙ってろ」

「やっぱりバカな考えだったんだ、町に乗りこむなんて」ダンディリオンはうめき、森の上方に見える、すぐそばの寺院の塔を見やった。「ネンネケの寺院にじっとして、壁の向こうに行くべきじゃなか――」

「黙れ。いまにすべてはっきりする」

「そうは見えないが」

ダンディリオンの言うとおり、そうはならなかった。タイレスは抜いた剣を振りまわし、二人のほうを見もせずうろうろ歩きつづけ、槍にもたれる兵士たちはむっつりと冷淡に見ていた。殺しなどたいしておもしろくもないと言いたげな、職業軍人らしい表情で。

二人が馬を降りると、ファルウィックとドワーフがゆっくりと近づいた。

「おまえは生まれのいいタイレスを侮辱した、ウィッチャー」伯爵が前置きも、お決まりの挨拶もなく言った。「そしてタイレスは、おぼえているだろうが、籠手を投げて決闘を挑んだ。寺院の敷地内で強要するのはふさわしくない、だからおまえがあの巫女の庇護のもとから出てくるのを待っていた。決闘だ」

「どうしてもか」

「どうしてもだ」

「だが、ファルウィック」――ゲラルトは腑に落ちないと言いたげな笑みを浮かべ――「生まれのいいタイレスがおれごときに敬意を払いすぎだと思わないか？　おれはいちども騎士に叙されたことはないし、生まれについては言わないにこしたことはない。思うに、おれはその栄誉に値しないとかなんとか……なんと言ったか、ダンディリオン？」

「〝満足をあたえ、一騎打ちをするにふさわしくない〟」ダンディリオンが口をとがらせて復唱した。「騎士道の規範いわく――」

「〈支部〉には独自の規範がある」ファルウィックがさえぎった。「〈騎士団〉の騎士に決闘を挑んだのがおまえなら、騎士は自分の意志にしたがって拒否することも満足をあたえることもできる。だが、今回は逆で、決闘を申しこむのが騎士だ。だからおまえは騎士と同じ地位になる――もちろん、騎士が受けた侮辱に報いる短いあいだだけだ。おまえには拒否できない。騎士の地位を拒めば、おまえはふさわしくない人間となる」

「実に論理的だ」ダンディリオンがサルのような表情で言った。「哲学者を研究したようだな、騎士どの」

「口をはさむな」ゲラルトが顔をあげ、ファルウィックの目をのぞきこんだ。「続けてくれ。話の結末を知りたい。もしおれが……ふさわしくないとなったらどうなる？」

「どうなるかだと？」ファルウィックは悪意に満ちた笑みを浮かべた。「おまえを枝から吊るし首にせよと命じる、ネズミ捕り屋よ」

「待て」ドワーフがしゃがれ声で制した。「落ち着け、騎士よ。罵倒はなしだ、いいか？」

「わたしに礼儀を教える気か、クランマー」騎士がすごんだ。「いいか、大公はおまえに命令を出した。おまえはそれを文字どおり忠実に実行すればいい」

「そっちこそ礼儀を教えるのはよしてくれ、伯爵」ドワーフが腰帯に差した両刃の斧に片手を置いた。「命令の果たしかたくらい知ってる。あんたに助言されるまでもない。ゆるせよ、ゲラルトどの。わしはデニス・クランマー、ヘレヴァルド大公近衛《このえ》隊の隊長だ」

ゲラルトは堅苦しくお辞儀し、ドワーフの淡黄色でぼさぼさの眉の下からのぞく、鋼鉄のような薄灰色の目を見つめた。

「タイレスの挑戦を受けろ」デニス・クランマーは淡々と続けた。「そのほうがいい。どうせ死にはせん、どちらかが動けなくなるまでだ。だから挑戦を受け、タイレスの前で動けなくなれ」

「どういうことだ？」

「サー・タイレスは大公のお気に入りだ」ファルウィックが意地悪くほほえんだ。「闘いのあいだにおまえの剣がタイレスに触れたら、変異体よ、おまえは罰せられる。クランマー隊長がおまえを拘束し、大公の前に連れてゆく。罰するために。それが大公の命令だ」

　クランマーはファルウィックのほうを見やりもせず、冷たい鋼のような目をゲラルトから離さなかった。

　ゲラルトはかすかな、だが不気味な笑みを浮かべた。

「つまりこういうことか。おれは決闘を受けなければならない、拒んだら首をくくられるから。決闘では相手に傷をつけられなければならない、おれが傷つけたら拷問台に送られるから。なんと魅力的な選択だ。いっそのことそんな手間をはぶいたらどうだ？　おれがマツの木に頭をぶつけ、動けなくなる。それで満足じゃないか？」

「皮肉はよせ」ファルウィックが低い声でささやいた。「これ以上、状況を悪くするな。おまえは〈騎士団〉を侮辱した、流れ者よ、その罰を受けねばならぬ、わかるか？　若きタイレスはウィッチャーを倒したという評判がほしい、だから〈支部〉はそれをあたえたい。そうでもなければ、おまえはとうに絞首刑だ。負ければ、おまえのみじめな人生も救われる。おまえの死体はどうでもいいが、タイレスにはおまえの皮膚に刻み目を入れさせたい。変異体の皮膚の治りは速いからな。さあ、決めろ。ほかに選ぶ道はない」

「それはあんたの考えだ、騎士どの」ゲラルトはさらに不気味な笑みを浮かべ、周囲の槍兵たちを値踏みするように見まわした。「おれに言わせれば、ほかにも道はある」

「ああ、たしかに」デニス・クランマーがうなずいた。「ほかにも道はある。だが、そうなると血が流れる――大量の血が。ブラビケンのような。それがあんたの望みか？　良心に血と死の重荷を負わせたいか？　なぜならあんたが考えている別の道には、ゲラルト、血と死が待ち受けている」

「魅力的な説得だ、隊長、うっとりするほどに」ダンディリオンがからかった。「きみは森のなかで待ち伏せされた男に人道主義《ヒューマニズム》で思いとどまらせようとしている、彼の気高い感情に訴えて。ぼくには、男を襲った山賊たちの血を流すなと頼んでいるようにしか思えない。悪党どもにも情けをかけるべきだと――なぜなら彼らは貧しく、妻と子がいて、ひょっとしたら母親すらいるかもしれない。だが、クランマー隊長、きみの心配は先走りしすぎじゃないか？　見たところまわりの槍兵たちは、たったひとりで、しかも素手でストリガと闘ったリヴィアのゲラルトが相手と考えただけで膝が震えている。ここで血は流れない。誰も傷つかない――せいぜい逃げ出すときに脚の骨を折る者がいるくらいだ」

「わしの膝になんら非難されるところはない」ドワーフは静かに、だが挑むような口調で言った。「わしはこれまで誰からも逃げたことはないし、やりかたを変えるつもりもない。妻も子もおらんし、よく知りもせん母親を持ち出すつもりもない。だが、あたえられた命令は果たす。つねに言われたとおりに。なんの感情にも訴えず、リヴィアのゲラルトに決断を求める。どんな決断をしようとわしは受け入れ、それにしたがって行動する」

　ドワーフとウィッチャーが見つめ合った。

「わかった」ようやくゲラルトが言った。「それで手を打とう。一日を無駄にするのはもったいない」

「では受け入れるのだな」ファルウィックが片手をあげ、目を光らせた。「高貴な生まれのドーンダルのタイレスと決闘するのだな？」

「ああ」

「よし。では準備をせよ」

「準備はできている」ゲラルトが籠手をはめた。「時間の無駄はよそう。ネンネケがこのことに気づいたら大騒ぎになる。さっさと片をつけよう。落ち着け、ダンディリオン。おまえはなんの関係もない。そうだな、クランマー隊長？」

「いかにも」ドワーフはきっぱりと言い、ファルウィックを見た。「そのとおり。何が起ころうと、これはあんただけの問題だ」

　ゲラルトが背中から剣を取った。

「いや」ファルウィックが制し、自分の剣を抜いた。「おまえの剣で闘うのではない。わたしの剣を取れ」

　ゲラルトは肩をすくめて伯爵の剣を取り、ためしに振ってから、冷ややかに言った。

「重いな。鋤《すき》を使ったほうがましだ」

「タイレスも同じ剣を使う。機会は平等だ」

「おもしろいことを言うな、ファルウィック」

　槍兵たちがゆるい円を作って空き地を取りかこみ、タイレスとゲラルトが向き合った。

　若い騎士は唇をゆがめ、左腕を背中に曲げて、ぴたりと剣術の姿勢を取った。

「タイレス、謝罪の言葉はないか？」

「ないのか？」ゲラルトがほほえんだ。「理性の声を聞きたくないのか？　残念だ」

　タイレスがかがみこみ、いきなり飛びかかった。ゲラルトは難なくかわし、すばやい半回転で剣先をよけた。タイレスは大振りし、刃はまたしても空を切った。ゲラルトは軽やかに回転しながら刃の下に身をかがめ、柔らかく脇に飛びのき、短く軽いフェイントで騎士のリズムを崩した。タイレスは毒づき、右から大きく斬りかかって一瞬バランスを失い、体勢を立て直しながら身を守ろうと、とっさに、ぶざまに、高々と剣を振りあげた。ウィッチャーは片腕をいっぱいに伸ばし、稲妻の速さと力で飛び出し、真正面から斬りつけた。重い剣がタイレスの刃にがつっとぶつかり、かわした勢いでタイレスの剣が本人の顔を直撃した。タイレスは泣き叫び、膝をつき、額から草に倒れた。

　ファルウィックが駆け寄った。

　ゲラルトは剣を地面に突き刺し、背を向けた。

「おい、近衛兵！」ファルウィックが立ちあがり、叫んだ。「やつをとらえろ！」

「動くな！　その場から一歩たりとも！」隊長デニス・クランマーが斧に触れながらうなった。兵士たちはその場で凍りついた。

「いや、伯爵」ドワーフがゆっくりと言った。「わしはつねに命令を文字どおりに遂行する。ウィッチャーはタイレスに触れなかった。若造は自分の剣で自分を斬った。運悪く」

「顔がめちゃめちゃだ！　死ぬまで傷が残る！」

「皮膚は治る」デニス・クランマーが鋼の目でゲラルトを見つめ、歯を剝いた。「傷？　騎士にとって傷は称えるべき記念、名声と栄光の証明で、〈支部〉がタイレスに心から望んだものだ。傷のない騎士なんぞ騎士じゃない、ただのカスだ。本人にきいてみろ、伯爵よ、さぞ喜んでいるはずだ」

タイレスは地面でのたうち、血を吐き、泣きわめき、少しもうれしそうには見えない。

「クランマー！」ファルウィックが地面から自分の剣を引き抜いた。「いまに後悔するぞ！」

ドワーフは振り向き、腰帯からゆっくりと斧を引き抜くと、咳払いして手のひらに唾を吐き、しゃがれ声で言った。

「おっと、伯爵どの。二《に》言《ごん》はよせ。嘘には我慢ならん。わしはヘレヴァルド大公から嘘つきを罰する権限をあたえられている。あんたのたわごとには耳をふさごう。だが、二度と繰り返さないでもらいたい」

「ウィッチャー」ファルウィックは怒りに息を切らし、ゲラルトを振り返った。「エランダーから出ていけ。いますぐ。たったいま！」

「ファルウィック卿と意見が合うことはめったにないが」クランマーがゲラルトに近づき、剣を返しながらつぶやいた。「今回だけは伯爵の言うとおりだ。わしならいますぐ馬で出ていく」

「忠告にしたがおう」ゲラルトは剣帯を背中にかけた。「だがその前に、伯爵にききたいことがある。ファルウィック！」

〈白薔薇の騎士〉は不安そうにまばたきし、両手を上着でぬぐった。

「さっき聞いた〈支部〉の規範の話だが」ゲラルトは笑わないように口もとを引き締めた。

「ひとつ、とても興味を引かれた。もしおれが今回の件におけるあんたの態度に腹を立て、侮辱されたと感じ、いまこの場で決闘を挑んだら、あんたはどうする？　おれは剣を交えるのにふさわしいと思うか？　それとも拒むか？　拒めば、おれはあんたをふさわしくないと——唾を吐きかけ、歩兵たちの前で顔にこぶしを打ちこみ、尻を蹴るほどの価値さえないと——見なす。そうとわかっていても拒むか？　ファルウィック卿、どうかわが好奇心を満足させてはくれまいか」

　ファルウィックは青ざめて一歩あとずさり、あたりを見まわした。兵士たちは伯爵の視線を避け、デニス・クランマーは顔をしかめて舌を突き出し、かなり遠くまで唾を吐いた。

「あんたが何も言わなくても」ゲラルトは続けた。「沈黙のなかに理性の声が聞こえる、ファルウィック伯爵。おれの好奇心は満足した。こんどはあんたの好奇心を満たす番だ。〈騎士団〉がマザー・ネンネケや巫女たちをなんであろうと困らせたり、クランマー隊長を不当にあつかったりしたら、いいか、伯爵、おれはあんたを見つけ出し、規範がどうだろうと、あんたの血を豚のように流してやるからおぼえておけ」

ファルウィックはますます青ざめた。

「この言葉を忘れるな、伯爵。行くぞ、ダンディリオン。出発の時間だ。元気で、デニス」

「幸運を祈る、ゲラルト」ドワーフがにっと笑った。「元気でな。会えてよかった、またどこかで会おう」

「ああ、またどこかで、デニス」

ウィッチャーと吟遊詩人はわざとゆっくりと、振り返らずに馬を歩かせ、森のなかに入ってようやく駈歩《かけあし》になった。

「ゲラルト」ふいにダンディリオンが言った。「まさかこのまままっすぐ南に向かう気じゃないだろうな？　エランダーとヘレヴァルドの領地を避けて、まわり道をするんだろう？　それともこの芝居を続けるつもりか？」

「いや、ダンディリオン。そうじゃない。森を抜けて〈商人の道〉に入る。いいか、ネンネケの前で今回のことは何も言うな。ひとことも」

「時間はかからないだろうな？」

「すぐ終わる」

Ⅱ

ゲラルトは身を乗り出し、修理した鐙《あぶみ》の輪を調べ、鐙革を調整した。新しい革はごわごわして、においが強く、留め金がかけにくい。それから鞍帯と旅行鞄の位置を整え、鞍の後ろに巻いた馬の毛布を載せ、それに銀の剣をくくりつけた。隣でネンネケが腕を組み、身じろぎもせずに立っている。

ダンディリオンが鹿毛の去勢馬を引いて近づいた。

「もてなしに感謝する、高僧ネンネケ」ゲラルトが真顔で言った。「もうおれに腹を立てないでくれ。きみが心の底ではおれのことが好きなことは知っている」

「そうね」ネンネケはにこりともせずに言った。「そのとおりよ、ゲラルト、自分でもなぜかわからないけれど。気をつけて」

「じゃあまた、ネンネケ」

「元気で、ゲラルト。体に気をつけて」

ゲラルトはそっけない笑みを浮かべた。

「自分のことより人の心配をするほうがいい。長い目で見れば、そのほうがうまくいく」

ツタのからまる寺院の柱のあいだから、イオラが若い二人の生徒と一緒に現れた。ゲラルトの蓋つきの小箱を抱えている。イオラは気まずそうにウィッチャーの視線を避けた。困ったような笑みが、そばかすのある、ぽっちゃりした顔の赤みとあいまってチャーミングだ。付き添う二人は意味ありげな視線を隠しもせず、くすくす笑っている。

「偉大なるメリテレのために」ネンネケがため息をついた。「別れの儀式を。この箱を持っていって、ゲラルト。霊薬《エリクサ》を補充しておいたわ。減っていたものはすべてそろっている。あの薬も。どれかわかるでしょう。あれを二週間に一回飲むこと。忘れないで。大事よ」

「ああ、忘れない。ありがとう、イオラ」

イオラは頭をさげ、箱を手渡した。何かとても言いたかった。何を言うべきか、どんな言葉を使うべきかもわからない。たとえ話せたとしても、自分が何を言いたいのかもわからない。何もわからない。それでもイオラは何か言いたくてたまらなかった。

二人の手が触れ合った。

血。血。血。折れた白い棒きれのような骨。棘だらけの巨大な前足と鋭い歯で切られ、はじける皮膚の下から突き出る、白いひものような腱。肉体が引き裂かれるときのおぞましい音と叫び――節操なき世界のなかの、無節操で恐ろしい響き。節操なき終わり。慎しみなき死。血と悲鳴。叫び。血。叫び――。

「イオラ！」

地面に倒れ、痙攣《けいれん》するイオラに、ネンネケがその胴まわりに似合わぬ速さで駆け寄り、肩と髪を押さえつけた。生徒の一人は麻痺したように突っ立ち、冷静なもう一人がイオラの脚の横に膝をついた。イオラは背をそらし、口を開け、声なき叫びを叫んでいた。

「イオラ！」ネンネケが叫んだ。「イオラ！　話して！　声を出して、イオラ！　話して！」

イオラはますます身をこわばらせ、歯を食いしばり、細い血の筋が片頬を伝った。ネンネケが必死に顔を赤くし、何か叫んだ。ゲラルトには理解できなかったが、首につけたメダルが強く反応し、目に見えない重みに押されて思わず身をかがめた。

イオラが動きを止めた。

ダンディリオンが真っ青な顔で深く息をついた。ネンネケが膝をついて身を起こし、ようやく立ちあがった。

「連れていって」さっきより多くの生徒が集まっていた。静かに、厳粛な面持ちで。

「連れていきなさい」ネンネケが繰り返した。「そっと。ひとりきりにしないように。すぐに行くわ」

ネンネケがゲラルトのほうを向いた。ゲラルトは汗ばむ手で手綱をいじりながら、じっと立っていた。

「ゲラルト……イオラは――」

「何も言うな、ネンネケ」

「わたしも見た……ほんの一瞬。ゲラルト、行かないで」

「行かなければならない」

「あなたは……見た？」

「ああ。それも初めてではない」

「それで？」

「おびえても意味がない」

「行かないで、お願い」

「行かなければならない。イオラの手当てを。元気で、ネンネケ」

ネンネケはゆっくりと首を振って鼻をすすり、手首でさっと涙をぬぐった。

「さようなら」巫女はウィッチャーの目を見ずにささやいた。

訳者あとがき

『ウィッチャー短篇集1　最後の願い』（原題 *Ostatnie życzenie*　一九九三年刊）は〈ウィッチャー〉シリーズの原点と言える短篇集のひとつで、六つの短篇を別立ての続き物語がつなぐという構成になっています。二〇一九年に配信が始まったネットフリックス製作のドラマ「ウィッチャー」第一シーズンでは、本作に収められた短篇のいくつかが映像化され、すでに視聴された方にはなじみのあるキャラクターやエピソードが次々に登場。もちろん〈ウィッチャー〉ゲームのファンの皆さまにも楽しんでいただける内容です。また、本書は先に刊行された〈ウィッチャー〉サーガ全五巻『ウィッチャーI』～『ウィッチャーV』の前日譚ともなっており、これを読めばさらに理解を深めていただけるでしょう。どの作品も作者アンドレイ・サプコフスキの哲学と世界観、独特の皮肉とユーモアがたっぷりと盛りこまれた、読みごたえのある短篇集で、なにより初めて〈ウィッチャー〉ワールドに触れる方にこそお勧めしたい一冊です。

ここで、本書に収められた短篇とドラマの関連性を簡単にご紹介しましょう。

「ウィッチャー」………第三話「裏切りの月」
「小さな悪」…………第一話「終わりの始まり」
「値段の問題」…………第四話「宴、命、葬」
「世界の果て」…………第二話「4マルク」
「最後の願い」…………第五話「内なる望み」

ドラマには〈ウィッチャー〉サーガの内容も随所に織りこまれ、今後の広がりを予感させる重厚な仕上がりになっていました。待望の第二シーズンは二〇二一年十二月十七日に配信が予定されています。

こうしているまにも〈ウィッチャー〉ワールドからは次々にスピンオフが生まれています。ゲラルトの師匠ヴェセミルの若き日を描いたアニメーション「ウィッチャー 狼の悪夢」（ネットフリックス製作、二〇二一年八月配信）、もしゲラルトが浪人だったら？という設定で描かれるコミック *The Witcher: Ronin* と、今後も目が離せません。

もう一冊の短篇集『運命の剣（仮題）』も邦訳刊行が予定されており、こちらではついにゲラルトとシリの出会いが語られます。どうぞお楽しみに。

訳者略歴　熊本大学文学部卒，英米文学翻訳家　訳書『蜂の物語』ポール，『王たちの道』サンダースン，『プルーデンス女史、印度茶会事件を解決する』『ソフロニア嬢、倫敦で恋に陥落する』キャリガー（以上早川書房刊）他多数

HM=Hayakawa Mystery
SF=Science Fiction
JA=Japanese Author
NV=Novel
NF=Nonfiction
FT=Fantasy

ウィッチャー短篇集《たんぺんしゆう》 1
最後の願い

〈FT608〉

二〇二一年十二月二十日　印刷
二〇二一年十二月二十五日　発行
（定価はカバーに表示してあります）

著者　アンドレイ・サプコフスキ
訳者　川《かわ》野《の》靖《やす》子《こ》
発行者　早川浩
発行所　株式会社 早川書房
郵便番号　一〇一 - 〇〇四六
東京都千代田区神田多町二ノ二
電話　〇三 - 三二五二 - 三一一一
振替　〇〇一六〇 - 三 - 四七七九九
https://www.hayakawa-online.co.jp

乱丁・落丁本は小社制作部宛お送り下さい。
送料小社負担にてお取りかえいたします。

印刷・精文堂印刷株式会社　製本・株式会社川島製本所
Printed and bound in Japan
ISBN978-4-15-020608-6 C0197

本書は活字が大きく読みやすい〈トールサイズ〉です。